KB044073

복수
법률
사무소

3

도진기
장편소설

황금가지

뽁주 법률사무소

3

차례

복수 법률사무소3 —7

에필로그 —421

작가의 말 —428

박시영은 윤해성의 사무실에 와 있었다.

"언니, 오랜만이에요."

"누나! 왤케 뜸했어요!"

방수희와 전기호가 박시영을 반겼다.

"다들 잘 지냈어요?"

"네. 언니는 그새 살이 빠진 것 같아요."

"와, 세월이 거꾸로 가네."

박시영은 민망해하며 손을 내저었다.

"새해도 아닌데 헛된 덕담은 않기로 해요."

"정말인데."

"정말임."

박시영이 방수희에게 말했다.

"수희 씨는 더 분위기 있어졌어요."

"언니, 우리끼리 이러지 않기로 했잖아요."

방수희가 웃으며 말하는데, 전기호가 끼어들었다.

"수희 누나가 설민수 패는 걸 봤으면 그런 말 못 할 거예요."

방수희가 노려보자 전기호는 목을 쿵쿵거리더니 시선을 피했다.

박시영은 사무실 구석에 놓인 커피 머신에서 아메리카노 두 잔을 만들었다. 따뜻한 커피가 담긴 두 개의 머그잔을 집어 들고 윤해성의 방으로 들어갔다.

"어서 와."

"웬일이야. 해성이 네가 별 용건도 없이 전화 다 하고."

"사무실까지 와 줘서 몸 둘 바를 모르겠어."

"여기 커피가 맛있어서."

윤해성의 사무실에서 쓰는 커피 머신은 400만 원짜리 이태리제다. 원두도 싱글 오리진으로 세 종류를 구비해 놓았다. 그 맛은 시중 커피숍에 비해 결코 뒤떨어지지 않았다. 박시영은 들고 온 커피를 각자의 앞에 놓고 앉았다.

"고마워."

윤해성이 커피 잔에 손을 잠깐 대고 말했다.

박시영은 괜히 방 안을 한 바퀴 둘러보았다.

"장유나 씨 사건 이후에 좀 한가한 모양이야?"

"한가하지. 아마 앞으로 쭉 한가할지도 몰라."

"그게 무슨 말이야?"

윤해성은 창밖으로 잠깐 시선을 보낸 다음 말했다.

"내가 예전 김한울이었다는 사실을 아는 사람이 있어."

"누구?"

박시영은 깜짝 놀라 물었다.

"양다곤의 전처이자 양건일의 친모, 박연숙."

"뭐야? 대체 어떻게?"

"우연이었어. 어쩌다 만난 것도 불운이었는데, 하필이면 귀신같은 눈썰미를 가진 여자였어. 날 알아보더라."

"야아. 정말 놀랍다. 어떻게 그 얼굴을 알아보냐……."

"너무 안일했던 것 같아."

"안일했다니?"

"성형을 안 한 거 말이야."

박시영은 윤해성의 얼굴을 멀거니 바라보았다.

"성형하기에는 아까운 얼굴이지."

"후회돼. 할 수 있는 부분이었잖아. 박연숙과 우연히 만나는 건 내가 컨트롤 할 수 없어도 내 얼굴은 내가 컨트롤할 수 있는데 말이야."

"그래서 지금 어떤 상황이야? 박연숙은 양다곤하고는 사이가 안 좋을 거잖아. 굳이 양다곤한테 이야기할 이유는 없는 거 아냐?"

"양다곤한테는 그런데, 양건일이 있지. 박연숙이 만나자고 하더라. 아들인 양건일에게 영향이 있을 수 있는 문제니 얘기하겠다고 선언했어. 그러면 바로 양다곤도 알게 되겠지."

"……."

윤해성은 담담히 이야기했지만 박시영은 그 너머로 흐르는 착잡한 감정을 알 수 있었다. 20년을 계획해 온 복수다. 하필이면 이 시점에.

"방법이 없을까……."

"없어. 계산이나 비즈니스가 아니니까. 아들을 생각하는 행동이야. 그걸 막을 길은 없어."

"하긴……."

말끝을 흐리던 박시영이 불쑥 말했다.

"박연숙을 협박해 볼 수도 있잖아?"

"협박하려면 할 수도 있었겠지. 근데."

"근데?"

"우선 그 자리에서 머릿속이 멍해졌고, 이야기의 맥락상 그게 떠오르지 않았어. 자리를 뜬 후에야 그 생각이 났어. 게다가……."

"게다가?"

"왠지 그 방법이 마음에 들지 않았어."

"어휴…… 그놈의 취향 때문에 일 망칠 것 같더라."

"어차피 그 생각을 떠올렸을 땐 이미 늦었어. 벌써 양건일한테 전화했을 것 같더라. 그럼 괜히 뒤늦게 협박해 봤자 이쪽 약점이 될 수 있지. 더 의심 살 거야. 뭐가 켕기길래 협박까지 하냐고."

"그렇겠네……."

"아마도 지금쯤 양건일을 거쳐서 양다곤한테까지 알려졌을 거야. 그 성격에 폭발하겠지. 화근을 없애려 그룹 전체의 힘을 기울여 어떤 조치를 취하려 들지도 모르고."

"……완전히 틀어져 버렸네."

"아마도."

"이왕 들통 난 김에 이판사판 양다곤을 살인죄로 고발하면?"

"현재로는 아무 증거가 없잖아. 경찰이 비웃을 거야."

박시영도 알고 있다. 그냥 막 던져 본 말이었다.

"……끝인 거야? 이제?"

박시영의 말에 짙은 안타까움이 묻어났다. 윤해성 일가가 가진 한과 분노를, 그가 계획해 온 복수의 세월을 알기에 더 그랬다.

"계획의 끝이지. 하지만 다른 길을 찾을 거야. 훨씬 멀고 긴 시간이 되겠지만."

"그래. 역시 해성이야. 그 정도로 포기할 리가 없지."

하지만 역시 그의 말대로 이젠 길고도 먼 길이다. 그리고 최종 목적지에 도달한다는 보장도 전혀 없다. 조심스럽지만, 이제 말려야 하는 건 아닐까? 그게 친구로서 할 일이 아닐까? 박시영은 마음이 어지러웠다.

박시영은 손을 뻗어 윤해성의 손을 가만히 잡았다.

다행이야. 어떤 동요가 느껴지지는 않아.

해성이는 지금 뱉은 말 그대로 계속 갈 작정인 거야…….

그때 윤해성의 휴대전화가 울렸다.

박시영과 윤해성은 마주 보았다.

휴대전화 화면에는 '한울 그룹 비서실'이라고 떠 있다.

"마침 이야기하고 있는데 전화가 왔네. 드디어 양다곤의 귀에 들어간 모양이야."

윤해성은 전화를 받았다.

"이수 씨?"

그 와중에도 윤해성은 반가운 표정을 지었다.

"응. ……뭐? ……뭐? ……응, 응, 알았어."

윤해성은 한참을 듣고 있었다.

어딘가 이상하다.

박시영이 보기에 크게 낭패를 당하는 느낌은 아니었다.

전화를 끊은 윤해성은 싱글벙글 웃었다.

"운이 아직은 날 버리지 않았어."

"그거 아니었어? 정체를 왜 숨겼냐고 따지는 전화 아니야?"

"정체는 아직 모르는 거 같아."

"그럼 무슨 전화야?"

"양건일이 이틀 전 교통사고를 내고 구속되어 있대. 회장실로 와 보라는데."

"뭐? 세상에!"

박시영은 놀라 주먹을 입가로 가져갔다.

"박연숙이 양건일에게 이야기를 전할 기회가 없었을 거 같아. 설사 양건일한테 전했더라도 체포되어 버린 통에 양다곤한테까진 아직 안 들어간 것 같고."

"그렇구나!"

"날 오라는 건 양건일의 변호인으로서 의사 타진을 해 보려는 거겠지. 내가 만약 양건일 사건을 맡게 되면 양건일의 입을 완전히 통제할 수 있어. 모든 건 다시 원점으로 돌아가는 거지."

"와우!"

박시영은 손을 펴 들고 윤해성과 하이파이브를 했다.

"오히려 기회야."

윤해성의 눈이 반짝 빛났다.

"기회라니."

"당연히 수임료를 더 벌겠지."

"아, 그거."

"그러고 또."

"또?"

"양다곤에게 결정적인 타격을 또 하나 안길 기회야."

박시영은 의심스러운 눈길을 보냈다.

윤해성은 유유히 커피 잔을 집어 들었다.

* * *

두 시간 후 한울 모터스 회장실.

양다곤과 윤해성 두 사람은 묘한 정적을 만들어 내고 있었다.

그 정적을 양다곤의 거친 음성이 깨트렸다.

"어때. 집행유예로 빼낼 수 있겠나?"

윤해성은 소파에 몸을 묻고 양손의 검지를 톡톡 부딪치고 있었다.

"구속영장은 불가피했을 겁니다. 이제 재판이 문제인데요."

"재판에선 나와야지."

"들어오기 전에 최윤식 팀장한테서 간단하게 사건 브리핑을 받았습니다. 단순한 사건이더군요."

"그렇지. 그저 교통사고니까."

"하지만 여기에는 중대한 난점이 있습니다."

"중대한 난점?"

"피해자의 의식이 현재 돌아오지 못하고 있는 것으로 알고 있습니다."

"그래도 합의하면 실형까지는 안 갈 수도 있다던데?"

"그 합의가 문제인 겁니다."

"합의가 문제라니."

"피해자는 독거 남성이라고 합니다. 부모는 일찌감치 돌아가셨고, 결혼도 했지만 자녀 없이 이혼했고요. 직계가족이 아무도 없는 거죠. 형제는 누나가 한 명 있는데, 오래전 호주로 건너가 지금 전혀 연락이 닿지 않는다고 하네요."

"그래서."

"합의할 가족이 없지 않습니까?"

"응?"

"본인은 현재 의식이 없으니 당연히 합의를 못 할 테고요. 그러니까 합의가 사실상 불가능합니다."

"……으음."

양다곤은 깊은 신음을 냈다. 생각해 보지 못한 문제였다.

"사촌이나 외가 쪽 뒤져 보면 나오지 않을까?"

"사촌 정도가 합의한다고 법원이 참작하지는 않습니다. 배우자나 직계 부모나 자녀든가, 최소한 형제자매는 되어야죠."

"그런가……."

양다곤은 초조함으로 입술을 깨물었다.

교통사고 합의는 돈으로 밀어붙이면 되는 간단한 문제라고 생각했다. 그런데 생각지도 못한 문제가 불거졌다.

"치료하다 보면 의식은 곧 돌아오지 않을까? 그때 합의서 도장 받으면 되잖아."

"재판 끝날 때까지 의식이 돌아오지 않을 수도 있습니다. 그런 불확실성에 기대서 바라만 볼 수는 없습니다."

"……."

"이 사건은 실형을 피할 수 없습니다. 횡단보도를 건너는 사람을 친 데다가 결과가 너무 안 좋아요."

"그럼 어떻게 해야 하지?"

"합의에만 기대면 안 됩니다."

"다른 방법이 있나."

"없습니다."

"없다고?"

양다곤의 목소리가 실망감으로 쭉 처졌다.

"그럼 어떻게 된단 거야? 양 상무는 실형을 살게 되는 거야?"

"그렇지 않습니다."

"응? 그렇지 않다니. 말이 왜 왔다 갔다 하나!"

"지금 말씀드린 건 일반론이죠."

"일반론이면."

"제가 하면 달라진단 겁니다."

"……윤 변호사는 뭔가 계획이 있는 거로군."

윤해성은 대답 대신 씩 웃었다. 그 모습이 더 자신감 있어 보였다.

양다곤은 물끄러미 윤해성을 바라보았다.

이런 허풍은 처음이 아니다. 자신의 구속영장 사건을 두고 이야기할 때도 이랬었다. 그땐 황당하다고 생각해서 내칠 뻔했지만 어쩌다가 사건을 맡겼고, 성공했다. 지금은 황당하다는 생각이 조금도 들지 않는다. 이미 결과로 보여 주지 않았던가. 윤해성이 이렇게 말한다면 무언가 있는 거다. 이 친구는 믿을 만하다.

"좋아. 윤 변호사가 맡아 주게."

"네. 제가 맡겠습니다. 걱정 마십시오. 다만."

"다만, 뭐?"

"전 1심 재판만 맡겠습니다."

"1심 재판만? 그럼 2심은 안 하고?"

"네. 2심 재판은 다른 변호사에게 맡기십시오. 전 빠지겠습니다."

"……이유가 뭔가?"

"2심에서 제가 하는 건 의미가 없거든요. 이런 종류의 사건은 원래 찍어 내기 식입니다. 판사도 딱 정해진 기준대로만 처리하는 거죠. 그래서 1심 결과는 거의 2심에서도 유지됩니다. 제가 안 해도 결과는 같다 이거죠. 그런 재판은 제가 흥미가 없거든요."

"의원데. 그래도 2심까지 맡으면 수임료도 더 벌 텐데. 1심만 하겠다라…….”

“네. 그렇습니다.”

“역시 보통 변호사들하곤 달라.”

“제가 좀 죄송스럽기도 해서요. 2심이면 산술상 수임료가 더블이 되니까요.”

“흠흠. 수임료 문제가 남았군. 그럼 비용은 우리 신동우 비서실장하고 협의해서 정해 보게.”

“회장님께 직접 말씀드리고 싶습니다. 비서실장 선에서 결정할 금액이 아니라고 보여서요.”

양다곤은 팔짱을 끼고 윤해성을 주시했다.

“비서실장 선에서 결정하기 어려운 금액이라…… 어느 정도 선을 생각하는 건가?”

“저는 가장 합리적이고 이성적이면서 산술적인 선을 제시하려 합니다. 지난번 회장님 사건에서는 100억 원을 받았죠.”

“그랬지.”

“이번에는 회장님 본인이 아니라 아드님 사건입니다. 회장님 유전자의 50퍼센트를 물려받은 사람이죠. 그래서 수임료도 회장님의 50퍼센트, 50억입니다.”

“50억!”

이어 으음, 하는 신음과 함께 양다곤의 입이 벌어졌다.

이 인간은 스케일이 남다른 건지, 아니면 그저 도둑심보인 건지.

“유전자를 절반 물려받았으니, 수임료도 나의 절반을 달라, 이건가?”

“바로 그렇습니다. 극히 합리적이고 산술적인 결과죠.”

“이거야 참…….”

양다곤은 커다란 팔걸이를 양손으로 두드렸다. 초조함, 긴장감의 발로다.

"이번에도 역시 후불로 하겠습니다. 회장님 입장에서 손해는 아닐 겁니다."

"후불?"

"성공했을 때 받는다는 겁니다. 만약 실형이 떨어지면 한 푼도 안 주셔도 됩니다."

"수임료가 너무 높다고 한다면?"

"아쉽지만 저는 맡을 수 없습니다."

"윤 변호사가 맡지 않는다면 사건은 어떻게 될 것 같나?"

"결과는 기대할 수 없습니다. 아마도 제가 하는 경우와는 정반대의 결론이 나올 겁니다. 말하자면 꽤 긴 기간의 징역형이죠."

"하지만 윤 변호사가 하면 집행유예로 풀려날 수 있다?"

"그보다 더 좋은 결과일 수도 있고요."

"대단한 자신감이구먼."

양다곤은 몸을 앞으로 굽히고 양손 깍지를 꼈다.

한참을 그러고 있다가 천천히 입을 뗐다.

"어떤 방법을 쓸 거지? 난 알 수 없지만, 내 구속영장을 기각시켰을 때와 같은 방법으로?"

"죄송합니다. 그건 영업비밀이라서요."

윤해성은 씩 웃었다. 이어 한마디를 덧붙였다.

"회장님의 재산을 부디 회장님 유전자의 보존이라는 가장 가치 있는 일에 쓰시기 바랍니다."

설득하기에는 황당한 말이지만 양다곤에게는 오히려 먹혀들고 있었다. 윤해성의 유전자 운운하는 발언과 성공조건부 50억 원이라는 금액은 무모할 정도의 자신감으로 둔갑해서 비치고 있는 것이었다.

마침내 양다곤의 입이 열렸다.

"좋아, 그렇게 하지. 꼭 결과를 보여 줘."

"물론입니다."

윤해성은 눈을 빛냈다.

"다만 변론을 함에 있어 꼭 필요한 조건이 하나 있습니다."

"뭐야?"

"양건일 상무의 친모인 박연숙 씨가 면회를 가거나 하는 일이 없도록 막아 주십시오."

양다곤의 미간이 확 찌푸려졌다.

"그 여자가? 아직도 건일이를 뒤로 만나고 있나? 지난번에 그 더러운 일에 애를 끼워 넣고서."

"그렇습니다. 지금 상황에서 괜히 그분이 끼어들어서 혹여나 다른 변호사를 선임해 주겠다며 혼란을 초래할 수 있습니다. 변호사를 하다 보면 그런 상황을 자주 접하거든요. 그렇게 되면 체계적이고 안정적인 변론 계획을 세울 수가 없습니다. 그러니 아예 접근을 못 하도록 해 주십시오."

"알겠네."

양다곤은 고개를 끄덕였다.

됐다.

한울 그룹이 보증했다. 박연숙은 양건일을 만날 기회가 없다. 이걸로 박연숙이 양건일을 찾아가거나 해서 혹시라도 윤해성의 이야기를 전할 가능성은 봉쇄됐다.

윤해성은 양다곤 몰래 웃음을 지었다.

* * *

"잠깐만 좀 봐요."

회장실을 나온 윤해성은 비서실 한이수에게 말했다.

한이수는 탐탁지 않은 표정을 지었지만 주변을 한번 둘러보고는 일어섰다.

윤해성과 한이수는 종이컵 커피 한 잔씩을 들고 로비 의자에 마주앉았다.

"양 상무가 사고를 치다니, 의외였어."

"그다지 의외는 아닌데……."

한이수가 무심코 말하고는 아차 하는 표정을 지었다.

"의외가 아니라니?"

"아, 아니. 교통사고는 누구나 날 수 있는 거잖아."

"그렇긴 해. 하지만 시골길 횡단보도에서 식물인간이 될 정도로 사람을 치는 게 흔한 일은 아니지."

한이수는 대답이 없었다. 윤해성 앞에서 말조심을 하는 것 같다. 한이수의 머릿속에서 윤해성은 철저히 양다곤의 사람으로 분류돼 있다.

"근데, 왜 하필 그 밤 시간에 혼자 용인의 시골길을 달렸을까?"

"글쎄. 나야 알 수 없지. 댁은 교통사고 자체보다 그런 게 더 궁금한가 봐. 호기심대장?"

"뭐 그런 것들이 알고 싶긴 해."

"재벌들의 생활을 기웃거리고 싶어서?"

윤해성이 빙그레 웃음을 띠었다.

"그 말에서 날 어떻게 보고 있는지가 드러나는데."

"기분 나빴다면 취소. 굳이 그런 의도로 한 말은 아니었어."

"아니, 난 기분 좋은데."

"기분이 좋다구?"

"이수 씨가 싫어하는 부류는 나도 싫어하는 부류니까."

"이미지 세탁 참 잘하시네요."

윤해성이 웃었다.

한이수가 재촉하듯 말했다.

"객담은 그만하고, 지금 바쁘니까 용건만 얘기해 줘."

"여전하네."

윤해성은 커피를 홀짝이고는 말했다.

"유나 씨가 잘 지내고 있나 궁금해서."

"유나 언니?"

"응. 지난번 그 일 이후로 말이지."

"당신이 그 변태를 잡았으니까 뒷얘기가 궁금한 모양이네. 근데 유나 언니한테 직접 전화해 보면 되잖아."

"연락이 안 돼."

한이수는 먼 곳을 바라보다가 말했다.

"당신은 그 소식을 모르고 있구나."

"무슨 소식?"

"회장님하고 헤어졌어."

"헤어졌다고?"

윤해성은 놀랐다.

"며칠 안 된 것 같아. 회사에서 준 차는 한강에 처박아 놓고, 집을 나갔나 봐. 연락도 안 되고 톡도 읽지 않아."

오호라.

양다곤과 장유나의 관계가 예상보다 더 악화된 것 같다.

이로써 양다곤은 큰 타격을 받았겠지.

하지만 이건 시작에 불과해.

윤해성은 마음의 표정을 감추고서 말했다.

"저런. 그 사건으로 충격이 컸나 보네."

"그런 일들이 계기였을 수 있겠지. 뭐 두 사람 사이의 일은 모르는 거니깐."

"그렇지. 두 사람 사이의 일은 아무도 모르는 거지."

윤해성이 의미심장하게 말했다.

"말에 어떤 의미가 있는 거 같다?"

한이수가 대놓고 쏘아붙였다.

"너무 그렇게 곤두서 있지 않아도 돼. 나중에 이렇게 말했던 걸 후회할 수도 있는 거잖아?"

"내가 어떤 말을 해도 당신은 신경 쓰지 않는 것 같은데."

"이수 씨가 이불킥을 하게 될까 봐."

"내가 대충 윤 변호사님을 좋아하진 않지만 두 가지는 인정해야겠어."

"그게 뭐지?"

"하나는 내가 뭘 하든 타격감이 제로라는 것."

"둘째는?"

"근거 없는 자신감."

한이수는 다 마신 종이컵을 구기며 일어섰다.

* * *

상황은 양건일에게 대단히 불리한 방향으로 전개되고 있었다.

병원에서 치료를 받던 피해자가 사망한 것이었다.

상해사고에서 사망사고로 바뀐 것이다.

그 차이는 크다. 상해만으로도 구속이 되었는데, 사망했으니 중벌을 피할 수 없다.

법을 모르는 양다곤도 사태의 중함을 감지하지 않을 수 없다.

"대체 어떻게 된 거야!"

법무팀장 최윤식과 비서실장 신동우가 회장실에서 양다곤의 호통 앞에 침통한 얼굴로 서 있었다. 피해자의 사망이 당연히 그들의 책임은 아니지만 지금은 양다곤이 화가 났다는 사실만이 중요하다.

"치료받던 중 갑자기 사망했답니다. 입원할 때까지만 해도 의식은 없었지만 비교적 멀쩡했다던데……."

신동우가 말했다.

"그럼 건일이는?"

"형을 세게 받겠죠. 상해와 사망은 천지차이니까요."

"제기랄! 어떻게 일이 안 풀려도 이렇게 안 풀려!"

양다곤은 두 사람을 세워 놓고 소파에 홀로 앉아 미간을 잔뜩 찌푸렸다.

침묵이 길게 흘렀다. 양다곤이 입을 열 때까지는 두 사람 누구도 입을 열 수 없는 상황이었다.

"……그쪽 병원 의사들도 당황하고 있는 모양입니다."

신동우가 눈치를 보며 겨우 입을 뗐다.

양다곤은 그 말을 듣고도 한동안 가만히 있었다. 그러다 문득 입을 열었다.

"의사들도 당황한다고?"

"네…… 예상 못 했던 거죠. 치료 중에 좀 갑작스럽게 죽었던 것 같습니다."

"그럼 말이야……."

양다곤이 혀로 입술을 핥았다. 파충류 같은 눈알이 번들거렸다.

"병원 측 잘못으로 몰아가면 어때?"

"병원 잘못으로요?"

최윤식이 되물었다.

"그니깐 통상적인 교통사고 입원 환잔데, 그쪽 의사들이 실수를 해서 죽였다, 뭐 이렇게 말이야."

"그렇게만 되면 양 상무님은 살 수 있죠. 사망사고가 아니게 되니까요. 일반적인 교통사고로 처리돼서 한결 나을 겁니다."

"당장 조치해."

"하지만 어떻게……."

"그런 것까지 내가 일일이 말해 줘야 하나? 자네가 법무팀장 아닌가!"

양다곤은 최윤식을 향해 호통을 쳤다. 이어 비서실장 신동우를 쳐다보았다. 신동우도 덩달아 움찔했다.

"알아보겠습니다……."

최윤식은 기계적으로 대답했다. 계획이 서 있는 것 같지는 않다.

양다곤은 답답했다. 이런 때 좀 알아서 적당히 불법적인 방법이라도 동원해서 일을 처리해 주면 얼마나 좋은가 말이다. 이자는 법만 외우고 다니는 앵무새다. 이러니 옆에 단명오 같은 인간이 필요하지.

"우리 계열 종합병원 있잖아. 거기 인맥을 이용해. 용인 쪽 그 병원 의사한테 어떻게든 로비를 해서 사망진단서 기재만 바꾸면 되잖아. 사인을 달리하면 될 거 아냐."

"아! 그렇습니다. 그렇게라면 가능합니다!"

최윤식이 양손을 맞잡았다. 신동우 얼굴에도 화색이 돌았다.

하지만 두 사람은 마음속으로 욕하고 있었다. 이 교활한 영감. 법률

전문가도 생각지 못한 잔꾀를 부리다니.

하지만 양다곤의 발상은 한울 그룹이라는 막강한 힘을 배경으로 해서만이 가능한 것이기도 했다.

최윤식과 신동우는 서둘러 회장실을 나갔다.

* * *

구치소 접견실의 3호방 투명 아크릴 문을 열고 양건일이 들어왔다. 부스스한 머리, 후줄근한 갈색 수의는 린드버그 티타늄 안경테와 도무지 어울리지 않는다. 양건일은 지금 혼이 나가 있을 것이다. 행색이나 색 맞춤에 신경 쓸 여력 따위는 없다.

"윤 변호사. 비서실 쪽에서 면회 와서 얘기는 들었어. 내 변론을 맡았다며."

목소리가 떨리고 있다. 한풀, 아니 완전히 기가 죽어 있다. 이곳에서는 재벌 후계자도 뭣도 아니다. 그저 두 평 남짓한 공간에서 열다섯 명과 뒹구는 밑바닥 인생일 뿐이다. 밖에서 호화롭게 살았을수록 생활의 갭은 크고, 더 견디기 힘들다.

"아버님은 사정상 못 오시는 거 아시죠?"

"알아. 한울 그룹 회장님이 어떻게 구치소에 오겠어…… 비서실 쪽에서 매일 접견 오고, 접견 전용 변호사도 매일 오고 있어."

접견 전용 변호사는 실질 변론은 담당하지 않는다. 구치소 내 접견만을 전담하면서 피의자가 구치소 방에서 벗어나 접견실에서 다소나마 휴식을 취하게 하는 것이다. 양건일에게 붙이지 않았을 리가 없다.

사람들은 괘씸하게 생각하겠지만 윤해성에게 꼭 나쁜 것만은 아니었다. 박연숙의 접근을 차단하는 효과가 있다. 아마 그룹 차원에서 박

24

연숙에게 따로 접견 오지 못하도록 조치를 취했겠지만, 설령 박연숙이 오더라도 이미 접견 변호사가 선점하고 있으니 허탕을 칠 뿐이다.

"지내기가 어떠십니까?"

"여긴…… 사람 살 데가 아니야. 지옥 같아. 구치소가 이런 덴 줄 몰랐어……."

양건일은 무너지는 모습을 윤해성에게 보여 주고 있다. 평소라면 절대 하지 않을 일이다.

"저도 예전 검사 시절에 구치소 시찰 나간 적 있는데, 잘 압니다. 보통 사람은 하루도 견디기 힘들 곳이죠."

양건일은 고개를 절레절레 흔들었다.

"미치겠어. 이거 어떻게 되는 거야? 합의는 했어?"

"아직 못 했습니다."

"왜 아직이야! 많이 달래? 어, 얼마라도 좋으니까 돈 주고 끝내! 집이든 거 뭐야, 차, 차든 다 달라는 대로 주고 날 꺼내 달란 말이야!"

양건일의 상태가 조금 이상하다고 느꼈다.

물론 빨리 나가고 싶겠지만 과도하게 흥분하고 더듬거리며, 불안해하고 있다. 잠깐, 혹시…….

양건일이 큰 소리를 내자 아크릴 문 너머 교도관이 힐끔 이쪽을 보았다. 윤해성은 아무것도 아니라는 듯한 제스처를 했고, 교도관은 다시 고개를 돌렸다.

"진정하세요."

"내가 진정하게 됐어? 뭐, 뭣들 하고 있는 거야. 나도 여기서 들은 게 있어. 합의하면 보석으로 나갈 수도 있대!"

"성의가 없어서 합의를 안 하고 있는 게 아닙니다."

"그럼?"

"합의가 불가능해요. 본인은 죽었고, 직계가족이나 형제들이 없습니다. 합의할 대상이 없는 거예요."

"……그럼 어떻게 해?"

양건일은 얼빠진 소리를 냈다.

"돈을 공탁하고 재판을 진행하는 수밖에 없습니다. 하지만 그걸로는 합의를 대체할 수 없지요."

"아아, 하필……."

양건일은 두 손으로 머리를 감쌌다. 방수희에게 뜯긴 뒤통수는 아직도 조금 듬성듬성했다.

양건일은 나가려는 일념뿐이었다.

너는 자신이 빼앗은 목숨에 대한 애잔함은 그림자도 없구나.

윤해성은 내심 혀를 찼다.

"그 밤 시간에 용인 시골길은 무슨 일로 가셨습니까?"

"거, 거긴……."

양건일은 머뭇거리다가 말했다.

"그냥 드라이브 갔던 거야."

"경찰도 이상하게 생각했을 겁니다. 음주 측정은 하셨죠?"

"했지. 측정기에 대고 불었는데, 알코올은 안 나왔어."

"다른 검사는 안 했나요?"

"다, 다른 검사라니?"

양건일이 당황하고 있다.

"이를테면 약물 검사 같은."

"무, 무슨 소리! 그런 걸 할 리가 없잖아! 왜 그런 걸 물어!"

"그냥 변론 준비상 형식적으로 여쭌 겁니다. 상무님이야말로 왜 그렇게 흥분하시죠?"

"아, 아냐. 내가 언제 흥분했다고 그래?"

열탕, 온탕을 왔다 갔다 하는 정신 상태다.

"그때가 밤 10시가 다 된 때였잖아요. 그 전에는 뭐 하셨어요?"

"그 전에는 친구들하고 있었지."

"어디서요?"

"처, 청담동에 친구 집이 있어. 작은 스튜디오야."

"근데 저녁까지 친구들하고 있으면서 술을 안 마셨습니까?"

"안 마셨지! 그러니까 경찰에서 음주 검사 해도 안 나온 거고."

윤해성은 이쯤에서 거의 확신했다. 양건일은 약을 하고서 차를 달린 것이다.

우선 시골길에서 이례적으로 크게 난 교통사고. 아무리 한밤중이라도 헤드라이트를 켜고 달렸는데 횡단보도를 건너는 남자를 못 보고 들입다 친다는 것부터가 이상하다. 무언가에 취해 있었을 가능성이 높다. 음주 검사에서 알코올이 안 나왔으니, 그렇다면 약이 아닐까.

또한 저녁 시간에 친구들하고 같이 있으면서 술 한 방울 안 마셨다는 것도 이상하다. 평소 양건일의 유흥 스타일을 어느 정도 알기에 더욱 이상하다. 청담동 친구 집에서 독서 모임을 할 인간은 아닌 것이다. 약물 파티. 그 가능성이 있다.

더구나 양건일은 지금 횡설수설하고, 불안한 모습을 보이고 있다. 모르는 사람이 보면 평소에 말을 좀 더듬는 모양이구나, 흥분을 잘하는구나 정도로 생각하리라. 하지만 그의 평소 모습을 아는 윤해성은 그가 이상한 상태라는 걸 알고 있다. 돌연한 수감 탓에 불안해진 것도 있겠지만, 남은 약 기운이 거기에 기름을 부은 게 아닐까.

무엇보다, 거의 윤해성만이 아는 사실이 있다. 양건일의 머리카락에서 LSD가 검출되었다는 것. 양건일은 평소에 약을 하고 있다.

분명하다. 이 개자식은 약에 취해 시골길을 미친 듯 드라이브하다가 한 사람의 생명을 빼앗은 것이다.

의사의 사망 진단서에는 진료 중 합병증으로 죽은 것으로 되어 있지만 그건 양다곤이 손을 써서 위조한 것이었다. 아무튼 그런 연유로 외형적으로는 사망 사고로 되어 있지 않지만, 양건일이 그를 죽였다.

윤해성이 물었다.

"그날 저녁에 같이 있었던 친구 연락처 좀 알려 주시죠."

"그건 왜?"

"변론에 필요해서죠."

윤해성이 단호하게 말했다. 그의 말에는 어딘지 거스를 수 없는 힘이 있었다. 더구나 양건일은 지금 절박하고, 그가 기대고, 그를 구명해 줄 사람은 오직 윤해성 한 명뿐이다. 그가 말한다면 뭐든지 따라야 한다.

"전화번호는 몰라. 직장 정도만 알고 있어."

양건일은 그들 중 몇몇에 관해 이야기해 주었다. 이어 물었다.

"변론은 어떻게 할 계획이야?"

"양 상무님은 일단 경찰조사에서는 무조건 다 인정하고 납작 엎드리세요. 꼭 그래야 합니다. 절대 경찰하고 충돌하면 안 됩니다."

"그다음엔?"

"재판에서는 오로지 저만 따라오시면 됩니다. 복잡한 변론 과정은 생략하고 단순하게 말씀드릴게요. 제가 법정에서 예, 라고 하면 상무님도 예, 라고 하시고, 아니요, 라고 하면 상무님도 아니요, 라고 하면 됩니다."

"그니까…… 난 윤 변호사가 말하는 그대로 말하면 된다 이거지?"

"그렇죠. 단순하게 그것만 기억하세요."

"근데…… 그게 변론이야? 그렇게만 하면 된다구?"

"결과는 저한테 맡기시고요. 나오게 해 드리겠습니다."

양건일은 황당하다는 표정이었다. 하지만 윤해성의 자신만만한 모습에 조금은 위안을 받은 것 같았다.

구치소를 나오면서 윤해성은 미소를 지었다. 성과는 조금 있었다. 그중 가장 큰 것은, 양건일은 윤해성이 김한울이라는 사실을 모른다는 것이었다. 그것은 무엇보다 양건일의 태도로 확인됐다.

* * *

양건일의 첫 번째 공판.

용인을 관할하는 수원지방법원 형사법정.

판사가 들어서고, 방청객이 일어섰다가 앉았다.

판사는 서른 후반 정도에 백면서생 스타일이었다. 그가 안경을 추켜올리며 재판 개정을 선언하자, 법정에는 긴장감이 감돌았다.

흔한 교통사고지만 피고인석에 선 사람은 한국 최고의 재벌 가문 중 하나인 한울 그룹의 후계자다. 그것이 사건의 무게였다.

검찰은 사망사고로 기소하려고 잔뜩 별렀었다. 하지만 의사의 사망진단서에 진료 중 합병증이 사인으로 떡하니 기재된 바에야 도리가 없었다.

"그래도 눈 딱 감고 사망사고로 기소해야 합니다. 안 그러면 여론도 안 좋을 겁니다. 사람이 죽었는데 상해사고로 기소하면 이해도 못 할 거고요, 또 재벌 봐주기냐고 욕할 겁니다."

주임검사가 우겨 보았지만 차장검사 선에서 걸렸다.

"전문가인 의사의 진단서가 있어. 이걸 어떻게 극복할 거야? 애당초

환자가 병원에 왔을 때 의식은 없었지만 상처는 별거 아니었다고 되어 있잖아. 그랬다가 치료 중에 덜컥 합병증으로 사망한 거야. 이걸 사망사고로 기소했다가 무죄 받으면? 검찰이 당할 창피는 어떡할 거야? 아무리 여론이 무서워도 법을 넘어설 수는 없어."

주임검사도 고집을 꺾을 수밖에 없었다. 차장검사의 말이 틀린 데가 없기도 했지만, 자신이 우겨서 사망사고로 기소했다가 무죄를 받으면 크게 문책을 당할 판이었다.

주임검사가 돌아간 다음에 차장검사는 어디론가 전화를 했다.

"하하하핫! 신 실장님, 걱정 마세요! 상해사고로 기소할 겁니다. 그까짓 주임검사야 제가 찍어 눌렀죠! 아, 아, 네. 조만간 공 한번 치러 가시죠!"

그럴듯한 차장검사의 말 뒤에는 한울 그룹의 입김이 어른거리고 있었지만 말단 검사는 알 수 없었다.

결국 양건일은 '상해'로만 기소되었다. 횡단보도에서 교통사고를 내서 사람을 '다치게 했다'는 것까지가 기소 내용인 것이다.

법대 높은 곳에 앉은 젊은 판사의 얼굴이 유독 딱딱하게 굳어 있다. 그 역시 긴장한 태가 역력하다. 여론의 관심이 집중되는 사건이다. 방청석도 기자석을 포함하여 꽉 차 있다. 보는 눈들이 삼엄할 정도다. 자칫 재판을 잘못 운영했다간 오해를 산다. 재벌 봐주기다 뭐다 욕먹기 딱 좋다. 조심스러울 수밖에 없다.

"피고인 양건일, 들어오세요."

판사의 호명에 따라 피고인 출입문이 열리고 교도관 두 명이 양쪽에서 양건일의 팔을 잡고 들어왔다.

양건일은 고개를 숙이고 윤해성의 옆자리, 피고인석에 섰다.

윤해성의 코치에 따라 앞머리를 내렸고, 고개는 15도 각도로 아래로 유지하며, 안경도 티타늄 린드버그 테를 버리고 수수한 뿔테를 썼다.

인정신문 절차.

판사가 이름과 생년월일, 주소 등을 물었고, 양건일은 낮은 목소리로 천천히 대답했다.

법정에서의 말투는 낮고 천천히.

윤해성이 지시한 대로였지만 평소의 껄렁한 말투가 완전히 감추어지지는 못한 것 같다.

양건일이 자리에 앉은 후, 판사가 검사를 보며 말했다.

"검사는 모두(冒頭)진술하시죠."

사건개요를 설명하는 절차다.

검사는 양건일이 낸 교통사고 경위를 간략하게 설명했다.

"……이러한 교통사고를 내어 피해자에게 다발성 타박상을 입혔고, 피해자는 그 후 치료 도중 결국 사망하였습니다."

검사는 '다발성 타박상'을 입혔다는 내용으로 기소했음에도 사망이라는 결과를 굳이 강조했다. 이어 말했다.

"이번 사건은 횡단보도 교통사고로서 12개의 예외 조항에 해당되어 보험에 가입되었더라도 처벌 대상이 됩니다."

법률가들은 다 아는 사실이지만 검사는 방청석과 기자들을 의식했는지 친절히 설명을 덧붙이고 있었다.

판사가 한 번 더 곱씹었다.

"횡단보도를 건너는 사람을 치었다…… 피고인은 교통사고 경위에 대해 인정합니까?"

판사는 당연한 듯한 얼굴을 하고서 윤해성 쪽을 향해 물었다.

뻔한 교통사고다. 부인할 수가 없다. 이 정도의 사건에서 부인하는 피고인도 본 적이 없다.

윤해성이 뻔뻔한 얼굴로 대답했다.

"부인합니다."

의외의 답변에 판사는 그만 목소리가 쭉 올라가며 뒤집어져 버렸다.

"부인이라고요?"

자신의 목소리가 이상했다는 걸 깨달은 판사는 엣헴 하며 헛기침을 했다. 그러고는 이내 불쾌한 표정을 지었다. 부인할 사건이 따로 있지, 이런 뻔한 사건에서 무슨. 이런 말을 하는 얼굴이었다.

"네. 부인입니다."

윤해성은 한 번 더 똑똑히 강조했다.

"네에……."

판사의 석연치 않은 목소리.

이어 양건일에게 직접 물었다.

"피고인도 부인하는 입장입니까?"

양건일은 잠시 머뭇거렸다.

변호사가 범행을 부인한다고 해 버렸다. 범행을 부인할 수 없는 사건인데. 판사의 화난 기색을 보면 이래도 되나 싶다. 겁이 났다. 그래도 믿을 곳은 윤해성밖에 없다. 윤해성은 법정에서 무조건 자기 말만 그대로 따라 하랬지.

양건일은 갈등하다가 대답했다.

"네. 부인합니다."

"네에……."

판사는 미세하게 고개를 갸웃거렸다.

검사도 눈을 동그랗게 뜨고서 양건일과 윤해성을 번갈아 노려보았다. 일을 괜히 번거롭게 만드네, 하는 표정.

아무튼 입장을 어떻게 가져갈지는 피고인의 자유, 판사도 검사도 어쩔 수 없다.

판사가 검사에게 말했다.

"검찰은 증거 신청하십시오."

검사는 증거목록을 손에 들고 읽었다.

"……피고인에 대한 경찰 신문조서, 교통사고발생확인원, 112 신고 접수 상황, 스키드마크 보고서, 현장 사진, 진단서, 수사보고서, 범죄경력자료 등입니다."

판사가 윤해성에게 말했다.

"변호인은 증거 의견을 말씀해 주세요."

윤해성이 일어섰다.

"피고인의 경찰조서에는 부동의 합니다."

"경찰조서 부동의입니까?"

말소리에서 판사의 불편한 심기가 묻어났다.

경찰조사를 받을 때 양건일은 윤해성의 지시에 따라 순순히 사고 경위를 인정하였었다. 그래 놓고 법정에서 부동의 한 것이다. 경찰조서는 피고인 측이 동의하지 않으면 법정에서 증거로 사용할 수 없다. 휴지 조각이 되어 버린 것이다. 검사도, 판사도 불쾌한 낯빛이었다.

그들 모두 마음속으로는 이렇게 생각하리라. 어차피 경찰조서 없어도 증거는 충분하다. 명백히 횡단보도에서 사람이 치였음이 확인되어 있고, 스키드마크로 타이어 자국도 확보돼 있다. 아무리 부인해도 이건은 유죄가 분명하다. 결과적으로 피해자가 죽었는데도 반성은커녕 범행을 부인해서 오히려 가중처벌 될 뿐이다.

하지만 윤해성은 평온했다. 이유를 알 수 없는 뻔뻔함에 가까운 자신감 같은 것이 얼굴에 흐르고 있었다.

"알겠습니다. 피고인 측이 경찰조서에 부동의 했으니까, 검사는 해당 조서를 빼고 나머지 서류를 증거로 제출해 주세요."

검사는 얄팍한 증거서류 기록을 실무관에게 건넸고, 실무관은 법대 위로 기록을 올렸다.

판사는 기록을 한 번 휘리릭 넘겨 보더니 말했다.

"피고인 측이 범행을 부인하는 취지는 뭔가요? 어떤 주장인 겁니까?"

"그 부분은 정리해서 차회 기일에 답변하겠습니다."

윤해성이 대답했다.

판사는 고개를 끄덕하고는 "그럼 양측은 한 번 더 준비해 주시고요. 다음 기일은⋯⋯." 하며 3주 후로 다음 재판을 잡았다.

그날의 공판은 그걸로 끝이었다.

* * *

"이번에는 또 무슨 꿍꿍이야?"

박시영은 취재진을 피해 수원지방법원 뒷문으로 빠져나가고 있는 윤해성을 따라잡으며 말했다.

"어허, 꿍꿍이라니. 엄연한 공식 변론을 가지고."

윤해성은 짐짓 나무라는 척 말했다.

"범행을 부인했잖아."

"그랬지."

"경찰에서는 다 자백한 걸로 알거든. 보도도 그렇게 났고."

"맞아."

"그 자백도 전부 변호사인 네가 코치한 걸로 아는데, 아니니?"

"그것도 맞아."

"근데 법정에서는 그걸 다 뒤집었어. 도대체 왜 그런 거야?"

"그것보다, 넌 여기 법정까지 웬일이야?"

"나 기자잖아. 여기 법조출입기자들 각 신문사마다 한 명씩은 와 있어."

"한울 그룹이 세긴 세구나."

"후계자니까. 지금 사람을 거의 죽인 거나 마찬가진데, 여론이 안 좋은 건 알고 있지?"

"알아. 살인자라며, 댓글 천지잖아. 하지만 어쩔 수 없어. 검찰은 상해로만 기소했어."

"근데 대놓고 그것조차 부인했어. 곧 뉴스에 도배될 거야. 어쩔 심산이야?"

"어쩌긴. 양건일을 변호하는 거지."

"너……."

"뭐야, 그 의심스러운 말투는."

"양건일을 골로 보내려는 거 아냐? 범행을 부인하도록 해서 괘씸죄로 가중처벌 받게 하려는?"

윤해성은 발길을 멈추었다.

"아니. 난 양건일을 빼내고 싶은데."

"빼낸다구?"

"물론이지. 괘씸죄 가중해 봤자 몇 개월 더 살겠어? 겨우 그거 하자고 이따위 변론을 하겠어?"

"설마 윤해성이 목표를 잃어버리고 수임료에 눈이 먼 건 아니겠지?"

"수임료를 꽤 약정하긴 했지."

"얼마?"

"착수금은 없고, 대신 석방될 경우 50억."

"우와악!"

박시영은 벌린 입을 다물지 못했다.

"왜 그래?"

"왜 그래라니, 금액이 엄청나잖아……."

말을 줄이던 박시영이 퍼뜩 말했다.

"너 정말 50억이 탐나서 양건일을 풀어 주려는 거야?"

"네 말이 일부는 맞아."

"뭐가 맞아?"

"50억이 탐난다는 것."

윤해성은 그 말을 남기고 등을 돌려 걷기 시작했다.

* * *

윤해성은 수원에서부터 애스턴 마틴을 밟아 35분 만에 사무실에 도착했다. 문 앞 책상에 앉은 방수희에게 물었다.

"지훈이 왔어?"

"네."

방수희는 안쪽을 가리켰다.

류지훈이 사무실 안쪽 커피 머신 옆에 의자를 끌어다 앉아 있었다.

윤해성을 보더니 앉은 채로 허리를 굽혀 인사했다.

"빨리 왔네."

"변호사님이 부르셔서 게임 끊고 달려왔슴다. 티어 막 올라가는 순간이었는데."

"티어보다 중요한 일이야."

"넵. 저도 마침 용돈도 떨어졌는데, 일거리가 있다니 바로 달렸죠."

윤해성은 류지훈을 따라오라며 손짓해서 방으로 데리고 들어갔다.

"요즘 어떻게 지내?"

"그냥 똑같아요. 이렇게 일 있으면 하고."

"그 착한 여자 친구하고도 잘 만나고 있고?"

"그럼여."

"해킹은 안 하지?"

"안 해요!"

류지훈이 억울하다는 듯 소리를 높였다.

"해킹은 안 돼. 그런 거 하다가 걸리면 우리 사무실까지 피해를 입게 되니까."

류지훈은 입을 삐죽거렸다.

"힘들게 바이러스 심고 돈 요구하는 짓보다 더 쉽게, 큰돈을 벌 수 있어. 내가 시키는 대로만 하면."

"왠지 그럴 것 같아서 저도 해킹 같은 거 안 하고 있어요."

류지훈이 눈을 끔뻑끔뻑했다.

"변호사님 만나고서 저도 나름 생활을 바꾸었다구요."

이런 때 보면 순진무구하기 짝이 없다.

윤해성이 검지를 들어 류지훈의 코를 향했다.

"지훈이 네가 활약할 때가 또 왔어."

"그래서 부르신 거겠죠."

"난 네 컴 실력을 믿는다. 중요한 일이니까 제대로 해야 해."

"어떤?"

"이런 걸 만들어 봐."

윤해성은 종이에 무언가를 그려 가며 말로써 설명을 했다.

류지훈은 고개를 끄덕끄덕했다.

"어때? 할 수 있겠어?"

"변호사님."

"왜."

"이건 예, 아니요로 대답할 문제가 아니에요."

"그럼?"

"언제까지인지가 문제죠. 내일, 아니면 오늘? 두 시간 후?"

류지훈이 이때만은 나이에 걸맞지 않게 끈적끈적하게 웃었다.

윤해성도 마주 웃으며 팔을 뻗어 류지훈의 머리를 헝클었다.

* * *

그 무렵 전기호는 양건일이 사고를 낸 시골길 언저리에 차를 대고 있었다.

전기호가 가지고 온 차는 픽업트럭인 쉐보레 콜로라도.

차를 길가 논두렁 옆에 바싹 붙여 댄 전기호는 멀리 시선을 보냈다. 앞쪽이나 뒤쪽이나 차량이 오지 않는 것을 확인하고, 픽업트럭 화물칸을 열었다.

화물칸에는 '어떤 물건'이 있었다. 그 물건은 햇빛을 받아 반짝거렸다.

전기호는 다시 한번 도로를 확인하고는 물건을 내렸다. 그 물건을 들고 낑낑거리며 논두렁 가장자리 수풀이 우거진 쪽으로 가더니 그 아래로 물건을 던지다시피 내동댕이쳤다. 그러고는 그 위에 떨어진 나뭇가지를 주워서 대충 덮어 두었다.

일을 마친 전기호는 쉐보레 콜로라도에 올라탔다.

그다음 전기호가 향한 곳은 그곳에서 멀지 않은 조그만 다운타운이었다.

전기호는 차를 뒷길 공터에 대고는 거리를 어슬렁거렸다.

조그만 구멍가게형 슈퍼를 발견하고는 들어가 3000원짜리 공중전화 카드를 샀다.

이어 거리의 뒷길까지 왔다 갔다 했다. 무언가를 찾는 눈치다.

이윽고 무언가를 발견한 듯 전기호는 그쪽으로 다가갔다. 그나마 몇개 남지 않은 공중전화 부스였다.

전기호는 전화카드를 꽂고 휴대전화 메모장을 열어 그곳에 적어 둔 전화번호대로 공중전화 다이얼을 눌렀다.

"거기 파출소죠? 논두렁 수풀 밑에서 뭘 발견했는데요……."

* * *

"사장님. 손님 오셨습니다."

박연숙의 대표이사실 문을 열고서 비서가 조심스럽게 말했다.

박연숙은 강정무 이사와 머리를 맞대고 최유철 건으로 한참 의논을 하고 있었다.

"손님? 일정엔 없는데?"

박연숙은 테이블 캘린더를 들어 보며 고개를 갸우뚱했다.

"예약한 손님은 아니에요."

"그럼 이름 남기고 돌아가라고 해. 지금 회의 중이잖아."

박연숙이 역정을 냈다.

여기가 동네 슈퍼마켓도 아니고, 지나다가 약속도 없이 들러서 사람을 만나는 데가 아니라고.

하지만 비서는 왠지 쭈뼛쭈뼛하며 나가지 않았다.

"그게…… 손님이 자기 이름을 대면 사장님이 바로 만나 주실 거라며……."

"누군데 그래?"

"윤해성이라고……."

"윤해성?"

박연숙은 화들짝 놀랐다.

깊은 의혹이 드리웠다.

윤해성. 김한울. 그가 왜 사무실에 찾아와?

박연숙은 강정무에게 말했다.

"강 이사. 이야기는 조금 이따가 하지."

"네. 알겠습니다."

강정무는 바로 일어나 사장실을 나갔다.

그와 거의 교차하다시피 하며 윤해성이 들어왔다.

"박연숙 사장님, 안녕하세요."

"박연숙 사장님?"

그동안 아줌마, 라며 어릴 적 부르던 호칭을 사용하던 윤해성이었다. 갑자기 '박연숙 사장'이라니, 무언가 관계의 질적인 변화를 꾀하는 것일까. 불쾌하다기보다 부쩍 흥미가 일었다. 일단 몸소 찾아온 것부터가 호기심을 일으킨다.

"앉아라."

윤해성은 박연숙의 앞 소파에 앉았다.

박연숙이 비서에게 차를 내오라고 시키려 했지만 윤해성이 조금 전 마시고 왔다며 사양했다.

"이렇게 불쑥 찾아와서 죄송해요. 업무 중이셨던 것 같은데."

"괜찮아."

박연숙은 한울이 너라면 언제라도 좋아, 라는 말을 덧붙이려다 지나친 것 같아서 말을 삼켰다. 우선은 말을 줄이고 좀 살펴보아야 한다.

윤해성이 거침없이 말했다.

"바로 본론으로 들어갈게요."

박연숙은 윤해성의 얼굴을 유심히 보다가 말했다.

"오늘은 분위기가 달라 보인다. 뭐랄까 자신감 뿜뿜? 공격성? 아무래도 용건 탓이겠지?"

"그럴 수도 있고, 다른 이유일 수도 있죠."

"좋아. 오늘은 무슨 바람이 불어서 직접 날 찾아왔니?"

박연숙은 소파 등받이에 몸을 묻고 다리를 포겠다. 어떤 공격이든 할 테면 해 봐라, 하는 태도였다.

"우선 첫 번째 레벨로 말씀드릴게요."

"첫 번째 레벨이라…… 이상한 표현이네. 일단 말해 봐."

"양건일 상무한테 제 이야기를 하지 마셨으면 합니다."

"그 얘긴 이미 끝난 걸로 아는데."

"꼭 하실 생각입니까?"

박연숙이 불쾌한 빛을 띠었다.

"그것보다, 지금 꼭 그런 얘길 해야 되겠어? 지금 건일이가 어떤 상태인지는 알지? 구치소에 있어. 근데 네가 김한울이든 아니든 그거 알려지는 게 뭐가 중요하다고 이래?"

"면회는 가셨나요?"

"아니. 사정이 있어서 아직 못 갔어."

한울 그룹이 어떻게든 막았겠지. 면회를 간다고 해도 이미 접견 전담 변호사가 하루 종일 접견하고 있으니 코빼기도 볼 기회가 없었을 거야.

"아마 당분간 면회를 가시긴 어려울 거예요. 지금은 가족을 만나는 일보다 건일이 형 재판 준비가 우선이거든요."

"그래서 무슨 얘기가 하고 싶은 거냐. 너 말대로 면회를 못 가는데 내가 그런 얘기를 하려고 해도 무슨 수로 전달을 하겠니?"

"지금은 못 해도 출소하면 할 수 있지 않겠어요? 그래서 미리 입단속 해 주십사 하는 거죠."

"……출소하면?"

박연숙은 소파 등받이에서 허리를 떼며 반색했다.

"건일이가 나올 수 있어?"

윤해성은 고개를 굳게 끄덕였다.

"나올 겁니다. 제가 변론을 하니까요."

"한울이 네가 건일이 변호를?"

"그렇게 됐습니다. 양 회장님이 저한테 맡기셨어요."

"그 양반이 사람을 그렇게 믿는 사람이 아닌데…… 그런 큰일을 맡기다니, 널 정말 제대로 믿고 있는가 보구나."

"그래서 더 방해받고 싶지 않습니다."

"그건 알겠어. 하지만 네 말대로 건일이가 나온다면 그땐 네가 한울이라는 얘기도 해 줘야겠지. 그때도 말했지만 그건 건일이가 알아야 할 문제야. 그 생각엔 변함이 없어."

윤해성이 고개를 흔들었다.

"어쩔 수 없네요."

"뭐가?"

"그럼 두 번째 레벨."

"두 번째 레벨?"

"조금 수위를 높여서 말씀드릴 수밖에 없네요. 지금 제 얘기를 양건일 상무한테 알리지 않겠다는 약속을 해 주십쇼. 그렇지 않으면."

"그렇지 않으면?"

"전 양 상무 사건 변론을 할 수 없습니다. 아마 사건을 망칠지도 모르겠네요."

박연숙은 말없이 윤해성을 노려보았다. 눈동자에 노기가 불타고 있었다.

"네가 건일이 변호사니까, 내가 말 안 들으면 재판을 대충 하겠다, 이런 얘기야?"

"그런 얘긴 아니지만 그렇게 알아들으셔도 무방합니다."

"지금 그런 걸로 날 협박하는 거야? 아들 문제로 입을 막으려고?"

"제 정체에 관한 얘기 같은 것보다 구치소에서 나오는 일이 더 아드님한테 도움이 될 것 같습니다만."

"좋아. 네 말은 맞아. 하지만 그건 좀 순진한 얘기 같은데?"

"제가 순진합니까?"

"내가 여기서 건일이 재판을 망칠까 봐 너한테 약속을 해도, 건일이가 나오기만 하면 그땐 더 이상 재판을 걱정할 필요가 없는 거잖아. 그때 가서 난 약속을 어기고 건일이한테 네 얘기를 할 수 있어. 난 뭐 너한테 원망을 조금 듣겠지. 하지만 그게 건일이를 위하는 거라면 충분히 그럴 의향이 있는데."

박연숙의 말은 잔뜩 뒤틀려 있었다. 양건일의 재판을 볼모로 잡고 그런 흥정을 한다는 것 자체가 맘에 들지 않는 것이다.

"어쩔 수 없네요. 맞는 말씀인 걸 인정할 수밖에요. 솔직히 말씀해 주셔서 오히려 감사합니다."

"내가 굳이 얘기 안 했더라도 넌 어차피 그렇게 생각했을 것 같은데. 내가 여기서 그렇게 약속한대도 네가 감사합니다, 하고 믿었을 것 같지는 않아."

"그것도 맞는 말씀이에요. 전 그래도 혹시라도 박 사장님이 진정성 있게 약속해 줄 수 있나, 하는 기대감으로 얘기해 본 겁니다."

"날 너무 우습게 보는 것 아니니? 내가 너 말대로 그런 약속을 안 한다고 해서 네가 건일이 재판을 일부러 망칠 것 같지는 않은데? 어차피 넌 그 재판에 큰 보수를 약속했을 거잖아. 그런데 일부러 재판을 망쳐? 웃기는 소리지."

박연숙은 코웃음을 쳤다. 절대 만만한 여자가 아니다. 박연숙의 말이 이어졌다.

"순진한 얘기는 그만하자. 어쨌든 그건 내가 이미 결정했으니까 더 보채지 말고 돌아가 줬음 해. 남은 건일이 재판이나 잘해 주고……."

박연숙의 말을 자르며 윤해성이 단호하게 말했다.

"세 번째."

"뭐?"

"세 번째 레벨의 이야기를 하겠다는 겁니다."

박연숙은 대꾸 없이 눈을 끔뻑끔뻑했다. 무언가 좋지 못한 낌새를 챈 것이다.

"솔직히 저도 이런 방법은 쓰고 싶지 않았어요. 도덕적이지 못하다, 뭐 그런 걸 떠나서 제 비위에 그닥 맞진 않았거든요."

윤해성의 한마디 한마디가 마치 뇌 내에서 곱씹다가 흘러나온 것 같았다. 어투는 이루 말할 수 없이 진지하다. 살벌한 기운마저 흐른다. 오싹했다.

"설마, 뭐 날 죽여서 입막음이라도 할 거니?"

박연숙은 순간적으로 소름이 돋은 나머지 이런 말까지 하고 말았다. 말을 내뱉자마자 후회했다. 윤해성이 피식 웃었다.

"그런 건 위험해요. 내 쪽이."

"오호라."

윤해성의 말이 박연숙의 비위를 다시 상하게 했다.

"나쁜 일이어서 하지 않는 게 아니라, 그 이유에서 하지 않는단 거야?"

"당연한 거 아닙니까?"

다시 한번 오싹했다. 센 척하는 말이 아니라, 눈앞의 이 '남자'는 정말 그렇게 생각하고 있다. 박연숙은 그렇게 느꼈다.

"하지 않으면 제가 위험할 수도 있지만 그래도 하고 싶지 않았습니다. 하지만 결국 이렇게 하게 되네요. 어쩌면 지난번 만났을 때 박 사장님이 하신 그 말을 제 맘속에서 지우지 못했기 때문일 겁니다."

"도대체 무슨 말을 하는 건지 모르겠구나."

박연숙의 말투는 조금 화나 있었다.

문득 윤해성 눈동자의 검은자위가 짙어졌다.

"전 이런 걸 가지고 있어요."

윤해성은 슈트 안주머니에서 휴대전화를 꺼냈다.

액정을 클릭해 가며 무언가를 찾는 것 같다.

박연숙은 멀뚱멀뚱 지켜보았다.

마침내 윤해성은 파일을 찾은 것 같다. 그는 그 파일을 플레이했다.

음성 파일이었다. 목소리가 흘러나왔다.

"설민수는 시키는 대로 잘했지? 장유나한테 영상은 제대로 도착했고?"

박연숙의 얼굴이 새파랗게 질렸다. 못 알아들을 리 없다. 바로 자신의 목소리였다. 도대체 이 녹음은 뭐지?

음성은 더 이어졌다.

"그렇긴 했는데……."

"잘했어. 두 번 세 번 반복해야 정신을 완전히 망가뜨릴 수 있어. 언제까지 이어질지 모른다는 불안감이 사람을 좀먹는 거거든."

"엄만 하여튼 그런 쪽으론 최고야."

"장유나 그 계집애는 절대 그냥 둘 수 없어. 다 너를 위해서야."

다른 한쪽은 양건일의 목소리다. 어렴풋하게 기억이 났다. 바로 얼마 전이다. 양건일의 차 안에서 나눴던 대화다. 설민수라는 변태를 이용해서 장유나를 망가뜨리려던 계획을 세우던 무렵.

"도, 도대체…… 어떻게 이런 걸 네가……."

박연숙의 목이 메어 음성이 제대로 나오지 않았다.

"물 한 잔 드시죠."

윤해성이 박연숙 앞에 놓인 물컵을 들어 건넸다. 자기도 모르게 양손을 뻗어 물컵을 받아 드는 박연숙의 손가락들이 제각각 파르르 떨리고 있었다. 결국 물을 마시는 데 실패했다. 박연숙은 조금 물이 넘쳐 버린 컵을 도로 테이블 위로 놓았다.

"어, 어떻게…… 이걸 어디서 얻은 거니?"

"그건 전혀 중요하지 않아요. 다만 지금 이 파일이 제 손에 있다는 것. 그리고 전 언제든 버튼을 한 번 눌러서 이 음성을 세상 어디로든 전송시킬 수 있다는 것만이 중요하겠죠."

박연숙은 눈을 감고서 오른손을 가슴에 대고 숨을 고르고 있었다. 사람을 공격하는 데는 능숙해도, 자신이 공격받는 것에는 대단히 취약했다.

"제가 그렇게 하지 않는 이유는 오로지 제 목표에 필요가 없어서입니다. 그럴 필요가 생길 상황이 없었으면 좋겠군요."

박연숙은 한 손으로 가슴을 누르기만 한 채 입을 열지 못했다.

"다시 말씀드리지만 이런 건 제 취향에 맞지 않아요. 그래서 좋게 협조가 되면 이걸 꺼낼 생각은 없었어요. 그런데 협조가 잘 되지 않았죠. 그리고 무엇보다 제 생각을 바꾼 건."

박연숙이 눈을 떴다. 윤해성의 말에 귀를 기울이고 있다.

"지난번 만났을 때, 제가 물었죠. 그 얘길 양 상무한테 전해서 제가 죽게 된다 하더라도 얘길 하겠냐고. 그때 박 사장님은 제가 죽더라고 그럴 거라고 했습니다. 그때 제 마음이 흔들렸습니다. 이걸 사용할지도 모르겠다고. 아니, 이걸 사용해도 아무런 거리낌이 없을 것 같다고."

박연숙은 숨을 헐떡였다, 호흡이 곤란한 듯 보였다.

"그래도 끝까지 고민했습니다. 이 파일을 사용하려니 마음이 내키지 않았거든요. 도리, 윤리 같은 너절한 이유가 아니었어요. 어쩌면 그래서 더 넘기 힘들었어요. 그냥 기분이 그랬다는 거니까요. 저는 깊이 신뢰하는 어떤 지인에게 물어보았습니다. 상대방이 내 목숨을 존중하지 않는데, 내가 어떻게 해야 할 것인지. 그분이 무심하게 그러더군요. 이곳은 정글이라고. 뭐랄까요, 그 말이 흔들리던 제 마음에 닻을 놓아 주었습니다. 중요한 건 살아남는 거죠. 가랑이 밑을 기어서라도 그런 판에, 그깟 '기분' 따위라니. 사실 아무짝에도 쓸데없는 거잖아요? 그때 생각을 굳혔어요. 주저 없이 이걸 사용하기로."

윤해성의 이 말은 박연숙의 귀에 도달하지 않은 모양이다.

박연숙은 여전히 가쁜 숨을 몰아쉴 뿐이었다.

윤해성은 그녀가 진정될 때까지 기다려 주었다.

잠시 후 박연숙의 입이 열렸다.

"……내가 ……건일이한테 네 얘기를 안 하면 되는 거니? ……그러면 절대로 그 파일이 공개될 일은 없는 거야?"

윤해성은 짧고 단호하게 대답했다.

"절대."

박연숙은 한참 눈을 감은 채로 가만히 있었다.

이윽고 묵묵히, 천천히 고개를 끄덕였다.

* * *

양건일 사건 두 번째 공판.

방청석은 지난번보다 더 차 있고, 열기는 더 높았다.

지난번에 뻔뻔하게 범행을 부인해 놓았으니, 그나마 잠잠하던 여론을 불쏘시개로 들쑤신 거나 마찬가지였다.

판사가 입장했고, 방청객들이 일제히 일어섰다가 앉는 절차를 반복했다.

뒤이어 양건일이 입장할 때, 수십 개의 눈동자가 그를 좇았다. 그 눈동자들은 변호인인 윤해성에게도 날아와 꽂혔다. 윤해성은 그저 덤덤할 뿐이다.

판사가 말했다.

"지난번에 피고인이 범행을 부인해서 공판이 속행됐습니다."

이어 윤해성을 보며 말했다.

"오늘은 피고인 측에서 범행을 부인하는 취지를 밝혀 주시죠."

윤해성이 일어섰다.

"검찰은 이 사건을 횡단보도 사건으로 보고 기소했습니다. 하지만 이 사건은 횡단보도 사건이 아닙니다."

"횡단보도 사건이 아니라고요……."

판사는 뒷말을 끌었다.

'피고인이 행위를 부인한대서 뭐 대단한 전략이라도 있나 싶었더니 겨우 이런 거였어?' 하는 표정이었다.

횡단보도에서 떨어진 곳에서 사람을 치었다, 그런 주장일 테지.

아니나 다를까, 검사가 벌떡 일어났다.

"피고인은 지금 뻔한 사실을 부인하고 있습니다. 당시 타이어 스키드마크라든가 현장 확인 결과 피해자는 횡단보도를 건너다 치인 것으로 위치가 명백히 확인되어 있습니다."

스키드마크란 것은 차량이 급브레이크를 밟을 때 도로에 남기는 검은 타이어 자국을 말하는 것인데, 이걸로 자동차의 당시 속도를 측정할 수 있고, 충격 위치도 알아낼 수 있다. 말하자면 과학 수사인 것이다. 피고인의 '말'로써 부인할 수 있는 사실이 아니다.

검사는 어조는 자신만만했고, 얼굴에는 거의 비웃음이 스며들어 있었다.

"피해자가 횡단보도에서 치인 것을 부정하지 않습니다."

윤해성이 말했다.

검사가 멍한 얼굴이 되었다. 판사도 곤혹스러운 표정을 지었다.

"변호인, 방금 횡단보도 사고가 아니라고 주장하셨잖아요. 근데 그게 무슨 얘깁니까?"

거의 나무라는 듯한 말투였다.

"피고인은 증인을 신청하겠습니다."

"증인이요? 그럼 다음 기일에 증인신문을 하겠다는 건가요?"

"굳이 또 속행할 필요는 없을 것 같습니다. 바로 오늘 진행해 주십시오."

"오늘 당장이요? ……재정증인은 흔치 않습니다만."

재정증인이란 것은, 증인을 공판 전에 미리 신청해서 준비하고 진행하는 게 아니라, 공판 당일 법정 방청석에 있는 사람을 즉석에서 불러서 증인으로 신문하는 것을 말한다. 재판에서 자주 있는 일은 아니다. 이목이 집중된 양건일 재판에서 재정증인을 채택했다가 나중에 뒷말이 나올까 봐 판사는 꺼림칙한 듯했다.

윤해성이 말했다.

"재정증인도 물론 절차상 얼마든지 가능합니다. 피고인이 이의하지 않으면 더욱 그렇겠죠. 게다가 증인이 아주 믿을 만한 사람입니다. 증인은 특별히 제가 요청해서 이 법정에 나오게 되었습니다."

윤해성이 방청석을 향해 말했다.

"김동호 순경님 좀 일어나 주시겠습니까?"

방청석에서 경찰복을 입은 젊은 남자 한 명이 쭈뼛거리며 일어섰다. 법정이라 경찰모만은 벗고 있다.

"증인은 경찰입니다. 믿음직하고 객관적인 민중의 지팡이지요. 아, 수사를 받은 피고인 입장에서는 오히려 적대적인 증인이라고도 할 수 있겠네요. 저 경관님 신문을 신청합니다."

"어떤 내용을 신문하시겠다는 건가요?"

"아까 말씀드린 대롭니다. 횡단보도 사고가 아니라는 점입니다."

판사는 손을 관자놀이에 대고 잠시 고민하는 듯하더니 말했다.

"어쩔 수 없네요. 그럼 재정증인으로 증인신문을 하겠습니다. 경관님, 앞으로 나오세요."

김동호 순경은 거짓말을 하면 위증의 벌을 받겠다는 증인선서를 한 후 법대 정면의 증인석에 앉았다. 판사와 정면으로 마주 보는 위치다. 그는 조금 상기된 얼굴이었다.

윤해성이 다가갔다.

"증인은 용인의 한 파출소에서 근무하는 경찰관이시죠?"

"그렇습니다. 보시는 대로."

"신분증을 법정에 좀 보여 주실 수 있나요?"

김동호는 품에서 경찰공무원증을 꺼내서 건넸다.

윤해성은 그것을 실무관에게 건넸고, 실무관이 법대 위 판사에게 전달했다. 판사는 신분증을 꼼꼼히 확인하고는 다시 돌려주었다.

"증인은 저 피고인을 모르시죠?"

김동호는 피고인석의 양건일을 힐긋 본 후 대답했다.

"모릅니다."

"이 사건도 자세히는 모르죠."

"그저 신문 기사에서 제목 정도만 보았을 뿐입니다. 잘 모릅니다."

"증인은 어쩌면 가장 객관적으로 증언해 줄 수 있는 위치에 있겠군요."

김동호는 눈을 끔뻑끔뻑했다.

"증인은 며칠 전에 전화로 분실물 신고를 받은 적이 있었죠?"

"네. 있습니다."

"어떤 분실물입니까?"

"자전거였습니다. 신고를 받고 현장에 가 보니 거의 새거였습니다. 얼마 타지도 않은."

"자전거가 있었다…… 그 현장이 어디였습니까?"

"읍내에서 멀지 않은 도롯가 논두렁 안이었습니다. 자전거가 수풀에 덮여 있었습니다."

판사의 얼굴이 의혹에 휩싸였다.

검사는 당황해하고 있었다.

"우거진 덤불에 덮여 있어서 사람들 눈에 잘 띄지 않았던 모양이군요."

"그랬던 것 같습니다."

"그 장소가 여기 맞습니까?"

윤해성은 사진 몇 장을 실물화상기에 띄웠다. 양건일이 사고를 낸 도로 현장 사진들이 벽면 스크린에 떴다.

"네. 맞습니다. 저 도로 건너편 쪽 논두렁 보이시죠? 그 안에 떨어져 있었어요."

"자전거가 새거라고 말씀하셨는데, 멀쩡하던가요?"

"아뇨. 가운데가 거의 반으로 접혀 있었습니다. 군데군데 깨져 있었 고요."

"거의 반으로 접힐 만큼 우그러졌다…… 마치 차로 들이받은 듯한 모양새 아닙니까?"

검사가 벌떡 일어섰다.

"이의 있습니다!"

판사가 딱딱한 얼굴로 말했다.

"좀 더 들어 보죠."

검사가 멋쩍은 얼굴로 앉았고, 증인의 대답이 이어졌다.

"잘 모르겠습니다. 아무튼 큰 충격을 받은 것 같긴 했습니다."

"자전거가 거의 접혀 있었기에 논두렁에 쏙 들어가 버린 모양이죠?"

"그것까진 모르겠습니다."

"자전거 사진을 갖고 오셨죠? 제가 부탁드렸습니다만."

"네."

김동호는 얇은 가방을 증인석에 올리더니 그 안에서 사진을 몇 장 꺼냈다.

윤해성은 그 사진들을 받아 실물화상기에 올렸다.

법정 벽면 스크린에 불이 켜지고, 자전거가 논두렁에 처박힌 사진

두 장이 떠올랐다. 한 장에서는 자전거가 수풀에 거의 덮여 있었고, 또 한 장은 덤불을 대충 걷어 내고 찍은 사진이었다. 김동호 순경 말대로 자전거는 거의 반으로 접힐 만큼 망가져 있었다. 중고라면 누가 버렸나 보다 하겠지만, 거의 새 물건이어서 처참한 느낌마저 들었다.

"이 사진들을 법정에 제출하실 수 있겠습니까?"

"물론입니다. 디지털 카메라 파일을 출력한 거라 원본의 의미도 없고, 상관없습니다."

윤해성은 법대 위의 판사를 보며 말했다.

"이 사진들을 증거로 제출하겠습니다."

판사가 말했다.

"검사님, 반대신문 하시겠습니까?"

"하지 않겠습니다."

검사는 불퉁한 얼굴로 말했다.

증인이 돌아갔다.

윤해성이 선 채로 법대를 향해 말했다.

"보시다시피 사건 현장에서 저런 자전거가 발견되었습니다. 즉, 당시 피해자는 자전거를 타고 횡단보도를 건너가다 피고인의 차에 받힌 겁니다."

방청석이 웅성거렸다.

그래서? 그래서 뭐 어떻단 거야?

주로 기자들이 수군대고 있었다.

도대체 변호사는 자전거로 무슨 이야기를 하려는 거지?

다들 눈으로 윤해성을 주시하면서 손가락을 노트북 키보드 위에 대고 있었다.

"그 충격으로 자전거는 건너던 방향으로 날아가 덤불이 수북한 논두렁에 처박힌 겁니다. 그 자리에 쓰러진 피해자 구조에만 신경 쓰느라 경찰은 길 건너 반대편 이 자전거를 발견하지 못했던 것 같습니다."

윤해성이 고개를 돌려 방청석을 눈으로 쓱 훑고는 말을 이었다.

"자동차종합보험에 가입했더라도 횡단보도에서 낸 사고를 처벌하는 이유는, 횡단보도의 보행자를 보호하기 위한 것입니다. 즉, 다시 말해 횡단보도를 '걸어서' 건너는 사람을 보호하기 위한 것입니다."

윤해성은 '걸어서'에 힘을 주어 또박또박 말했다.

"따라서 자전거를 끌고 '걸어서' 건너는 사람을 치었으면 횡단보도 사고가 됩니다. 하지만 자전거를 '타고' 건너는 사람은 치어도 횡단보도 사고가 아닌 것입니다."

웅성웅성.

법정의 소란이 조금 전보다 더해졌다.

윤해성의 변론이 이어졌다.

"자전거를 타고 건너는 사람을 치었어도 횡단보도 사고가 아니라는 대법원 판례가 확립되어 있습니다. 즉 차대차 사고에 불과한 겁니다. 이번 사고 또한 마찬가집니다. 피해자가 '자전거를 타고' 건넜기에 횡단보도 사고가 아닙니다. 따라서 피고인에 대한 기소 자체가 부적법합니다."

웅성웅성.

법정의 소란이 크게 일었다.

다다다.

노트북 타이핑 소리도 울리기 시작했다.

"방청석에서는 조용히 해 주세요."

판사가 한마디 했고, 방청석의 소요는 잦아들었다.

"물론 피해자가 사망하면 횡단보도 사건이 아니라고 해도 처벌받습니다. 이 사건 피해자도 물론 사망했습니다만, 교통사고 때문이 아니었습니다. 진료 중의 합병증으로, 병원 측의 과실로 병사한 것입니다. 그건 의사의 진단서에 분명히 드러나 있습니다. 또, 생명이 위험했거나 하면 보험에 가입돼 있어도 처벌됩니다만, 피해자는 병원에 실려 갈 때 의식은 없었어도 생명에 지장은 없었죠. 그래서 검찰도 통상의 상해로 기소한 것입니다. 결국 이 사건은 '횡단보도 사고'가 아니며 형사처벌을 할 수 없는 단순 교통상해사고에 불과합니다."

윤해성의 말이 끝나자마자 누군가가 자리를 박차고 일어났다.

검사였다. 벌게진 얼굴이 복어처럼 잔뜩 부풀어 있었다.

"근거 없습니다! 피해자는 자전거를 끌고 횡단보도를 건넜을 수도 있습니다! 저 사진만으로는 알 수 없습니다!"

판사가 윤해성을 보았다.

"피고인 입장은 어떻습니까?"

"피해자가 과연 자전거를 끌고 건넜는지, 타고 건넜는지 분명히 아는 사람이 딱 한 명 이 법정에 있습니다."

"누굽니까?"

"피고인입니다."

"피고인이요……."

"여기서 사실 확인을 위해 피고인신문을 허락해 주시기 바랍니다."

"좋습니다. 물어보세요."

양건일이 윤해성의 손짓에 따라 증인석에 가 앉았다. 윤해성이 곧장 물었다.

"단도직입적으로 묻겠습니다. 당시 피해자는 자전거를 끌고 있었나요, 타고 있었나요."

"자전거를 타고 건너가고 있었습니다……."

양건일은 고개를 조금 숙인 채 대답했다.

윤해성이 말했다. 법정에서 무조건 자기가 하는 대로 대답하라고. 그대로 하는 것뿐이다.

그것을 끝으로 양건일은 다시 자리로 왔다.

검사가 또 흥분해 일어섰다.

"말도 안 됩니다! 피고인은 경찰에서 자백했습니다. 횡단보도를 건너는 사람을 치었다고! 피해자가 자전거를 탔다는 말은 어디에도 없었습니다!"

윤해성이 차갑게 말했다.

"그 경찰조서는 저희가 부동의 했습니다. 그래서 법정에 증거로 제출되지 못했습니다. 법정에 나오지도 못할 증거 내용을 이야기하시는 건 부적절합니다만."

판사도 어쩔 수 없다는 듯 말했다.

"검사. 증거능력이 없는 증거 내용을 말하는 건 삼가 주세요. 지금 발언은 재판에서 삭제하겠습니다."

검사가 말했다.

"하지만 피해자가 자전거를 타고 건넜다는 것도 피고인의 주장일 뿐, 확인된 사실은 아니지 않습니까?"

"모든 공소사실의 입증책임은 검사가 집니다. 피해자가 자전거를 끌고 건넜다는 사실도 검사님은 입증하지 못하시죠? 그렇다면 형사법 원칙상 '피해자가 자전거를 끌고 건넜다'는 사실을 전제로 재판해서는 안 됩니다."

윤해성이 받아치자 검사는 침을 꿀꺽 삼켰을 뿐 침묵했다.

그러다 다시 퍼뜩 무언가가 생각난 듯 외쳤다.

"저 자전거가 피해자의 자전거인지, 아니면 다른 사람의 것인지도 알 수 없습니다! 다른 경위로 다른 사람의 자전거가 하필 저곳에 떨어졌을 수도 있습니다!"

"그러실 줄 알았습니다."

"뭐라고요?"

"그럴 줄 알고 명백한 증거를 가져왔습니다. 그걸 지금 제출하겠습니다."

윤해성은 변호인석으로 돌아가더니 서류철에서 종이 한 장을 꺼냈다. 그것을 실물화상기에 올려놓았다.

인터넷으로 물건을 산 구입 영수증이었다.

구매 물품은 자전거. 조그만 상품 사진도 첨부되었는데, 조금 전 풀숲에 처박혀 있던 그 자전거가 분명했다.

구매금액, 날짜 등도 있었다.

날짜는 사고 나기 약 2주일 전이었다.

구매자는 정승철. 바로 피해자의 이름이었다.

"피해자는 사고 약 2주일 전에 이 자전거를 인터넷으로 구입했습니다. 피해자가 당일 이 자전거를 타고 횡단보도를 건너다가 사고가 난 것입니다. 범죄가 아닌, 그저 사고일 뿐인 이 교통사고가 말이죠."

윤해성은 말을 마치고 자리에 앉았다.

검사의 시선은 스크린에 못 박힌 채 떠날 줄을 몰랐다.

이어 검사의 구형과 변호인의 최후변론, 피고인의 최후진술 등의 순서가 있었지만 이미 의미가 없어져 있었다.

통상 3, 4주 후로 잡히는 선고기일이 이례적으로 일주일 후로 잡혔다.

결론이 예정된 선고였다.

* * *

일주일 후 판결 선고일, 양건일은 즉시 석방되었다.

선고 결과는 공소기각.

역시 횡단보도 사고가 아니라는 이유였다. '자전거를 타고 건너는 피해자를 치었기 때문'이었다. 이건 형사사건이 안 되고 기소도 할 수 없다. 애당초 보험처리만으로 끝나야 할 사고였다. 그래서 공소기각. 법률용어가 그럴 뿐 사실상 무죄판결이다.

양건일의 활짝 웃는 얼굴이 대문짝만 하게 기사에 실렸고, 사람들은 분노했다. 양건일과 법원을 욕하는 수많은 댓글이 달렸다. 사람을 죽인 자가 어떻게 무죄냐! 하지만 이틀 만에 관심은 사그라졌고, 양건일의 기사는 새로운 뉴스들로 대체되었다. 사건은 빠르게 잊혔다. 그리고 남은 건 양건일이 자유의 몸이 되었다는 사실뿐.

* * *

껄껄껄껄!

양다곤의 웃음이 회장실에 메아리쳤다.

"윤 변호사가 이번에도 해냈어!"

그 앞에서는 윤해성이 빙그레 웃음을 짓고 앉아 있다.

"역시 윤 변호사한테 맡기기를 잘했지. 내가 역시 사람 보는 눈이 있는 거야!"

"다 회장님이 믿고 맡겨 주신 덕분입니다."

윤해성이 허리를 조금 굽혔다.

"양 상무님은 좀 어떠신가요?"

"집에서 쉬고 있어. 구치소에 있다 나왔으니 한동안은 회사 출근하지 않고 쉬어야지."

"네. 그게 나을 겁니다."

"건일이한테는 나중에 따로 인사하라고 하겠네."

"별말씀을요. 어차피 보수를 받고 하는 일인데요."

"아 참, 그래. 성공보수 50억. 그건 비서실에 이미 얘기해 두었어. 바로 보낼 거야."

"감사합니다."

윤해성은 머리를 까딱했다.

"약속대로 전 이제 손을 떼겠습니다. 검찰이 항소했던데, 뭐 항소심은 이제 다른 변호사 누구든 상관없을 겁니다."

"그랬었지. 윤 변호사는 1심 재판까지만 하겠다고. 그래도 항소심을 다른 데 맡기려니 좀 불안한데."

양다곤의 얼굴에 불안한 그림자가 드리웠다. 윤해성에 대한 믿음이 큰 만큼 다른 곳에 맡기기가 꺼려지는 것이다.

"누구 적당한 데가 없을까…… 아무래도 LNK한테 맡겨야겠지?"

양다곤은 은근히 윤해성의 의견을 묻고 있다.

"LNK는 조금 불쾌해하고 있을걸요."

"왜?"

"자존심을 구겼잖습니까. 국내 최고 로펌을 자부했는데, 자기들을 제쳐 놓고 경력도 짧은 저한테 1심 사건을 맡기셨으니까요."

"그래서 성공했잖은가."

"그래서 더 기분이 안 좋을 수 있습니다. 자존심은 자존심대로 상하고, 수임료도 못 챙겼으니까요. 다 잡은 물고기를 뺏겼다고 생각하고 있을 겁니다."

"음. 그런가…… 그럼 항소심은 누가 좋을까."

"단명오 변호사님은 어떻습니까?"

"음…… 단 변호사라."

양다곤의 얼굴에 곤혹스러운 빛이 떠올랐다.

단명오는 분명 믿을 만하다. 하지만 장유나와의 관계를 생각해 후보에서 지웠다.

"누구보다 경력도 풍부하시고, 실력도 탁월한 분이죠. 양 상무하고의 관계도 각별하지 않습니까. 그분보다 적임자는 없을 텐데요."

"음……."

생각해 보면 1심에서 이미 공소기각으로 사실상 끝난 재판이다. 2심은 그저 요식 절차에 불과하다. 2심 정도에서야 단명오가 맡는다고 해서 장유나가 끔찍하게 싫다는 반응을 보일 것 같지는 않았다.

"생각해 보겠네."

양다곤이 말했다.

* * *

윤해성이 회장실을 나왔을 때 한이수는 모른 척 외면했다. 윤해성은 일부러 한이수 책상 앞에 가서 눈앞에 대고 손가락을 탁 튀겼다.

한이수가 고개를 들었다.

차가운 눈빛.

그 표정에 역력하게 경멸의 빛이 담겨 있다고 느꼈다.

왜일까.

"아, 실례. 방해하려던 건 아니었는데, 인사나 하고 가려고요."

"네. 안녕히 가세요."

주변에 있는 다른 비서실 직원들 눈치를 본다지만 지나치게 냉랭하다. 얼마 전까지만 해도 이 정도는 아니었는데.

"잠깐 얘기 좀 할 수 있을까요? 로비에 가서 커피나 한 잔?"

"죄송해요. 지금 바빠서요."

한이수는 곧바로 시선을 윤해성에게서 떼고 책상 위로 돌렸다. 옆자리의 다른 직원이 흠칫할 만큼 냉정한 말투였다. 그래도 윤해성은 자리를 떠나지 않았다.

"잠깐이면 되는데."

한이수가 고개를 들었다. 한층 짙어진 경멸의 빛.

"성공보수 50억 문제라면 곧 해결해 드릴 거예요. 축하해요. 부자되신 거."

"아니, 부자가 된 게 아니라……."

"아, 실수했네요. 이미 부자시죠? 100억대."

주위 직원들이 고개를 쳐들고 무슨 일인가 하며 두 사람을 보고 있었다. 윤해성이 아무리 질기다 하나 이제는 눈치를 보지 않을 수 없다.

윤해성은 어깨를 으쓱하며 자신에게 시선을 보내는 직원들을 향해 말했다.

"제가 입금을 너무 보챘나 봅니다."

윤해성의 너스레에 사람들은 픔 하고 웃고는 시선을 다시 되돌렸다.

"제가 업무를 좀 깊숙이 방해한 것 같네요. 그럼 실례. 다들 안녕히 계십시오."

윤해성은 누구에게랄지 알 수 없는 인사를 던지고는 비서실을 나왔다.

'요즘 조금 풀려 가는 듯했는데.'

한이수가 오늘 왜 이렇게 차가워졌을지, 걸어 나오는 윤해성은 의문에 사로잡혔다.

* * *

"아마 시민으로서의 정의감 아닐까."

박시영이 말했다. 양건일 사건 취재 겸 막 윤해성의 사무실에 들른 참이었다.

"양건일은 사람을 치어 죽여 놓고도 아무 처벌도 받지 않고 방면되었어. 지금 여론이 엄청 안 좋은 건 알지? 돈이면 다 되는 세상이라며 다들 난리야. 그런 정서가 이수 씨한테도 있지 않을까. 비록 몸은 한울그룹에서 일한대도 그런 마음까지 없는 건 아닐 테니까."

"그래서 양건일이 풀려나게 한 내가 미운 거다?"

"그 해석이 가장 그럴듯한데."

한이수의 차가움에 대한 박시영의 해석이었다.

"나도 그런 생각을 해 보지 않은 건 아니야. 그런데 그것만이라기엔 좀 이상해."

"뭐가 이상해?"

"난 직접 봤잖아. 그 얼굴, 그 표정, 말투. 단지 그 이유 같지는 않단 말이야. 너무 뚜렷해. 이수처럼 사회생활에 능숙한 여자가 그 정도 일로 감정 관리하지 않고 드러낸다는 게 믿기지 않는단 말이지."

윤해성은 고개를 갸웃했다.

박시영은 한이수에 대해 나름대로 조사를 하고 있었다. 하지만 아직 윤해성에게 어떤 말을 건넬 만한 결론에 이르지는 못하고 있었다.

"근데 너 이번엔 좀 너무 나간 거 아냐?"

박시영이 조심스럽게 말을 꺼냈다.

"뭐가?"

"네가 양건일이 풀려나도록 조작한 거 맞지?"

"맞아. 기호한테 자전거 사서 풀숲에 던져둔 다음 파출소에 신고하라고 시키고, 지훈이한테는 자전거 구입 영수증을 컴퓨터로 만들게 했어."

"아무리 네 목적이 있다고 해도 양건일을 풀어 준 건 지나친 거 같은데."

"왜 그렇게 생각해?"

"기소는 단순 교통사고로 됐지만 사람이 죽었잖아. 사람들은 양건일을 살인자라고 불러. 그게 법리를 떠나 보통 사람들의 정서일걸."

"응. 맞아. 살인자."

"응?"

"살인자 맞다구. 양건일은 그날 약에 취해 운전했어. 그러면서 횡단보도를 건너는 사람을 친 거야. 그 탓에 그 사람은 죽었고. 그러니까 살인자지."

박시영은 입을 떡 벌렸다.

"약에 취했다고?"

"응. 분명해."

"……정말 나쁜 인간이네. 하긴, 맞다. 그 인간 머리카락에서 LSD가 나왔었지. 놀라운 일은 아니야."

"그렇지. 양건일다운 짓이지."

"그럼…… 그런 인간을 풀어 줬는데…… 좀 너무한 거 아니냐?"

박시영은 질책하듯이 쳐다보았다.

윤해성은 그 눈길을 받으며 어깨를 으쓱했다.

"……넌 철저히 내 편이라고 믿었는데."

"물론 네 편이야. 하지만 틀린 건 틀린 거겠지."

"아니. 내 편인 너마저 그런 말을 한다면……."

"한다면?"

"네 말이 맞는다는 얘길 하려는 거야."

"……."

박시영은 윤해성을 물끄러미 바라보다가 머리를 저었다.

"모르겠다. 괜히 우리가 이상해지는 것 같아. 어쨌든 네 일이니까 네가 알아서 해."

"나한테 실망했어?"

"솔직히 말하면 약간."

"그건 좀 싫은데."

"응?"

"네가 날 싫어졌다는 얘길 듣는데 왜 이렇게 가슴이 철렁하냐."

"좀 싫긴 해?"

"응. 좀 싫어. 한 50억 정도와 바꿀 만큼."

박시영은 다시 윤해성을 물끄러미 바라보았다. 어쩐지 어색한 분위기. 더 이어지면 호흡의 박자가 어긋나 버릴 것 같은 느낌이다.

박시영이 화제를 돌렸다.

"그건 그렇고, 공범은 짚이는 데가 있어?"

"단명오는 어떨까 싶어."

"단명오라……."

"양다곤이 아니라는 건 DNA 검사로 명확해졌어. 적어도 유서에 체액을 묻힌 장본인은 그가 아니야. 공범의 것이라면, 단명오일 수도 있지 않을까."

"……단명오도 가능성이 있어."

박시영은 고개를 끄덕끄덕했다.

"어쩌면 지금 파헤쳐 볼 수 있는 유일한 인물일지 몰라."

"그렇지. 양다곤과 그만큼 오랜 역사를 같이한 인물은 없으니까. 적어도 20년 전까지 거슬러 올라가면 말이야."

윤해성은 의미심장하게 눈을 빛냈다.

"하지만 DNA를 확보하기 가장 어려운 인물이 단명오야."

박시영이 걱정스럽게 말했다.

"그렇긴 해."

"양다곤이나 양건일처럼 접근할 접점이 별로 없어."

"지난번 수희가 했던 방법을 반복할 수도 없어."

"하긴. 이번엔 분명히 다른 의도가 있단 걸 눈치채겠지."

"시간을 두고 기회를 봐."

윤해성은 고개를 크게 끄덕였다.

* * *

카카오톡 알림이 떴다.

한이수는 모니터에서 눈을 떼고 휴대전화를 보았다.

'똑똑.'

보낸 이는 장유나였다.

한이수는 휴대전화를 들고 복도로 나가 발신을 눌렀다.

"언니!"

"이수 씨, 잘 지냈어?"

낭랑한 장유나의 목소리였다.

"어디세요?"

"그것보다 오늘 한잔할 수 있어?"

"당연하죠. 거기서 꼭 기다리세요."

한이수는 장소와 시간을 정했다.

휴대전화를 덮고 어떤 야릇한 감상에 빠졌다.

그동안 어디서 무얼 하고 지냈는지는 만나서 물어보면 될 일이다. 그런데 왜 돌연 나한테 전화를 했을까. 마음이 많이 허전했나 봐…… 그동안 아득한 곳에서 손 닿을 수 없는 생활을 해 왔다고 여겼던 장유나가 처음으로 서글퍼 보였다.

퇴근하고 향한 약속장소는 청담동 와인바.

장유나가 예전에 윤해성과 승소 축하 파티를 했던 곳이었는데, 한이수는 알지 못했다.

장유나는 이미 마시고 있었다. 한이수를 보더니 잔을 들었다.

"참을 수 없어서 먼저 한잔했어. 괜찮지?"

"잘했어요. 취한 언니를 보는 게 더 맘이 편해요."

"뭐야. 날 너무 불쌍하게 보는 것 같잖아."

"그런 건 아니에요. 어떻게 제가 언니를 불쌍하게 보겠어요."

장유나가 한이수의 잔에 와인을 부었다.

"나파밸리 케이머스야. 이게 가성비 괜찮거든. 하하, 참, 웃기지? 얼마 전까지만 해도 가성비 같은 거 생각 안 하고 맘대로 골라 마셨는데. 근데 이런 건 이거대로 또 재미있더라."

테이블에는 닭튀김이 쌓여 있다.

"와인 안주로 닭튀김은 안 어울려. 내 입맛은 그래. 근데 오늘은 닭을 먹고 싶은걸. 요즘 내가 이렇게 대충 살아."

아무래도 횡설수설하고 있다.

한이수는 일상적인 인사를 건넸다.

"어떻게 지내셨어요? 연락도 다 끊고?"

"이수 씨 연락도 안 받은 건 어쩔 수 없었어. 연락을 받으면 그 영감탱이하고 또 연결될 거잖아."

"완전히 그 집을 나오신 거죠?"

"응. 지금 예전 집도 양 회장이 알고 있어서, 새로 집을 하나 얻었어."

"와아, 다행이에요!"

"아무튼 거기서 간섭도 안 받고 누구 비위 맞출 일도 없이 혼자 사니깐 너무 편해. 돔페리뇽을 맘껏 못 마신다는 게 좀 아쉽긴 하지만. 불편한 건 그 정도? 생각보다 괜찮더라. 난 어쩌면 물질적인 여자가 아니었는지도 몰라, 하하하!"

"잘 지내신다니까 정말 다행이에요. 걱정했는데 맘이 좀 놓이네요."

"이수 썬 정말 착해. 아니, 착하다기보다, 뭐랄까, 마음이 있어. 마음이."

그녀의 말에서 양다곤으로부터 받은 마음의 상처가 삐져나오는 것 같다.

"이런 말 하면 좀 그렇지만…… 축하해요."

"축하?"

"그 집을 나오신 거 말이에요. 언니가 예전보다 더 즐거워 보이는 것 같아요."

"아, 물론. 나오길 잘했어. 그러고 보니 혼인신고 안 하길 정말 잘했어. 혼인신고 했더라면 이혼이니 뭐니 귀찮은 거 해야 하고, 얼마나 번거로워? 이렇게 훌쩍 나오지도 못했겠지. 정말 잘됐어!"

거짓으로 '척'하는 게 아니라 장유나는 정말 지금 생활에 만족하는 듯 보였다.

"그런데…… 경제적인 문젠 어떡해요?"

한이수가 걱정스러운 듯 물었다.

"양 회장이 준 거 싫어서 이것저것 다 팔았더니 아파트값 나오더라. 실은 당장 처분은 곤란하지만 한울 모터스하고 계열사 주식도 꽤 있어. 여기서 더 바랐다간 아마 한울 그룹 차원에서 날 박살 낼걸."

장유나가 눈을 찡긋했고, 한이수는 빙그레 웃었다.

장유나가 말했다.

"물질? 좋지. 난 끝까지 가 봤어. 뭐 더한 사람도 있겠지만 내 기준에서는 그래. 그런 것들 없으면 못 살 거라고 생각했어. 근데 확 깨더라. 양다곤 씨가 깨게 해 주었어. 양다곤이란 남자한테 실망하니깐 그 모든 것들이 그냥 모래성이었어."

어딘지 처연한 말이었다. 장유나는 와인을 연신 들이켰다. 한이수는 조용히 듣고만 있었다. 자신은 해 보지 못한, 아니 할 생각이 없던 생활을 한 여자다. 어떻게 느꼈는지, 그 경험은 어떤 것이었는지 들어 보고 싶었다. 덧붙여, 혹시 양다곤의 약점이 될 만한 이야기가 흘러나오지는 않을까 하는 기대도 한 귀퉁이에 있다.

"한번 실망하니까, 그동안의 행동, 말 전부가 다시 보이더라. 내가 단명오 끔찍하게 싫어한단 얘기 했지? 살면서 그런 모욕은 첨이었어. 내가 왜 그런 밥맛없는 인간하고 알아야 해? 양다곤이 날 정말 사랑한다면 단명오를 완전히 내쳤어야지. 내가 그렇게 싫어하는데! 그러기는커녕 싸고돌았어. 나, 참! 양다곤이 그런 인간하고 절친인 것부터가 문제인 거 아냐? 끼리끼리 논다구."

"단명오 변호사…… 저도 참 느낌이 안 좋더라구요. 언니가 단명오를 그렇게 싫어한다는 걸 알면서도 회장님은 곁에 두었죠. 언니를 너무 배려 안 한 건 맞는 거 같아요."

"난 영화판, 연예계에서 어린 나이부터 굴렀어. 나름대로 세상 물정도 좀 안다고 자부했지. 남자 보는 눈도 있다고 말이야. 근데 자만이었나 봐. 남자를 잘못 봤어. 양다곤은 돈만 있는 남자가 아니라고 생각했거든. 근데…… 어쩔 수 없더라. 결국 날 진지한 인생 파트너로 생각한 게 아니었어. 그걸 알면서 옆에 있을 순 없었어……."

장유나의 혀가 꼬이고 있었다.

"언니 좀 천천히 마셔요."

"왜. 내가 마시는 게 싫어?"

장유나는 장난스럽게 눈을 흘겼다. 조그만 술주정이 문득 귀여워 보였다. 남자들은 더 환장하리라.

"다시 시작한다면 양다곤 같은 남잔 이제 절대 안 만날 거야. 질렸어."

한이수는 미소를 지었다. 다시 시작한다면?

"재미있네요. 그럼 이젠 어떤 남자가 괜찮을 것 같아요?"

"이를테면."

와인 잔에 비친 장유나의 눈빛이 익살스러웠다.

"윤해성 같은 남자."

한이수는 와인 잔으로 손을 뻗다가 멈칫했다.

"윤해성 변호사요?"

"응. 윤해성."

"의외네요."

"왜 의외야? 젊고 잘생겼고, 능력도 있어. 게다가 나만이 아는 매력도 있지."

"언니만이 아는 매력?"

"난 다음에 만약 만난다면 착한 남자가 좋을 것 같거든."

"설마요. 윤해성 변호사가 착하다니요."

한이수는 어이가 없어 웃었다.

"아, 표현을 좀 정정해야겠어. 착하긴 착한데, 지나치게 착하지 않은 남자."

"지나치게 착하지 않다…… 어떤 의미죠?"

"윤해성…… 정중하지. 매너도 있고. 근데 내 눈엔 보여. 그 순한 탈 뒤에는 늑대가 있어. 틀림없어. 늑대는 개의 무리 안에 있을 수 없어. 결국은 눈에 띄지. 나 같은 사람은 알아보는 거구."

"개의 무리 안에 사는 늑대라고요……."

"응. 하지만 매너 안에 숨기고 살기 때문에 보통 사람들은 잘 모를걸."

"늑대 같은 인간이기는 해요. 어떤 면으로는."

"뭐야. 이수 씨도 눈치채고 있었어? 이거 김새는데."

장유나는 정말 실망한 듯한 얼굴을 하고 와인 잔을 기울였다.

한이수는 스스로에게 놀라고 있었다.

장유나가 윤해성 이야기를 하는데, 왜 마음이 갑갑하고 불편하지? 왠지 내 것을, 나만의 것을 빼앗기는 듯한 이 알 수 없는 기분은 뭘까?

"언니는 윤해성 변호사한테 관심이 있는 거예요?"

바보 같은 말을 하고 말았다. 하고 나서 즉시 후회했다.

아, 이런 것도 평소의 나답지 않아. 이렇게 직접적인 질문을 하다니. 내 이상한 기분을 이 눈치 빠른 언니가 알아채는 것은 아닐까. 아닌데. 그게 아닌데. 내가 윤해성을 얼마나 경멸하고 미워하는데.

하지만 한이수 내면의 걱정과 달리 장유나는 심드렁하게 말했다.

"자기, 지금까지 뭘 들은 거야? 내가 윤해성 '같은' 남자라고 했지, 윤해성이라고는 안 했잖아."

그러다가 한이수 쪽으로 휙 시선을 돌렸다.

"뭐야? 설마 견제하는 거야? 그러고 보니 이수 씨도 윤 변호사하고 꽤 친하지? 이거 내가 실언한 거야, 뭐야?"

"아, 아니에요. 언니. 전혀 아니에요. 얼마든지요."

한이수는 손을 마구 내저었다. 평소와 달리 자꾸 허둥대는 모습을 보이게 된다.

왠지 기분이 야릇한 밤이었다.

한이수는 평소와 달리 빠르게 와인을 비웠다.

* * *

한이수가 장유나를 만나고 온 뒤 하필이면 바로 이틀 후, 양다곤이 한이수를 회장실로 불렀다.

방으로 들어가니 양다곤은 소파에 앉아 있었다. 한이수가 그 앞에 섰다.

"네, 회장님."

맨숭맨숭한 얼굴로 양다곤의 지시를 기다렸다. 양다곤은 뜻밖에도, "좀 앉지." 한다.

한이수는 옆 소파에 앉았다.

양다곤이 큰 팔걸이를 한 번 툭 쳤다. 무언가 자연스럽지 못한 말을 꺼낼 때의 버릇이었다.

"오늘은 한 비서하고 얘길 좀 하려고."

양다곤은 굳이 비서실을 호출해 차를 두 잔 가지고 오라고 했다. 잠시 후, 비서실 다른 직원이 차 두 잔을 들고 왔다. 그녀는 두 사람 앞에 각각 잔을 놓으며 한이수를 힐끔 보았다. 별일이 다 있네, 하는 표정이었다.

직원이 나간 후, 양다곤이 다시 입을 열었다.

"한 비서는 유나하고 친했지?"

장유나 일이었나.

"네. 조금. 아무래도 제가 심부름도 하고 그러다 보니까."

"예전 유나 얘길 들어 보니까 그냥 심부름해서 알게 된 정돈 아닌 모양이던데. 개인적인 이야기도 하고, 꽤 마음을 터놓고 지내는 사이 같더군. 유나가 한 비서 칭찬도 많이 했고."

"네."

예민한 이야기가 나올 것 같다. 말을 조심해야 한다. 가능하면 말을 줄여야 한다.

"유나가 집을 나가고 지금껏 연락도 되지 않아. 처음엔 화가 나서 집을 떠났지만 화가 풀리고 금방 돌아올 줄 알았어. 근데 영 소식이 없네. 전화도 되지 않고. 영 마음이 불편해."

"네. 송구해요."

"한 비서가 송구할 게 뭐 있나. 다 내 잘못이지. 근데."

"네."

"한 비서한테 물어보고 싶어."

"어떤 걸요?"

"그 사람이 어떤 심정인지, 뭐가 기분에 그렇게 거슬렸을지, 그런 것들 말이야. 나한텐 다 표현 안 해도 한 비서한테는 이런저런 이야기를 했을 거잖아. 같은 여자고, 나이도 비슷하고."

"뭐 가벼운 말씀 정도였죠. 저도 깊은 이야기를 나누진 못했어요."

"그래도 같은 여자로서 느끼는 게 있을 거야. 내가 알지 못한 것들 말이야."

양다곤에게서 간절한 눈빛이 보였다.

이 늙은이, 아주 애가 탔군.

한이수는 고소한 한편으로 이 상황에서도 포기하지 않는 노욕에 섬뜩한 기분마저 들었다.

여기서 끝까지 아무것도 모른다고 하면 안전하겠지만, 아마도 양다곤의 심기를 거스를 것이다. 그건 그다지 좋은 전략이 아니다. 오히려 이 기회에 필요한 이야기는 해 두는 편이 낫다. 그렇게 판단했다.

"사모님은 좀 서운하셨던 것 같아요."

"구체적으로 어떤 것들이?"

"제가 한 가지 기억나는 건요."

"응."

"단명오 변호사님 건이에요."

"단명오 변호사……."

양다곤도 어느 정도는 알고 있는 눈치다.

"네. 사모님은 단 변호사님한테 일생일대의 모욕을 받았다고 여기시고 계세요. 도저히 용납할 수 없는 마음이신 것 같아요. 근데 회장님은 또 단명오 변호사님하고 워낙 오래된 사이시니……."

"오래됐다곤 하지만 다시 만난 건 얼마 되지 않았어. 그동안엔 쭉 외국 생활 한 친구인데."

"네. 저도 그런 걸로 알고 있습니다. 그래서 사모님이 더 화가 나셨던 것 같아요. 그 정도의 사이인데 왜 그리 감싸고도냐면서요."

"감싸고돌긴 내가 뭘 감싸고돌아!"

양다곤이 버럭 소리를 질렀다.

"제가 그런다는 말씀이 아니고요, 사모님이……."

"아, 알겠네."

양다곤은 미간에 주름을 잡고서 한참 무언가를 생각하는 듯했다. 그러다가 입을 뗐다.

"단명오는 지금 건일이 재판을 맡고 있어. 도저히 내칠 수 있는 상황이 아니야."

한이수에게 할 말은 아니었다. 마치 혼잣말을 하는 모습이었다. 잠시 후 다시 한이수에게 시선을 고정하고 말했다.

"한 비서 생각에는 어때? 단명오가 내 옆에 있는 게 유나한테 그렇게 치명적인 거 같아?"

한이수는 조금 머뭇거리다가 대답했다.

"네."

양다곤은 눈을 잠시 감았다.

"알았네. 솔직한 이야기 해 줘서 고마워. 나가 봐."

한이수는 조용히 회장실을 나왔다.

* * *

양건일의 항소심 첫 번째 공판기일.

법정을 향해 뻗은 복도를 걸어가는 검사의 발걸음은 어딘가 나사가 빠져 있었다. 공판카드가 든 파일을 쥔 손은 터덜터덜 덜렁거리고 있다.

재판의 전망이 뻔하고, 또 암울했다. 1심 재판과 같은 긴장감도 없다. 공소기각이 법리상 너무 명백했다. 항소심에서도 100퍼센트 같은 결론일 거였다.

하나 마나 한 재판.

망나니 개자식에게 면죄부를 주기 위한 요식절차.

흥이 날 리가 없다.

엇!

멍하니 걷던 탓일까, 검사는 마주 오던 젊은 남자와 세게 부딪치고 말았다.

그 탓에 손에 쥔 공판카드 파일이 땅에 떨어져 흩어졌다.

"아이구, 이거 죄송해요!"

부딪친 남자는 자신이 부딪친 남자가 검사복을 입은 사람인 걸 보자 더 당황하는 듯했다. 서둘러 바닥에 엎드리다시피 해서 흩어진 파일들을 주워 모았다.

"괜찮습니다. 제가 주울게요."

검사가 말했지만 어느 틈에 남자는 파일을 다 주워서는 허리를 일으켰다.

"아닙니다. 검사님이 복도 바닥을 기어서야 되나요. 대신에 나쁜 놈들이나 꼭, 혼내 주십쇼."

남자가 유쾌하게 말했다. 검사는 남자가 건네는 파일을 건네받으며 가볍게 고개를 숙였다.

이 친구 매너가 꽤 좋은데.

그렇게 생각하며 검사는 법정 문을 밀고 들어갔다.

복도를 걸어가던 남자는 그 순간 뒤돌아보며 씩 웃었다.

남자는 전기호였다.

법정에 들어선 검사는 자리에 앉았지만 한숨만 나왔다.

언론의 관심도 식어 방청석도 숭숭 비어 있다.

양건일 측은 이미 와 있었다. 갈치처럼 매끈하게 빛나는 회색 양복을 말끔하게 차려입은 그에게서는 일말의 긴장감도 찾아볼 수 없었다. 변호사 단명오는 입가에 은근한 웃음기마저 띠고 있다. 재판은 쉽고 보수는 높다. 즐겁지 않을 리가 없다.

양건일과 단명오를 보자 비위가 상했다. 검사는 고개를 숙이고서 무심코 공판카드를 넘겼다. 그의 눈이 금붕어처럼 튀어나왔다.

응? 이게 뭐야?

이런 파일이 있었어?

이, 이건!

검사가 멍해 있는 동안 판사가 들어왔고, 개정선언을 했다.

이름과 주민등록번호, 주소 등 인적 사항 확인절차가 있은 후 양건일은 자리에 앉았다.

길지 않은 시간이었지만 검사가 정신을 차리기에는 충분한 시간이었다.

판사가 말했다.

"검사는 항소 취지를 밝혀 주십시오."

검사가 일어섰다.

"공소장변경을 신청합니다."

"어떤 내용입니까?"

검사의 입에서 청천벽력 같은 말이 튀어나왔다.

"특정범죄가중처벌법 위반으로 변경합니다."

"특가법이요? ……어떤?"

판사는 어리둥절한 표정으로 물었다.

"위험운전치상입니다. 피고인은 마약에 취해 운전을 하다가 사람을 치었습니다."

법정에 정적이 흘렀다. 모두의 예상을 벗어난 전개였다.

특정범죄가중처벌 등에 관한 법률, 줄여서 '특가법'에 규정된 '위험운전치상죄'는 약물에 취해 차를 운전하다가 사람을 치어 다치게 한 경우에 가중처벌하는 조항이다. 자그마치 징역 1년 이상 15년 이하. 1심에서 그나마 적용될 뻔했던 교통사고처리특례법하고는 비교가 안 되는 톱클래스의 범죄다.

느긋하던 양건일은 얼굴이 창백해졌다. 여유만만하던 단명오도 입이 벌어졌다.

판사조차 잠깐 할 말을 잃고 멍해져 있다가 정신을 차리고 물었다.

"마약을 했다고요?"

"그렇습니다. 피고인은 마약에 취한 채 차를 운전한 것입니다."

"증거가 있습니까?"

검사는 서류 한 장을 실물화상기에 놓았다. 벽면 스크린에 서류가 떴다.

"서령대학교에서 피고인의 머리카락으로 약물 검사를 한 결과지입니다. 여기에 명백히 LSD가 검출되었다고 나와 있습니다."

"뭐, 뭐라고? 내 머리카락으로? 언제⋯⋯."

양건일이 정신 나간 듯 중얼거렸다.

판사는 스크린에 비친 서류 내용을 유심히 들여다보았다. 검사의 말대로였다.

검사는 말을 이었다.

"이 정도 수치라면 거의 중독자입니다. 피고인은 일상적으로 마약에 중독된 자인 것입니다. 이 사건 역시 약에 취한 상태에서 운전하다가 사고를 낸 게 분명합니다."

검사가 제출한 서류는 방수회가 뜯어 온 양건일의 머리카락을 서령대학교로 보내 검사한 결과지였다. 전기호가 검사와 부딪쳐 떨어뜨린 파일을 주워 주는 척하며 끼워 넣은 것이었다. 서류에 표시된 LSD 수치는 꽤 높았다.

도대체 언제 저런 검사를!

다 끝난 재판 아니었어?

갑자기 마약 운전이라니!

양건일은 혼이 빠져나간 지푸라기 인형 같았다.

법정에는 긴 정적이 흘렀다. 검사가 던진 충격 때문이었다.

단명오가 재빨리 정신을 차리고 말했다.

"피고인의 몸에서 마약이 검출되었다고 해도, 그날 운전할 때 약에 취해 있었다는 입증은 되지 않습니다."

판사는 눈살을 찌푸렸다. 잠시 후 입을 열었다.

"흠…… 피고인이 마약을 했다는 사실은 알겠습니다만…… 특가법을 적용하려면 피고인이 운전할 당시에 마약에 취해 있었다는 점이 입증이 돼야 합니다. 사고가 있던 날 피고인이 약을 했다는 증거는 있습니까?"

검사가 주춤했다. 그 틈을 놓치지 않고 단명오는 의기양양하게 목소리를 높였다.

"그렇습니다. 저 약물 검사는 날짜상 교통사고가 있기 약 한 달 전에 이루어진 것입니다. 교통사고가 있던 바로 그날 피고인이 마약에 취해 있었다는 사실은 입증되지 않았습니다. 그렇다면 특가법으로 처벌할 수 없습니다!"

검사는 입술을 깨물었다.

이 명백한 증거가 있는데…… 판사는 더 확실한 증거를 요구한다. 저 꽉 막힌!

하지만 판사의 말이 법적으로는 맞는다. 그래서 더 화가 났다.

판사가 한 번 더 재촉하듯이 말했다.

"교통사고가 있던 날 피고인이 마약을 했다는 증거가 있습니까!"

검사는 대답하지 않았고, 단명오는 그런 검사를 조롱하듯 쳐다보고 있었다.

"있습니다."

응?

판사는 의아한 얼굴로 고개를 들었다. 그 말은 검사가 뱉은 것이 아니었기 때문이었다.

방청석에서 한 남자가 일어나 있었다. 금방 한 말은 그가 한 것이었다. 밝은 갈색으로 염색한 머리칼이 눈에 띄었다.

판사가 물었다.

"누구시죠?"

"그날 저녁 피고인과 같이 있었던 사람입니다."

그렇게 말하고는 남자는 고개를 푹 숙였다. 얼굴은 흙빛이었다. 무언가 이유가 있어 어쩔 수 없이 이런 행동을 하는 듯한 모습이었다.

검사도 놀라 그 남자를 바라보았다. 순간 그의 뇌는 재빨리 돌아가기 시작했다.

한국 최고 권위의 서령대학교 약물 검사지가 자신의 공판카드에 들어 있었다. 우연일 리 없다. 복도에서 마주친 남자가 몰래 끼워 넣었을 것이다. 누군가가 검찰의 기소를 도와주고 있는 것이다. 법정에 갑자기 등장한 저 증인도 그 맥락임이 분명하다. 이 기회를 놓칠까 보냐. 검찰을 돕는 사람이 누군지, 어떤 이유인지는 알 필요 없다. 적어도 지금 당장 중요한 건 아니다. 지금 중요한 건 저 증인이다.

검사가 소리를 높였다.

"지금 발언한 저 사람을 재정증인으로 신청합니다!"

단명오의 얼굴이 붉으락푸르락했다.

"반대합니다! 법정에 돌연 뛰어든 사람을 증인으로 신문하는 것은 부적절합니다!"

"아뇨. 하겠습니다."

판사가 냉랭하게 말했다. 사건이 사건이니만큼 그 역시 진실을 당장 확인하고 싶은 것이다. 무엇보다 법정에 지금 막 등장한 '약물' 이야기는 사건의 향방을 완전히 뒤집는 중대한 문제다. 그것에 관해 말해 줄 증인이 눈앞에 있는데 다음에 오라며 돌려보낼 수 없다. 지금 법정을 떠나면 그 뒤론 변호인이 손을 쓸지도 모른다.

남자가 천천히 걸어서 증인석으로 왔다.

양건일은 눈알이 뒤집혔다. 갈색 머리를 보니 확연히 기억났다. 그날 저녁 같이 있었던 무리 중 한 명이었다. 그리 친분은 없었고, 지인이 데리고 온 남자였다.

저 자식이 어떻게 법정에?

"저놈 같이 있던 거 맞아?"

단명오가 몸을 기울여 속삭이듯 물었다.

양건일은 넋이 나간 채 고개를 끄덕였다.

증인의 이름은 현호철. 그는 증인 선서를 한 후 자리에 앉았다.

검사가 일어서서 다가갔다.

교통사고가 있던 날짜를 가볍게 확인한 후, 본격적으로 묻기 시작했다.

"증인은 저 피고인을 잘 압니까?"

"두어 번 본 정도예요. 친구의 청담동 집에 갔는데, 그날도 거기 있더라구요. 남자 넷에 여자 셋이 모여 있었습니다."

"그날 그 집에서 뭘 했는지를 이야기해 보시죠."

현호철은 머뭇거리다가 입을 열었다.

"몇 명이 약을 했습니다."

"약이라면 뭘 말하는 거죠?"

"LSD입니다……."

"누가 가져온 건가요?"

"저 사람이 가져온 걸로 알고 있습니다."

현호철은 양건일을 가리켰다. 양건일의 얼굴이 붉으락푸르락했다.

"양건일도 약을 했나요?"

"네."

"그다음엔 어떤 행동을 했습니까?"

"차를 타겠다며 나가려 했습니다. 저희들이 다 말렸지만 뿌리치고 가 버리더라구요. 부가티 새로 뽑은 거 밟아 봐야 한다면서. 약에 많이 취한 것 같았습니다. 말릴 수가 없었습니다."

"그렇게 나간 게 대략 몇 시쯤이었죠?"

"한 8시쯤 되었을 겁니다."

"그때부터 약 두 시간 후 용인에서 이 사건이 일어난 것이군요."

"……."

검사의 신문이 끝나고 단명오가 일어나 몇 가지 반대신문을 했지만 소용없었다. 증인은 자신의 증언만을 더 확고히 할 뿐이었다.

증인석을 떠나며 현호철은 긴 한숨을 쉬었다. 그건 지쳐서 내쉬는 숨이 아니라 어쩐지 안도의 한숨 같았다.

* * *

일주일 전.

현호철은 자신이 일하는 나이트클럽 근처 흡연부스에서 막 꽁초를 재떨이 모래에 눌러 비벼 끄고 나오는 참이었다.

조금 전 들어와 있던 남자가 현호철이 막 버린 담배꽁초를 집어 들고 있었다. 흡연부스를 나오려던 현호철의 시야에 힐긋 그 장면이 들어왔고, 현호철은 멈춰 섰다.

"당신 뭐야?"

"네?"

젊은 남자는 핀셋으로 조심스럽게 꽁초를 집어 비닐봉지에 넣다가 어리둥절한 듯 되물었다. 나이는 20대 중반 정도 되었을까. 만만한 인상이다. 그걸 보자 더 울컥했다.

"뭐 하는 자식이냐고!"

다짜고짜 현호철의 언성이 높아졌다.

"선량한 시민입니다만."

"이 자식이! 너 뭔데 내 담배꽁초를 주워?"

"버린 꽁초를 줍는데 무슨 문제라도?"

"이 새끼가!"

입에서 거친 욕설이 튀어나왔다.

동시에 그의 주먹이 올라왔다.

"자, 자. 진정하시고."

등 뒤에서 남자의 목소리가 들렸다. 어느새 낯선 남자가 부스 안에 들어와 현호철의 올라간 팔뚝을 잡고 있었다.

엄청난 힘이었다. 뿌리쳐 보았지만 남자에게 붙들린 현호철의 팔은 마치 석화된 마냥 꿈쩍도 하지 않았다.

새로 들어온 남자가 말했다.

"버린 꽁초는 쓰레깁니다. 누구의 소유물도 아니죠. 우리가 주워 가도 된다는 겁니다. 설령 그걸 버리신 선생님이라고 해도 막을 권리는 없단 얘기죠."

남자의 어조는 정중했다. 서른 정도 되었을까. 큰 키로 현호철을 굽어보는 이 남자는 표정, 태도, 말투 모두가 만만치 않았다. 현호철은 팔뚝을 슬며시 내리고는 주눅 든 목소리로 말했다.

"아니, 내 꽁초로 뭘 하려는 겁니까?"

"알아보고 싶은 게 있어서요."

"뭘?"

"약물 검사를 해 보려구요."

"뭐라고?"

"이를테면 LSD 같은?"

"에, 엘……."

"꺼릴 것 없지 않습니까? 아니라면 말이죠."

현호철은 무언가 반박하려 했지만 실패했다. 입술이 얼음에 닿은 것처럼 찰싹 달라붙어 떨어지지 않았다.

남자는 말없이 빙그레 웃었다. 상대의 마음을 넘겨짚는 듯한 그 미소는 오히려 오싹했다. 나긋나긋하기까지 한 말투에는 되돌릴 수 없는 선고 같은 무게가 있었다. 완력으로 막을 엄두도 나지 않는다. 조금 전에 팔뚝을 쥐는 힘을 느끼지 않았던가. 게다가 상대는 둘이다. 이길 수도 없거니와 소동이 일어 경찰이라도 오면 낭패다.

이자들은 다 알고 왔어. 하지만, 형사들은 아닌 것 같은데?

그렇다면.

현호철은 어깨를 움츠렸다.

"뭘…… 원하는 거요?"

음성이 떨리고 있었다.

"이해가 빠르시군요."

"나 같은 놈 하나 잡는 게 목적은 아닐 테니까."

"이 검사를 하지 않는 조건은 간단합니다."

"뭐…… 야……."

남자가 내건 '간단한 조건'은 바로 증언이었다.

현호철은 새파랗게 질린 얼굴을 끄덕였다.

"증언 마칠 때까지 이 꽁초는 보관해 둘게요."

전기호가 즐겁다는 듯 말하며 꽁초가 든 비닐봉지를 들어 보였다.

현호철은 입술을 깨물었다.

윤해성은 여전히 빙그레 웃고 있었다.

* * *

현호철이 증인석을 떠난 뒤 판사의 표정은 얼음장처럼 식어 있었다.

양건일을 제대로 쳐다보지도 않고 있었다. 아마도 정면으로 얼굴을 본다면 자신의 화를 주체할 수 없을 것 같아 차라리 외면하고 있는 것 같았다.

"공판을 마치겠습니다."

"자, 잠깐만요. 피고인이 변론할 수 있도록 한 번 더 공판을 속행해 주십시오."

단명오가 일어서서 절박하게 말했다. 하지만 식어 버린 판사의 마음을 돌리지는 못했다.

"일단은 종결하겠습니다. 추후 피고인이 증거나 사유를 첨부해서 재개신청을 하면 검토하겠습니다."

물론, 검토할 생각은 없을 것이다. 판사는 이미 확신하고 있다. 양건일의 유죄를.

선고는 일주일 후로 잡혔다.

* * *

그 일주일간 가장 진땀을 뺀 사람은 양건일을 제외하면 단명오일 것이다.

양다곤이 물으면, '조금 상황이 불리하게 돌아갑니다' 정도로만 어물쩍 넘겼다.

양건일이 물었을 때는, '아무래도 조금은 마음의 준비를 하는 게 나을 거다' 정도로 이야기했다.

그렇게 저렇게 시간은 어김없이 흘렀고, 선고일이 되었다.

단명오의 언질대로 양건일은 어느 정도 각오를 하고 피고인석에 섰다. 마음 한구석에는 그래도 1심에서 공소기각이나 받았는데, 2심에서 집행유예 정도의 경고성 판결로 끝내지 않을까 하는 기대를 가졌다.

법대를 올려다보자 선고를 앞둔 판사의 얼굴이 보인다.

저 딱딱한 표정은 도무지 적응되지 않는다.

"선고하겠습니다."

판사의 입이 열렸다.

"피고인을 징역⋯⋯."

얼마?

6월? 8월?

집행유예는 붙겠지?

초긴장 상태.

판사의 말이 이어지는 그 찰나의 순간에 양건일은 수십 가지의 희망과 기대를 걸었다가 지웠다.

판사가 이어 말했다.

"……10년에 처한다."

뭣!

징역 10년!

양건일의 다리가 비틀했다. 힘이 풀려 서 있을 수가 없다.

잘못 들은 건가?

이건 아니야. 이건 꿈일 거야. 현실일 수가 없어.

어떻게 이런 일이 일어날 수가 있지?

10년? 그 기간을 감방에서 썩는다고? 한울 그룹의 후계자인 이 양건일이?

머리가 빙빙 돌았다.

집행유예는 언감생심.

"피고인을 법정구속합니다."

판사의 말이 꿈결처럼 들렸다. 교도관 두 사람이 와서 양옆에서 팔짱을 낄 때서야 겨우 현실로 돌아왔다. 하지만 발걸음을 겨우 떼던 양건일은 다시 주저앉고 말았다.

방청석에서 냉소적인 표정을 짓고서 그 장면을 지켜보던 남자가 일어섰다. 남자는 조용히 뒤편 법정 문을 열고 나갔다. 그는 전기호였다. 선고결과를 듣고 오라는 윤해성의 지시였다.

* * *

언론은 대서특필했다.

재판을 잘했다는 논조였다. 양건일에게 가혹하다는 뉘앙스의 기사는 단 한 건도 없었다. 징역을 10년이나 매긴 것은 1심 재판에서 약물한 사실을 숨기고 횡단보도 사고가 아니라며 발뺌했던 행태에 대한

패씸죄라는 분석기사가 여럿 있었다. 시사논평 프로그램에도 이 판결은 반복해서 등장했다. 법조계 출신 패널들은 여론의 눈치를 보며 잘한 판결이라고 앞다투어 칭찬했다.

'오랜만에 정의 실현', '판사님 최고', '검사가 일 제대로 했네', '1심에서 얍삽하게 부인하더니만 꼴좋다' 등등 뉴스 댓글도 잘했다는 반응 일색이었다.

소식을 들은 양다곤은 그 자리에서 혼절했다.

* * *

"변호사님이 한 거죠?"

방수희가 윤해성의 방에 들어와 물었다.

"뭘?"

"양건일 재판 말이에요."

"어떤 부분?"

"검사한테 제보한 거요."

"아, 그거."

"양건일이 그날 약 먹고 운전했다는 증거. 변호사님이 준 거죠?"

윤해성은 보던 서류를 덮고 의자를 빙글 돌리고는 미소를 지었다.

"맞아. 내가 했어."

그러고는 대수롭지 않다는 듯 말을 이었다.

"약물 검사지를 검사한테 건네줬구, 그날 같이 약 했던 녀석 증인도 세웠지. 수희한테까지 알릴 필욘 없을 거 같아서 기호하고 둘이서 했어."

방수희는 잠깐 말문이 막혔다. 윤해성이 또 말했다.

"약 먹고 사람을 죽였잖아. 그런 놈이 멀쩡히 세상을 걸어 다녀서야 되겠어?"

"그렇긴 해요…… 하지만 그것보다는 변호사님 개인적인 이유 때문이었던 거겠죠?"

"어."

윤해성의 대답은 거침없었다.

방수희가 물었다.

"그럼 왜 1심에서는 왜 사건을 조작해서까지 풀려나게 해 주신 거죠?"

"1심은 단순 교통사고로 기소됐어. 유죄로 돼 봤자 얼마 안 살아. 양건일은 마약으로 제대로 처벌받아야 하는데 말이야. 근데 약물 검사지가 있단 것만으론 마약 운전으로 처벌받게 하지 못해. 사건 당일 마약을 했다는 게 입증돼야 하니까. 그래서 양건일 변호인 접견할 때 그날 저녁 같이 있었던 녀석들 신상을 알아 왔어. 그놈들 중 한 명을 찾아내서 2심에서 증인을 세울 수 있었던 거지."

"그러려고 1심에서 굳이 양건일 변호를 맡았던 거네요."

"뭐 첨에는 꼭 그렇지 않아. 접견하면서 마약 했단 걸 눈치챈 거였지. 우선 증인 찾는 데 시간이 걸렸어. 게다가 1심에서부터 마약 운전으로 몰고 가면 변호인인 내 정체도 탄로 나니깐 일단 공소기각으로 만들었지. 물론 수임료도 벌어야 하고. 그러곤 2심에서 최종 타격을 준비한 거야."

"……그랬나요."

"또 그렇게 해야 양건일을 더 보내 버릴 수 있어."

"그건 왜 그렇죠?"

"1심에서 마약 한 거 숨기고 석방된 거니까. 괘씸죄가 붙어서 2심에서 더 가중처벌 되는 거지."

방수희는 또 말문이 막혔다. 이게 변호인의 입에서 나올 수 있는 말일까?

잠시 생각하던 방수희가 입을 뗐다.

"……저도 결과적으론 잘되었다고 생각해요. 양건일 같은 사람이 무죄방면 되는 건 옳지 않죠."

"응. 잘된 거야. 여론도 그런 것 같던데?"

"전 변호사님의 목표를 지지해요. 뭐 방법도 이해할 순 없지만 대체로 지지하구요. 근데."

"응?"

"궁금해서인데, 잘 모르지만 그거 변호사 윤리인가 거기에 위반되는 거 아녜요?"

"윤리? 흠……."

그게 윤해성이 보인 반응의 전부였다.

방수희는 방을 나오면서 생각했다.

저 사람은 윤리 같은 소리, 그런 물음에는 변명조차 준비하고 있지 않을 만큼 무관심하다. 저런 법률가가 있을까? 법을 단지 아이스크림 파먹는 숟가락 정도로 생각하는 것 같아.

방수희는 머리를 도리도리 흔들었다.

터무니없는 인간과 한배를 타 버린 게 아닐까.

그러면서도, 설사 그렇다 해도 내릴 수 없다.

왜냐하면 난 이미 저 남자를 좋아하고 있으니까.

"도대체 어떻게 된 거야……."

양다곤의 음성은 떨려 나왔다. 몸 상태도 안 좋지만, 아들이 징역 10년을 받은 탓이 컸다.

단명오는 한울 그룹 계열 병원의 VVIP 병실에서 혼자 양다곤을 마주하고 있다. 면목이 없어 정면으로 쳐다보지는 못하고 있었다.

"누군가 검찰에 찌른 것 같습니다. 건일이 친구 중에 배신자가 있었나 봅니다."

"사전에 입단속 해 두었어야지!"

양다곤은 버럭 소리를 치다가 콜록콜록 기침을 했다.

"진정하십시오."

"내가 진정하게 됐나?"

양다곤의 음성은 쉬어 있었다. 얼굴도 10년은 늙었고, 흰머리가 갑자기 늘어나 있었다. 정기를 다 빨린 늙은 나무 같았다. 순식간에 완전한 노인이 되어 버린 듯한 모습.

"징역 10년이라니! 이게 말이 되나? 한울 그룹의 유일한 후계자가 10년 뒤에야 출소를 하다니. 세월도 세월이지만 10년간 감방에 있던 애가 도대체 무얼 할 수 있겠어?"

"너무 먼 걱정입니다. 그런 건 나중에 걱정하셔도……."

"건일이는 어떡하나…… 10년간 감방이라니. 나도 영장 대기하면서 구치소에 하루 있어 봤지만 거긴 사람 있을 데가 아니야. 하루도 지옥 같았는데, 10년을 어떻게. 아이고…… 건일이 이놈을 불쌍해서 어떡해."

이마에 손을 짚고 거의 흐느끼듯 말을 띄엄띄엄 이어 갔다.

"한울 그룹은 끝났어…… 내 대에서 완전히 끝난 거야……."

"무슨 그런 말씀을 다 하십니까. 건일이가 저렇게 되었으니 저라도 가까이에서 형님을 성심성의껏 돕겠습니다."

"뭐? 내 옆에서 돕겠다고?"

양다곤이 고개를 쳐들고 버럭 소리를 쳤다.

"자네 때문에 모든 걸 망쳤어!"

"형님. 섭섭합니다."

"섭섭하긴 뭐가 섭섭해!"

"형님 일 도우러 파라과이 농장도 접고 이리로 왔잖습니까. 그동안 있는 힘을 다해서 형님을 도왔는데, 말씀이 지나치십니다."

"네가 한국에 와서부터 되는 일이 하나도 없어! 뭐? 날 도우러 왔다고? 내가 말 안 하려 했는데, 너 파라과이 농장 일찌감치 망했잖아! 일하던 애를 채찍으로 때려서 불구 만들었다며! 도망자 신세로 볼리비아에 있었어! 그때 내 전화 받고 얼씨구나 하고 귀국한 거야. 날 도우려던 게 아니라!"

단명오가 파랗게 질렸다.

숨기려 했던 과거가 가장 숨기고 싶었던 대상의 입에서 가장 당황스럽게 드러났다.

어떻게 알았지?

"……그, 그, 그런 걸 어떻게?"

"김 실장이 다 조사했어!"

"김 실장…… 이 인간이…….."

김 실장!

단명오는 입술을 잘근 깨물었다.

이 개자식이…….

분노를 감춘 미간이 깊게 파였다.

양다곤은 그의 얼굴에 대고 마구 퍼붓기 시작했다.

"건일이 일도 그렇고, 유나 일도 그렇고! 다 자네가 내 옆에 있어서 망한 거야! 근데 뭐? 내 옆에서 돕는다고? 누굴 황천 보낼 일 있나!"

휘몰아치는 양다곤의 말을 단명오가 양손을 펴 들며 제지했다.

"형님, 잠깐요!"

단명오도 눈에 힘을 주었다.

"건일이 일은 제가 담당 변호사였으니 백번 욕을 먹어도 할 말이 없습니다. 하지만 장유나 건은 다르잖습니까? 그게 왜 제 탓입니까?"

불만이 가득 담겨 있었다. 뜻밖의 질책을 당하자 설움이 폭발한 듯하다.

"자네 때문에 유나가 나간 거야! 유나는 자네가 자기를 모욕했다면서 끔찍하게 싫어했어! 자네가 내 옆에 있다는 이유만으로 나까지 싫어졌대! 유나가 그런 마음을 먹고 완전히 나가서 돌아오지 않는 것, 다자네 탓이 커! 그걸 모르겠나!"

양다곤은 한층 소리를 높였다. 단명오도 맞받아쳤다.

"형님! 도대체 누가 그런 말을 합니까? 장유나 본인이 그러던가요? 하, 그 정신 나간 여자, 정말!"

단명오로서도 이만큼 억울한 말을 들은 건 흔치 않았다. 좀처럼 없던 흥분한 말투까지 튀어나왔다. 양다곤이 조금 음성을 누그러뜨렸다.

"유나가 말한 거 아니야."

"그럼 형님의 추측입니까?"

"아냐. 한 비서가 그랬어. 유나하고 친했거든."

"……한이수가?"

단명오의 입술이 일그러졌다. 그 일그러진 입 그대로 욕설이 튀어나왔다.

"원 별 싸가지 없는 년 다 보겠네! 지 까짓 게 어디서 감히 그딴 소리 해!"

단명오는 이를 바득바득 갈았다.

"감히! 어디서 감히!"

단명오는 흥분을 주체하지 못했다. 안 그래도 김 실장이 엉겨 붙어 눈이 뒤집힌 판에 그 어리고 만만한 한이수까지? 이놈이고 저놈이고 다 나를 물로 봤어!

"목소리 낮춰."

"형님과 저 사이를 이간질한 거잖아요! 도저히 참을 수 없어서 그럽니다."

"한 비서한테는 아무 말도 하지 마. 자네가 그런 말을 하면 내가 말 전한 게 되니까. 내 체면 망가뜨리지 말고."

양다곤이 눈을 부라렸다.

"……알겠어요."

양다곤이 말하니 별수 없다. 일단 목소리를 낮출 수밖에. 하지만 늘 뱀처럼 차갑던 단명오의 눈알이 이글이글 불타고 있었다.

양다곤의 거센 질책으로 자존심은 완전히 구겨졌다.

숨기고픈 뒤를 캔 김 실장.

이간질한 한이수.

단순히 기분이 나쁘다는 감정의 문제가 아니었다. 이런 타격들은 양다곤의 오른팔로서의 지위를 더 이상 보장받지 못할지 모른다는 실제적인 위협이었다. 양다곤의 신뢰는 단명오에게 당장의 생존 문제였다. 그것을 위협하는 인간들이라니!

이가 갈렸다.

두 사람에 대한 미움이 어느 쪽이 덜하다고 할 것도 없이 마그마처럼 끓어오르고 있었다.

* * *

'김 실장 이 새끼! 내 언젠간 죽여 버린다······.'

단명오는 병원을 나오며 이를 갈았다.

'그리고, 당장 한 명 손봐야 할 인간이 있지.'

어딘가로 전화를 했다.

"여보세요."

굵은 남자의 음성.

"여보세요. 신동우 실장님. 저 단명옵니다."

"아, 단 변호사님!"

신동우는 목소리를 가볍게 띄우며 살갑게 인사했다. 단명오는 그룹 내 웬만한 사람은 다 아는 양다곤의 측근이자 실세다. 지금은 교도소에 가 있지만 후계자인 양건일의 최측근이기도 하다.

"부탁이 하나 있어요."

"아, 네! 네!"

"비서실 한이수 있죠."

"네? 네. 혹시, 한 비서가 무슨 잘못이라도 했습니까?"

"잘못을 논하기보다, 우선 신상에 관해 좀 알고 싶어서요."

잘못이 없다고 잘라 말하지는 않았다. 마치 비서실장이 모르는 어떤 중대한 잘못을 했고, 그 때문에 신상을 알 필요가 있다는 뉘앙스.

"신상이요?"

"학력, 경력, 가족관계 같은 사소한 것들 전부요."

"······회장님 지시입니까?"

"그렇게 생각해도 무방합니다."

"네. 알겠습니다. 곧 자료를 정리해서 드리겠습니다."

"자료도 자료지만……."

"네?"

"직접 만나서 알려 줄 것도 있겠죠? 자료에 쓸 수 없었던 이야기 같은 거."

단명오는 회사로 가서 다시 연락하기로 하고 전화를 끊었다.

비열한 그 표정에는 어울리지 않게도 비장함이 떠 있었다.

쥐를 가지고 놀다 죽이려는 고양이의 악?

한이수는 김 실장보다 훨씬 만만한 상대였다. 어쩌면 그 사실이 한이수에 대한 미움에 기름을 부었는지 모른다.

* * *

《정안일보》사무실.

박시영은 책상 위에 어떤 기사를 놓아두고 생각에 잠겨 있었다.

클리앙 파이낸스 회계담당 직원 영장심문 앞두고 자살

10년 전 기사. 요즘에는 '극단적 선택'이라는 용어로 순화해서 쓰지만 당시에는 '자살'이라는 말이 공공연하게 쓰였다.

클리앙 파이낸스의 회계담당 여직원이 회계를 조작해 한울 모터스 명의 계좌로 거액의 돈을 빼돌렸다는 혐의로 수사를 받았다. 처음에는 한울 모터스와 공모한 것이 아닌가 의심했지만 한울 모터스에서 서류상의 증거를 가지고서 강력히 항변하면서 그 직원의 단독범행이라 주장했다. 결국 검찰은 그 직원 혼자서 한울 모터스 계좌를 이용해 거액을 횡령한 것으로 결론 내리고 직원에 대해 구속영장을 청구했고, 그녀는 영장 재판을 앞두고 자살했다는 뉴스였다.

그 회계담당 여성은 바로 한이수의 모친이었다. 박시영은《정안일보》의 방대한 자료와 정보, 취재력을 바탕으로 그녀의 가족관계를 비롯한 몇 가지 사실들을 알아냈고,《정안일보》자료실을 뒤지다가 먼지를 뒤집어쓴 종이신문 다발 끝자락에서 이 기사를 찾아낸 것이었다.

아무래도 이상했다.

한이수가 왜 그렇게 윤해성에게 강한 적대감을 보였을까.

'시민의 정의감'이라는 말로 설명해 봤지만 그것만으로는 이해하기 어려운 구석이 있었다. 윤해성에 대한 마음이 컸던 만큼 그것이 어떤 계기로 미움으로 변했다는 추측은 맞겠지만.

이 기사에서 하나의 가설이 가능했다. 만약 한이수가 모친이 억울하게 죄를 뒤집어썼다고 믿었다면? 나아가 모친을 횡령의 단독범으로 몰면서 자신만 빠져나갔던 한울 모터스, 양다곤에게 원한을 품었을 가능성도 있다.

그렇다면.

그녀는 왜 굳이 한울 모터스에 들어갔으며, 하필이면 바로 양다곤의 코밑, 비서실에서 근무를 하게 된 것일까.

박시영은 이런 알 수 없는 행보와 닮은꼴을 보이는 사람을 한 명 알고 있다.

윤해성.

여기서 한이수의 행동에 대해 가장 가능성 있는 가설은 그것이다.

윤해성과 마찬가지의 목적.

복수.

추리를 더 이어 보았다.

혹시.

양다곤의 배터리 결함 은폐의 증거를 검찰에 제보한 사람도 한이수 아니었을까. 그 건으로 박재훈 검사와 협력했고, 그가 돌연한 피습 사건으로 사망하자 장례식장에 몰래 찾아와 애도를 하고 간 것이 아니었을까.

'한이수의 복수'라는 가설 아래에서 설명이 된다.

박시영은 고민에 빠졌다.

윤해성에게 전할까. 어차피 사실을 알아내고 전하기 위해 조사한 거였잖아.

"아니, 아직은 확실하지 않은 사실이야. 어디까지나 가설일 뿐이야."

혼잣말로 중얼거리며 머리를 흔들었다.

그저 잘나가는 회사에 취업했을 뿐일 수도 있어. 복수 따위가 아니라. 성미 급한 해성이가 일을 망칠 우려가 있어. 만약 아니라면 성급하게 한이수에게 말을 꺼냈다가 상대에게 이쪽 정체만 들킬 우려가 있어.

"확인이 필요해."

박시영의 눈이 빛났다.

* * *

양다곤은 퇴원해 집에 돌아왔지만 계속 누워 있었다. 몸을 계속 뒤척였다. 1억 2000만 원짜리 영국제 매트리스도 영 편치 않았다. 침대에서 일어나 앉았다.

방문이 열리고 유모가 얼굴을 빼끔 들이밀었다.

"뭐 좀 먹을래?"

"아뇨."

양다곤은 가볍게 고개를 흔들었고, 유모는 방문을 도로 조용히 닫았다.

양다곤은 머리맡 협탁에 놓인 물을 벌컥벌컥 들이켰다.

잔을 내려놓고 멍하니 침실 창밖을 바라보았다.

나무 한 그루가 있고 멀리 하늘을 배경으로 산이 보인다. 새가 한 마리 멋지게 호를 그리며 날아간다.

평소에 좋아하던 전망. 하지만 오늘은 달리 보인다.

한울 그룹의 회장. 그보다 높을 수 없고 그보다 강할 수 없다.

하지만 지금은 그저 한없이 초라한 노인일 뿐이었다.

사랑하던 여인이 떠났다. 그 여자를 얼마나 사랑했고, 얼마나 필요로 했는지는 떠나고 난 후에야 깨달았다. 자신의 인생에 다시는 그처럼 아름다운 여자를 만날 수 없고, 그렇게 사랑하는 여자를 만날 수 없다는 것도 깨달았다.

처음에는 돈을 과시하며 만났다. 다른 여자들과의 만남에서 그랬던 것처럼. 하지만 집을 얻어 사실상의 아내로 지내게 된 여자는 장유나가 처음이었다. 그건 우연이 아니었다. 양다곤 안의 무언가가 그 여자의 가치를 알아본 때문이었다. 그 사실을 나중에야 알았다. 돈으로 만나는 상대와는 다르다는 것을 서서히 알게 되었고, 이번에 절실히 알게 되었다.

자칫하면 날아가 버릴 파랑새. 자유라는 신을 신고 마음 내키는 대로 훨훨 춤추는 집시 같은 여자. 그녀의 조그만 사치조차 귀여웠다. 자신의 무한정한 재력으로 얼마든지 충족시켜 줄 수 있는, 가장 쉬운 일이었다. 하지만 이젠 그것조차 할 기회가 사라졌다. 인생에서 다시는 가질 수 없는, 가장 빛나는 보석을 잃어버렸다. 그녀는 양다곤 인생에서 최대의 사치였다. 아니, 그런 줄 알았지만, 이제 보니 물과 공기였다. 없으면 안 되는 어떤 것이었다.

연락이 닿지 않는 시간이 길어질수록 피를 말리는 것 같았다.

아무에게도 말하지 못한 채로 그 괴로움을 겨우겨우 견뎌 온 판에, 양건일의 일이 터졌다. 세상에 남은 유일한 혈육, 자신의 유전자를 물려준, 그리고 한울 그룹을 물려줄 유일한 인간, 이 양다곤의 아들 양건일.

세상 사람들이 망나니라며 욕하는 걸 알고 있었다. 하지만 양다곤에게는 문제 되지 않았다. 그따위 세평은 어차피 남 일이다. 바람보다 빠르고 덧없이 지나간다. 함부로 말하는 남의 말에 휘둘려서 자신의 중요한 일부를 포기하거나 값을 깎는 바보짓을 할 생각은 추호도 없다. 영구히 남는 것은 돈과 물질, 지위다. 양건일이 한울 그룹의 총수 자리에 오르면 모든 건 해결된다. 모두가 입을 닥치게 된다.

양다곤은 자신의 뒤를 든든히 이어 줄 양건일이 있기에 힘을 낼 수 있었다. 세대를 건너 이어지는 나, 또 다른 양다곤이 바로 양건일이었다. 그리고 유일한 존재였다.

그 양건일이 자그마치 10년 형을 받고 수감되었다. 세상이 무너지는 기분이었다. 한울 그룹의 한 귀퉁이도 굉음을 내며 무너지고 있었다.

무엇을 위해 일을 하고 무엇을 위해 그룹을 이끌어 갈 것인가. 어차피 내가 쓰러지면 신기루처럼 같이 사라질 것들인데. 자전거는 열심히 달리는 동안만 넘어지지 않는다. 양다곤은 페달질을 그만하고 싶어졌다. 자전거가 향할 행선지 자체가 사라진 기분이었다.

장유나를 잃었고, 이제 양건일마저 잃었다.

하나만으로도 양다곤을 무너뜨릴 일들이 겹쳐서 일어났다. 지금 맞닥뜨린 일들은 견딜 수 없는 것들이었다. 마치 어떤 존재가 있어 의도적으로 양다곤을 괴롭히는 것 같다.

창자가 끊어지는 고통이 이런 것일까.

왜 인생의 가장 큰 고통이 말년에 오는 것인가.

내가 무엇을 잘못했기에.

내가 어떻게 잘못 살았기에…….

양다곤은 창밖에 시선을 빼앗긴 채 언제까지나 우두커니 앉아 있었다.

* * *

단명오가 비서실로 들어서고 있었다.

"회장님 안에 계시지?"

한이수한테 대뜸 물었다.

그는 이렇게 약속 없이 양다곤을 찾아와 만날 수 있는 특권을 갖고 있음을 굳이 비서실 직원들에게 과시하곤 했다.

"네. 혼자 계세요. 오셨다고 알릴게요."

한이수가 일어서 회장실로 향했다. 문을 열고 들어가더니 곧 나왔다.

단명오에게 와서 말했다

"들어오시랍니다."

자리로 가 앉으려는 한이수를 단명오가 불렀다.

한이수는 올려다보았고, 그 얼굴 정면에 대고 단명오가 말했다.

"한 비서."

"네."

"한 비서는 말을 좀 조심하는 게 좋아."

"네?"

한이수가 놀라서 쳐다보았다.

단명오의 눈에 살기 같은 것이 잠깐 비쳤다.

마치 동물원에서 맹독을 가진 코브라를 가까이에서 들여다본 느낌이었다. 차이라면 동물원의 뱀은 유리창을 사이에 두고 있지만 지금은 차단막이 없다는 정도랄까.

이건 뭐지?

왜?

그 잠깐의 순간이 지나고, 단명오는 대꾸 없이 등을 돌려 회장실로 쑥 들어가 버렸다.

한이수는 멍한 얼굴로 그 뒷모습을 쳐다보았다.

* * *

한도균은 이날도 아침 등산을 위해 집을 나서고 있었다.

아침에 일어났을 때만 해도 어슴푸레한 여명이 있었는데, 지금은 해가 완전히 떴다.

집 근처에 산이 있어서 좋았다. 그 이유 때문에 양평까지 내려와 이집을 얻었고, 위층의 소음에도 이사를 가지 못했다. 층간소음으로 곤욕을 치른 후, 위층의 가족들은 이사를 갔고, 얼마 후 다른 집이 들어왔다. 노부부였는데, 있는 둥 마는 둥 했다. 층간소음은 마법처럼 사라지고 없었다.

역시 위층에 살던 사람들이 문제였어. 그 일로 이수가 고생했지, 내가 괜한 짓을 해서. 이수는 지금도 아빠가 불안해할까 봐 걱정하지만 말도 안 되는 소리. 내가 무슨 정신 질환이라도 있는 줄 아는 건지.

한도균은 위층 폭행 건으로 재판받던 일을 잠시 떠올렸다. 그땐 힘들었지만 그런 일도 지나고 보니 무뎌지는 건가. 이렇게 상쾌한 아침에 옛날 일처럼 떠올릴 만큼.

청량한 공기를 양껏 들이마시고 미소마저 머금으며 등산복 차림으로 집을 나섰다.

집에서 300미터쯤 떨어진 마을버스 정류장에서 버스를 기다렸다.

마을버스를 타고 다섯 정거장을 가면 매일 찾는 등산로 입구에 도착한다. 그곳이 마을버스의 종점이기도 하다. 그 덕분에 승객도 거의 없고, 호젓한 기분을 만끽할 수 있다.

잠시 후 도착한 버스에 올라탔다.

새벽 시간. 늘 그렇듯 버스는 텅텅 비었고 승객은 한도균 혼자였다.

뒷자리에 앉아 창밖을 하염없이 바라보던 한도균은 종점을 앞두고 일어설 준비를 하며 버스 문 쪽으로 시선을 옮겼다.

어.

언제부터 저런 게 있었지?

하차 문 언저리 바닥에 무언가 빛을 받아 반짝이고 있었다. 한도균은 폴을 잡고 휘청거리며 다가가 보았다. 휴대전화가 떨어져 있었다. 반짝였던 건 뒷면에 번들거리는 종이가 한 장 끼워져 있었기 때문이었다.

'누가 폰을 떨어트렸네.'

무심코 휴대전화를 집어 올려 근처 자리에 앉았다. 케이스 뒷면에 끼인 종이가 접힌 채 툭 튀어나와 있었다. 곧 빠질 것도 같고 어딘지 특이한 재질이어서 별 생각 없이 종이를 꺼내 펴 보았다.

한도균의 눈알이 거의 튀어나올 만큼 붉어졌다.

'이, 이게 뭐지?'

수표였다.

누군가 자기앞 수표를 버스에 흘리고 간 건가.

반사적으로 0을 세어 보았다.

그게 무엇인지 알아보는 데에 상당한 시간이 소요되었다.

0이 10개. 100억짜리 수표였다.

손이 덜덜덜 떨려왔다.

반사적으로 주변을 둘러보았다.

버스에 아무도 없다는 것을 확인했을 뿐이다.

버스는 종점에 섰다. 기사는 버스를 크게 돌려 공터에 막 세우고 있었다.

한도균은 그제야 정신을 차렸다.

이건 내가 처리할 수 있는 물건이 아니야.

우선 기사한테 맡겨야 해. 그쪽에 책임을 떠넘기는 게 속 편해.

"저기요! 기사님!"

수표를 휴대전화 케이스에 다시 끼워 놓고는 다급하게 버스 기사를 불렀다.

기사는 돌아보지도 않고서 "화장실이 급해서요!" 하고는 시동을 끄고 내려 버렸다. 운전용 선글라스를 쓴 그는 감기에 걸린 듯 마스크를 한 채 콜록거리고 있었다.

한도균도 하는 수 없이 기사를 따라 버스에서 내렸다.

하차 장소에서 떨어져 조금 외진 곳에 화장실이 있었다. 한도균은 화장실 근처에서 서성거리며 기사가 나오기를 기다렸다. 한참을 기다렸지만 도무지 기사는 나오지 않았다.

'언제까지 기다려야 하나……'

새벽 산행은 때를 놓치면 안 된다. 상쾌한 공기가 감도는 시간대가 있다. 지금 바로 그 산길을 걷고 싶은데, 화장실 앞에서 남의 휴대전화를 손에 쥔 채 속절없이 황금의 시간이 지나가고 있다. 슬슬 조급증이

밀려올 때쯤.

링링링.

휴대전화가 울렸다.

주인이겠구나!

반가운 마음으로 통화버튼을 눌렀다.

음성의 주인공은 여자였다.

"휴대전화를 주우셨죠? ……수표도 들어 있구요? 아, 잘됐다! 너무 감사해요. ……근데 어쩌나…… 제가 지금 당장 가지러 갈 형편이 안 돼서요. 선생님이 조금만 더 갖고 계셔 주시면 안 될까요? 제가 받으러 가면서 연락드릴게요."

도대체 얼마나 바쁜 일이면 100억 수표를 미룬단 말이야?

의아하기도 하고 부담도 되었지만 여자의 목소리가 워낙 간절한 탓에 그러겠다고 했다. 어차피 여자가 가지러 오지 않는다면 경찰서에 맡겨야 하는데 그건 더 번거롭다. 본인을 만나서 주면 제일 깔끔하지 않나. 그렇게 여겼다.

직접 만나면 보상금을 꽤 챙겨 주지 않을까 하는 은근한 기대도 있다.

여자에게 자신의 휴대전화번호를 가르쳐 주었다.

'참 화장실 오래도 쓴다. 덕분에 보상금은 내가…… 후후.'

화장실에 가서 도통 나오지 않는 버스 기사를 떠올리며 슬쩍 웃음을 머금었다.

한도균은 발길을 돌려 아직도 인적이 없는 등산로 입구로 향했다.

* * *

단명오는 자신의 거처인 인터콘티넨탈 호텔 스위트룸 창가 의자에 몸을 걸치고 있었다.

창밖으로 테헤란로에 병풍처럼 늘어선 빌딩 숲이 건너다보였다.

그중에서 가장 높고 큰 빌딩이 한울 모터스였다.

저 빌딩, 저 거리의 주역이 내가 될 수 있었는데.

볼리비아 라파스의 뒷골목을 전전하던 무렵, 양다곤의 전화는 가뭄의 단비 같았다.

한국으로 건너와 양다곤의 신뢰를 얻었다.

그의 옆에서 호시탐탐 기회를 엿보았다.

양건일이 그룹을 물려받을 거라 보고 그의 모친인 박연숙과도 손을 잡았다.

이대로 일이 되어 가면 한울 그룹의 상당한 지분을 손에 넣을 수 있다고 믿었다.

하지만 지금은 어느 것도 멀어져 버렸다.

양다곤은 자신에게 화를 내고 있고, 양건일은 교도소에 가 버렸다. 한울 그룹 내 자신의 입지가 와장창 깨져 버렸다. 이즈음 한울 모터스를 방문해도 괜히 직원들의 눈빛이 예전 같지 않다는 느낌이 든다. 끈 떨어져 가는 걸 그들도 감지한 걸까. 어쩌면 한울 그룹에서 지불하고 있던 이 호텔 방 대금도 조만간 끊겨 버리지는 않을까.

상념에 빠져 있던 단명오의 휴대전화 알림음이 울렸다. 문자 메시지가 와 있었다.

단명오는 손을 뻗어 휴대전화를 열었다.

'보건복지부에서 알립니다. 최근 남미에서 유입된 것으로 추정되는 전염병이 발견됨에 따라 최근 1년 이내에 남미를 여행하셨거나 남미에서 오신 분들에 대해 일괄적으로 긴급 검진을 진행하고 있습니다. 아래 링크를 누르시면 귀하가 검진을 받을 해당 보건소로 연결이 됩니다. 아래 사이트에서 방문 시간을 예약하시고 검진을 시행하여 주시기 바랍니다. 방문이 어려운 분들은 출장 검사를 신청하시면 계신 곳으로 담당자가 가서 진행할 수도 있습니다. 급성 전염병의 특성상 일주일 안에 검진이 필요하며, 기한 내에 검진에 응하지 않는 경우 전염병예방법에 따라 형사처벌 될 수 있음을 알려 드리오니 협조하여 주시기를 부탁드립니다.'

그 아래에 파란색 링크가 있었다.
젠장, 귀찮게 이게 다 뭐야.
단명오는 링크를 눌렀다.
강남구 보건소 사이트가 나왔다. 긴급 검진 안내문이 팝업으로 떴다.

'검진은 일반검진과 똑같이 진행됩니다. 오셔서 일반 검진차 왔다고 하시면 됩니다.'

짜증이 났다.
남미에서 또 무슨 얄궂은 역병이 들어온 모양이군. 난 이렇게 멀쩡한데.
설령 나한테 바이러스가 있다고 해도 이런 검사는 남한테 전염 안 시키려고 하는 거잖아? 내가 왜 귀찮게시리……
마음속으로 투덜대는 단명오였다.
그러면서도 바로 이름과 전화번호를 넣고 예약했다.
이 바쁘신 몸이 보건소 따위를 왜 찾아가. 목마른 쪽이 우물을 파야지.
단명오는 당연한 듯이 출장 검사 쪽을 신청했다.

　　　　　* 　 * 　 *

　류지훈은 이람 법률사무소 한구석에 마련된 초고급 사양 컴퓨터 앞에 앉아 키보드를 두드리고 있었다. 그 옆에 윤해성과 방수희, 전기호가 전신주의 매미처럼 다닥다닥 붙어 있다.

　"와, 귀신같네. 이래서야 누가 봐도 보건소 사이트잖아!"

　윤해성이 감탄했다.

　"제아무리 단명오라도 깜빡 속아 넘어가겠는데요."

　전기호도 혀를 내둘렀다.

　"지훈이 너 보니깐, 인제 링크 함부로 못 누르겠다. 어떻게 이런 가짜 사이트를 감쪽같이 만들어 내니!"

　방수희는 기특하다는 듯 류지훈의 뒷머리를 쓸었다.

　류지훈은 어깨를 으쓱했다.

　"이런 건 어려운 거 아니삼."

　전기호가 손가락으로 머리를 가볍게 툭 건드렸다.

　"말투 정말 적응 안 되삼!"

　"놔 둬. 그나마 기분 좋을 때 쓰는 거야."

　방수희가 빙그레 웃으며 전기호를 말렸다.

　그때 류지훈이 말했다.

　"앗! 걸려들었어!"

　"응?"

　"단명오가 예약을 걸었슴!"

　"어디 봐."

　윤해성이 고개를 모니터 앞으로 들이밀었다.

　단명오의 예약이 떠 있다.

'출장 검진 신청. 오늘 오후 5시.'

"됐어."

윤해성은 주먹을 불끈 쥐고는 말했다.

"예상대로 출장 검진을 신청했어. 단명오같이 거만한 인간이 보건소를 군이 찾아가는 쪽을 택할 리 없지."

"만에 하나 보건소를 찾아가는 경우도 대비했죠?"

전기호가 물었다.

"보건소에 가는 경우엔 일반 검진차 왔다고 말하라고 써 놨지. 보건소도 통상적인 검진을 하러 온 줄 알 거고, 단명오는 어느 쪽이든 피를 뽑을 거야."

방수희가 말을 받았다.

"그래도 다행이에요. 출장 검진이 아무래도 더 확실하겠죠. 기호가 보건소 직원인 척 단명오 호텔 방에 가서 피만 뽑아 오면 되고."

"간단하죠. 방역이랍시고 마스크 하고 가면 나중에라도 내 얼굴 못 알아볼 거구."

"근데, 단명오가 보건소에 들른다고 했으면 피는 어떻게 훔쳐 올려구 했어?"

"누나, 훔친다가 뭐예요. 꼭 도둑 같잖아요."

전기호가 항의했다.

"도둑질 맞잖아."

"아뇨, 그냥 '겟'한다고 해 주세요."

"나 참. 그거나 그거나."

류지훈이 끼어들었다.

"도둑질도 스웨그임?"

전기호가 손날로 류지훈의 목을 쳤다.

"근데 정말, 보건소였다면 훔치는 건 어렵지 않을까? 그래도 관공 선데."

방수희의 말에 전기호가 음흉하게 웃었다.

"흐흐, 누나, 쉬워요. 훔칠 만한 물건을 훔치는 게 어렵지, 이건 아니 거든요."

"그게 무슨 말이야?"

"돈, 금괴, 보석, 이런 '훔칠 만한 것들'은 도둑맞을까 봐 늘 주의하 죠. 그러니까 훔치는 것도 어려워요. 하지만 '남의 피'를 훔칠 일은 없 지요. 누가 훔칠 거라는 생각도 안 하구요. 그러니까 특별히 주의하지 않는단 거죠."

"그렇겠네."

"앰플에 피를 담아서 여러 개를 같이 쟁반에 놓아두잖아요. 그냥 황 금어장이죠. 단명오 부근에서 어슬렁거리다 피 뽑으면 직원 안 보는 틈에 슬쩍해 오면 그만이에요."

전기호는 손가락을 탁 튀기며 어깨를 으쓱했다.

"뭐야? 전문가의 자부심이란 거야?"

방수희는 웃었다.

전기호가 무언가 생각난 듯 윤해성에게 말했다.

"근데, 변호사님. 이런 걸 왜 하는 거예요? 재판이 있는 것도 아닌데."

"글게요."

류지훈도 의아하다는 듯 고개를 뒤로 돌리며 말했다.

내막을 아는 방수희만은 가만히 있었다.

"곧 이야기해 줄 거야."

윤해성은 양팔로 전기호와 류지훈의 목을 감았다.

똑똑.

그때 누군가 사무실 문을 두드렸다.

대개는 늘 문을 열어 놓지만 이날은 은밀한 모의 중이라 문을 닫아 놓았다.

전기호가 가서 문을 열었다.

"앗! 이수 누나!"

전기호의 반가운 비명.

그 소리를 듣고 윤해성과 방수희, 류지훈은 컴퓨터에서 몸을 떼고 다가갔다.

문간에 한이수가 서 있었다.

블라우스에 치마. 여전한 오피스 룩.

"이수 씨."

윤해성은 이름을 부르고는 그 자리에 멈춰 서서 더 다가가지 못했다.

한이수가 자신을 얼마나 미워하는지 알기 때문이다. 양건일 석방 이후 그 미움은 더 커졌다. 오늘 방문한 용건도 모르면서 반가운 척하기는 곤란하다.

"언니, 오랜만이에요!"

방수희가 반갑게 인사를 했다.

한이수를 처음 보는 류지훈도 분위기에 따라 머리를 꾸벅하며 "안녕하세요. 류지훈입다." 하고 인사했다.

"다들 잘 지냈어요?"

한이수가 방긋 웃고 있었다.

그 모습을 보자 윤해성의 걱정도 녹는 것 같았다. 아무래도 오늘은 적대감을 가지고 온 것 같지는 않다. 윤해성이 물었다.

"어쩐 일이야?"

"회사에 반가 내고 왔어."

한이수는 사무실 사람들과 잠깐 인사를 나누고는 윤해성과 함께 그의 방으로 들어갔다. 커피 머신에서 커피를 만들어 들고 가는 일 정도는 이제 자기 사무실처럼 익숙하다.

"뜻밖인데."

윤해성이 말했다.

"나도 뜻밖이야. 윤 변호사님 사무실을 다시 오게 될 줄 몰랐어."

"'당신'이 아니라 '윤 변호사님'이라. 오늘 뭔가 아쉬운 게 있는 모양인데?"

장난스러운 말을 던졌지만 한이수의 표정은 어두웠다.

"여기 오기 전에 많이 고민했어. 결국 오게 됐지만, 뭐 그런 얘기는 생략할게. 용건이 중요한 걸 테니까."

"편하게 말해 봐."

"아빠가 사고를 치셨어."

"아버님이?"

윤해성은 '또?'라는 말을 붙이려다가 삼켰다.

"구속 직전이야. 영장심문이 바로 내일 오전 10시 30분이야."

"뭐? 구속영장? 또?"

윤해성은 눈이 휘둥그레져 물었다. 결국은 '또'라는 말을 하고 말았다.

"구속영장심문이 있다는 통지는 어제 받았는데 하루를 고민했어. 근데 윤 변호사님밖에 생각이 안 났어. 그래서 이리로 왔어. 미안해. 돌아가라면 돌아갈게."

"무슨 소릴. 어서 이야기나 해 봐. 영장 혐의가 뭐야?"

한이수는 목이 메는지 커피를 두어 번 홀짝이고는 말했다.

"절도야."

"절도? 아버님이?"

"응."

한이수는 슬픔을 머금은 눈을 내리깔았다.

"절도라면 금액이 일단 중요하지. 훔치신 금액이 얼마야?"

"100억."

"뭣!"

잘 놀라지 않는 윤해성도 입을 떡 벌렸다.

검사 시절에도 수많은 절도 사건을 다루었지만 대개 몇만 원에서 몇백만 원 사이. 100억이라는 절도 금액은 듣도 보도 못 했다.

"도대체 뭘 훔쳤길래? 국보를 훔치시기라도 한 거야?"

"아니. 수표."

"수표……."

수표라면 이해가 간다. 액면금 100억 원짜리 수표를 훔쳤으면 100억 원 절도다. 하지만 액면 100억 원짜리 수표라니. 이것도 들어 본 적은 없다.

"아빠가 새벽에 등산 가다가 마을버스에서 휴대폰을 주웠어. 거기 뒷면에 수표가 끼워져 있었대. 100억짜리."

"황당하다…… 마을버스에 100억 수표라니."

윤해성이 잠시 입을 벌리고 있다가 물었다.

"근데 절도로 영장이 청구됐어?"

"응. 경찰 말은 그래. 버스 안에 떨어진 물건은 버스 운전사의 점유 하에 있게 되고, 그걸 주우면 버스 운전사의 점유를 침해한 절도가 되는 거래."

"아버님이 수표를 주워 간 건 확실해?"

"경찰이 마을버스 안 CCTV로 확인했나 봐. 아빠가 주운 게 분명히 찍혔대."

"아버님 말씀은 어때?"

"억울하다고 하셔. 주운 건 맞는데…… 버스 기사한테 맡기려 했는데, 볼일이 급했는지 화장실로 뛰어가서는 통 나오질 않았대. 밖에서 기다리는데 수표 주인이 전화가 왔다는 거야. 곧 찾으러 갈 거니까 그때까지 보관 좀 잘 해 달라고."

"그래서?"

"주인이 그렇게 말하니까 굳이 경찰서에 맡길 생각도 안 하고 기다리셨나 봐. 근데 연락이 없었고, 갑자기 경찰이 들이닥친 거야."

"그렇담 아버님은 정말 억울하신 거잖아?"

"근데, 아빠 말을 뒷받침할 증거가 하나도 없어."

"없다고?"

"버스기사는 아빠가 부르는 건 못 들었대. 화장실이 급해서 간 것뿐이라고."

"기다릴 때 걸려온 전화는?"

"경찰에서 확인해 보니 잘못 걸린 거였대. 전화 건 측에서는 전혀 모르는 일이라고 하고. 수표와도 무관한 곳이었어."

"음……."

"남아 있는 건 아빠가 버스 안에서 수표가 든 휴대폰을 줍는 CCTV 화면밖에 없는 거야."

"……그렇담 경찰이 아버님 말을 믿을 수 없겠지. 수표를 가지려고 거짓말로 둘러댔다고 의심할 수밖에."

윤해성조차 고개를 갸웃거렸다. CCTV에 주운 건 나오는데 돌려준 건 안 나온다. 한도균이 해명이랍시고 한 말들은 들어맞지 않는다. 그렇다면 증거대로, 액면대로 해석할 수밖에 없어. 한도균의 절도, 그리고 거짓말.

윤해성의 의혹을 눈치챘는지 한이수가 덧붙였다.

"증거가 그렇단 건 나도 알지만…… 아빠를 내가 알잖아. 아빠는 그런 사람 아니야. 정신이 좀 불안정해서 지난번에는 위층 사람을 때린 일도 있었지만…… 절도는 정말 아니야. 소심하고 남한테 절대 해코지는 못 하는 분이셔……."

간절한 말투였다.

윤해성의 입술을 비집고 신음 비슷한 소리가 흘러나왔다.

"하지만 상황이 안 좋은데."

그도 믿지 못하는 것이다.

한이수는 절망감에 싸였다.

객관적인 증거와 정황. 경찰이 아버지를 의심하는 건 이해는 간다. 하지만 마음이 아프다. 아버지가 억울하다고 믿는다. 그래서 변호사로서의 윤해성에게 도움을 얻으러 왔다. 그런데 그마저 아버지를 온전히 믿지 못하는 눈치다.

확신을 갖지 못하면서 제대로 된 변호를 할 수는 없다.

이 남자도 손을 내밀어 주지 못하는 걸까…….

윤해성은 눈치 없이 한마디를 덧붙였다.

"경찰한테는 증거만이 중요한 거니까."

한이수의 낯빛은 더 어두워졌다.

"물론…… 이런 상황에선 경찰도 아빠를 의심할 수밖에 없단 건 알아. 하지만 난 알아. 우리 아빠니까. 그런 짓을 하실 분이 아니셔. 절대로."

"물론. 나도 알지."

"더구나 지난번에 층간 소음 폭행 건으로 구치소에 다녀오셨잖아?

그때 뼈저리게 느껴졌거든. 사람 살 데가 못 된다고. 그런 곳에 갈 일은 다시는 없을 거라고. 근데 이런 일을 또 저질렀을 리가 없어."

"그렇겠지…… 나도 믿어."

하지만 윤해성의 말에는 도무지 진정성이 없어 보였다. AI에게 리액션을 맡기면 저럴까.

하기는. 저 감성 제로의 인간에게 아버지를 무작정 믿어 달라고 한들 통할까…….

이성만을 신봉하는 경주마.

공감력 제로의 사이보그.

황금충.

한이수는 마음속으로 욕을 퍼부었다.

윤해성이 건성으로 고개를 끄덕이다가 물었다.

"……근데, 수표 소유자가 누군데 액면금이 100억씩이나 돼?"

"법인이야."

"법인. 하긴 그렇겠지. 개인이 100억 수표를 갖고 있기란 힘들지."

"발행인이자 소유자는 밀라니아 어패럴이라고……."

"밀라니아 어패럴?"

윤해성의 음성이 쭉 올라갔다. 눈이 퉁방울처럼 튀어나왔다.

심상찮은 반응에 한이수가 눈을 크게 떴다.

"혹시 아는 곳이야?"

윤해성은 손으로 턱을 괴고 조금 생각에 빠져 있다가 말했다.

"……좀 알아."

"어떤 데야?"

"양건일의 모친이 하는 업체야."

"뭐? 양건일 상무의 모친?"

이번에는 한이수의 음성이 찢어질 듯 올라갔다. 구슬만큼 커진 눈이 크게 흔들렸다.

말문이 막힌 듯 멍하니 앉아 있다가 힘겹게 입을 뗐다.

"……왠지 ……우연이 아닐 것 같아."

한이수는 급기야 몸을 가늘게 떨기까지 했다.

"함정 같은 느낌이 드는데…… 그런 우연이 있을 리가……."

"내 생각도 그래. 이건 함정이야."

윤해성이 눈빛을 차갑게 굳히며 말했다.

"함정이긴 한데, 그건 우리만 아는 사실이야. 그게 문제지. 영장은 100퍼센트 발부될 거야."

"뭐?"

"그리고 실형도 받게 될 거야."

"……왜? 그렇게 안 좋아?"

"이 건만 있으면 아닐 수도 있는데, 지난번 층간소음 폭행 건으로 집행유예 받으신 거 있잖아. 징역 1년에 집행유예 2년."

"아……."

"집행유예 기간 중에 또 절도 범죄를 저지른 게 되는 거야. 그러면 법률상 다시 집행유예를 할 수 없어. 벌금형을 받지 않는 한 무조건 징역형 실형이야. 그리고 지난번 유예된 1년 형도 더해서 같이 살게 되고."

"말도 안 돼. 이를 어째……."

한이수는 거의 울 듯한 얼굴이 되었다.

"어떡하지……."

한이수 몸의 떨림은 더 커지고 있었다.

"그럼 무죄나 벌금형을 받아야지만 아빠가 살 수 있는 거야?"

윤해성은 말없이 고개를 끄덕였다.

그러고는 말했다.

"일단 나한테 맡겨 봐. 영장부터 재판까지."

"……그래 줄 수 있을까."

한이수가 고개를 들고 간절한 눈빛을 보냈다. 밉지만 지금 기댈 곳은 윤해성밖에 없었다.

"믿어."

그의 말은 짧았지만 단호했다.

차갑게 불탄다. 한이수는 윤해성의 눈을 보며 그렇게 느꼈다.

갑자기 약간의 믿음 비슷한 희망이 생겼다. 몸의 떨림도 멈췄다.

"여기 수임료가 굉장히 비싼 걸로 아는데."

"그건 양다곤 회장한테나 그렇지."

"얼마를 마련하면 될까."

"없어."

"뭐? 수임료 없이? 안 돼. 지난번에도 거의 무료로 했는데, 그렇게는 안 돼. 얼마라도 좋으니까 금액을 얘기해 줘."

"싫어."

"왜."

"받기 싫으니까."

"……."

"수임료를 굳이 주겠다면 다른 변호사를 찾아가."

"……알았어. 하지만 내 맘이 무겁네."

"어쩔 수 없어. 나도 내 맘이 편하자고 그러는 거야."

몇 마디 더 사건 이야기를 나눈 후 한이수는 돌아갔다.

윤해성은 그녀가 닫고 나간 방문을 쳐다보며 생각했다.

곧 들이닥치겠지.

아니나 다를까, 방문이 활짝 열렸다.

방수희, 전기호, 류지훈 세 사람이 무더기로 달려들었다.

"세상에, 어떻게 이런 일이 자꾸 일어나요?"

"아버님, 그분은 벌써 두 번째잖아요."

"아무래도 정서가 좀 불안하신 분 같아."

세 사람은 윤해성을 에워싸고 중구난방으로 떠들고 있었다.

"또 고목나무의 매미처럼 방문에 찰싹 붙어서 다 듣고 있었군."

"이수 누나 일이잖아요."

"궁금해서 참을 수가 있어야죠."

"전 누나, 형이 붙어서 듣기에 따라 들었어요."

세 사람 다 이유가 있다.

하지만 지난번과 달리, 어느 누구도 왜 수임료를 안 받았냐고 닦달하지는 않았다.

"영장 재판이 바로 내일인데, 준비하실 수 있겠어요?"

방수희가 걱정을 담아 물었다.

"해야지. 일단 그분 접견은 안 할 거야. 사정을 들어 보고 변론을 준비하고 할 시간이 없어."

"너무 촉박하죠."

방수희가 말을 받았다. 전기호는 이미 자리에 없는 한이수 들으라는 듯 한마디 했다.

"에이, 누나도 좀 일찍 오지."

윤해성이 가볍게 고개를 흔들었다.

"어쩔 수 없어. 모두들 사건 맡기면 뚝딱 준비되는 줄 아니까."

윤해성이 전기호에게 말했다.

"기호 너, 지난번 양다곤 구속재판 때 썼던 수면 가스, 아직 남아 있지?"

"있긴 있는데. 설마…… 그 방법을 또 쓸 겁니까?"

"아니. 법원이 바보는 아니야. 외부에는 공표가 안 됐지만 내부에서는 난리가 났을걸. 재발하지 않도록 철저히 대비해 두고 있을 거야. 같은 방법으로는 안 돼."

"그럼 수면 가스는 왜?"

윤해성은 대답 없이 미소만 지었다.

"내일 영장재판일이 금요일이지?"

"그렇죠……."

전기호가 어리둥절해서 대답했다.

"수면 가스, 그리고 금요일. 이 두 가지 조건을 이용하면 지난번보다 훨씬 쉽게 목적을 달성할 수 있어."

"수면 가스와 금요일이라…… 뭐 아무튼 좋습니다. 해 보자구요!"

전기호는 알아들을 수 없는 말을 하는 윤해성을 뒤로하고 수면가스를 찾으러 갔다.

* * *

"단 변호사님, 수표는 회수했죠?"

단명오가 호텔 방에서 쉬고 있을 때, 박연숙으로부터 전화가 왔다.

자신이 빌려준 액면금 100억 원짜리 회사 수표에 관한 이야기다.

"네. 경찰한테서 가환부 받았고요, 바로 인편으로 보내 드리겠습니다."

"단 변호사님도 참 무서운 분이야. 수표 100억짜리로 아주 사람을 보내 버리셨어."

"한이수 조사해 보니까 아비가 구멍이더라고요. 전과도 있고, 정신적으로 문제가 있는 인간인 데다, 어리숙해요. 이 정도면 꼭 걸려들 것 같더라니깐. 역시나 예상대로였어요."

"근데 우리 회사 수표면 혹시 눈치챌 수도 있지 않을까? 회사 대표가 나인 건 금방 알게 될 테고, 나하고 단 변호사님하고 친하단 것도 알 텐데."

"그래서 그런 겁니다. 일부러."

"일부러 그랬다구요?"

"내가 한 거란 걸 알아야죠. 그래야 경고가 돼요. 다시는 입 함부로 못 놀릴 겁니다."

"아이구 무서워라. 단 변호사님하곤 적이 되면 안 될 것 같아. 호호호."

박연숙은 웃음소리와 함께 전화를 끊었다.

그것과 거의 동시에 호텔 방 벨이 울렸다.

단명오는 문을 열었다.

방역 마스크를 한 젊은 남자가 숄더백을 메고 서 있었다. 목에는 명찰을 달았는데, 자세히 보지 않아도 공무원증 같다. 깡마른 몸, 보통 체격. 희미한 인상. 남자가 말했다.

"강남구 보건소에서 왔습니다."

단명오는 시계를 보았다. 오후 5시 정각.

"전염병인지 뭔지 출장 검진 오셨구만."

단명오는 귀찮은 기색을 띠며 문을 활짝 열었다.

전기호는 성큼 방 안으로 발걸음을 옮겼다.

* * *

한도균에 대한 구속영장심문은 서울중앙지방법원에서 다음 날 오전 10시 30분에 예정돼 있었다. 한도균의 주거지 기준으로는 수원지방법원이지만 피해자 밀라니아 어패럴의 주소지에 따라 이번에는 서울중앙지법 관할이다.

재판에 들어가기에 앞서 윤해성은 법정 옆 대기실로 가 한도균을 만났다.

초췌한 얼굴. 생기가 다 빠져 있다.

재판받을 때마다 10년씩은 늙는 것 같다.

"또 이런 모습 보이게 돼서 정말 부끄럽습니다…… 하지만 전 돌려주려고 했습니다……."

한도균은 퀭한 눈으로 머리를 푹 숙였다. 시간이 얼마 없어 사건에 관한 이야기는 나누지 못했다.

"일단은 법정에서 있는 대로 말씀하십시오. 나머지는 제가 다 알아서 하겠습니다."

윤해성은 불안해하는 그를 다독였다. 아무래도 한도균은 좀 정서가 불안한 게 아니냐는 전기호의 말이 틀리지 않다는 생각이 들었다.

잠시 후, 윤해성은 한도균과 법정에 나란히 앉았다.

들어오는 판사의 얼굴을 본 윤해성은 그만 작게 웃음을 짓고 말았다.

하필이면 이번에도 마인혁 판사였다. 양다곤 구속영장 사건을 담당했던 판사. 악연이라면 악연이다. 물론 마인혁 입장에서다.

판사는 한도균을 불러 세운 후 인적 사항을 확인했다.

이어 영장 혐의 사실을 간략하게 불러 준 후 윤해성에게 말했다.

"변호인, 변론하십시오."

변론할 거리는 별로 없었다. 어차피 한도균 본인과 많은 이야기를 나누지 못했을뿐더러 증거와 정황은 변론으로 뒤집을 수 없는 지경까지 쌓여 있다.

윤해성은 일어서서 간단한 변론을 한 후, "범행을 부인하는 입장이며, 불구속으로 반론할 기회를 주시기 바랍니다. 피의자의 주거가 일정한 점 등을 참작해서 영장을 기각하여 주십시오." 하는 뻔한 멘트와 함께 마무리를 했다.

"그럼 심문을 마치겠습니다. 피의자는 구치소에서 대기하게 될 겁니다. 구속 여부 결정은 오늘 밤에 나올 겁니다."

그렇게 말하고 판사는 들어온 곳으로 뒤돌아 나갔다.

거의 찍어 내기 식 재판. 딱히 길게 끌 것이 없는 재판이었다. 아마도 영장은 매뉴얼에 따라 처리될 것이다.

100억 원이라는 전대미문의 금액. 일단 혐의가 너무나 중하다. 한도균은 수표를 주운 후 버스 기사한테 돌려주려 했다가 수표 주인의 전화를 받고서 기다렸다고 하지만, 버스 기사는 그와 말 한마디 나눈 적 없고, 걸려온 전화의 주인은 전혀 모르는 일이며 그저 잘못 건 전화라고 한다. 눈앞에 있는 증거는 한도균이 수표가 낀 휴대폰을 집어 드는 CCTV 영상뿐.

범행은 중하고 증거는 명백한데 범행을 철저히 부인하고 있는 상황. 구속요건인 증거인멸 및 도주우려가 최대치에 달해 있다. 무엇보다, 층간소음 폭행 건으로 집행유예 기간 중에 재범을 했다. 필시 구속.

결과는 이미 나와 있는 거나 마찬가지였다.

윤해성은 이번에도 양다곤 사건 때와 마찬가지로 재판이 끝난 후에 법정 밖으로 나가지 않았다. 방청석 의자에 앉아 미적대며 가방을 정리하는 척했다.

한도균은 수사관들에게 양팔을 잡힌 채 힘없이 법정 옆 피의자 대기실로 향했다.

그때 법정 오른편 출입구가 열렸고, 방수희가 고개를 들이밀었다.
"저기, 이거 좀 도와주시겠어요?"
대사마저 그때와 똑같다. 몸매가 그대로 드러나는 옷을 입었다는 것과, 법정 경위의 눈동자가 흔들렸다는 점도 같았다.
법정 경위는 방수희가 있는 오른편 출입구로 나갔고, 그 틈을 타 왼편 출입구로 가방을 어깨에 크로스로 멘 전기호가 잽싸게 들어왔다.
윤해성과 전기호는 재빨리 법대 쪽으로 뛰어갔다. 법정 경위가 방수희와의 대화를 마치고 법정으로 돌아온 건 윤해성과 전기호가 판사 출입구로 몸을 빠져나간 뒤였다.
미적거리던 변호사는 왼편 출입구를 통해 밖으로 나갔나 보다.
법정 경위는 그렇게 여길 뿐이다.

윤해성과 전기호는 판사 출입문을 통과해 복도로 진입했다. 계단실을 통해 위층으로 향했다.
"마인혁 판사 방은 1209호야."
"방이 바뀌었네요. 지난번엔 1205호였는데."
"기억력 좋은데!"
12층에 다다른 두 사람은 계단실 창문을 열고 바깥 공기를 쐬며 한동안 휴식했다.
"지난번과 같아. 이제 복도로 나가서 회의실에 숨어 있어야 해."
사람이 없는 걸 확인하고 복도로 나간 두 사람은 1211호 회의실로 숨어들었다.

"이제부터 장기전이야. 한참을 기다려야 해."

두 사람은 자리를 잡고 앉았다. 책상 위에는 되는대로 서류를 흩어놓았다. 누가 들어와 보더라도 의논하러 회의실에 모인 것 같은 연출.

"오늘은 지난번처럼 위조한 영장청구서 필요 없는 거죠?"

"응. 전혀. 일이 그만큼 쉬워."

"변호사님이야 그렇겠죠. 전 더 어려워졌어요. 지난번엔 환기구에 숨어 있으면 되었지만 이번엔 스파이더맨이 되어야 하잖아요."

"흠. 참작하지."

창밖으로 땅거미가 지고 있었다.

회의실에 들어오는 사람은 없었다. 이 회의실에 잠입한 것만도 벌써 두 번째. 지난번보다 훨씬 여유롭다.

전기호가 말했다.

"변호사님의 행동을 이해할 수 없을 때가 많아요."

"어떤 거?"

"바로 이런 거죠."

"이건 변론을 위한 거잖아."

"세상에 어느 변호사가 변론한다면서 법원 건물에 침입합니까?"

"방식의 차이지. 아주 사소한."

"어제 검진인 것처럼 속여서 단명오 변호사 피를 가져오게 한 것도 그래요. 대체 그건 무슨 변론입니까?"

"그건 변론이 아니야."

"시키니까 했지만 저도 뭘 알고 해야 하는 거 아닌가요?"

윤해성은 곰곰이 생각하는 것 같더니 말했다.

"그래. 기호도 이젠 알 필요가 있어……."

"혹시 따지고 드는 것처럼 비쳤다면, 그건 아니에요."

"그렇지 않아."

"제가 무슨 근무에 불만 있거나 해서 그런 건 아니에요. 만족하고 있어요. 전 원래 도둑놈이었잖아요. 잘 알아요. 얼마나 부끄러운 짓인지. 근데 변호사님 만나서 어엿한 변호사 사무장이 되었어요. 누구 만나서 명함 돌릴 때 얼마나 자랑스러운지 몰라요. 전 지금이 정말 좋거든요. 화끈한 변호사님 만나서 페이도 확실하고. 지난번 양건일 사건 때도 인센티브로 2억하고 차를 받았잖아요."

"그렇게 생각해 준다니까 고마워."

"그런데 가끔 그런 영문 모를 일이 있을 때면 불안해요."

"응."

"전요……."

전기호가 조금 뜸을 들이다가 말했다.

"……변호사님이 어떤 불법적인 일을 한다고 해도 전혀 피하지 않을 겁니다. 전 사람을 따르지, 법을 따르지 않아요. 법은 나한테 해 준 게 없지만 사람은, 변호사님은 저한테 많은 걸 주었죠."

"불법적인 일……일 수도 있겠네. 방법 자체가 그러니까."

"목적은 그렇지 않단 말이에요?"

윤해성은 잠시 바닥을 내려다보고 있다가 고개를 번쩍 들었다.

"……기호도 언젠간 알아야 할 테니까."

그렇게 혼잣말처럼 되뇌다가 재차 입을 열었다.

"나도 얘기할 기회를 찾고 있었어. 그게 하필 지금 이런 순간일 줄은 몰랐지만."

전기호는 눈을 초롱초롱 빛내며 윤해성을 보았다. 들을 준비가 되었다는 무언의 신호다.

"난 어릴 적, 그러니까 이름이 달랐어. 김한울이었어."

"성이 다른데요?"

"사정이 있어서 어머니 성을 따랐어. 그것보다 '한울'이라는 내 이름에서 연상되는 것 없어?"

"글쎄요. 그냥 떠오르는 건 한울 모터스뿐인데요. 아, 죄송해요. 농담해서."

하지만 윤해성의 얼굴은 진지했다.

"아니, 맞아. 한울 모터스가 내 어릴 적 이름에서 온 거야."

"네? 그게 무슨…… 아니, 설마. 내 멘트를 받아 주는 거예요?"

"농담 아니야."

"그럼……."

"한울 모터스의 모든 핵심기술, 기초기술은 우리 아버지가 만든 거였어."

"네?"

윤해성은 눈을 동그랗게 뜬 전기호를 상대로 이야기를 털어놓았다.

양다곤과 동업자였던 아버지, 양 집안의 교류, 아버지가 한울의 전기자동차의 모든 기술을 개발했던 사연, 그 아버지가 돌연 자살한 시체로 발견되었던 사건, 자살이라기엔 너무나 많았던 의혹들, 장례식장에서 양다곤이 보인 이상 행동, 이후 벌어진 수상한 계약서에 따른 지분반환소송, 패소해서 집안이 거덜 나고 미국으로 건너갔던 일, 윤해성으로 개명하고 한국으로 돌아와 지금까지 살아온 것까지.

"……한국으로 온 이후의 일은 기호 너도 잘 알고 있겠지."

윤해성이 이야기를 하는 동안 전기호는 입을 다물지 못했다.

"그, 그럼, ……모두가 양다곤 회장한테 복수하기 위해?"

"그리고 내 것을 다 찾아오기 위해서지."

"와아……."

전기호는 뭐라고 대꾸할 말을 찾지 못해 그저 신음 비슷한 소리만 내고 있었다.

"멀고 험한 길이었어. 기호 네가 알지 못하는 사이 같이 많이 왔네. 어쩌면 종착역을 거의 앞두고 있는지도 몰라. 지금 양다곤은 휘청해 있고, 이제 확실한 증거만 찾으면 완전히 무너뜨릴 수 있어. 다만."

"다만?"

"양다곤은 한울 그룹이라는 거대한 힘을 가지고 있어. 그런 사람이 궁지에 몰린다고 쉽게 손을 들지는 않아. 최후의 순간에는 반드시 엄청난 반격이 있을 거야. 그땐 위험해질 수 있어. 나뿐 아니라 우리 팀 다 같이."

"……."

"그동안 난 너희들을 모두 내 팀이라고 생각했어. 하지만 일방적이 기도 했지. 기호 넌 몰랐으니까. 그 점은 미안하게 생각해. 솔직히 이 기적인 마음에서였어. 미리 이야기하면 다 떠나 버릴까 봐 걱정했어. 난 두 사람, 아니 세 사람이 꼭 필요했거든."

"그럼 수희 누나는……."

"알고 있어. 얼마 전에 알게 된 거지만."

"아…… 그랬나요. 어쩐지."

전기호는 요즘 방수희가 부쩍 윤해성의 말에 우호적이라고 느끼던 차였다.

"그래서 너한테도 이야기할 기회를 찾고 있었어. 무엇보다 알지도 못한 채 위험에 휘말리게 해선 안 되니까. 하지만 난 네가 나와 같이 계속 가 줬으면 좋겠다. 한 팀으로서."

윤해성의 마지막 말은 무게가 실려 있었다.

전기호는 한동안 침묵했다.

"화났냐? 아무래도 어렵다고 생각……."

"변호사님."

전기호가 윤해성의 말을 막았다.

"전 말이죠. 혼자였거든요. 그게 편했고요. 가까운 가족도 없고, 그래서 변호사님 만나기 전에 도둑질도 혼자 해 왔지, 절대로 팀으로 하지는 않았어요."

"응……."

"하지만 변호사님을 만나고 나서 달라진 것 같아요. 조금. 변호사님과는 좀 다른 의미지만 저도 변호사님이나 수희 누나, 지훈이까지 한 팀이라고 생각하고 있어요."

"응……."

"그리고, 변호사님이라고 불렀지만 내 마음속으로는 그렇게 불러 본 때가 많았어요."

"뭘?"

"'형'이라고."

"……."

전기호가 마치 나들이라도 떠날 듯한 음성으로 말했다.

"같이 가야죠. 뭘 그런 걸 묻기까지 해요?"

그러고는 씩 웃어 보였다.

윤해성이 환하게 웃으며 손을 덥석 잡았다.

"고마워! 기호야, 정말 고맙다!"

전기호는 손을 내려다보며 말했다.

"변호사님, 제일 위험한 게 이거예요."

"응? 뭐?"

"이렇게 손 덥석 잡는 버릇이요. 내 손은 괜찮지만 다른 손 함부로 잡다가 큰코다쳐요."

"하하하, 알았어!"

윤해성은 팔을 뻗어 전기호의 머리를 쓸었다.

* * *

시간이 흘러 밤이 되었다.

"슬슬 출동해 볼까."

윤해성이 일어섰다. 전기호는 크로스백을 어깨에 메고 회의실 문을
빠끔 열고 바깥 동정을 살폈다. 이어 윤해성에게 눈짓을 했다.

"괜찮아요, 변호사님."

전기호는 손가락으로 동그라미를 만들어 보였다.

"기호야."

"네?"

"변호사님이 뭐야, 형이라고 해야지."

윤해성이 말했다.

전기호는 찡긋하며 눈웃음을 보냈다.

두 사람은 복도로 몸을 뺐다.

* * *

복도에는 마인혁 판사의 1209호에서만 불빛이 삐져나올 뿐 캄캄
했다.

두 사람은 살금살금 걸어 계단실 문으로 갔다. 이 층에 계단실은 두
개. 오후에 두 사람이 올라왔던 계단실 말고 1209호 다음 방인 1210호

옆에도 계단실이 붙어 있었다.

계단실 문을 열고 들어갔다. 반 층 올라가면 층계참에 창문이 있다. 그 창문가로 다가갔다. 전기호는 크로스백을 내려 가방을 열었다. 수면가스 통과 굽은 노즐이 달린 접이식 봉이 나왔다. 윤해성도 변호사용 서류가방을 열었다. 거기에는 서류 대신 지지대와 로프가 잔뜩 들어 있다.

로프가 단단히 묶인 지지대를 창 안쪽에 대각선으로 걸었다. 로프를 당겨 보니, 제대로 걸려 단단하다. 로프의 반대편은 전기호의 허리를 묶었다. 허리띠 쪽과 뒤엉키게 묶어 풀어지지 않도록 단단히 맸다.

파이팅.

윤해성이 작게 말하며 주먹을 쥐어 보였다. 전기호는 윤해성과 가볍게 하이파이브를 한 뒤, 로프를 묶은 몸을 창밖으로 빼냈다. 전기호는 완전히 창밖에 나간 채로 외벽에 발을 대고 매달린 모습이 되었다.

윤해성이 수면가스통과 연결된 봉을 전기호에게 건넸다. 전기호는 봉을 길게 뽑았다. 왼손으로는 벽의 테두리를 잡고, 봉을 잡은 오른손을 뻗어 접이식 봉을 1209호 창문가로 가져다 댔다.

전기호가 눈짓을 하자, 윤해성이 수면가스 밸브를 열었다.

쉬이익. 가스가 분출되는 소리가 들렸다.

이 가스는 고단한 야근에 지친 마인혁 판사를 순식간에 잠재우리라.

계단실에서 1209호 창까지 멀었다면 고역이었겠지만 계단실이 1210호 옆이어서 비교적 일이 쉬워졌다. 전기호는 가스통이 다 빌 때까지 봉을 대고 기다렸다. 푸우우. 가스가 다 빠져나간 마지막 소리가 들렸다.

전기호는 봉을 접어 계단실 안에 있는 윤해성에게 건넸다. 윤해성은 로프를 당겼고, 전기호는 계단실 안으로 몸을 밀어 넣었다. 이어 윤해성에게 작게 말했다.

"라저."

두 사람은 각각 가방을 챙긴 후 들어왔던 계단실로 향했다.

* * *

퍼뜩.

마인혁 판사의 눈이 뜨였다.

비몽사몽이다.

세상이 약간 흔들리는 것 같기도 하다.

여긴 어디지. 잠에서 깬 건가. 근데, 난 뭐 하다가 잠을 잤더라.

누가 자신의 몸을 흔들고 있다는 사실은 느낄 수 있다.

하지만 바로 정신을 차리지는 못했다.

마치 환각 속에 있는 듯한 기분.

눈앞의 것들에 현실감이 없었다.

끄응.

마인혁 판사는 자신도 모르게 신음을 냈다. 그러면서 조금씩 현실 감각이 회복되었다.

누군가 귀에 대고 말하고 있었다.

"판사님! 판사님!"

또 다른 누군가의 원망스러운 목소리도 들렸다.

"지금까지 주무시면 어떡해요!"

마인혁 판사는 기지개를 켰다.

"아, 내가 잠이 든 모양이네. 맞아. 난 영장사건 기록을 보고 있었지. ……근데, 그땐 밤이었는데? 지금 몇 시야?"

"아침 11시예요, 11시!"

역시 화난 듯한 목소리.

담당 계장인 듯한데, 이 사람 왜 이리 무례하게 목청을 높이고 있지. 아침부터.

잠깐.

아침부터.

아침부터?

마인혁은 퍼뜩 깨어났다. 온전히 현실로 돌아왔다.

"앗. 계장님!"

눈앞에서 화를 내고 있는 늙수그레한 중년 남자는 영장담당 계장이었다.

"이거 어떻게 된 거죠?"

"어떻게 되긴요. 판사님이 어젯밤에 일하다가 그대로 책상에서 지금까지 주무신 거죠."

"아…… 그렇군요. 이런. 책상에 엎드린 채로 아주 푹 자 버렸네요. 하하하하!"

"판사님, 지금 웃을 때가 아닙니다!"

"왜요?"

"영장 시한이 지났잖습니까?"

뭣!

영장 시한?

그제야 사태 파악이 되었다.

맞아. 구속영장은 피의자가 법원으로 온 후 24시간 이내에 발부 여부를 결정해야 한다. 어제 그 한도균 영장사건은 오전 10시 30분에 시작했다. 지금이 11시니, 24시간이 지났다!

큰일이다! 사상 유례없는 사건이다!

마인혁은 얼굴이 노랗게 질렸다.

"피의자는요?"

"도리 없지 않습니까. 24시간이 넘으면 불법구금인데. 경찰이 기다리다 못해 시간이 돼서 일단 풀어 줬습니다. 판사님 영장이 내려와야 말이죠."

"아니, 그럼 절 깨우셔야지……."

"여기서 자고 있을 줄 내가 알았습니까! 판사님이 고뇌하고 계신 줄로만 알았죠!"

계장이 소리를 버럭 질렀다. 참고 있던 화가 폭발한 듯했다.

"아…… 네…… 고민하다가 그만……."

마인혁은 완전히 주눅이 들어 더듬거렸다. 계장도 심했다 싶었는지 말투를 누그러뜨렸다.

"아무튼, 판사님 결정을 우리가 재촉할 수도 없잖습니까. 뭐, 솔직히 제 책임도 아니고요. 기다리다가 10시 반 다 돼서 올라와 보니, 세상에! 여기서 아주 속 편하게 주무시고 계시더만요! 근데 아무리 깨워도 일어나셔야 말이죠. 뭐, 안 일어나신 거도 제 책임은 아니죠. 아무튼 그러다 지금 11시가 되고 영장 시한도 지난 겁니다."

"이, 이런……."

"이젠 방법이 없습니다."

"없다뇨?"

"이 사건을 덮을 방법이 딱 한 가지밖에는 없다구요."

"그게 뭐죠?"

"판사님이 영장 기각 날인을 하시고 정식으로 구속영장이 기각돼서 풀려난 것처럼 꾸미는 수밖에 없어요."

"아……."

"판사가 졸다가 영장 처리를 안 했다고 하면 그냥 문책 정도로 끝나지 않습니다!"

영장담당 계장은 또 소리쳤다.

마인혁은 노랗다 못해 숫제 하얗게 질렸다. 맞는 말이다. 문책 정도가 아니라 다 같이 끝장이다. 언론의 포화, 무시무시한 여론, 법원 상부의 질책, 주변의 비웃음…… 나락 직행이다.

"알겠습니다!"

마인혁은 책상 위의 영장청구서에 급히 날인했다.

그가 도장을 찍은 곳은 물론 '기각'란이었다.

* * *

영장판사가 깨어났을 무렵, 윤해성과 전기호는 이람 법률사무소에서 결과를 기다리고 있었다.

전날 밤 활동의 피로를 야간 사우나에서 풀고 아침을 먹고 사무실에 와 있다.

기다리기 심심한지, 윤해성이 법조문을 펴 들고서 말했다.

"'판사는 피의자가 법원에 구인된 때로부터 24시간 이내에 구금영장 발부 여부를 결정하여야 한다.' 형소법 제209조, 제71조, 71조의 2에 있거든. 한도균 선생은 오늘 이걸로 풀려나게 될 거야."

전기호가 말했다.

"지금쯤 깼을까요?"

"가스를 잔뜩 먹였으니 혼자는 못 일어나도 직원들이 깨우고 있겠지."

"영장재판이 금요일이라는 조건을 이용한다는 말이 이런 의미였죠?"

"응. 다음 날이 평일이라면 부속실 직원이나 다른 판사들이 9시쯤 출근해서 자고 있는 마인혁 판사를 깨우겠지. 하지만 토요일이니 마 판사를 깨울 사람이 없어. 저 먼 아래층 영장계에서는 마 판사의 고뇌에 찬 결정을 기다리다가 시간 돼서야 올라와 볼 거고. 하지만 그땐 이미 24시간 경과. 울며 겨자 먹기로 영장을 기각할 수밖에 없어. 본인이든 법원이든 박살 나지 않으려면 말이야."

"영장계 직원들이 일찍 올라와서 깨운다면?"

"어떻든 판사 책임인데 직원들이 그렇게까지는 잘 안 해. 그런다 해도 그땐 이미 시간이 너무 촉박하지. 시한에 간신히 맞춘다고 해도, 가스에 취해 자다 깨서 갑자기 영장 발부할 수는 없어. 피의자도 너무 오래 대기했고, 기각 쪽을 택할 거야. 그게 백배 안전하니까."

잠시 후, 윤해성의 휴대전화 알림이 울렸다.

화면을 본 얼굴에 미소가 번졌다.

"상황 종료."

"기각됐군요."

"응. 네가 수고했어. 벽에 매달려서 판사실에 가스 부어 넣느라."

"아뇨. 창밖 경치가 나름 좋았어요."

* * *

월요일, 한이수 부녀가 사무실에 찾아왔다.

한도균이 풀려난 토요일에도 윤해성에게 전화를 걸어 고맙다는 인사를 전했지만 이날은 선물을 싸 들고 직접 방문한 것이다.

"다들 정말 고마워요. 너무 고생이 많았어요."

전기호는 "뭘 이런 걸 다."라고 하며 이수의 손에서 선물부터 받아

들었다.

한도균은 겸연쩍은 얼굴을 하고 한이수 조금 뒤편에 서서 인사했다.

"아버님도 고생 많으셨어요."

방수희가 인사하자, "면목 없습니다." 하며 허리를 깊게 숙였다.

변호사 사무실에서 이런 날은 가장 기분 좋은 날 중의 하나다. 사무실의 문이란 문은 활짝 열렸고, 떠들썩한 분위기 속에서 윤해성도 방에서 나와 축하했다.

"아버님도 하루 동안 영장 결과 기다리느라 마음고생 많으셨죠? 이제 잊고 편히 쉬세요."

"다 변호사님 덕분입니다."

이번에도 한도균은 허리를 깊게 숙였다. 순박한 모습을 보면 범죄를 차마 상상하기 어렵다. 함정에 빠진 거였다는 확신이 다시금 들었다.

"이수 씨 통해서도 들으셨겠지만 누군가 셋업한 함정이 분명합니다. 아버님은 거기 빠지신 거구요."

"결국은 다 제가 어리석은 탓이죠."

"아냐. 아빠. 이건 아빠 잘못이 아냐."

한이수가 한도균을 위로했다.

"맞습니다. 버스 기사도, 마침 그때 전화를 건 사람도 한패일 겁니다. 매수당했거나. 어쨌든 그 상황에서는 누구든 함정에 걸려들 수밖에 없죠."

윤해성도 거들었다.

"그 함정을 판 사람 말인데…… 단명오 변호사가 아닐까?"

한이수가 말했다.

"……가능성은 있어."

윤해성이 고개를 끄덕끄덕하고는 말을 이었다.

"……이번에 양건일 모친 박연숙의 회사 수표를 이용했잖아. 하필 그 시간, 그 장소에 그 회사의 거액 수표가 떨어져 있다는 게 너무나 부자연스럽거든. 필시 고의적인 거라고 보는데…… 유나 씨 사건 때도 단명오와 박연숙이 한 팀이었거든. 문제는 단명오가 했다면 왜 그랬냐는 거야."

"그 점은 짐작 가는 게 있어."

한이수가 지그시 힘주어 말했다.

"응? 뭐야?"

"내가 얼마 전 유나 언니를 만났었어."

"장유나를? 만났어?"

"응. 연락이 왔더라구. 신세 이야기를 하는데, 단명오 얘기도 나왔어. 그 뒤로 회장님하고 단둘이 있을 시간이 있었는데, 그 기회에 단명오와의 관계를 끊는 게 어떻겠냐고 말한 적이 있어."

"으음……."

"근데, 회장님 성격상 그 얘기를 단명오한테 전했을 가능성이 있어."

"설마."

"최근에 단명오 변호사가 나한테 그랬어. 입조심하라나 뭐래나. 그 얘긴 거지. 무엇보다 이번 사건에서 유추되는 바도 그렇고……."

윤해성이 음, 하고 소리를 내더니 말했다.

"……그렇다면 퍼즐이 맞춰지는데. 말하자면 이수가 단명오의 밥줄을 끊으려던 게 돼. 단명오는 현재 양 회장 옆에 찰싹 붙어 있는 것만이 살길이거든. 보아하니 남미로 돌아갈 생각도 없는 것 같고. 양다곤 회장이나 양건일 옆에서 떨어지는 떡고물을 받아먹으며 살고 있는데, 그걸 위협했으니 이수한테 이를 갈 법도 해. 모욕당했다고도 느꼈을 거고. ……아마 양건일 모친 회사의 수표를 쓴 것도 일부러 한 것 같아."

"어째서?"

"나 단명오가 한 일이다, 라는 걸 알게 하려는 거지. 말하자면 나를 방해하면 박살 낸다, 그런 경고 메시지를 전한 거야."

"아…… 그렇다면 정말 최악이다……."

혼잣말처럼 하던 한이수가 고개를 들고 물었다.

"아빠 재판에서 그걸 다 밝히면 어때? 단명오라는 사람이 함정을 파서 죄를 뒤집어씐 거다, 이렇게."

윤해성은 고개를 저었다.

"우리만이 아는 사정에 기한, 우리의 추측에 불과해. 소설로 증거를 깰 수는 없어. 판사는 우리가 거짓말을 꾸며 낸다고 화낼걸. 괘씸죄로 형이 추가될 거야."

한이수는 입술을 깨물었다.

"그럼 도대체 이걸 어떻게 깨야 하지……."

한이수가 던진 말에 분위기가 가라앉고 있었다.

"안녕!"

경쾌한 인사말과 함께 누군가가 불쑥 들어왔다.

박시영이었다.

"왜 이렇게 다들 모여 있어…… 어? 한이수!"

한이수를 발견한 박시영은 놀라 말해 놓고는 덧붙였다.

"……씨."

"안녕하세요."

한이수가 인사했다. 거의 반사적이었고, 그녀 역시 박시영을 보고는 적잖이 놀란 눈치였다.

윤해성이 마치 주선자처럼 나섰다.

"《정안일보》박시영 기자. 알지? 지난번 회장님 인터뷰하러 갔을 때."

"응. 잘 알아. 여기서 뵐 줄은 몰랐지만."

어쩐지 한이수의 말에는 뼈가 있었다. 박시영, 나아가 윤해성에 대한 어떤 의혹이 드리운 듯한 말이었다.

한도균이 힐끔 딸을 보았다. 얘가 왜 이러나, 하는 눈빛.

"안녕하세요. 저도 이수 씨를 잘 알아요. 뵌 건 한 번이었지만 전화나 메일은 많이 했죠, 우리?"

"네. 그때 회장님 인터뷰 조율하느라."

한이수는 여전히 경계하는 눈치다. 양다곤 인터뷰를 마치고 나올 때 박시영과 윤해성의 다정한 모습을 본 탓일까. 어쩌면 비서실 직원으로서 기자에 대한 본능적인 경계심이 있는지 모른다. 더욱이 지금은 아버지가 영장 재판을 받았다가 겨우 풀려난 상황이다.

한도균이 눈치 없이 나섰다.

"기자님이시군요. 저는 이수 아비 됩니다. 오늘은 제가 영장 재판받고서 석방된 날이라 여기 감사인사 드리러 왔답니다."

"아, 그러세요. 축하드려요. 고생 많으셨어요."

한이수의 마땅찮아하는 표정을 뒤로하고 박시영은 덕담을 건넸다.

"이제 남은 재판이 문제겠죠."

전기호가 불쑥 말했다.

"그래요. 남은 재판도 잘 부탁합니다."

한이수가 말했다.

"본안 재판은 어떻게 될 거 같아?"

"글쎄……."

박시영이 묻자 윤해성이 팔짱을 끼고 애매한 표정을 지었다.

"너답지 않게 왜 그래?"

"단순하지만 단단해. 이런 건 정말 깨기 힘들어. 제대로 함정을 팠다고나 할까…….”

“그럴까?”

한이수가 불안한 음성으로 물었다.

“복잡하게 설계된 것일수록 무너뜨리기 쉬워. 그만큼 허점도 생기게 마련이니까. 하지만 이런 심플한 덫은 오히려 힘들어. 단순하게 그쪽에선 버스 기사 정도만 매수하면 끝이거든. 어차피 수표 주인이랍시고 전화 걸어온 사람은 한패고…… 그러니까 그들만 입을 다물면 철옹성인 거야.”

“입을 열게 만들 수는 없을까?”

“우리가 그쪽이 판 함정이란 걸 눈치채라고 일부러 단서도 남겨 줬어. 그런데 우리가 증인들 진술을 바꾸려고 할 거라는 걸 대비하지 않고 있을까? 다른 사람도 아닌 단명오 정도 되는 인간이 설계했어. ……거의 불가능하다고 봐야 해.”

“하긴…… 대비하고 있겠지?”

윤해성은 고개를 강하게 끄덕였다.

“우리가 괜히 증인들 접촉하다간 필시 역공당할 거야. 그 사실을 재판정에서 밝히면서 이러는 거지. ‘이것 보십시오! 피고인 측이 증인을 몰래 접촉하고 매수해서 진술을 번복시키려 시도했습니다!’ 판사는 불같이 화를 내고 형을 두 배, 아니 세 배로 올릴 거야.”

한이수 얼굴의 그림자가 짙어졌다.

한도균은 죄 지은 사람인 양 딸의 뒤에 서서 조용히 고개를 숙이고 있다가 말했다.

“이 나이에 유죄를 받든 전과가 남든 무슨 상관있겠습니까. 전 그냥 감옥만 안 가면 감지덕지입니다.”

한이수가 한도균을 향해 안쓰러운 표정을 지으며 말했다.

"아빠 집행유예 전과가 있어서 징역을 받을 가능성이 높대. 거기다 지난번 위층 폭행 건으로 1년 형 받은 것도 더해져서 같이 살게 되구. 빠져나오려면 무죄 아니면 벌금형을 받아야만 하는데⋯⋯."

"그러냐⋯⋯."

마치 남의 일인 양 무심하게 말했지만 한도균의 심경은 복잡했다. 당장 영장 기각으로 풀려난 안도감도 잠시, 징역이라는 엄혹한 현실이 기다리고 있다. 구치소가 얼마나 괴로운지 그는 누구보다 잘 알고 있다. 잊을 수 없다. 위층 남자를 몽둥이로 패고 수감되었던 기간. 인간 이하의 나날들. 그것이 다가오고 있다. 피할 수 없이 사방에서 좁혀오는 벽처럼, 서서히.

한이수가 그런 한도균의 마음을 대변하기라도 하듯 말했다.

"⋯⋯정말 또 들어가는 수밖에 없는 거야? 그런 곳에?"

윤해성은 턱을 조금 쳐들고 말했다.

"꼭 그렇진 않아."

"길이 있어?"

"어렵지만 가능해. 내가 하면."

"많이 듣던 대사야."

박시영이 끼어들어 말했다. 그러면서 윤해성의 어깨를 스스럼없이 툭 쳤다.

"이 친구는요, 늘 이런 식이에요. 자기가 하면 가능하다고."

"그래도 결과로 보여 줬으니까요."

한이수가 다소 냉랭하게 말했다. 자기 아버지는 심각한데 박시영이 너무 가볍게 이야기하는 것 같아 거슬리는 눈치였다. 윤해성이 덤덤히 덧붙였다.

"상황이 꼬였어. 이 사건은 이수 아버님이 함정에 빠지신 거야."

"그렇구나……."

박시영이 고개를 모로 꼬았다. 의문이 담긴 표정.

한이수는 더 이상 자신의 아버지가 화제에 오르는 게 불편한 듯 보였다. 서둘러 말했다.

"그럼 이만 우린 가 볼게요. 다들 고마웠어요. 잘 지내요. 박 기자님도 담에 뵈어요."

한꺼번에 인사를 마친 한이수는 서둘러 사무실을 나갔다. 한도균도 뒤를 따랐다.

무슨 생각이었을까. 박시영은 떠나는 부녀의 뒷모습을 물끄러미 보다가 윤해성을 향해 "잠깐." 하고는 서둘러 한이수 일행의 뒤를 따라 나섰다.

* * *

"저한테 무슨 볼일이 있으실지 모르겠습니다……."

한도균은 박시영 앞에서 어딘지 부끄러워했다. 수표 절도 건 때문에 기가 완전히 죽은 것 같다.

한이수 일행을 뒤따라간 박시영은 뜬금없이 한도균을 잠깐 보자고 했다. 한이수는 의아해하면서도 먼저 회사로 들어갔다.

박시영과 한도균은 가까운 카페에서 커피 한 잔씩을 놓고 마주했다.

"이번에 고생이 많으셨죠."

"나보다 이수가 고생했죠, 뭘. 윤 변호사님도 그렇고."

"따님을 정말 잘 키우신 것 같아요. 참 똑똑하고 착한 분이더군요. 경우도 바르고."

"그렇죠. 전 비록 이 모양이지만 제 딸만은 늘 자랑이랍니다."

한도균은 딸 생각만 해도 좋은 듯 입이 웃고 있다.

박시영이 위로를 건넸다.

"이번에도 누명을 쓰셨죠. 얼마나 억울하세요."

"다 제 잘못입니다. 수표 주인이라고 전화가 오니까 문득 욕심이 들더라구요. 이 사람이 직접 찾아오면 사례금을 주겠거니, 하고요. 바로 경찰에 맡겼어야 했는데……."

"선생님 잘못이 아니에요. 속이자고 들면 누가 당해 내겠어요."

한도균은 대답 없이 허허로운 웃음을 지었다.

"단도직입적으로 말씀드릴게요. 아버님을 보자고 한 건 다름 아니라 이걸 한 번 봐주셨으면 하는 거예요."

박시영은 옆자리에 놓아둔 가방을 열더니 종이 한 장을 꺼냈다.

그것을 테이블 위에 올려놓았다.

"이거 아내분이시죠?"

한도균은 테이블 위 종이로 시선을 옮겼다.

뉴스 기사의 출력물이었다.

클리앙 파이낸스 회계담당직원 영장심문 앞두고 자살

"이걸 어떻게……."

한도균은 순간 놀라 목이 잠긴 듯했다.

"저 《정안일보》 기자예요. 마음먹고 취재하면 이 정도는 어렵지 않아요."

박시영은 종이를 다시 가방에 집어넣었다.

"아내분이 억울하게 돌아가신 거죠? 정말 부정을 저지른 사람은 따로 있는데, 뭐 그런 상황 아니었나요?"

한도균의 눈이 고통에 일그러졌다.

"맞아요, 맞습니다! 아내는 전혀 죄가 없어요. 나쁜 놈들이 모략한 거예요. 자기들의 부정이 드러나니까 지들만 쏙 빠져나가고 그저 직원에 불과했던 아내한테 다 뒤집어씌운 겁니다! 아무리 해명해도 안 통했고, 결국 구속까지 될 지경이었어요. 아내는 억울함을 견디지 못하고 그만……."

한도균의 눈가에 눈물이 맺혔다. 자신의 억울한 누명, 징역을 앞두고도 흘리지 않던 눈물이었다. 얼마나 가슴에 맺힌 사건이었던가.

그는 열심히 한을 토해 냈다. 기자인 박시영이 아내의 억울함을 풀어 줄지도 모른다는 막연한 기대인 걸까. 박시영은 안쓰러운 마음이 들었다.

"부인을 많이 사랑하셨나 보네요."

"……저 같은 사람한테서 어떻게 이수 같은 딸이 나왔겠어요. 이수는 아내를 쏙 빼닮았어요. 외모부터 올곧은 성격까지…… 아내는 제게 전부였습니다……."

"그런 분이 저런 일로 돌아가셨으니 한이 맺히셨겠어요."

"그날 이후 사는 게 사는 게 아닌 거죠……."

"이수 씨도 당연히 엄마의 억울한 죽음을 알고 있을 테구요."

"그렇죠…… 네? 이수?"

한이수의 이야기가 나오자 한도균이 깨어났다. 거의 반사적으로 상체를 뒤로 조금 물렸다.

박시영은 내친 김에 이야기했다.

"기사 내용을 보면요, 당시 한울 모터스하고 연관이 있는 걸로 되어 있어요. 거래 상대방이었던 거죠."

"한울…… 네……."

말을 우물거리는 한도균을 바라보던 박시영이 돌연 말을 던졌다.

"만약 아내분이 억울하게 자살하신 거라면 그 원흉은 아마도 양다곤 회장이 아닐까요?"

"아, 아니 그렇게까지는……."

훅 찔러 들어간 박시영의 말에 한도균은 순간 우물쭈물했다.

그러다가 표정을 굳히며 말했다.

"근데, 기자님이 왜 이런 걸 제게 물어보시는지 모르겠네요."

경계심이 잔뜩 묻어 있다.

"옛날 일이지만 이 사건에 관심이 있어서요. 진실을 알고 싶어섭니다."

"진실을 알고 싶다……."

한도균은 박시영의 말을 되뇌다가 말했다.

"제가 아는 진실은 하나뿐입니다. 제 아내는 결코 그런 짓을 하지 않았다는 걸요."

"그다음은요?"

"나머지는 모릅니다. 한울 모터스가 주도한 범행인지, 아내한테 모함을 한 건지, 그런 건 전혀 알지 못한단 겁니다."

"그러신가요?"

"기자님께 꼭 말씀드리고 싶은 건……."

"네."

"부디 억측으로 글을 쓰시거나 주변에 알리거나 하지는 말아 주셨으면 합니다."

"어떤 억측 말씀하시는 건지요?"

"저는……."

한도균은 눈을 잠시 감았다가 떴다.

"저도 모르는 진실을 딸한테 이야기하진 않습니다. 기자님이 의심하시는 것처럼 한울 모터스가 이 사태에 책임이 있는지 없는지 전 모르고요, 그러니 이수한테도 그런 말을 함부로 할 수 없는 겁니다. 당연히 이수는 자기 엄마가 자살했다는 사실 말고는 아무것도 모르고요. 한울 모터스에 입사한 것도 본인이 간절히 들어가고 싶어서 한 거였어요. 그런 이유로 얽힌 게 아니란 겁니다. 혹시라도 괜한 억측 때문에 이수가 사회생활에 곤란을 겪지 않았으면 합니다."

"그러시군요……."

"만약 그런 기사가 나거나 말이 퍼졌다간 이수는 힘들게 들어간 한울 모터스를 그만둘 수밖에 없겠죠."

박시영이 뭐라고 대답하기도 전에 한도균은 벌떡 일어섰다. 그러더니 마치 200년 전 조상님을 만난 듯 박시영을 향해 깊숙이 허리를 숙였다.

돌발적인 그의 행동에 박시영도 엉거주춤 일어나 허리를 숙였다.

"그럼 부탁드리겠습니다."

한도균은 비감한 표정으로 한 번 더 말하고는 자리를 떴다.

박시영은 눈을 가늘게 뜨고 한도균의 뒷모습을 지켜보았다.

이윽고 박시영은 시선을 거두고 등받이에 몸을 기댔다.

"점점 더 알 수 없게 돼 버렸네……."

* * *

마인혁 판사는 오늘도 구내식당에서 홀로 저녁을 먹고 방으로 올라와 두툼한 영장 기록이 쌓인 책상 앞에 앉았다.

물끄러미 기록을 보고 있자니 한숨이 나왔다.

이렇게 힘들게 야근을 해 봤자, 아무도 알아주지 않는다. 지난 토요일 사건이 떠오른다. 만약 영장 시한인 24시간을 지나 한도균 영장이 펑크가 났더라면…… 생각만 해도 등골이 서늘하다. 아마 여론에 가루가 되도록 까였을 것이다. 옷을 벗어야 했을지도 모른다. 난 이렇게 열심히 하고 있는데…….

일단 이 덩어리들을 빨리 처리하고 오늘은 일찍 귀가할 수 있기를.

마인혁 판사는 다시 기록에 코를 처박고 읽어 내려가기 시작했다.

두어 시간이 흘렀을까.

갑자기 판사실 문이 벌컥 열렸다.

그저 힘주어 여는 정도가 아니었다. 광폭한 기세였다. 예사롭지 않음을 직감했다.

마인혁은 눈을 들었다.

서른 후반의 남자가 한 명 들어오고 있었다.

그 남자를 알아보는 데는 4, 5초가량이나 걸렸다. 이 시간, 이 장소에 있으리라 생각되지 않는 사람이었기 때문이다.

그는 영장재판을 담당했던 검사였다. 3, 4미터 떨어진 채로도 술 냄새가 확 풍겼다.

마인혁 판사는 본능적으로 의자를 뒤로 물리고 일어났다.

"무, 무슨 일입니까?"

검사는 마인혁 판사 앞에 버티고 섰다.

"당신이 판사야?"

아찔했다.

"그게 무슨 소리요!"

"당신 판사 맞느냐고!"

"이보세요, 검사!"

검사의 고성이 이어졌다.

"100억 절도라고, 100억! 당신 평생 벌어도 100억 벌 수 있어? 그걸 꿀꺽한 새끼를 풀어 줘?"

검사의 난동에 눈앞이 캄캄했다. 이 인간은 영장 기각에 대해 항의하러 술 퍼먹고 온 것이다.

아…… 이건 익숙한 상황이다. 어디선가 똑같은 일을 겪었는데…… 아, 그래. 몇 달 전, 양다곤의 영장을 기각했을 때.

"게다가 집행유예 기간 중이야! 당신 돌았어? 영장 기각 많이 하면 인권 판사라고 칭찬받을 줄 알았어?"

"말조심해!"

마인혁은 같은 상황인 걸 알면서도 그때와 똑같이 대응하고 있었다. 입술이 부르르 떨려 왔다.

"너나 조심해!"

마인혁 판사의 얼굴이 일그러졌다.

검사가 받아치는 것조차 어쩌면 이리도 같단 말인가.

그렇다고 늦잠 자서 할 수 없이 영장 기각했다고 해명할 수도 없다. 낭패다. 그저 설움을 꾹 참고 검사를 달래야 했다.

"검사님, 맘에 안 드시겠지만 그건 저의 판단이었습니다. 일단 이건 영장이고, 추후 재판이 남아 있으니까 그때 엄히 구형하시면 될 거 같구요……."

마인혁 판사는 저자세로 말을 이어 나갔다. 검사의 기세가 조금 누그러졌다.

"영장 이런 식으로 하면 우리 일 못 해! 검찰하고 법원하고 이렇게 돼서 좋은 일 없잖아?"

"그렇죠, 그럼요."

마인혁 판사는 거의 굽실굽실했다. 검사하고 멱살잡이를 할 수도 없는 일. 더 이상 행패를 부리지 않도록 일단 철저히 몸을 낮추고 달래서 돌려보내는 수밖에 없다.

"앞으로 두고 보겠어! 당신 조심해!"

검사는 방문을 쾅 소리가 날 만큼 세게 닫고 나가 버렸다.

그 뒷모습을 보며 마인혁 판사는 하얗게 될 만큼 입술을 깨물었다.

저 개망나니 검사 새끼가!

어디서 술 처먹고 난동을!

분통이 터졌다. 그렇다고 정식으로 따질 수도 없고, 법원에 보고할 수도, 검찰에 문책을 요구할 수도 없다. 영장 처리 문제가 구설에 올랐다가 자신이 늦잠 잤다는 게 드러나면 모든 게 끝장이니까.

저자는 아마 내일이면 오늘 한 짓을 기억도 못 하겠지.

마인혁은 검사가 나간 후 바람 빠진 풍선처럼 소파에 완전히 널브러졌다.

넋이 나가 있었다.

또 이런 꼴을 당하다니…….

*　*　*

허억!

양다곤은 숨을 들이키며 침대에서 벌떡 일어났다.

방 안은 캄캄했다. 창으로 한줄기 달빛만이 흘러들어오고 있었다.

옆에는 아무도 없다.

예전에는 자다가 깨면 장유나가 옆에 있다는 것만으로 위안이 되었는데.

꿈 탓일까. 밤의 정적은 귀기 어리게 느껴졌다.

양다곤은 침대 옆 테이블의 물컵으로 손을 뻗었다.

또 이런 꿈을 꾸다니.

예전 기억이 투사된 꿈이었다.

"왜 자꾸 아빠가 자살이라고 말해요?"

김민호의 장례식장에서 고개를 빳빳이 쳐들고 노려보던 꼬마, 김한울.

깨어나며 얼굴은 완전히 잊혔지만 꿈이라고 생각되지 않을 만큼 생생한 눈빛만은, 그 서늘한 느낌만은 남아 목덜미를 훑고 있다.

"아빠는 자살하지 않았어요."

아이는 또 그렇게 말했다.

가슴이 서늘했다.

양다곤의 깊은 곳, 원죄를 꿰뚫는 말이었다.

살인을 고발하는 무시무시한 아이의 증언.

아홉 살짜리 저승사자.

이 꿈을 근래에 꾸었던 적이 있다.

한 번은 한울 모터스 앞에서 1인 시위하던 자에게 달걀을 맞은 날이었다.

다른 한 번은 구속영장 재판을 앞둔 날이었다.

양다곤이 마음이 허해질 때면 어김없이 스며드는 불안. 그것이 꿈으로 변한 건지도 모른다.

장유나가 모습을 감추었고, 양건일은 10년 형을 받았다.

톡 건드리면 구멍이 뻥 뚫릴 한지처럼 약해질 대로 약해진 마음이었다.

그 약한 고리를 파고드는 꿈인지도 몰랐다.

김한울이라는 그 꼬마.

초등학교를 졸업할 무렵 엄마와 같이 미국으로 떠났다고 했지.

사람을 시켜 뒷조사를 했다가 그 소식을 듣고는 마음을 놓았다.

그런데, 자꾸만 꿈에 나온다.

마음 깊은 곳에서 불안해하고 있다는 거겠지.

모름지기 불안감은 모른다는 데서 오는 것.

어쩌면 그 아이가 지금 뭐 하고 있는지 안다면 이런 불길한 꿈은 더 이상 안 꾸게 될지도 몰라.

날이 밝는 대로 그 모자의 소재를 찾아보게 해야겠어.

양다곤은 컵의 남은 물을 다 비우고 다시 침대에 누워 이불을 끌어 올렸다.

* * *

김 실장이 비서실로 들어섰다. 역시나 다른 직원들은 본체만체하는데 한이수만 생긋 웃으며 인사한다.

"김 실장님, 안녕하세요."

"한이수 씨, 잘 지냈어요?"

"오랜만에 오셨네요."

"네. 회장님이 오랜만에 부르셔서."

"지금 기다리고 계세요. 차는 어떤 걸로 드릴까요?"

"아니. 전 괜찮아요."

김 실장은 자신이 한울 그룹 직원들, 특히 여기 비서실 직원들에게 어떻게 비치는지 안다. 양다곤 회장의 잡을 담당하는 개인 심부름꾼 정도. 그런 걸 느낄 때마다 거울에 비치는 자신의 무서운 얼굴을 떠올리게 된다. 결코 좋은 인상이 아니다. 높은 사회적 위치하고는 전혀 거리가 먼 인상이기도 하다. 그래서 그들이 인사를 건너뛰어도, 못 본 척 지나가도, 그러려니 한다. 회사 안에서 발톱을 드러내는 것도 당연히 좋지 않다. 하지만 한이수만은 다르다. 늘 웃는 얼굴로 대해 준다. 그리고 아마도 다른 손님들과 조금도 다르지 않게 자신을 대우해 준다.

김 실장이 회사에 자주 들락거리는 건 아무래도 직원들 보기에 좋지 않다. 그 이유로 양다곤은 웬만하면 밖에서 불렀다. 김 실장이 회장실에까지 가는 건 양다곤이 노해서 혼날 때, 아니면 오늘처럼 단명오가 들어갈 때 묻어서 가는 정도였다.

회장실에는 단명오가 먼저 와 양다곤 앞에 앉아 있었다.

김 실장은 인사를 하고 앉았다.

"김 실장, 오랜만이야."

"회장님…… 많이 늙으신 것 같습니다…….."

김 실장은 양다곤의 얼굴을 쳐다보며 말했다. 그가 자신도 모르게 그런 말을 했을 만큼 양다곤은 못 본 새 급격히 노화해 있었다. 듬성듬성해진 머리카락은 윤기가 없었고, 퀭한 눈 위로 눈꺼풀이 처져 있다. 피부는 말라붙어 회색이었고, 앙상한 손등은 주름이 자글자글했다. 어딘지 허리도 굽어 몸이 꾸부정해 보인다.

"내가 좋을 일이 뭐가 있겠나…….."

양다곤이 한숨을 쉬었다. 김 실장은 아차, 싶었지만 늦었다.

단명오가 김 실장을 째려보았다. 괜한 말로 분위기를 안 좋게 만든다는 질책이다. 하지만 양다곤은 정작 받아들이는 눈치다.

"늙을 때도 됐지. 아등바등해 봤자…….."

"아뇨, 아직 멀쩡하십니다. 그저 조금 피곤해 보이실 뿐인 거죠."

김 실장은 말을 주워 담으려 애썼다.

"아냐, 요새 기력이 쇠했는지 헛꿈도 자주 꾸고 그래."

김 실장은 딱히 대꾸할 말이 없었다.

단명오의 표정이 그다지 좋지 않다. 불만이 가득한 얼굴.

양다곤이 다시 말했다.

"두 사람을 부른 건 갑자기 마음에 걸리는 일이 생겨서야."

"어떤 일입니까?"

"예전 김민호 교수 가족 알지?"

"김민호……."

김 실장은 곱씹듯이 이름을 되뇌었다. 세 사람 사이에 거의 금기와도 같은 이름이었다. 무서운 죄를 같이한 그들만의 기억에 남은 사람. 그 이름이 튀어나오자, 부루퉁해 있던 단명오도 움찔했다.

"김민호 교수는 갑자기 왜요?"

"유족으로 아내와 조그만 꼬맹이가 있었어."

"압니다. 김한울이라고."

"우리 그룹 이름도 거기서 온 거라고 알고 있습니다만."

"그때 아홉 살이었지. 김한울이가 초등학교를 졸업할 무렵에 모자는 미국으로 건너갔어. 근데 그 뒤로 어떻게 살고 있는지가 궁금해."

단명오가 고개를 모로 꼬며 말했다.

"혹시…… 어떤 움직임이 있습니까? 꼬맹이가 커서 그룹에 어떤 요구를 해 온다거나."

"그런 건 아냐. 그냥 소식을 모르니까 막연한 불안감이 있어. 이젠 그 애도 다 컸을 나이 아닌가 말이야. 자기 집안일에 대해 관심을 가질 수도 있겠지."

"그래 봤자 그때 소송으로 끝난 일이에요. 억울하니 뭐니 해 봤자 판결을 뒤집을 순 없죠."

"그렇긴 해. 그런 문제가 없더라도, 그냥 알고 싶어. 왠지 그래야 맘이 더 편해질 것 같아."

"미국으로 간 사람들 찾는 일은 쉽지 않아요. 한국하곤 달라서 큰 나라 아닙니까. 교포 사회를 떠났으면 거의 어렵다고 봐야 해요."

단명오는 심드렁했다. 이 형님이 나이가 들더니 마음이 영 약해졌군. 그런 생각인지 모른다. 하지만 김 실장은 진지했다.

"그렇게 해야 회장님 마음이 편하시다면 당연히 알아봐야죠."

단명오가 물끄러미 쳐다보았지만 김 실장은 아랑곳하지 않았다.

"먼저 교포 사회에 수소문해 보겠습니다."

"그래. 두 사람이 같이 좀 알아봐 줘."

단명오는 변변한 대답을 하지 않는다. 귀찮아하는 기색이 역력하다. 김 실장 이 자식이 괜한 아첨을 해서 번거롭게 만들고 있어.

그런 생각인 듯하다.

단명오가 먼저 회장실을 나오고, 김 실장이 뒤를 따랐다.

비서실 직원들은 단명오에게 잘 가시라는 인사를 했다. 하지만 김 실장에게는 하지 않았다.

한이수만은 김 실장에게 인사를 했고, 단명오는 슬쩍 외면했다.

"괘씸한 년!"

엘리베이터를 타며 단명오가 씁듯이 말했다.

"누구 말입니까?"

"한이수 말이야."

"왜요?"

"인사를 씹었어."

"그럴 리가요. 저한텐 살갑게 인사했는데."

154

"나한텐 의도적으로 피했어."

"잘못 보신 거겠죠."

"아니야."

잠시 침묵하던 단명오는 입가에 웃음을 띠었다. 어쩐지 야비해 보이는 웃음이었다.

"하하하, 그렇겠군. 이유는 있어."

"어떤 이유죠?"

"결국 눈치챈 거지. 내가 지 아비를 함정에 빠트린 걸 말이야."

"한이수 아버지를 함정에 빠트려요?"

"응. 구속될 거였는데, 변호사 누굴 썼는지 몰라도 영장은 피했더구먼."

"……구속?"

"하지만 그것도 잠시야. 곧 재판에서 골로 갈 거야. 하하하!"

단명오의 웃음소리와 함께 엘리베이터가 1층에 도착했다.

단명오가 앞서 나가며 말했다.

"난 요즘 김한울 뒷조사 같은 거 할 시간 없어. 김 실장 당신이 좀 해."

그러고는 김 실장이 뭐라 답하기도 전에 빠른 걸음으로 멀어져 가버렸다.

* * *

"그날 헤어질 때 다음에 뵙자고 했는데, 바로 이틀 뒤가 될 줄은 몰랐네요."

한이수가 박시영에게 말했다.

두 사람은 따뜻한 라테를 사이에 두고 있다.

박시영이 전화를 걸어 만나자고 했다. 예전 양다곤 인터뷰 일정을 조율하느라 명함을 교환해 연락처는 알고 있다.

"이수 씨 만나면 꼭 물어보고 싶은 말이 있었어요. 마침 그저께 해성이 사무실에서 만난 김에 생각나서."

"한울 그룹 일이라면 저보단 팀장님들 연결시켜 드릴 수도 있는데."

"회사 일이 아녜요. 이수 씨에 대한 개인적인 질문이에요."

"개인적 질문? 저한테 박 기자 님이요?"

한이수가 눈을 동그랗게 떴다. 박시영과는 양다곤 인터뷰라는 공적인 업무상 연락한 사이일 뿐이다. 자신한테 질문하고 싶은 게 있을 수 있을까.

박시영이 다짜고짜 말했다.

"해성이, 그니까 윤해성 변호사를 어떻게 생각해요?"

"윤 변호사님? ……유능하다고 생각해요. 이번에도 아빠를 빼내 줬구."

"그런 거 말고요. 인간적으로."

"인간적으로? ……설마 남녀관계로 오해하시는 건 아니겠죠?"

한이수의 목소리에 살짝 불쾌감이 얹혀 있다. 박시영이 빙그레 웃었다.

"아니에요. 그런 질문. 액면 그대로, 인간으로서의 윤해성에 대해 묻는 거예요."

한이수는 라테 잔을 내려놓고 조금 차갑게 말했다.

"인간으로서는 모르겠어요. 전 일 잘하는 변호사한테 아버지 일을 맡긴 거지, 사람 좋은 변호사를 찾은 게 아니니까요."

"역시 좋은 감정이 아니시구나."

박시영이 몸을 뒤로 물리며 말했다. 한이수는 의아한 듯 쳐다보았다.

"해성이한테 인간적으로 실망한, 아니 정정할게요. 인간적으로 끌리지 않은 이유를 물어봐도 될까요?"

"……전 박 기자님이 저한테 이런 걸 묻는 이유를 모르겠어요. 전 그냥 비서실 직원이에요. 제가 윤 변호사님을 어떻게 생각하든 뭐가 중요한가요?"

"중요해요. 이수 씨가 그냥 윤해성이라는 인간 자체가 싫은 거라면 어쩔 수가 없어요. 그건 사람 맘이고 취향이니까. 근데 혹시 어떤 특별한 이유가 있는 거라면, 하는 생각이 들어서요. 만약 내가 생각하는 그런 이유라면 이건 두 사람이 푸는 게 두 사람을 위해 백번 좋은 일이거든요."

"저와 윤해성 변호사를 화해시키려 하시는 건가요? 하지만 싸운 적도 없고, 화해할 일 자체가 없어요."

"그런 사람들이 있는 거 같아요. 서로의 감정을 먼저 털어놓을 수 없어서 지금껏 꼬이는 관계……."

"애매한 말씀만 하시네요. 죄송하지만 그냥 제게 맡겨 두셨으면 좋겠어요."

"더 솔직히 말하면, 서로의 패를 먼저 깔 수가 없는 입장이 아닌가 해요. 아, 미안해요. 기자식의 표현이 나와 버려서. 너무 저질이죠?"

한이수는 말없이 커피 잔을 입가로 가져갔다. 그 일상적인 모습이 느린 활동사진처럼 흘러갔다. 경계를 풀지 않는 모습이었다.

"양다곤은 이수 씨의 원수나 마찬가지인 사람이에요. 그런데 양다곤 회장 밑에서 일하는 이유는 뭘까요?"

"네?"

한이수는 하마터면 마시던 커피 잔을 놓칠 뻔했다.

157

이 정도면 습격이나 다름없다. 갑작스러운 그 말에 늘 침착하던 한이수도 적잖이 당황했다.

"그게 도대체 무슨 말씀이에요?"

"전 알고 있어요. 근거도 있구요. 이수 씨 어머님이 양다곤 때문에 억울하게 돌아가신 걸 알아요."

한이수의 눈동자가 흔들린 건 아주 잠시였다. 그녀는 커피 잔을 조용히 내려놓으며 말했다.

"······뭔가 크게 잘못 생각하고 계신 것 같아요."

"한울에 입사한 건 곁에서 약점을 잡기 위한 거였나요?"

"······전제를 당연한 것처럼 깔고 그다음을 묻는다. 전형적인 유도 신문이네요. 역시 기자다우세요."

"그럼 전제부터 물을게요. 아닌가요? 어머님이 한울 모터스 양다곤 때문에 돌아가신 거?"

"엄마가 자살한 건 오해를 받는 억울함 때문이었어요. 굳이 원망을 하자면 편견에 사로잡힌 수사관이나 사법체계가 나빴던 거겠죠. 단지 엄마 회사와 거래관계에 있었단 이유로 한울 모터스를 원망하는 건 유아적 사고 아닐까요?"

"엄마가 돌아가신 사건에서 한울과 거래가 있었단 사실을 잘 알고 계시네요. 아버님은 이수 씨가 그런 건 전혀 모른다고 알고 계시던데."

한이수는 훗, 하고 가벼운 웃음을 머금었다.

"아빠들은 늘 그렇잖아요. 딸을 마냥 어린 아이로만 보구. 저도 신문 기사란 걸 보는데, 그 정도를 모르겠어요?"

"그렇담 굳이 한울 모터스에 입사하신 건?"

"한울에서 일할 기회가 있는데 굳이 거부할 사람은 몇 명이나 될까요?"

박시영은 대꾸 없이 한이수를 물끄러미 보았다. 한이수가 말을 이었다.

"아시다시피 페이가 좋고 복지도 괜찮거든요. 엄마의 죽음과 양 회장님하고 연관 지어서 생각해 본 적은 없어요. 한 번도."

"정말 쿨하시네요. 그러기가 쉽지 않은데."

"저를 아는 사람들은 고개를 끄덕일 거예요."

"네, 아마."

박시영도 고개를 끄덕끄덕했다.

한이수의 이 아름다운 얼굴 아래에는 어쩌면 엄마의 복수로 불타는 인간의 염원이 아니라 철저히 연봉과 성과를 계산하는 파충류 같은 마음이 도사리고 있는지도 모른다.

"이수 씨는 아버님하곤 많이 다르신 거 같아요."

"지난번 저희 아버질 만난 게 이런 용건이었어요?"

한이수는 가볍게 웃고는 이어 물었다.

"어떻게 달라요?"

"아버님은 인간미로 똘똘 뭉치신 분 같더라구요. 가족이 전부이신……."

"제가 그 반대라면…… 아마 밥맛?"

"아녜요, 죄송해요. 그런 뜻은 전혀 아녔어요."

박시영은 그러면서 한이수를 한 번 더 관찰했다. 이 여자는 떨리는 가슴을 커피로, 차가운 표정으로 진정시키고 있는 건 아닐까. 하지만 어디를 보아도 그녀가 불안해하고 있다는 징후는 없었다. 그렇다면 한 번 더 찔러 볼까.

박시영은 주섬주섬 가방을 다시 열었다. 그러고는 다시 종이 한 장을 꺼냈다.

"이걸 한 번 봐주세요."

역시 뉴스 기사의 출력물이었다.

서울대학교 김민호 교수, 자살한 채 야산에서 발견돼

한이수는 종이를 들어 기사를 읽었다.

알고 있는 사건이다. 그리고 자신도 아는 이름이다. 김민호 교수. 20년 전 한울 모터스의 대주주였다가 자살한 사람. 유족은 소송으로 모든 지분을 양다곤에게 빼앗겼고. 김한울이라고 아들이 있었지…… 그런데 박시영이 어떻게, 왜 이 사람 이야기를 여기서 꺼내는 거지? 박시영이 더욱 불편하게 여겨졌다. 이 일을 안다고 하면 자신의 입장도 애매해진다. 진정한 목적이 탄로 날 수 있다. 무책임하게 말을 퍼뜨리는 게 직업인 이 위험한 신문 기자에게. 무조건 모르는 척 연기할 수밖에 없다.

기사를 다 읽은 한이수는 종이를 천천히 내려놓고는 말했다.

"읽었어요. 전 모르는 분이에요. 기사도 20년 전 건데, 전 아주 애기였을 때네요. ……이게 무슨 의미인 거죠?"

"그 김민호 교수는 한울 모터스의 과거 창립자였어요."

"한울 모터스의 창립자? 처음 듣는 얘기네요."

"물론 그러실 거예요. 양다곤 회장은 철저히 감추었을 테니까요."

"그런가요…….."

한이수의 반응은 너무나 무심했다.

과연 이 사건을 아는 사람이라면 이렇게까지 시치미를 뗄 수 있을까.

더 이상의 시도는 헛되다.

"오늘 실례가 많았네요. 몇 번 뵙지도 못했는데 만나선 엉뚱한 소리만 하고. 뭐든지 의심하고 연관시켜 보는 신문 기자의 직업병 정도로 이해해 주세요."

"괜찮아요. 대화 재미있었어요."

친절하면서도 사무적인 화법.

한이수는 끝까지 흔들리지 않는다.

"다시 한번 죄송해요. 제가 만나자고 했으니까 커피값은 제가 계산할게요."

박시영은 가볍게 인사하고는 조용히 자리를 떠나갔다.

* * *

이번에도 윤해성은 국민참여재판을 신청했다.

한도균에게는 지난번 층간소음 폭행에 이어 벌써 두 번째 국민참여재판이다.

물론 배심원들은 모두 다르다.

"사람들 앞에서 재판 받는 게 부끄럽네요."

재판 개정을 앞두고 법정 앞 복도에서 한도균이 말했다. 윤해성은 머리를 저었다.

"판사식의 매뉴얼 재판으론 석방이 힘들어요. 이쪽이 낫습니다."

한도균도 고개를 끄덕였다. 석방 가능성이 높은 쪽이 우선이다.

"100억 원 절도란 게 드물지 않아?"

한이수가 물었다.

"전대미문이지."

윤해성은 슬그머니 웃었다.

"무죄 받을 수 있을까?"

"난망."

그러자 한도균이 슬그머니 말했다.

"난 유죄, 무죄 같은 건 관심 없습니다. 이 나이에…… 그저 감방이나 안 갔으면…… 그게 바람입니다."

무죄는 필요 없다. 감방에만 안 가면 된다…….

재판이란 것에 조금의 기대도 없어 보인다.

그 말을 하는 아버지를 한이수가 슬픈 듯 잠깐 바라보더니 윤해성에게 말했다.

"집행유예는 법적으로 안 된다구 했지?"

"지난번 층간소음 폭행 전과가 있으시니까. 이번 절도만 해도 사이즈가 너무 커. 100억이면 사상 최고금액이지."

"그렇구나…… 그럼 형량은 대충 어느 정도?"

"절도는 징역 6년까지 가능해."

"6년!"

불안감이 엄습했다. 하긴 자신부터도 100억 절도라면 헉, 소리부터 먼저 날 것이다. 딸도 이런데, 하물며 배심원들은 어련하랴.

"전략이 있을까?"

"이번엔 술수 같은 게 있을 수 없어. 정통적인 변론을 할 거야."

윤해성의 말이 조금 불안을 가라앉혔다.

재판 시간이 임박해 다 같이 법정에 들어갔다. 피고인석 쪽에 윤해성, 한도균이 나란히 앉았고, 한이수는 방청석 세 번째 줄에 앉았다. 다른 방청객은 드문드문 있다. 그나마 몇몇은 배심재판을 참관하러 온 학생인 듯했다. 한산한 분위기.

잠시 후 판사가 들어왔고, 재판 개시를 알렸다.

배심재판에서 판사의 역할은 교통경찰관 정도에 그친다. 배심원에게 소송법과 절차를 안내할 뿐이다. 판단은 배심원이 한다. 배심원이 내린 평결에 따라야 되는 것은 아니지만 관행상 거의 평결대로 판결을 내린다. 그래서 국민참여재판은 판사보다는 배심원 눈치를 봐야 하는 재판인 것이다.

다양한 연령대의 배심원들에겐 아직 어떠한 낌새도 없다. 수수해 보이는 인상들에 조금은 지친 듯한 표정과 긴장한 얼굴 들이 섞여 있다.

"검사, 공소사실 요지를 진술해 주시죠."

검사는 일어서서 배심원석을 향했다.

마을버스 안에서 100억 원의 수표와 휴대폰을 훔쳤다는 게 요지였다.

"변호인, 인부를 밝혀 주세요."

윤해성도 일어서서 배심원석을 보며 말했다.

"피고인은 절도를 인정하지 않습니다."

얼마 없는 방청객들이지만 조금 웅성거렸다.

뻔한 절도인데, 범행을 부인해? 그런 느낌이었다.

하지만 한이수는 고개를 끄덕였다.

맞아. 아빠는 절도를 하지 않았어. 당연히 범행을 부인해야지.

반면 법정 안의 분위기에서 약간의 불안도 느꼈다.

비록 조작된 거지만 증거나 정황이 명백한데, 범행을 부인하는 게 과연 '실질적인' 도움이 될까? 차라리 인정하고 선처를 비는 쪽이 낫지 않을까? 내가 배심원이라도 명백한 사건을 부인하면 불쾌할 것 같은데. 아. 조금 전에 정통적인 변론을 하겠다고 했지. 결과가 어떻든 정석에 따른 변론을 하려는 걸까…….

"부인, 입니까?"

판사가 확인하듯 물었다.

그런데, 어쩐지 판사가 납득하고 있는 듯하다.

한이수는 그렇게 느꼈다. 이상하다.

"그렇습니다."

판사가 검사를 향해 말했다.

"증거 신청하십시오."

검사는 증거목록을 읽었다.

마을버스 기사의 진술, CCTV 화면, 휴대폰, 수표 사진 등등.

"변호인, 증거의견은 어떻습니까?"

"모두 동의합니다."

한이수는 고개를 갸웃했다.

범행을 부인한다고 하지 않았나? 그러면서 증거는 동의한다? 이건 어떤 전략일까.

의아함이 깊어졌다.

"피고인 측에서 내실 증거는 있습니까?"

"마을버스 기사에 대한 증인신문을 신청합니다."

"채택합니다. 오후에 증인신문을 실시하겠습니다."

버스 기사를 증인으로? 법정에서 추궁해서 사실을 말하게 하려는 모양이다. 하지만 그게 가능할까? 애당초 단명오 측에 포섭된 사람인데. 그러고, 버스 기사를 부를 거면 수표주인이라며 전화 건 여자는 왜 증인으로 부르지 않은 걸까?

법정을 빠져나오는 윤해성에게 같은 의문을 던졌다.

"전화 건 여자는 증인으로 안 불렀어?"

"안 불러. 그건 증거 동의할 거야. 법정에서 사실을 털어놓을 리가 없지. 자신의 범죄만 자백하는 셈인데. 나와서 거짓말 늘어놓으면 오히려 우리만 불리해져."

"근데 버스 기사는 왜 증인으로 부른 거야? 마찬가지잖아. 어차피 거짓말할 건데."

"맞아. 거짓말할 거야."

"그런데 왜?"

"싫어도 우리한테 유리한 진술을 해 줄 거니깐."

윤해성을 눈을 찡긋하고는 앞장서서 걸었다.

점심시간 후 재판은 속개되었다.

우선 마을버스 기사에 대한 증인신문.

얼굴이 검고 뺨이 홀쭉한 중년 남자가 법정에 들어섰다. 굵은 팔뚝이 눈에 띄었다.

거짓말을 하면 위증의 벌을 받겠다는 증인 선서를 한 후 증인석에 앉았다.

윤해성이 일어나 증인 앞에 섰다.

"증인은 양평 읍내에서 유명산 앞까지 운행하는 마을버스 기사시죠?"

"네."

"여기 피고인석에 앉은 한도균 씨를 아십니까?"

"전혀 모릅니다."

"사건이 있던 날 새벽, 종점 근처에 다다랐을 때 마을버스의 유일한 승객이었습니다만."

"승객 얼굴을 어떻게 일일이 기억하겠습니까?"

"한도균 씨가 버스 안에서 휴대폰을 주운 사실은 알았습니까?"

"몰랐습니다."

역시나 완전한 오리발이다. 대답을 이어 가는 기사의 눈가에 살짝 적대감마저 깃들었다. 마음의 준비를 하고 왔겠지. 무슨 일이 있어도 변호인의 신문에 넘어가지 않겠다는 의지.

틀렸어. 한이수는 고개를 저었다.

지푸라기라도 잡는 심정으로 기대했다. 최후의 양심으로, 실은 누군가의 지시로 한도균을 모함했다고 말해 주지 않을까. 하지만 착한 결말은 역시 현실에 없었다. 눈앞에 있는 건 마음 막고 위증을 하러 나온 중년 남자의 잔뜩 도사린 모습뿐.

그런데 왜일까, 윤해성은 기사의 진술에 만족한 듯하다.

"한도균 씨가 그때 휴대폰을 주운 사실을 몰랐단 말씀이군요."

"네."

기사는 턱을 올리고 윤해성을 쳐다보았다. 연극적인 몸짓이었다.

"그 휴대폰 뒷면에 100억 수표가 끼워져 있었단 사실도 몰랐습니까?"

"당연하죠! 휴대폰을 주운 것도 몰랐는데, 수표를 제가 어떻게 알겠습니까!"

남자는 양손을 펴서 마구 흔들어 댔다. 자신은 전혀 무관하다는 것을 온몸으로 어필하는 것이다.

윤해성은 몸을 빙글 돌리더니 판사를 향해 말했다.

"이상으로 증인신문을 마치겠습니다."

너무나 싱겁게 끝이 났다. 증인도 얼떨떨한 얼굴이었다.

한이수는 실망으로 입술이 일그러졌다. 벌써 포기하는 거야? 기껏 증인을 불러 놓고 이렇듯 무기력하게 끝낸다고? 마구 몰아붙여서 실언이라도 끌어내야 하는 거 아냐?

변호인이 물은 게 거의 없으니 검사도 반대신문할 것이 없다.

증인은 바쁜 듯 법정 밖으로 걸어 나갔다.

윤해성이 잔기침을 하고서 배심원석 앞에 섰다.

"증인이 진술하고 간 김에, 여기서 배심원 여러분들께 드릴 말씀이 있습니다."

배심원들의 시선이 모였다.

"이 사건은 절도로 기소되었습니다. 수표는 버스 안에 떨어져 있었고, 그래서 일단 마을버스 기사의 점유하에 있었으며, 피고인은 수표를 집어 감으로써 버스 기사의 점유를 침해했다는 구성입니다. 물론 법리상, 절도는 소유뿐만 아니라 점유를 침해한 경우에도 성립하는 범죄인 것은 맞습니다. 하지만."

윤해성은 잠시 말을 멈추었다. 이목을 집중시키기 위해서인 것 같다.

"검찰의 이 사건 기소에는 중대한 실수가 있었습니다."

기소에 중대한 실수?

한이수의 귀가 번쩍 뜨였다.

윤해성은 다시 말을 멈추었다.

"잠시 이 자료를 보아 주십시오."

벽면 스크린에 화상이 떴다. 판결문이었다. 그는 미리 하이라이트 쳐 놓은 부분을 가리키며 말했다.

"보시다시피 대법원의 판결입니다. 버스 운전사가 물건을 현실적으로 발견하지 않는 한 물건의 점유를 한 것은 아니라는 것입니다."

조금의 웅성거림이 있었다.

스크린 위의 판결문에는 분명히 그렇게 쓰여 있었다.

"말하자면 기사가 물건의 존재를 인식한 상황에서, 그걸 훔친 경우에만 절도가 된다는 겁니다. 이 판결이 1992년 거니까, 검찰이 놓쳤을 수도 있겠군요. 이 판례에 따르면 피고인의 절도는 무죄입니다. '수표가 떨어져 있는지 몰랐다'는 버스 기사의 분명한 증언이 조금 전에 있었으니까요."

스크린에 못 박힌 시선 중에는 검사의 것도 있었다. 얼굴이 붉어지고 있었다. 법정에서 이 무슨 창피인가.

윤해성이 거기다 못을 박았다.

"검찰은 버스 기사를 상대로 이 점을 깊이 수사하지 않고 기소했던 겁니다. 이 오래된 판례를 모르고 기소한 것일 수도 있고요. 그게 아니라면, 어떤 이유로 피고인을 미워한 건지도 모르겠네요."

검사가 벌떡 일어섰다.

"판사님! 변호인은 지금 검찰을 모욕하고 있습니다!"

"취소하겠습니다. 그럼 검찰이 실수한 것으로 정리하지요."

윤해성은 능글맞게 대꾸했다.

판사는 골치가 아픈 듯 손을 이마에 댔다.

한이수는 윤해성의 말에 숨은 뜻을 이해했다. 단명오 측이 검찰에 영향력을 행사했을 수 있다. 대충 '절도죄'로 기소하게끔. 그런 추측이다.

판례를 몰랐던 실수 아니면 압력에 의한 왜곡. 아마 후자 쪽이리라. 어느 쪽을 택하든 수사기관으로서는 낯 뜨거운 일이다. 윤해성은 법정에서 검찰에게 한 방 먹이는 식으로 굳이 연출을 했다. 한이수는 속이 시원해지는 걸 느꼈다. 거의 고맙다는 마음까지 들었다. 실제보다 무거운 죄책을 뒤집어썼던 아버지를 대신해서.

윤해성이 말했다.

"애당초 절도가 되지 않는 사건을 절도로 기소했습니다. 이 사건 기소는 무효입니다."

윤해성의 의기양양한 표정. 거기에 낭패한 검사의 얼굴이 대비되었다.

한이수의 마음은 흥분으로 차올랐다.

이번 기소는 검찰의 잘못이었다!

그렇다면 아예 이 재판도 무효?

아버지는 무죄 석방되는 걸까!

"검사, 어떻게 하시겠습니까?"

판사가 물었다.

검사는 한동안 입술을 잘근잘근 씹고만 있었다.

"검사님?"

판사가 한 번 더 불렀다.

검사는 책상을 탁 치며 일어섰다.

"공소장변경을 신청합니다."

"공소장변경이요?"

"네. 법리상 절도가 안 된다 해도, 점유이탈물횡령죄가 성립합니다."

공소장변경? 점유이탈물횡령죄?

기소 실수, 아니 협잡이 드러났는데도 포기하지 않고, 계속하겠단 거야?

한이수는 울컥했다. 하지만 검사의 이어지는 말을 집중해서 더 들어 보아야 했다.

"버스 기사의 점유도 아니라면 이 수표는 누구의 점유도 아닌 유실물, 즉 잃어버린 물건이 됩니다. 잃어버린 물건을 마음대로 가져가면 그게 바로 점유이탈물횡령죄입니다. 이것으로 죄명을 바꾸겠습니다!"

검사는 만족스러운 표정을 지으며 자리에 앉았다. 탈출구를 찾아냈다는 표정이다.

어쩌면 미리 준비한 시나리오인지도 모르겠다. 절도로 기소해 놓고, 혹시 변호인이 법리상 문제를 지적하면 실수한 척하며 슬쩍 점유이탈물횡령죄로 바꾸기로.

판사는 고개를 끄덕끄덕했다.

"피고인 측이 특별히 이의가 없으면 공소장변경을 허가하겠습니다. 이 사건은 앞으로 점유이탈물횡령죄 사건으로 재판이 진행됩니다."

판사가 선언했다. 한이수는 윤해성을 보았다. 그는 이의하지 않았다. 평온한 얼굴. 당연히 전개될 일이 전개되었다는 듯한 표정.

하긴. 여기서 끝날 것 같지는 않았다. 형사 재판이 그리 쉬울 리가 없지.

휴대전화를 꺼내 검색해 보았다. 절도죄는 징역 6년 이하, 점유이탈물횡령죄는 징역 1년 이하.

휴우.

한이수는 긴 숨을 내쉬었다.

아무튼 절도보다 훨씬 가벼운 죄다. 마음이 한결 편안해졌다.

유죄로 가더라도 그렇게 높은 형은 받지 않을 거야.

한이수는 주먹을 꼭 말아 쥐었다.

이후의 증거조사절차는 일사천리로 진행되었다. 윤해성도 별다른 이의를 제기하지 않았다. 이의할 게 아니기도 했다. CCTV 자료나 수표 복사본 같은 것을 부인할 도리가 없다. 그럴 이유도 없다.

한이수는 다시 초조해졌다. 가벼운 범죄로 바뀌긴 했어도, 워낙 금액이 크다. 100억이라니. 점유이탈물횡령죄 역사상 이런 금액이 있을까? 이대로라면 법정최고형인 징역 1년을 선고받을 가능성이 높다. 거기다 유예되었던 층간소음 폭행 건 1년 형이 거기에 추가된다. 도합 징역 2년. 심신이 피폐한 아버지가 버틸 수 있을까?

재판은 막바지에 다다랐다. 판사가 검사에게 최종의견을 구했고, 검사가 일어섰다. 역시 예상대로 검사는 금액에 초점을 맞추어 논고를 펼쳤다.

"우선 피고인의 좋지 못한 태도를 지적하지 않을 수 없습니다. 피고인은 경찰조사에서는 황당한 거짓말로 범행을 부인했습니다. 버스 기사한테 수표를 맡기려고 했지만 기사가 화장실에 가는 통에 그러지 못했고, 기사를 기다리는 동안 수표 주인한테서 전화가 와서 '찾으러 갈 테니 잠시 맡아 달라'고 했다는 겁니다. 그래서 갖고 있었던 것이지 자신이 가지려던 게 아니었다고 변명했습니다. 하지만 전화를 건 사람의 진술서에서도 드러났듯이, 그 전화는 단순히 잘못 걸린 전화였습니다. 피고인은 교활하게도 이런저런 정황들을 꿰맞춰서 빠져나가려 했던 것입니다.

또 비록 재판 과정에서 절도죄에서 점유이탈물횡령으로 죄명이 바뀌기는 했습니다만 그건 어디까지나 죄의 명칭 문제일 뿐입니다. 피고인이 100억짜리 수표를 가져갔다는 사실은 변함이 없습니다. 상식과 도덕을 가진 시민이라면 당연히 파출소에 신고했을 것입니다. 하지만 피고인은 몰래 집에 가져갔습니다. 피고인은 며칠이나 가지고 있다가 경찰에게 체포당했습니다. 다행히 수표를 회수한 건, 오로지 처분이 어려웠기 때문이지, 피고인이 착해서가 아니었습니다. 만약에 처분이 쉬웠다면 피고인은 바로 처분해서 현금화했을 것입니다.

아시다시피, 금액은 자그마치 100억 원입니다. 수표 발행인인 밀라니아 어패럴은 조그만 회사입니다. 동 수표를 분실할 경우 파산에 이르는 금액입니다. 수많은 근로자들의 실직과 관련 업체의 연쇄 부도를 초래합니다. 피고인은 단지 종이 한 장을 숨겼지만, 그 행위의 악성과 위험성은 가히 극단적입니다. 100억이라는 금액은 점유이탈물횡령죄로서 저지를 수 있는 최대치의 금액일 것입니다.

배심원단께서는 이러한 사정들을 감안하셔서 피고인을 법정최고형에 처해 주시기 바랍니다.”

검사의 말은 설득력이 있었다. 그리고 적어도 표면상으로는 객관적인 증거로 뒷받침도 되고 있다.

한이수의 불안이 더 커졌다. 변호인은 뭐라고 방어할 것인가. 느긋하게 자리에서 일어서는 윤해성의 여유 때문에 더 초조했다.

윤해성은 배심원단 앞으로 뚜벅뚜벅 걸어갔다.

“배심원 여러분께 하나 질문하고 싶습니다.”

돌연 이렇게 말하고는 잠시 뜸을 들이다가 말했다.

“피고인이 수표를 주워서 주인을 찾아 주었다고 쳐 보죠.”

“……”

배심원들은 윤해성이 무슨 말을 하려나, 지켜보고 있었다.

“그렇게 했다면 포상금은 얼마를 받았을 것 같습니까?”

포상금?

아마도 이 순간 배심원들 머릿속에는 각자의 금액이 떠올랐을 것이다. 모두 상당한 액수였으리라. 윤해성은 검사를 향했다.

“검사님은 어떻습니까? 피고인이 찾아 주었으면 회사에서 얼마를 주었을까요?”

검사는 뚱한 표정을 지었다. 변호사로부터 이런 질문을 받는 일은 불편할 것이다.

윤해성은 답을 듣지 않고 말을 이었다.

“유실물을 찾아 주면 법으로 5퍼센트 이상 20퍼센트 이하의 금액을 주도록 되어 있습니다. 100억짜리 수표이니 산수로는 5억에서 20억 사이가 되겠군요.”

배심원들 몇몇이 고개를 끄덕끄덕했다.

“그럼 회사는 얼마를 주었을까요. 최소한으로 잡아서 5퍼센트인

5억? 아니, 짜게 굴어서 한 2억? 1억?"

윤해성은 말을 일단 끊었다.

그러고는 법정 스크린에 어떤 신문 기사를 띄웠다.

"이 기사를 봐 주십시오."

배심원들의 눈이 일제히 쏠렸다.

200억 분실수표를 찾아 준 사람이 소송을 통해 보상금으로 500만 원을 받게 되었다는 기사였다.

"보시다시피 200억 수표를 찾아 줬는데 보상금은 500만 원입니다. 이건 법원이 재판을 통해 인정된 금액입니다. 우리 사건에서는 100억 수표이니 산술적으로 250만 원 언저리가 보상금이 되겠군요."

200억에 500만 원?

배심원들 몇몇이 고개를 갸웃했다.

"이 판결을 비난하려는 게 아닙니다. 판결은 틀리지 않았습니다. 왜냐하면 수표는 일반 물건과 다른 특수성이 있기 때문입니다."

윤해성이 또 말을 끊었다. 이쯤 되자 한이수도 짜증 나기 시작했다. 그냥 좀 줄줄 이어서 말하란 말이야! 이 자식…… 아니, 이 변호사야!

한이수가 마음속 욕을 했다는 건 역설적으로 윤해성이 배심원단을 효과적으로 집중시키고 있다는 얘기다.

"수표는 분실해도 손실이 거의 없습니다. 은행에 분실신고를 하고, 수표를 무효로 하는 제권판결을 받으면 기존 수표는 종잇조각이 되고, 새 수표를 은행에 청구할 수 있습니다. 그 판결도 하루면 해결되는 극히 간단한 재판입니다. 수표 액면금하고 손실은 전혀 비례하지 않습니다. 그러니까 회사 손실은 수표 무효 판결을 받는 데 드는 시간과 비용 정도, 택시비 정도입니다. 보상금 500만 원도 넉넉히 인정된 금액이라고 봐야 할 겁니다."

배심원들 몇몇이 다시 고개를 끄덕끄덕했다. 눈을 빛내는 이들도 있었다.

"즉, 이 사건에서 피고인이 수표를 주워 횡령했다고 해도, 회사는 피해가 거의 없단 겁니다. 수표를 무효로 하는 데 드는 절차 비용뿐입니다. 수십만 원 정도겠죠. 액면금액에 비하면 뭐라 하기도 힘든 푼돈이네요. 피고인이 회사로 찾아가 수표를 돌려주었더라도 보상비로 그 정도를 제시했을 겁니다. 아, 200억에 500만 원 보상금이니까 넉넉하게 봐서 100억이면 300만 원을 받는다고 쳐 보죠. 그럼 여기서 배심원단께 묻겠습니다."

윤해성은 배심원들을 쭉 한 번 둘러보고는 말했다.

"수표를 찾아 주면 300만 원 줄 거면서, 안 돌려주었다고 징역형을 받아야 하겠습니까?"

아. 이건 먹혀들 것 같다.

배심원 몇몇이 미세하게 고개를 끄덕끄덕하고 있었다.

"시민 여러분의 건전한 상식에 따른 판단을 바라겠습니다."

이 말로써 윤해성은 변론을 마쳤다.

한이수는 주먹을 불끈 말아 쥐었다.

＊　＊　＊

평결은 오래 걸리지 않았다.

느낌이 좋았다. 평결이 금세 끝났다는 건 배심원들 사이에 의사가 쉽게 일치했다는 거니까. 이 사건의 흐름상 아무리 보아도 중형 쪽으로 의사가 일치할 것 같지는 않았다.

"선고하겠습니다."

판사의 입이 떨어졌다.

징역형일지 아닐지. 거기에 아버지의 인생이 걸려 있다.

한이수의 온 신경이 팽팽하게 부풀어 올랐다.

한도균은 고래를 푹 숙이고 있어 표정이 보이지 않았다. 하지만 간절한 마음은 누구보다 더할 것이다.

판사는 심드렁하게 말했다.

"배심원들의 만장일치 평결에 따라……."

따라?

"……피고인을 벌금 300만 원에 처합니다."

벌금형!

와아!

한이수는 손으로 입을 틀어막았다. 아버지가 감옥에 가지 않게 됐어! 마음속으로 손뼉을 쳤다.

피고인석에 앉은 한도균을 보았다. 고개를 떨구고 있지만 얼마나 기뻐하는지를 알 수 있었다. 눈가가 빨개지는 것을 어쩔 수 없었다.

그 모습을 보며 윤해성이 빙그레 웃고 있었다.

한이수는 윤해성을 보았다.

저 인간! 저 밉살스러운 인간이!

아무튼 또 해냈어.

오늘은 꼼수를 안 쓰고 정통적인 변론을 하겠다더니 여기서도 자신이 변호사임을 증명해 보였잖아.

눈물이 그렁그렁한 눈으로 한이수도 웃고 있었다.

* * *

윤해성이 방청객과 뒤섞여 막 법정 밖을 나서는데, 누군가가 불렀다.

"한울아."

익숙한 목소리. 듣자마자 알 수 있었다. 윤해성은 뒤돌아보았다.

왠지 한 번은 더 만나게 될 것 같았다. 이번 사건에서도 관련이 없진 않지? 밀라니아 어패럴 박연숙 대표.

그녀는 윤해성을 정면으로 보며 뚜벅뚜벅 걸어왔다.

한도균을 빠트린 함정에 어떤 형태로든 관여했으면서도 조금의 거리낌도 없는 태도였다.

너무 가까이, 다 싶을 정도로 윤해성의 코앞에 섰다.

"잘 지냈니?"

윤해성은 고개를 숙였다.

"안녕하세요. 박 대표님."

"이번에 아주 잘 해치웠구나. 변호사로서 이 정도로 뛰어날지 몰랐어."

"하필이면 대표님 회사 수표라서 좀 놀랐습니다."

"그러게 말이야. 너하곤 인연이네. 우리 회사가 피해를 입은 사건이라 법정에 와 봤더니 널 만나게 되네."

회사 수표라서 법정까지 나와 봤다고? 그건 아닐걸.

한도균의 변호사가 '윤해성'인 것을 알고서 부랴부랴 나와 본 것 아닐까. 윤해성은 박연숙의 비밀스러운 음성 파일을 갖고 있다. 더구나 그걸로 박연숙이 파랗게 질리도록 협박했던 자다. 께름칙한 불안을 지우려 윤해성을 한 번쯤 더 보아 두고 싶었을지도 모른다.

윤해성이 이죽거리듯 말했다.

"그래도 수표를 잘 돌려받으셨잖아요."

"그래서 판결 결과에 불만은 없어."

"불만이 없으시겠죠. 애당초 피해가 있을 수 없는 사건이었을 테니까요."

윤해성은 또 비아냥거렸다.

"무슨 말을 하는지 모르겠구나."

"그러신가요."

박연숙이 고백하러 윤해성을 부른 게 아닌 건 분명했다. 협박자의 눈치를 이모저모 뜯어보려던 거겠지. 불안은 마주해야 줄어드는 법이니까.

윤해성은 대화를 이어 갈 필요성을 느끼지 못했다. 박연숙을 잠시 응시하다가 "그럼 다음에 또." 하고는 인사를 꾸벅하고 등을 돌리려 했다.

다급한 듯 박연숙이 손을 뻗어 윤해성의 팔을 잡았다.

"이번 수표 건은 정말 우연이야. 다른 오해는 하지 말았으면 해."

"아, 우연이었군요."

"그래. 설령 우연이 아니더라도, 난 아무것도 몰랐단다."

의미심장한 박연숙의 말이었다. 누군가가 설계했을 뿐, 자신은 몰랐다는 변명.

박연숙은 괜한 한마디를 덧붙였다.

"어릴 적 너희 집안 지분 소송에서도 그랬었어. 난 아무것도 몰랐단다."

윤해성은 대답하지 않았다. 그저 박연숙을 향해 가볍게 고개를 끄덕이고는 등을 돌려 발길을 재촉했다.

박연숙은 복도의 인파 속으로 사라지는 윤해성을 잠시 눈으로 좇다가 작게 한숨을 내쉬고는 반대편으로 발걸음을 뗐다.

그녀가 떠난 자리에는 놀람 가득한 표정의 한 여자가 서 있었다.

한이수였다.

그녀는 자리에 얼어붙은 채 서 있었다.

동공이 커질 대로 커져 있었다. 큰 충격을 받은 사람마냥 입이 벌어졌다.

저 여자는…… 분명 박연숙. 수표 발행인인 밀라니아 어패럴의 대표.

그리고 양다곤 회장의 전처.

언젠가 회장실에 단독으로 찾아와 양다곤을 만나고 간 일이 있었고, 그때 얼굴을 본 적이 있다. 아마 장유나 언니 건이 일단락되었을 무렵이었지.

한울.

박연숙은 조금 전 윤해성을 '한울'이라고 불렀다.

한이수는 그 이름을 알고 있다. 김한울. 양다곤에게 소송으로 모든 지분을 빼앗긴 김민호 교수의 아들.

우연일 수도 있다. 하지만 우연은 분명 아니다. 박연숙이 그렇게 말했으니까. '어릴 적 너희 집안 지분 소송'이라고.

그제야 기억이 겹쳤다. 얼마 전 윤해성의 친구 박시영이 굳이 만나자고 해서는 물었다. 양다곤에게 원한이 없느냐고. 그러면서 김민호 교수가 자살한 이야기를 꺼냈다. '서로의 패를 깐다'는 알 수 없는 말도 했다. 한이수는 경계심을 품고 모른 척했다. 그땐 박시영이 그저 기자의 직업적 동기로 그런 줄 알았지만…….

그렇다면.

달그락달그락.

흩어져 있던 모든 조각들이 마치 자석 퍼즐처럼 재조립되어 갔다.

한이수의 낯이 엉망으로 일그러지고 있었다. 거의 표정을 통제할 수 없는 것처럼 보였다.

시간이 흐르며 서서히 놀라움과 충격이 가라앉았다.

"윤해성……"

이를 악문 듯한 음성이 입술 사이로 새어 나왔다.

"이 개자식!"

한이수는 급기야 어울리지 않는 욕설을 내뱉었다. 하지만 그녀의 얼굴은 알 수 없는 희열로 그 어느 때보다 환하게 빛나고 있었다.

* * *

바에 들어갔을 때, 윤해성은 한이수를 금방 찾아내지 못했다.

카운터에 앉은 그녀가 자기 옆자리 스툴을 손바닥으로 툭툭 치면서 "여기야!" 할 때까지는 그랬다.

금방 알아보지 못한 이유는 있었다. 늘 보던 오피스 룩이 아니라, 흰 티셔츠에 착 달라붙는 청바지를 입고 캔버스 화를 신었다. 머리를 풀어헤쳤고, 커다란 링 귀걸이를 했다. 데님으로 감싼 미끈한 다리는 길다 못해 높은 스툴 아래 땅에 발끝이 닿을 정도였다. 멋을 잔뜩 낸 대학생 정도의 이미지?

"와아, 학생 같아! 못 알아봤어."

"근무하지 않을 땐 주로 이렇게 다녀."

한이수가 환하게 웃었다. 비즈니스적인 웃음도 아니고, 의례적인 것도 아닌, 조금의 구김도 없는 진짜 미소. 윤해성은 순간 가슴이 두근거렸다.

아버지의 재판이 잘돼서 마음이 열린 걸까?

그렇다고 단정하고 다가가는 건 섣부르다. 윤해성은 자제하기로 했다.

"난 역시 좀 올드한가 봐."

"왜?"

"바의 여인이라면 넓은 챙이 달린 모자에, 짧은 치마, 빨간 하이힐 같은 이미지만 떠올렸거든."

"응, 올드해."

"청바지의 여인이 이렇게 잘 어울릴 줄은 생각지 못했어."

"그건 순진한 소리."

한이수는 맥캘란 병을 들어 윤해성의 위스키 잔을 채워 주었다.

"난 싱글몰트를 좋아해. 괜찮지?"

"취향이 일치하는데."

윤해성은 싱긋 웃으며 잔을 들었다. 한이수도 잔을 들어 부딪쳤다.

"고마워."

"그런 인사는 이미 낮에 했잖아."

"그래도 한 번 더."

"자꾸 들으려니 부끄럽네."

"수임료도 안 받으려 하니 술이라도 사야지."

"기분 좋은데. 수임료 따위보다 훨씬."

윤해성이 눈을 찡긋했다. 한이수의 기분 상태를 보아 이 정도는 해도 될 성싶었다.

"아니, 농담 아니고 당신, 아니 윤 변호사님한테는 정말 고마워……."

"뭘 새삼스럽게 그래."

"그동안 내가 못되게 굴었어."

응?

돌연한 한이수의 말에 윤해성은 멈칫했다. 그동안은 이렇게 말한 적이 없었다. 심경의 변화가 생긴 걸까. 어떤 속내를 털어놓으려는 걸까. 한이수의 말이 이어졌다.

"나도 알아. 내 마음은 그러고 싶지 않았는데, 또 다른 내 마음이 그렇게 만들었어. 마음이 마음대로 안 되더라……."

한이수는 눈을 내리깔았다. 생각에 잠기는 모습이었다. 말을 받아들이기에 앞서 그 자태가 고혹적이라고 윤해성은 느꼈다.

"야, 이거."

"왜?"

"그동안 이수 씨가 날 봐주고 있었던 걸 깨달았어."

"무슨 말이야?"

한이수가 윤해성을 보았다.

"당신이 나를 유혹하려 했다면 난 거미줄에 걸린 파리였을 거야. 그걸 지금 느꼈어."

한이수가 웃었다. 그 모습은 더욱 고혹적이었다.

"티셔츠에 청바지 차림으로?"

"그래서 더욱. 게다가 지금처럼 웃으면, 저항할 수 없지."

"별난 남자네."

한이수는 위스키 잔을 만지작거리다가 말했다.

"유나 언니 말이 맞는 거 같아."

"장유나? 무슨 말을 했는데."

"당신은 괜찮은 남자였어."

"장유나 씨가 그런 말을 했어?"

한이수는 고개를 끄덕끄덕했다.

"당신을 유혹하겠다곤 안 했지만, 당신 '같은' 남자를 만나고 싶다고는 했어."

"와아! 이거 영광인데."

"근데, 그 말을 듣고서 좀 이상한 기분이 들었어."

"어떤?"

"인정하기 싫었지만, 질투였어."

"질투?"

"응, 질투. 게다가 그땐 난 당신을 미워하고 있었는데. 그래서 내 마음에 나도 놀랐어."

"그땐 미워하고 있었다…… 지금은 아니란 얘기?"

"……응. 아니야."

한이수는 위스키 잔을 입으로 가져갔다.

어떤 이야기를 하려는 걸까.

윤해성은 위스키 잔을 든 한이수의 손 위로 자신을 손을 저었다.

"좀 천천히 마셔."

"취해야 좀 덜 부끄러울 것 같아."

"그럼 어쩔 수 없지."

한이수는 문득 우울한 낯빛을 하고서 고개를 숙였다.

물끄러미 보던 윤해성이 말했다.

"난 이수가 날 아주 미워하고 있다고 생각했어."

"응."

한이수가 고개를 들었다.

"아버님 사건이 있다고 해도 변호사는 얼마든지 있었어. 근데 날 찾아왔던 이유를 잘 모르겠어."

"그야 실력은 최고니까."

"인정해 줘서 고마운데…… 그럼 날 미워한 건 뭐였을까?"

한이수는 입술을 달싹거리다가 결심한 듯 입을 열었다.

"솔직히, 윤 변호사님 느낌이 좋진 않았어. 회장님 앞에서 허리를 90도로 숙이며 아부를 떨던 게 내가 본 당신의 첫 모습이었거든. 그 뒤로 우리 아빠 사건 땜에 잠시 넘어갈 뻔도 했어. 그래, 호감도 느꼈었지. 우리 거의 첫날에 취해서는……."

호텔에 간 이야기가 나올 판인데 다행히 한이수는 말을 줄였다.

"첫날에 남자와…… 난 그런 적 처음이었어. 뭐 믿든 안 믿든 자유지만. 아무튼. 그런데 당신은 계속 양다곤 같은 인간을 위해 일하고…… 그저 돈을 벌기 위한 거라면 이해할 수 있어. 그래서 오히려 양다곤한테 당신을 추천도 했어. 어차피 안 될 사건, 돈이라도 벌어라 하는 심정이었지. 그런데 당신 정말 죽자 사자 양다곤을 위해 일하더라. 양다곤의 영장을 귀신같이 기각시켰어. 그때 이해하자고 생각하면서도 너무나 화가 났어. 윤해성도 양다곤이나 똑같은 사람이다, 한편이 될 사람이다, 그렇게 말이야. 아마 당신에게 호감이 있었던 만큼 미움은 갈수록 커졌던 것 같아……."

"잠깐."

윤해성이 말을 막았다.

"양다곤, 양다곤 하고 이름을 막 부르네. 게다가 '양다곤 같은 인간'? 오늘 좀 이상하다?"

"왜 이상해?"

"평소에는 아무리 본인이 없더라도 깍듯했잖아."

"왜? 양다곤은 개새낀데."

"뭐?"

돌발적인 말에 윤해성은 눈을 크게 떴다.

"우리 엄만 양다곤 땜에 죽은 거나 마찬가지야. 우리 집안을 박살 낸 원흉이 양다곤이지. 난 약점을 잡으려고 한울에 들어간 거구."

"그, 그런……."

윤해성은 더듬거렸다. 돌발적으로 쏟아 낸 한이수의 이야기에 윤해성은 얼어붙었다. 그녀의 말은 윤해성이 받아들이는 속도를 넘어서 있었다.

"그런 사연이……."

윤해성의 눈은 초점을 잃고 허공에 머물러 있었다.

진실일까? 진실이겠지? 이게 무슨…….

한이수의 다음 말은 윤해성의 말문을 완전히 막아 버렸다.

"당신도 마찬가지잖아."

잔을 든 윤해성의 손이 그대로 멈추었다. 쉽사리 어떤 대꾸를 할 수 없었다.

"왜 그런 생각을……."

"경계하지 마. 박연숙 대표님이 알려 준 거야. 물론 본의는 아니었지만."

"박연숙…… 혹시 오늘 복도에서?"

윤해성이 아, 하며 탄성을 터뜨렸다.

"역시 우리 윤 변호사님은 이해가 빨라. 맞아. 박연숙 대표, 양다곤의 전처인 그분이 해성 씨 당신을 부르는 걸 보고서 모든 게 이해가 간거야. 그 전에 박 기자님이 날 찾아와 준 덕분도 있었고."

"시영이가 찾아갔다구?"

"응."

한이수는 고개를 끄덕였다.

"박 기자님이 먼저 우리 집 사연을 눈치를 챘어. 양다곤에게 원한을 품고 복수하러 가까이 간 거 아니냐구. 난 경계했어. 그래서 아니라고 했지. 그랬더니 김민호 교수님 사건 이야기를 하더라. 예전 당신 아버님 이야기가 실린 신문기사를 건네면서. 아마도 내게 어떤 힌트를 주고 싶었나 봐. 거기까지만 얘기 나누고 갔어. 내가 끝까지 잡아떼니까, 모든 걸 털어놓기는 위험하다고 생각했겠지."

"그러다 오늘 다 알게 된 거구나."

한이수는 대답 없이 미소를 머금었다.

"전부 이해가 갔어. 내가 아는 윤해성이라는 괜찮은 남자와, 돈에 환장해서 양다곤에게 아부하는 변호사가 동일인이라는 그 언밸런스가 말이야. 답은 간단했어. 당신은 양다곤을 파멸시키러 접근했던 거야. 내가 그랬듯이."

"……이거 정말 놀라 자빠지겠는데."

"오늘 오후 내가 그랬어."

"와아…… 이거야, 우리가 같은 편이었다니!"

윤해성의 입이 벌어졌다. 그 안에 위스키를 털어 넣었다.

윤해성은 머리를 조그맣게 흔들었다.

"지금 기분이 너무너무 이상해."

"이상해? 좋은 게 아니구?"

"다행이라는 생각도 들면서, 물론 좋기도 하고, 한편으론 또 이게 애당초 좋을 일이 아닌데 싶기도 하고, 그동안 미움 받은 게 억울하단 생각도 약간 들면서 허탈하기도 하고……."

윤해성은 횡설수설하고 있었다. 충격이 큰 듯했다.

한이수가 슬그머니 웃으며 말했다.

"난 좋은데."

"이수는 모든 게 분명하네."

"응. 확실히 좋아. 당신에게 키스하고 싶을 만큼."

"그럼 해."

"이 남자, 본 모습이 돌아왔군. 표현이 그렇단 거잖아."

한이수는 주변을 둘러보며 말했다.

"미안해. 그동안 오해해서. 그리고 못되게 대해서."

"그런 건 아무래도 좋아. 중요한 건 이수가 더 이상 날 양아치 변호사로 보지 않는단 거니까. ……근데 이수 씨 어머님이 양다곤 땜에 돌아가셨던 얘긴 무슨 소리야?"

"그건……."

한이수는 작게 한숨을 쉬고는 이야기를 털어놓았다.

한이수의 모친은 파이낸스 회사에서 자금입출금을 담당하는 직원이었다. 한이수가 어렸을 때이면서 양다곤의 한울 모터스가 지금처럼 크지 않았던 시절이었다. 돈이 급하던 양다곤은 그 파이낸스 회사에서 개발자금 대여 명목으로 거액을 빌렸지만 사실 그 용도는 로비 및 비자금 용도였다.

양다곤과 파이낸스 회사의 대표가 짜고서 고객이 맡긴 거액의 돈을 횡령한 것이었는데, 사건이 터지자, 양다곤은 그것을 전부 한이수 모친이 개인적으로 저지른 횡령행위인 것처럼 사건을 조작했다. 파이낸스 대표도 양다곤이 시키는 대로 한이수 모친에게 덮어씌웠다. 한이수 모친은 억울하다고 항변했지만 양다곤은 경찰과 검찰에까지 손을 뻗어 사건을 꾸몄고, 마침내 검찰의 소환을 앞두었던 한이수 모친은 억울함을 이기지 못하고 극단적인 선택을 하고 말았다.

"그 뒤부터였어. 아빠는 거의 폐인이 됐어. 당신도 만나 봐서 알겠지만 아빠 정서가 좀 불안하지? 예전에는 안 그랬는데……."

한이수는 담담하게 말했지만 그게 얼마나 큰 상처였을지는 행간에서 짐작할 수 있었다. 아내의 죽음으로 폐인이 된 아버지를 대신해 조그만 어깨에 모든 짐을 지고 살아왔으리라.

"……그래서 양다곤에게 복수하려고, 약점을 잡아내기 위해서 한울에 들어간 거구나."

한이수가 고개를 끄덕였다. 윤해성은 고개를 갸우뚱했다.

"근데 꼭 비서실에서 일한다는 보장은 없지 않았어?"

"좀 재수 없는 애길지 모르지만, 친구들이 그랬어. 난 입사하면 비서실로 뽑혀 갈 거라고."

"아…… 그렇……."

한이수가 생긋 웃었다. 그 얼굴을 보며 윤해성이 말했다.

"……그건 이해가 가. 비서실은 회사의 얼굴이기도 하고, 당신은 어디서나 보스들이 탐낼 만한 사람이지."

한이수가 말했다.

"해성 씨 얘기를 들려줘. 듣고 싶어."

윤해성도 긴 이야기를 털어놓았다.

어린 시절, 전부였던 아버지의 죽음부터 수상한 소송, 미국행, 이름을 바꾸고 한국에 돌아온 것, 그리고 지금까지의 이야기들.

한이수는 위스키 잔을 손가락으로 돌돌 돌리며 조용히 듣고만 있었다. 어쩌면 양다곤의 악행은 놀랍지 않을지 모른다. 직접 겪은 또 한 명의 피해자니까. 누구보다 잘 아니까.

"그랬구나…… 정말 지옥에 떨어질 인간이야."

"그럴 거야. 그렇게 만들려고 법률사무소를 만든 거야. 우린 팀이지. 수희도, 기호도, 지훈이도."

"아마 박시영 기자님도?"

"난 같은 팀이라고 생각하고 있어. 실제로 누구보다 날 도와주고 있고."

이 순간 한이수도 같은 팀이라는 기분이 들었다. 어쩌면 두 사람이 공통으로 느끼고 있는지 모른다. 하지만 윤해성은 입 밖으로 그런 말을 꺼내지는 않았다. 그러면 한이수와 조금은 더 업무적인 관계가 돼버릴 것 같은 느낌이 들었다. 왠지 지금의 분위기를 깨고 싶지 않았다. 어차피 말하지 않아도 두 사람은 안다. 동맹. 그 이상의 무언가는 아직 알 수 없지만.

"이야기를 듣고 나니까 더 미안해져. 해성 씨를 내가 더 괴롭힌 셈이잖아."

"아냐. 100만 배 미안해야 할 인간은 세상모르고 편히 지내는데, 뭘."

"그 영감님도 요즘은 편하지 않은 것 같더라."

"장유나와 양건일 때문이겠지?"

"응."

"흠. 진짜 지옥은 아직 남았어."

윤해성이 말했다.

하하하하하하. 한이수는 크게 웃어 젖혔다.

"역시 윤해성. 자신만만이야!"

화기애애한 분위기 덕분일까, 짧은 시간에 술병이 거의 비어 버렸다.

윤해성은 잠깐만, 하더니 화장실로 향했다.

스윽. 한이수의 앞에 그림자가 졌다. 고개를 들어 보니 바의 마담이다. 그녀는 흐뭇하게 웃으며 위스키 잔 두 개를 내밀었다.

"이거 뭐예요?"

한이수가 물었다. 마담은 만면에 웃음을 띠고는 말했다.

"서비스예요."

"어머, 감사해요."

"손님 얼굴에 그 미소가 보여서예요."

"미소요?"

"사랑에 빠진 여자의 웃음. 전 알 수 있답니다."

갑작스러운 말에 한이수는 뭐라 대꾸를 하지 못했다. 마담은 눈을 찡긋하더니 다른 자리로 가 버렸다.

사랑에 빠진 여자의 웃음이라니.

오늘 내가 그랬을까.

윤해성이 자리로 돌아왔다.

한이수가 위스키 잔을 가리키며 말했다.

"이거 사장님 서비스래."

"땡큐우."

윤해성은 잔을 들어 멀리 있는 마담에게 웃어 보였다. 한이수는 자신 앞에 놓인 잔을 한 번에 들이켜고는 말했다.

"아아, 너무 마셨어. 해성 씨 이야기 듣다 보니까 더 화가 나서 많이 마셔 버린 것 같아."

"괜찮아. 내가 집에까지 모셔다 줄게. 허튼짓은 안 할 테니까 걱정 말고."

"아냐, 당신도 위험한 남자야."

한이수는 싱긋 웃으며 손가락 끝으로 윤해성의 코를 톡 두드렸다. 취하긴 취한 모양이다. 조그만 행동이지만 오늘 이 시간 전까지의 냉랭한 모습과는 천양지차다. 어쩌면 이게 지옥과 천국일까.

윤해성은 한이수의 취한 얼굴을 마치 처음 만난 사람처럼 유심히 들여다보았다. 조명 아래 파우더리한 피부의 광택이 절묘하다. 이 여자를 보고 무심할 수 있는 젊은 남자는 몇이나 될까.

"먼저 갈게. 아빠를 돌봐야 해서."

"그래야겠다. 오늘 막 재판이 끝났으니까."

"계산은 내가 할 거니까 건방지게 나서지 말구."

한이수는 일어섰다.

윤해성도 따라 일어섰다.

"안 바래다줘도 된다니깐."

"그래도."

"대리 부를 거잖아. 이런 분위기에서 대리 기사하고 셋이 있긴 싫어."

"그런가."

윤해성은 웃었다.

"자긴 더 마셔. 사장님이 준 위스키도 남았잖아."

한이수는 가려다가 몸을 다시 돌렸다.

"아, 참. 인사를 안 했네."

한이수는 양손으로 윤해성의 얼굴을 잡았다. 그러고는 입술을 포
갰다.

읍.

돌연한 키스에 윤해성은 엉거주춤한 자세가 되었다.

약간 비스듬하게 포개진 입술에서 위스키가 조금 흘러들어 왔다.

강렬한 향이 났다. 아찔했다.

잠시 후, 한이수는 얼굴을 뗐다.

"안녕."

그러고는 바를 떠나갔다.

윤해성은 뒷모습을 멍하니 바라보고 있다가 다시 스툴에 허리를 걸
쳤다.

"정말 저 여자한텐 못 당하겠어."

남은 위스키를 쭉 들이켰다.

* * *

　김 실장은 '탐정사무소 경현'을 운영하는 임경현으로부터 막 김한울 모자에 대한 조사 결과를 전달받은 참이었다. 그는 얼마 전 남미로 건너가 단명오의 뒷조사를 했다. 그때 쌓은 신뢰로 이번 건도 맡겼다.

　김 실장은 김한울 모자의 조사를 혼자 떠맡은 것이 불만이었다. 양다곤 회장은 분명 김 실장과 단명오 두 사람을 불러 일을 시켰지만 단명오는 회장실을 나오자마자 바로 김 실장한테 일을 미뤄 놓고 자신은 튀어 버렸다. 이래 놓고 조사 결과가 나오면 양다곤에게 보고할 때 슬쩍 숟가락을 얹겠지.

　그 얍삽한 처세에 당한 적이 한두 번이 아니었다. 주먹만 쓰며 살아온 김 실장은 교활한 머리만 발달한 단명오에게 번번이 당하는 것이었다.

　김 실장은 그래서 일부러 단명오에게 연락하지 않았다. 양다곤에게 알리고, 퇴근하는 그의 차에 조용히 올라탔다.

　"회장님."

　"음."

　"김한울 모자에 대한 건입니다만."

　양다곤은 운전석과 연결된 마이크를 껐다. 앞좌석과는 유리로 구분되어 있고, 기사는 어떤 대화도 듣지 못한다.

　"말해 봐."

　"모친인 윤서경은 미국으로 건너간 뒤 3년 만에 한국으로 돌아온 것으로 확인됐습니다."

　"그래? 한국에 와 있다고? 김한울은?"

　"김한울은 한국에 온 기록이 없습니다. 아마 미국에서 계속 지내는 것 같습니다. 하지만 교포 사회에서 아는 사람이 없는 걸로 봐서 그쪽을 떠난 게 아닌가 합니다."

"……머리는 좋은 녀석이었어. 어쩌면 잘사는 백인들 틈에 끼여 있을지도 모르겠군."

양다곤은 잠시 생각하더니 말했다.

"윤서경 그 여자는 무슨 일을 하고 있지?"

"이천 시골에서 혼자 살고 있습니다."

"이천?"

"전원주택인데요, 아마 나이가 있으니 한국이 그리워서 돌아왔던 모양입니다."

"하는 일은 없고?"

"네. 그저 텃밭이나 가꾸고, 마실이나 다니는가 봅니다. 생활비를 아들이 보내오고 있겠죠."

"그런가…… 내가 너무 과민했나…….'"

양다곤은 눈을 감았다.

이 정도라면 김한울 모자는 완전히 무해하다.

역시 김한울의 꿈을 꾼 건 괜한 신경을 쓴 탓이었나.

그래도, 왠지 그래도 찜찜한 느낌.

김한울이 홀로 미국에 남았다는 게 무언가 이상하다. 별것 아니어도 마음에 걸리는 일이 있을 땐 늘 그게 애를 먹여 왔다. 나중에 역시, 하는 모습으로 드러나곤 했다. 양다곤의 오랜 경험이었다.

이왕 파는 거, 철저하게 끝까지 한 톨의 의혹이 없을 때까지 파야 해.

양다곤이 눈을 떴다.

"좀 마음에 걸려. 김한울이 혼자 미국에 남고, 모친만 한국에서 오래 살아왔다는 게. 아무래도 이상하지 않아?"

"그런 점도 있습니다. 회장님 감은 거의 빗나간 적이 없으니까요."

양다곤이 이상하다고 말하면 일단 호응해 주어야 한다. 반대 의견을 냈다가는 화만 돋울 뿐이다.

"여자가 아들까지 두고 한국에 왔다는데…… 여기에 일이 있거나 가족이 있다면 이해가 돼. 근데 시골에 내려가 혼자 산다니. 그러려고 한국엘 혼자 건너왔다?"

양다곤은 혼잣말처럼 하며 고개를 갸웃했다.

"윤서경에 대해서는 좀 더 조사해 봐야겠어."

"네. 어떤 걸 조사할까요?"

"어떻게 사는지 대략적인 그림이라도 알아내."

"네."

"김 실장이 당분간 윤서경 주변을 탐문해 봐. 누구와 연락하는지, 누굴 만나는지, 그런 것들. 한 일주일간 미행해 봐도 좋아. 그러다 보면 의문이 풀리겠지."

"알겠습니다."

차는 속도를 줄이며 도롯가에 멈추었다. 하지만 김 실장은 미적대면서 내리지 않았다. 임 기사가 찰칵 하며 버튼을 눌러 차 문을 열자 김 실장이 말했다.

"……조사에 약간의 비용이 들었습니다. 항공권하고 인건비 등등이요."

"알겠네. 한 1억이면 되겠나? 회사 경비로 끊어 주지. 근데 단명오는?"

"단 변호사님은 바쁘시대서 제가 혼자 진행했습니다."

"으음."

김 실장은 양다곤의 얼굴에 불쾌한 빛이 스치는 것을 만족스럽게 지켜보며 차에서 내렸다.

이람 법률사무소의 응접 테이블에는 네 사람이 둥그렇게 앉아 있었다.

윤해성과 박시영, 방수희 그리고 전기호였다.

각자의 앞에는 커피가 놓여 있고, 테이블 한가운데에 서류 몇 장이 놓여 있었다.

"슬프지만……."

박시영이 서류를 손가락으로 짚으며 말했다.

"단명오의 것도 아니었어. 여기를 봐."

박시영은 서령대학교 김근배 교수가 책임 작성한 유전자 분석 결과지의 한 항목을 짚었다.

불일치.

단명오를 속여 전기호가 피를 뽑아 왔고, 곧장 분석을 의뢰했다. 그 결과가 오늘 도착했다. 하지만, 이번에도 결과는 기대를 배반했다.

"우리 기호가 고생했는데, 아쉽네요."

방수희가 격려하듯 전기호의 어깨를 툭툭 두드렸다. 전기호가 윤해성의 눈치를 보며 말했다.

"내가 뭘. 아니야, 누나."

"맞아. 기호가 고생했어."

윤해성이 말했다. 톤은 높았지만 목소리에 적잖이 실망감이 묻어나는 것을 모두가 느낄 수 있었다. 박시영이 중얼거리듯 말했다.

"단명오도 아니면…… 도대체 누굴까?"

"우리가 모르는 제3의 공범이 있단 얘긴데……."

"제3의 공범? 조금의 단서도 없잖아."

"그게 문제지……."

윤해성이 말을 줄이는데, 전기호가 말했다.

"설마…… 양다곤이 범인이 아닌 건 아니겠죠?"

방수희가 눈짓을 했다. 분위기 파악하라는 신호다.

"김민호 교수님의 죽음과 지분양도 허위 문서, 소송, 이 모든 건 하나로 연결돼 있어. 배후는 양다곤일 수밖에 없어. 다만 살인 현장에 있지 않았을 순 있겠지. 있었어도 유언장에 체액이 묻지 않았을 수도 있고. 아무튼 단서를 추적할 유일한 방법이 이 유언장이야."

윤해성이 덤덤하게 말했다.

"새로 시작해야 해. 범위를 넓히고, 양다곤 주변을 다시 훑는 것부터."

원론적으로야 맞는 말이지만 너무나 막막하다. 원점으로 돌아간 거나 마찬가지다. 최소한의 용의자가 특정되어야 하는데, 그렇지 못하다.

그 사실을 모두가 알고 있다. 하지만 모두 말하지 못하고 있었다.

윤해성은 턱을 괴고 검사 결과지를 뚫어져라 보고 있었다.

방수희는 윤해성에게 눈길을 보냈다.

개인적으로야 양다곤에게 원한은 없다.

하지만 그가 한 짓에는 공분하지 않을 수 없다.

그녀는 이제 윤해성의 불행한 과거, 가족사를 알고 있다. 모든 것을 빼앗긴 이 남자를 위해 이번에 반드시 범인이 드러나기를 간절히 바랐다. 그가 실망하는 모습을 누구보다 보고 싶지 않았다.

방수희는 자신도 모르게 안타까움이 흠뻑 묻은 시선으로 윤해성을 바라보고 있었다.

그런 방수희를 박시영이 지켜보고 있었다.

* * *

"기분 탓인지 모르겠는데……."

윤서경이 밥상머리에서 말머리를 꺼냈다.

이날은 토요일. 윤해성이 오랜만에 이천의 윤서경 집에 와 따끈한 저녁밥을 마주하고 있다.

"뭔데요?"

"요새 누가 날 따라다니는 것 같아."

"엄마를 따라다녀요? 미행?"

윤해성은 눈이 동그래지며 밥숟가락을 놓았다.

윤서경이 손사래를 쳤다.

"네가 또 이럴까 봐 얘기 안 하려고 했는데."

"왜 얘길 안 해요. 내가 알아야죠."

"아무래도 과민한 걸 거야. 누가 나 같은 사람을 미행하겠니. 재벌이나 권력자도 아니고."

"그래도 얘기 좀 해 주세요."

윤서경의 말로는 근래에 남자 두세 명이 왠지 자신의 뒤를 따르는 기분이 들었다고 한다. 한두 번은 우연이라 하겠는데, 같은 얼굴을 계속 부딪치다 보니 이상한 느낌이 들었다고. 자신이 어디를 나가려 하면 꼭 따라붙는 것 같다고 했다.

"설마 하면서도 사실 좀 불안하긴 해…… 혹시 도둑놈들이 염탐하는 거 아닐까? 요즘 네가 준 돈으로 너무 뭘 많이 사서 눈에 띄었나 싶기도 하고."

"그래요……."

윤해성은 잠시 생각을 곱씹다 말했다.

"당장 테스트해 볼까요."

* * *

김 실장은 마테오가 거추장스러웠다. 윤서경을 당분간 미행하고 감시하라는 양다곤의 지시로 이천까지 내려왔는데, 거기에 또 단명오가 숟가락을 얹었다. 아무래도 양다곤한테서 일 안 한다고 핀잔이라도 들은 모양이다. 단명오는 윤서경 감시에 힘을 보탠다면서 마테오를 슬쩍 일행에 끼워 넣었다.

승용차 운전석과 조수석에 부하 두 명이 있고, 김 실장과 마테오는 뒷좌석에 나란히 앉았다. 남미 교포인지 뭔지 정체를 알 수 없는 마테오는 눈앞에서 김정면을 살해한 자다. 부하 두 명은 물론 김 실장도 동행하기에 껄끄럽기 그지없다. 어쩌면 그보다는 이자가 언제 살인마로 돌변할지 두려움이 크다. 단명오는 그런 마테오를 굳이 팀에 끼워 넣었다. 양다곤에게 생색을 내려는 것이다. 그런 단명오가 목을 졸라 버리고 싶을 만큼 얄미웠다.

마테오와 부하들은 사흘 전부터 윤서경의 동태를 지켜보고 있었다. 마침 이날 아침 어떤 젊은 남자가 윤서경의 집에 들어갔다고 했다. 그래서 김 실장이 직접 이천까지 내려왔다. 남자는 아직 집에서 나온 것 같지 않았다.

"여자가 나왔는데요."

윤서경의 집을 주시하고 있던 조수석의 남자가 말했다. 차창을 통해서 보니 과연 윤서경이 옷을 잘 차려입고는 밖으로 나와서 어디론가 걸어가고 있었다. 이 밤에 저런 옷차림으로 어딜 가는 것일까. 이건 따라가서 확인해 볼 필요가 있었다.

"니들 둘하고 마테오는 저 여자 따라가 봐. 난 여기서 혹시 남자가 나오나 보고 있을게."

실은 그 핑계로 김 실장은 차에서 쉬려는 것이다.

부하 두 명과 마테오는 차에서 내려 윤서경 뒤편에서 멀찍이 떨어져 걷기 시작했다.

"너무 튀는데……."

김 실장은 그 모습을 보며 고개를 갸웃했다. 아무리 봐도 두 명의 부하와 마테오는 사람들의 이목을 끄는 얼굴들이었다. 저 초로의 여자가 아무리 둔하다 해도 저렇게 위협적인 인상을 가진 남자들이 주변에 있으면 과연 눈치를 채지 못할까.

여자는 골목길 한 블록을 걸어가다가 모퉁이를 돌았다. 조금 뒤떨어져 남자 세 명도 모퉁이를 돌았다. 부하 두 명이 앞, 마테오가 뒤였다.

어.

그들은 멈춰 섰다. 앞에 한 남자가 가로막고 서 있었다. 부하 두 명이 멈췄기 때문에 뒤에서 오던 마테오도 자연스레 멈추었다. 앞에 선 남자는 윤해성이었다.

부릅뜬 눈, 치켜 올라간 눈썹, 굳게 다문 입술.

윤해성이 한 걸음, 두 걸음 마치 땅을 구르듯 앞으로 걸어 나왔고, 두 명의 남자는 거의 반사적으로 주춤거리며 뒤로 물러섰다. 마테오도 자연스레 뒤로 물러났다.

김 실장이 멀리서 보니 모퉁이를 돌았던 남자 세 명이 뒷걸음질 치며 다시 돌아 나오는 모습이 보였다.

저거 뭐 하는 거지?

"당신들 분명히 뒤를 쫓고 있었군. 내가 등장하니까 왜 뒷걸음질 쳤지?"

윤해성의 표정은 어느새 비웃음으로 변해 있었다.

"너 뭐야? 왜 길 가는데 막고 서 있어?"

앞의 남자 한 명이 괜히 소리를 쳤다. 윤해성은 아랑곳하지 않고 재차 다그쳤다.

"당신들, 뭐 하는 사람들이야? 누가 시켰어?"

"지나가게 비켜!"

윤해성의 말에 대답 없이 남자 한 명이 윤해성을 비켜 지나가려 했다. 윤해성은 발길을 옮겨 남자 앞을 막아섰다.

"저분을 미행하게 놔둘 수는 없지."

"비키지."

"정 가야겠다면 경찰에 신고하는 수밖에. 조사하면 배후도 나오겠지?"

윤해성은 선 채로 유유히 휴대전화를 꺼냈다.

남자가 아래에서 위로 걷어 올리듯이 윤해성의 팔을 세게 후려쳤다. 휴대전화가 옆으로 날았다. 윤해성의 눈이 커졌다.

그 순간 남자는 윤해성에게 주먹을 뻗었다.

돌연한 펀치. 윤해성은 얼굴을 두 대 얻어맞고 비틀거렸다.

윤해성은 뒤로 두 걸음 물러섬과 동시에 반사적으로 자세를 가다듬고 두 주먹을 앞으로 올려 가드를 했다. 남자가 주먹을 날린 기세 그대로 달려들었다. 윤해성은 왼팔을 올리고 이어 오른팔을 올려 가드를 해 날아오는 남자의 양손 훅을 차례로 모두 걷어 낸 다음 바로 뒤이어 왼손과 오른손 어퍼컷을 번갈아 날렸다.

퍽퍽. 두 번의 어퍼컷이 잇달아 턱에 적중했다. 머리가 크게 흔들린 걸로 봐서 뇌에까지 충격이 전달된 것 같다. 남자는 마치 종잇장이 구겨지듯 자리에 주저앉았다.

다른 한 명의 남자가 윤해성에게 덤벼들며 주먹을 난사했다. 윤해성은 몸을 앞으로 굽히고서 주먹을 모두 흘려 넘겼다. 그대로 남자에게 뛰어들어 왼손을 쭉 뻗었다. 강렬한 스트레이트가 남자의 안면을 강타했다. 이어 윤해성의 오른손이 반원을 그리며 날아 남자의 얼굴에 다시 꽂혔다. 돌덩이 같은 오른손 혹. 남자는 뒤늦게 양손 가드를 올렸고, 윤해성은 그 틈을 놓치지 않고 배에 강렬한 보디혹을 꽂았다. 남자는 헙, 소리를 내더니 마찬가지로 다리가 풀리며 그 자리에 쓰러졌다.

"호오."

윤해성이 전광석화와 같이 두 명의 남자를 쓰러트리는 장면을 본 마테오는 눈을 빛냈다.

"복서구먼."

마테오는 중얼거리더니 양손을 얼굴 근처로 올렸다.

윤해성은 알아보았다. 프로 격투가의 자세. 양손의 위치와 발 모양을 봐서 권투류는 아니고 주짓수인가?

자세를 잡았던 마테오는 무슨 생각에서인지 손을 내리고 꼿꼿이 섰다. 이어 오른손을 뒤로 돌려 허리춤으로 가져갔다. 그가 뒤쪽 허리춤에서 빼낸 것은 커다란 군용 나이프였다.

윤해성은 상대가 갑자기 무기를 꺼내 들 줄은 몰랐다. 더구나 가로등 불빛에 비친 그 날붙이는 눈빛마저 베어 버릴 듯 번들거렸다.

움찔했다. 이런 칼을 상대로 맨몸으로 싸우는 건 영화 속에서나 가능하다. 더구나 상대는 아마도 격투의 프로이면서 칼의 프로다. 윤서경이 이미 이 자리에 없고 안전한 판에 위험을 무릅쓰고 그와 맞서 싸울 이유는 없다. 이자들의 정체는 천천히 파헤치면 된다.

윤해성은 마테오를 노려보면서 뒤로 주춤주춤 물러났다.

그때 마테오의 뒤에서 굵고 쉰 듯한 남자의 목소리가 들렸다.

"안 돼!"

김 실장의 목소리였다. 마테오는 칼을 든 채 석상처럼 서 있었다. 그의 말을 듣지도 않지만 그렇다고 칼을 휘두르지도 않는 모습이다. 김 실장이 한 번 더 말했다.

"여기서 피를 보면 어쩔 셈이야! 뒤로 물러나!"

마테오는 가만히 선 채로 칼을 허리춤에 집어넣었다. 불만이 가득한 표정이었다.

김 실장은 마테오를 지나쳐 그의 앞으로 나가 윤해성과 마주 보고 섰다.

그제야 김 실장은 윤해성의 얼굴을 제대로 보았다.

이런!

젠장!

김 실장은 윤해성을 바로 알아보았다.

윤해성 변호사잖아!

이 사람이 왜 여기에!

하지만 그를 알아보았을 땐 이미 윤해성과 정면으로 마주한 때였다. 낭패다.

윤해성은 김 실장이 자신을 알아보는 듯한 표정에 순간 의아했다.

이 사람이 내 얼굴을 알아?

그러고 보니 낯이 익다.

윤해성은 미간을 좁히고 한참을 노려보다가 퍼뜩 기억이 났다.

아! 그 건달패거리!

양다곤을 고발한 사람과 김충구 변호사에게 시비를 걸었던 그 건달들의 우두머리. 마지막에 윤해성과 주먹을 교환했다가 그만두고 물러났던 그 남자다.

그 남자가 왜 여기에?

순간 의혹이 엉겨 왔지만 그건 나중에 생각할 문제였다. 이 남자는 덤벼들 기세다. 눈앞의 상황이 먼저다.

하지만 김 실장은 돌연 태세를 전환했다.

"오해가 있는 것 같은데, 이쯤 끝냅시다."

윤해성이 말했다.

"……당신 나 알지?"

김 실장은 대꾸 없이 등을 돌려 마테오의 어깨를 툭 쳤다. 이어 쓰러져 있는 부하들에게 말했다.

"어서 가! 등신 새끼들!"

윤해성도 더 잡지 않았다. 여기서 묻는다고 그가 순순히 설명해 줄 리는 없다. 살기등등한 마테오의 군용 나이프도 무시할 수 없다.

윤해성은 뒤돌아가는 그의 등에 대고 한마디를 던졌다.

"당신이 누군지 알아."

김 실장은 대꾸하지 않았다.

* * *

"변호사란 사람이 싸움이나 하고 다니고, 쯧쯧."

박시영의 말에 윤해성이 억울하다는 듯 발끈했다.

"싸움 아니야. 그놈들이 습격했어. 그러고 단순한 건달이 아닌 게…… 아얏!"

"엄살은 금지예요."

방수희가 윤해성의 눈가에 약을 바르고 밴드를 붙이며 말했다.

"형을 도와 드리고 싶어도 무서운 두 분 땜에…… 이해하시죠?"

박시영과 방수희의 뒤쪽에 멀찍이 앉은 전기호가 어깨를 으쓱하며 말했다.

"두 사람이 언제부터 형 동생 사이가 됐니?"

박시영이 윤해성과 전기호를 번갈아 보며 물었다.

"지난번 이수 씨 아버님 영장 건 이후로 그러더라구요. 둘이 도원결의라도 했나 봐요."

방수희가 심드렁한 투로 대신 대답했다.

"잠깐, 이 상처에 관해선 오해가 있는데, 설명이 필요해."

윤해성은 눈가의 밴드를 어루만지며 자세를 고쳐 잡았다.

"말해 봐. 어떻게 된 거야?"

"어머니를 감시하던 놈들이 있었어."

"어머님을 감시?"

"감시를 했다고요?"

박시영과 방수희가 깜짝 놀랐고, 전기호도 의자를 바짝 붙였다.

"그놈들을 막아서니까 다짜고짜 덤빈 거야. 그래서 한두 대 맞았고……."

"맞은 건 됐고, 그래서?"

"으음. 근데 아는 얼굴이 있었어."

"아는 얼굴? 누구?"

"예전에 김충구 선배한테 시비 걸었던 건달들 있었잖아?"

"김충구?"

"왜 배터리 결함으로 양다곤을 고발했던 건 있었잖아. 그 사건을 대리한 변호사."

"아하."

"김충구 선배와 주차장에서 시비가 붙었던 건달패거리. 그 보스인 남자였어. 그 남자가 날 먼저 알아보기는 했지만."

"그 건달이었다고? 그냥 동네 양아치가 아닌 거네?"

박시영이 놀라 되물었다.

"그렇지. 그러고 보면 김충구 선배한테 시비 걸었던 것도 고의였고, 의도된 행동이었다고 봐야지. 김충구 선배는 양다곤을 고발했던 사람의 대리인이었고."

"그렇다면 배후엔 양다곤이?"

"가능성이 높아."

"그럼 어머님을 감시한 놈들도 양다곤이 보낸 사람들이겠네."

"아마도 그렇겠지. 두 사건을 연결해 보면. 양다곤을 고발했던 김충구를 습격한 자가 이번엔 어머니 뒤를 밟았어. 절대 우연일 리가 없지."

"아아…… 그 남자는 양다곤의 부하라는 얘긴데……."

"그렇지. 그 남자 말고도 아미 나이프를 쓰는 남자도 있었어. 그 남자 쪽이 더 위험해 보였어."

"대기업 회장이란 인물이 그런 인간들을 데리고 있다니, 정말 놀랄 일이야."

"중간 관리자가 있을지도 모르지."

"……아무튼 양다곤이 그런 폭력배들을 부리고 있단 건 알게 됐네."

"음. 왠지 그럴 가능성이 높다곤 생각했어. 그래서 무력에 대비했던 거야."

"하지만 바로 몇 대 얻어맞았고."

박시영이 한심하다는 표정을 지었다.

윤해성은 민망한 듯 이마의 상처를 손으로 짚었다.

대화를 듣고 있던 방수희가 말했다.

"양다곤이 사람을 보낸 걸 우리가 알게 되었듯이, 변호사님 정체도 그쪽에서 추측할 수 있게 된 거잖아요."

"그럴지도 몰라."

박시영이 걱정스레 말을 받았다.

"혹시 해성이 너의 정체를 이미 알아낸 건 아닐까? 그래서 사람을 보내서 어머님을 감시하구…….."

"그런 건 아닌 거 같아. 내 정체를 알았다면 그간 반응이나 대응이 있었겠지. 정체가 알려졌다기보다, 아직은 정체가 알려지지 않았기 때문에 염탐한 게 아닌가 싶어."

"그래도 이제 정체가 드러나는 건 시간문제인 거 아니에요?"

방수희가 말했다.

"꼭 그렇지는 않아. '김한울'의 소재를 알 수 없어서 어머니를 염탐한 것 같으니까."

"그래도 의심은 하겠지. 하필이면 해성이 네가 거기서 튀어나왔으니까. 단지 우연이라고는 생각 안 할 거야."

"……대비는 해야지."

"대비할 수 있어?"

"……."

"양다곤이 네 정체를 알면 다 끝장인 거 아냐? DNA도 전부 불일치한 판에."

윤해성은 말이 없었다. 박시영의 말에 딱히 반박할 수가 없었던 때문이다. 실제로 어떠한 대비를 한다는 건 불가능했다.

벌어진 일은 '김충구를 습격한 자'가 '윤해성 변호사'를 그날 그 장소에서 마주친 것뿐이다. 거기서 과연 '윤해성이 바로 김한울'이라는 사실까지 나아갈지 어떨지는 운에 맡기고 기다려 볼 수밖에 없었다.

                              * * *

"윤해성 변호사가?"

김 실장의 이야기를 들은 단명오의 목소리가 찢어질 듯 올라갔다.

"네. 갑자기 윤해성이 튀어나왔어요."

"틀림없어? 잘못 본 거 아냐? 밤이었잖아!"

"분명합니다. 김충구 변호사 습격 땐 직접 싸우기까지 했잖아요. 제가 먼저 알아보았고, 윤해성 변호사가 절 나중에 알아보았어요. 서로 알아본 겁니다. 틀릴 리가 없죠."

"으음…… 이게 어떻게 된 거지……."

단명오는 의자를 박차고 일어서더니 손으로 이마를 짚고 호텔 거실을 왔다 갔다 했다. 그러다가 불쑥 말했다.

"마테오는 뭐 했어?"

"나이프를 꺼내 드는 걸 제가 말렸습니다. 길거리에서 군용 나이프로 살상을 벌였다간 일이 커질 테니까요."

당신이 심어 놓은 부하 마테오가 사고를 칠 뻔했다는 질책이 담긴 말이었다. 하지만 단명오는 잠깐 김 실장을 보았을 뿐, 다시 거실을 왔다 갔다 하기 시작했다.

"두 사람은 무슨 관계일까……."

김 실장은 말없이 지켜보았다. 이윽고 단명오의 발길이 멈췄고, 입이 열렸다.

"윤서경, 윤해성…… 성이 같다는 게 단지 우연일까?"

그는 히죽 웃음을 짓고 있었다.

"네?"

김 실장이 멍한 얼굴로 되묻자 단명오가 거의 장난스럽게 말했다.

"윤서경의 집 등기부등본을 한번 떼어 보지."

"네? 등기부를요?"

"음. 등기부 같은 데서 단초가 나올지 몰라."

"등기부라…… 역시 법률가다운 발상이시네요. 전 그런 생각은 못 해 봤습니다."

"당장 해 보지. 호텔 로비에 가면 컴퓨터 있으니까. 거기서 인터넷으로 발급받아 보자고. 인적 사항은 필요 없어. 집 주소만 알면 돼."

두 사람은 바로 방을 나갔다.

* * *

호텔 비즈니스룸에 있는 컴퓨터 앞.

김 실장은 상기된 얼굴로 서 있었다.

그의 앞에는 출력된 등기부가 놓여 있었다.

김 실장의 목에서 이를 가는 듯한 음성이 새어 나왔다.

"……윤해성!"

집의 소유자는 윤서경이 아니라 윤해성이었다. 엄연한 그 사실을 증명하는 서류 앞에서 김 실장은 할 말을 잃었다.

"……놀랐는걸."

단명오가 읊듯이 말했다. 김 실장은 자기도 모르게 반사적으로 단명오를 돌아보았다. 그는 입꼬리를 추켜올리며 웃음을 짓고 있었다. 귀신같았고, 왠지 소름이 끼쳤다.

이 인간의 감이 맞았어.

윤해성의 이름이 등기부에 있는 것에 우선 놀랐지만, 그 이상으로 단명오라는 인간에 대한 두려움에 가까운 경외감이 솟아났다.

밉살스럽고 독살스러운 인간이지만, 이자를 절대 얕잡아 볼 수는 없다.

* * *

단명오와 김 실장이 비서실로 들어섰다. 단명오가 조금 앞서고 김 실장이 뒤따랐다. 늘 이런 모습이다. 두 사람 간의 서열을 반영하는 암묵적인 구도.

이날도 비서실 전 직원은 일제히 일어나 단명오에게 인사를 했다. 단명오는 거만하게 웃을 뿐 고개를 까딱하지도 않았다. 하지만 단 한 명만은 단명오가 아니라 김 실장에게 인사를 했다.

"안녕하세요."

거의 반가움까지 담긴 낭랑한 목소리. 한이수였다.

단명오는 한이수를 힐끔 보고는 불쾌한 표정을 지었다. 김 실장은 한이수를 마주 보고 활짝 웃으며 인사를 받았다. 단명오는 미간을 표나게 찌푸렸다.

단명오가 자리에 멈춰 서더니 김 실장에게 말했다.

"회장님은 내가 만나고 올 테니까 김 실장은 차에서 기다려."

김 실장의 안색이 확 붉어졌다.

더러운 자식!

비서실 직원들이 다 지켜보는 이 자리에서 하인 취급하다니! 그렇지 않아도 직원들이 자신을 보는 시선이 최하인데.

기껏 윤해성을 알아보고 결정적인 단서를 알려 줬더니 양다곤 회장을 혼자 독대하려고 한다. 이 인간은 혼자 공을 세우고 혼자 생색을 내고 싶은 것이다.

처음부터 혼자 가겠다고 했으면 김 실장이 반발할 수 있으니, 바로 회장실 문전, 비서진이 지켜보는 가운데 자신을 돌려보낸 것이다.

그렇다고 이 자리에서 단명오의 말을 듣지 않고 티격태격할 수는 없었다. 한이수를 제외하고 비서실 직원들이 자신을 보는 눈이 어디에 가 있는지를 잘 안다. 회장의 개인적 허드렛일을 하는 사람. 그런데 단명오의 말을 듣지 않겠다고 이 자리에서 맞서 봤자 괜히 땡깡 부리는 모습밖에 되지 않는다.

김 실장은 속으로 욕을 퍼부었지만 별수 없었다.

예전부터도 그랬지만, 양다곤이 부여한 암묵적인 서열은 단명오 쪽이 절대적으로 위였다.

김 실장은 회장실을 목전에 두고 비서실을 돌아 나왔다.

단명오는 회심의 미소를 지으며 회장실의 문을 열었다.

양다곤은 책상 뒤에 앉아 있다가 단명오를 보더니 소파로 자리를 옮겼다.

"왜 보자고 했나."

탐탁지 않은 목소리다. 양다곤이 시킨 일을 충실히 이행하지 않고 뺀질거리는 단명오에 대한 불편한 심기가 묻어났다.

단명오는 의미심장하게 웃으며 말했다.

"재미있는 일이 있습니다."

"재미있는 일?"

"동시에 형님의 안전에 아주 중요한 일이기도 하지요."

비서가 차를 가져왔기에 잠시 대화가 중단되었다. 비서가 나간 후 단명오가 말을 이었다.

"형님이 윤서경을 잘 지켜보라고 하셨잖아요."

"뭐 있었어?"

"윤서경의 뒤를 밟는데 누가 튀어나왔는지 아십니까?"

"누구?"

단명오는 다시 뜸을 들이며 싱긋 웃었다.

"윤해성 변호삽니다."

"윤해성? 그 친구가 거기 왜?"

양다곤이 막 마시려고 손에 든 찻잔을 멈추었다.

"우리 측 김 실장 똘마니들하고 싸움까지 붙은 모양입니다."

"싸움이……?"

"쌍방 크게 다친 것은 없습니다만."

"다치고 안 다치고가 중요한 게 아니라, 하필 왜 윤해성이가 거기 있었던 거지?"

양다곤은 찻잔을 입에 대지도 않고 탁자에 놓았다. 심상치 않은 일임을 느낀 것이다.

"이걸 잠깐 봐 주세요."

단명오는 파우치에서 반으로 접힌 종이 몇 장을 꺼냈다.

"여기에 답이 있습니다."

"이게 뭐야?"

"등기부입니다."

"등기부?"

"짚이는 데가 있어서 윤서경 집의 등기부를 떼 봤거든요."

"이게 그 등기부야?"

"네. 여기 소유자란을 보세요. 누가 있는지."

등기부를 들고 훑어보던 양다곤의 눈이 커졌다.

"윤해성?"

양다곤의 손에서 힘없이 등기부등본이 흘러내렸다.

"윤해성의 집에 윤서경이 산다고? ……이게 무슨, ……어떻게 된 일이야?"

"액면대롭니다. 해석할 필요는 없다고 보는데요."

"둘이…… 대체 무슨 관계야?"

"그건 현재로선 알 수 없습니다. 다만 같은 윤 씨니까 혹시 일가인지는 모르죠."

"윤서경은 나를 철천지원수로 생각할 텐데……."

"그렇죠. 윤서경은 형님한테 앙심을 품은 사람. 그런데 윤해성은 그 윤서경에게 집까지 제공해 주는 대단히 가까운 인물이라 이거죠."

"으음……."

"그렇다면 결론은 뭐겠습니까? 윤해성이 회장님 옆에 있는 것도 우연이 아니다, 그리고 그 의도도 대단히 불량하다, 그렇게 볼 수밖에 없겠죠?"

"……의도? 고의적으로 의도를 숨기고…… 내게 접근했단 얘긴가?"

양다곤의 목소리가 떨려 나왔다. 주체 못 할 분노가 뭉게뭉게 피어나고 있다.

"아마도요. 윤해성의 목적은 윤서경과 동일하다고 봐야겠죠."

"윤서경을 대신해…… 내게 복수하기 위해서?"

"그렇게밖에는 생각할 수 없죠."

"……하지만 이해가 안 돼. 윤해성이는 내 구속영장을 기각해 주었어."

"그것보다 더 큰 것을 노린 거겠죠."

"더 큰 것?"

"이를테면…… 형님의 완전한 파멸."

"으음."

양다곤은 온몸의 힘이 풀리는지 눈을 감고 소파에 털썩 몸을 기댔다.

"설마…… 윤해성이 윤서경과 한통속이리니……."

"두 사람이 일가인지, 아니면 윤해성이 거액의 보수를 약속받고 돈 때문에 움직이는 건지, 어느 쪽인지는 모르겠습니다만, 적어도 한패인 건 분명합니다."

"돈…… 때문에 움직였을 수 있다?"

"오히려 그쪽 가능성이 더 높아요. 아무리 일가라도 남의 복수를 위해 이렇게까지 할 인간은 없거든요. 어쩌면 윤서경하고 약정이 돼 있을지 모르죠. 형님 자빠트리고 지분 되찾아 오면 일정한 몫을 나눠 주겠다고 말이죠."

그런 인간이 목적을 숨기고 몇 달간이나 바로 곁에 있었다니.

누구에게나 늑대같이 매서운 양다곤이지만, 그 입장에서는 윤해성이야말로 '양의 탈을 쓴 늑대'인 것이었다. 그 늑대가 자신의 목에 칼을 겨누고 있었다. 그리고 자신은 까맣게 모르고 있었다.

"지금까지 일을 돌이켜 보면 야금야금 형님을 갉아먹는 쪽으로 일을 이끌고 있었어요."

"……이를테면?"

양다곤은 겨우 감정을 억누르며 단명오 쪽으로 고개를 들었다.

"최근의 장유나 일만 해도 그렇죠."

"유나 일이?"

"변태 설민수를 붙잡고는 경찰에 넘기지 않고 굳이 장유나와 대면을 시켰어요. 그리고 무엇보다 그 자리에 건일이와 함께 형님을 부르지 않았습니까?"

"그랬지……."

"형님은 건일이 편을 들 수밖에 없습니다. 앞장서서 아들을 경찰에 넘길 아버지는 없으니까요. 그럼 결국 장유나하고는 감정의 골이 파이는 거죠. 필연적으로 그렇게 되는 상황을 만든 겁니다."

"그랬었나⋯⋯."

양다곤은 지난 일을 돌이켜보았다. 장유나의 마음이 떠났고, 다툼 끝에 집을 나가 버렸다. 자신은 단지 장유나의 부재로 고통스럽다는 생각만 했지, 그 상황이 윤해성이 의도적으로 빚어낸 거라고는 지금 껏 생각해 보지 못했다. 하지만 윤해성이 윤서경과 친밀한 관계고, 자신에게 복수하려는 프로그램 안에서 움직였다면 필시 그랬을 것 같았다. 이건 개연성 정도를 넘는, 확실한 판단이었다.

분노를 억누르려는 것일까, 양다곤은 양손으로 얼굴을 쓸어내렸다.

윤해성의 흉계에 빠져 아내를 잃었다. 다시는 오지 않을 여자를.

단명오가 양다곤의 검은 낯빛에 쐐기를 박았다.

"건일이 일도 그렇지 않을까 싶습니다."

"건일이 일이?"

"네. 항소심에서 뜬금없이 검찰이 건일이의 약물 흡입을 들고 나왔어요. 필시 누군가 검찰에 찌른 겁니다. 그것도 윤해성이 한 짓일 가능성이 높습니다."

"⋯⋯하지만 윤해성이 건일이가 약을 하는지 어떻게 알고? 둘이 친하지도 않은 걸로 아는데."

양다곤의 눈에 의혹이 드리웠다.

"어떻게 알게 되었는지는 솔직히 모르겠습니다. 하지만 정황으로 보아 충분히 의심은 갑니다. 짚이는 데도 있고요. 그건 확인해 보면 될 일입니다."

단명오의 입술이 기묘하게 비틀려 올라갔다. 웃음 같기도 하고 조롱

같기도 했다.

"으음……."

양다곤은 눈을 감고 깊은 신음을 했다. 마치 의자에 앉은 채 나락으로 떨어진 듯한 모습. 하지만 오래가지 않았다. 아들의 일에 이르자 드디어 분노가 어떤 레벨을 넘어섰다.

양다곤은 얼굴이 붉으락푸르락하더니 느닷없이 소리쳤다.

"지금 당장 준비해!"

"무슨 준비를요?"

"뭐긴 뭐야! 그 망할 자식한테 가야지!"

손가락 끝이 하얗게 될 만큼 주먹을 꽉 쥐고 있었다.

* * *

이람 법률사무소 벽에 설치된 TV에서는 한울 모터스 뉴스가 흘러나오고 있었다.

이번에 페이스리프트된 전기차 아스트로에 관한 기사였다. 자신감 넘치는 양다곤 회장의 얼굴이 클로즈업되고 있었다.

화면을 보는 방수희에게 전기호가 말했다.

"뭘 그렇게 보고 있어?"

"저 인간은 별로지만 차는 참 탐난단 말이야."

"하긴 누나는 차 없지. 전기차가 편할 거야."

"저 기술이 원래는 변호사님 부친이 개발한 거라잖아."

"양다곤이 쓱싹했단 거지."

전기호는 말하다가 돌연 입을 떡 벌렸다.

"저, 저……."

지금 막 사무실을 들어서는 사람과 화면을 번갈아 보며 목이 꽉 막히고 말았다.

　전기호 앞에 등장한 사람은 지금 막 뉴스에 나온 양다곤이었다. 그리고 몇 명의 남자들이 뒤를 따르고 있었다.

　"윤해성 변호사 있습니까?"

　양다곤의 뒤에서 한 남자가 튀어나와 말했다. 비서실장 신동우였다.

　"벼, 변호사님은……."

　전기호가 버벅거리자, 다른 남자가 나섰다.

　"어서 튀어나오는 게 좋을걸."

　단명오였다. 그의 거친 태도로 보아 우호적인 방문이 아니란 것이 분명해졌다.

　"무슨 용건이시죠?"

　방수희가 전기호 앞에 나서서 말했다.

　"이분이 누구신지 알지? 어서 불러."

　단명오가 거칠게 말했다.

　방수희가 그를 노려보고 있으려니, 윤해성의 방문이 열렸다.

　"저희 직원들한테 무례하게 구실 권한은 없을 텐데요."

　윤해성이 걸어 나와 단명오에게 매서운 눈길을 보냈다.

　"단 변호사님 직원도 아니고요."

　이어 윤해성은 양다곤을 향해 허리를 굽혔다.

　"회장님, 오셨습니까?"

　양다곤은 살기등등하게 윤해성을 노려보았다.

　양다곤의 조금 뒤편에는 익숙한 얼굴들과 낯선 얼굴들이 섞여 있었다. 단명오와 신동우는 익히 아는 얼굴이다. 처음 보는 낯선 젊은 남자도 끼어 있었다. 그는 단명오의 등 뒤에 자취를 숨기듯이 서 있었는데,

마치 무언가를 두려워하는 것 같은 모습이었다. 억지로 끌려온 듯도 하다.

"윤해성!"

"네."

"윤서경하고 어떤 사이야!"

윤해성이 천천히 고개를 들었다. 얼굴 근육이 굳어졌다.

기어이. 양다곤의 입에서 나오지 말아야 할 이름이 튀어나왔다.

어머니의 이름. 모든 게 드러난 것이다.

그는 확실히 알고 있고, 그럴 근거도 있으리라. 그걸 확인한 인물은 아마도 단명오겠지.

언젠가는. 이런 때가 올 것이었다. 예상보다 조금 빠르긴 했지만.

윤해성의 입에서는 대답이 나오지 않았다. 그저 양다곤을 빤히 쳐다 볼 뿐.

양다곤은 그래서 더 꽤씸한 듯 언성을 높였다.

"이 못된 놈! 정체를 숨기고 고의적으로 내게 접근했어. 그리고 지 금껏 야금야금 내 주변을 망가뜨려왔어!"

윤해성은 말이 없었다. 양다곤이 어디까지 알고, 어디까지 말하는지 보려는 심산 같았다.

"네가 감히!"

"제가 무엇을 했죠?"

그제야 윤해성이 입을 열었다. 양다곤의 얼굴이 벌겋게 달아올랐다.

"내 아내와의 사이를 이간질했어! 건일이를 약물로 모함해서 감방 에 처넣었어!"

"저는 장유나 씨의 스토커를 잡았고, 양건일 상무의 영장을 기각하 고 1심에서 공소기각까지 받아 냈습니다. 그런데 오히려 저를 비난하시다니, 어이가 없네요.”

“뭐, 뭐라고!”

양다곤이 넘어갈 듯 소리를 질렀다.

“양건일은 본인이 마약해서 자멸한 것 아닙니까. 그걸 왜 제 탓으로 돌리시죠?”

“이봐, 윤해성!”

단명오가 나서려 했지만 양다곤이 팔을 들어 제지했다.

“뻔뻔한 놈!”

양다곤의 뺨이 실룩했다.

“너…… 도대체 무슨 목적으로 나한테 접근한 거냐.”

양다곤이 이를 악물고 말했다.

“목적?”

윤해성은 피식, 웃음기를 띠었다.

“그걸 말해야 압니까? 굳이 제 입으로 말하는 걸 듣기 위해 여기까지 온 겁니까?”

양다곤은 윤해성을 노려보았다.

“윤서경과 무슨 관계야! 아니면 날 어떻게 해 주면 돈이라도 받기로 했나!”

“그 정도로 알고 계시는군요.”

“뭐라고?”

윤해성은 할 수 없다는 듯 어깨를 으쓱하고는 말했다.

“둘 다 아닙니다.”

“이제 와서 발뺌하려고? 그딴 수작이 내게 통할 거 같아!”

“발뺌 아닙니다. 굳이 거짓말할 필요가 없게 되었단 것 정도는 모르지 않죠.”

"이 나쁜 놈. 끝까지!"

"윤서경 님과는 회장님이 생각하는 그런 정도의 관계도 아니고, 돈을 받기로 한 적도 없습니다."

윤해성의 자르는 듯한 말투에 양다곤이 잠시 주춤했다.

"내 것을 돌려받으려는 겁니다."

"뭐?"

"정확히는 제 아버지의 것이죠. 회장님이 가져가신 그것."

"내가 가져간…… 것?"

"한울 모터스 말입니다."

"너…… 너…… 넌! 도대체 누구야?"

양다곤의 음성이 발작이라도 하는 것처럼 떨려 나왔다.

설마, 설마……

"제 예전 이름을 말씀드리는 게 상황을 이해하시는 데 더 도움될 거 같군요."

"서, 설마……."

양다곤의 입술이 떨렸다.

"옛날에 전 김한울이라고 불렸죠."

"기…… 김한울! 네, 네가……."

양다곤은 넋이 나간 사람처럼 더듬거렸다. 목소리가 풀피리 음처럼 떨렸다. 관자놀이에 시퍼렇게 힘줄이 돋았고, 입은 벌어졌고, 얼굴은 숨을 한참 참은 사람 마냥 시뻘겋게 변했다.

잠재의식 속에 자리했다가 잊을 만하면 꿈에 나타나 식은땀을 흘리게 했던 김한울. 윤해성이 바로 그 김한울이었다니. 몇 달간이나 끝 모를 증오를 숨기고 바로 턱 밑에서 자신을 겨누고 있었다. 오싹했다. 소름이 끼쳤다.

양다곤의 손이 미세하게 계속 떨리고 있었다. 비서실장 신동우가 양다곤의 눈치를 보았다. 단명오도 양다곤의 낯빛을 살폈다.

양다곤은 몸을 부르르 한 번 떨더니 돌연 내뱉었다.

"이이이이이…… 미친놈!"

마치 씹어 삼키는 듯한 음성이었다.

역시 노회한 너구리. 양다곤은 그새 정신을 차리고 본래의 위압적인 모습으로 돌아가 있었다.

"그게 자신이 모든 것을 빼앗은 남자의 아들에게 할 말입니까?"

윤해성이 눈을 부릅떴다. 처음으로 내보인 감정의 흔적이었다.

"죄는 사라지지 않아. 20년이 흐르더라도 말이지."

"뭐, 뭐라고?"

양다곤의 안색이 새파랗게 질렸다.

"이봐요, 윤 변호사. 말조심해요."

신동우 비서실장이 나섰다. 윤해성이 그를 향해 빙긋 웃으며 말했다.

"신 실장님이야말로 스탠스 잘 잡으세요. 양다곤이 곧 물러나면 실장님은 어디로 가야겠습니까?"

"이, 이런 건방진 놈!"

양다곤이 급기야 주먹을 불끈 쥐고 쳐들었다. 윤해성은 미동도 없이 양다곤을 노려보았다. 치켜든 양다곤의 팔을 단명오가 잡아 내렸다.

"형님. 진정하세요. 여기서 확인할 건 다 확인했잖습니까. 저런 도발에 넘어가시면 형님만 손해예요."

단명오는 양다곤을 끌었다.

양다곤은 버티고 서서 말했다.

"김한울! 네놈이 지금까지 한 짓은 다 드러났어. 네 아비 일로 뭔가 크게 잘못 알고 앙심을 품은 모양인데, 그래 봤자 너만 손해야. 대(大)

한울 그룹이, 이 양다곤이 끄떡이라도 할 것 같나?"

"그렇지 않다면 여긴 왜 오셨죠?"

그때 맨 뒤에 섰던 젊은 남자가 단명오에게 귓속말을 했다. 단명오는 고개를 끄덕이더니 찢어질 듯이 입을 벌리고 웃음을 지었다.

"윤해성 변호사!"

단명오가 크게 소리를 치자 모두 일제히 그를 보았다. 단명오는 의기양양하게 말했다.

"더는 오리발 못 내밀어. 자네가 건일이를 검찰에 찔렀다는 게 확인됐으니까!"

그러고는 뒤의 남자를 잡아끌었다. 단명오의 뒤에서 젊은 남자가 꾸물거리며 나섰다. 단명오에 의해 마지못해 앞으로 나선 그는 손을 들어 방수희를 가리켰다.

"저 여자예요."

이번에는 모두의 시선이 방수희를 향했다. 남자의 말이 이어졌다.

"건일이 줘 팬 여자……."

그제야 방수희도 남자를 알아보았다. 그 자리에 같이 있던 양건일의 친구 중 한 명이었다. 이 남자가 왜 여기에. 단명오가 흐물흐물 웃으며 입을 열었다.

"역시. 내 감이 맞았지? 건일이 접견 가서 물어봤어. 근래에 낯선 사람을 만난 일 있으면 전부 이야기해 달라고. 그랬더니, 어떤 여자하고 골프 장타 내기를 했다가 져서 머리를 뜯겼다고 하더라구. 그래서 혹시나 하는 생각에 그날 건일이하고 같이 있던 친구 녀석을 데리고 와 봤어. 하지만 나도 조금은 놀랐어. 그 여자가 바로 이 사무실에서 일하고 있을 줄이야."

방수희가 양건일의 친구를 노려보자 남자는 움찔하고는 뒷걸음질 쳤다.

"건일이가 약을 한단 건 머리카락을 검사 맡겨서 알아냈겠지. 그걸 검찰에 꼰지른 거고. 어때? 내 말이 틀렸나, 윤해성 변호사?"

단명오가 이죽거리듯 말했다.

윤해성이 또박또박 말했다.

"마약에 취해서 사람을 치었으면 감방에 있는 게 맞겠죠."

양다곤의 눈썹이 치켜 올라갔다.

"네놈…… 역시 네놈이 건일이를!"

양다곤은 주먹을 불끈 쥐고는 어쩔 줄 몰라 했다.

짐작하고 있는 사실이었겠지만 윤해성의 입으로 직접 들으니 분을 참기 어려운 모양이었다.

"절대 용서 못 해!"

"누가 누구를요?"

윤해성은 꼿꼿이 서서 양다곤을 노려보았다.

윤해성의 도발적인 말에 양다곤은 일순 말문이 막혔다.

잠시 후 정신을 다잡은 양다곤이 이를 악물고서 말했다.

"……어리석은 놈. 계란으로 바위 치기야. 지금까진 네놈 정체를 몰라서 당했지만, 이제는 철저히 짓밟아 주겠어. 대(大)한울 그룹의 힘이 어느 정도인지, 처절하게 알게 해 주겠어. 감히 건일이까지 건드렸어! 절대 용서 못 해!"

"양건일 걱정할 때가 아닐 것 같습니다만."

양다곤은 윤해성을 죽일 듯이 노려보았다.

증오로 일그러진 입술은 굳게 닫혀 있었다.

이윽고 그는 어깨를 돌렸다.

그 뒤를 남자들이 종종걸음으로 뒤따라 나갔다.

"무슨 말이야? 양다곤 회장이 사무실을 뒤집어 놓고 갔다니?"

연락을 받고 이람 법률사무소로 달려온 박시영이 숨을 헐떡이며 물었다.

"제가 전화한 그대로예요."

전기호가 말했다. 방수희도 덧붙였다.

"가만 안 두겠다고 위협하고 갔어요."

이어 전기호가 있었던 일을 상세히 전했다. 이야기를 듣는 박시영의 미간이 일그러져 갔다. 전기호의 말을 다 듣고는 윤해성을 쳐다보며 말했다.

"큰일이네. 우린 아직 명확한 증거라곤 아무것도 손에 쥔 게 없는데, 네 정체만 들통나 버렸으니."

"원점으로 돌아가 버렸지."

윤해성의 얼굴에 표정은 거의 떠 있지 않았다. 하지만 크게 낙심했을 것이 분명하다. 단지 숨기고 있을 뿐이다.

"수희가 양건일이 머리카락을 가져온 것까지 알게 됐어."

"……어떻게 그런 것까지?"

"단명오가 눈치를 챈 거야. 그날 양건일하고 같이 있었던 사람까지 데리고 와서 확인했어."

"귀신같은 인간이다. 하필 그런 인간이……."

"그런 걸 보면 20년 전에도 단명오가 양다곤하고 같이 일을 꾸몄을 것 같지 않아요?"

방수희가 말했다.

"아마도……."

윤해성이 입술을 깨물었다. 박시영이 말했다.

"하지만 단명오의 DNA는 결국 나오지 않았어……."

그게 문제란 건 누구나 알고 있었다.

하지만 이제는 길이 없다.

양다곤의 신임을 얻어 곁에 있다면 그나마 기회를 엿볼 여지가 있었겠지만.

양다곤은 윤해성의 정체를 알았고, 심지어 가만두지 않겠다며 엄포까지 놓고 갔다.

침묵을 깨고 박시영이 입을 열었다.

"하지만…… 아직 한울 그룹 내부에 한 사람이 있어."

다들 일제히 박시영을 보았다. 그녀가 말했다.

"한이수."

윤해성은 턱을 조금 당겼을 뿐 대꾸하지 않았다.

방수희가 긴 한숨을 쉬었다.

* * *

회장실로 돌아온 양다곤은 완전히 지쳐 소파에 몸을 묻다시피 했다.

울화통을 버티지 못한 것이다. 뒤통수를 세게 맞았다는 분노는 좀처럼 가라앉지 않았다. 무엇보다 윤해성 때문에 장유나와 양건일을 잃었다는 그 사실은 치유될 수 없다.

"화는 좀 가라앉히셨습니까."

단명오가 말했다.

"그게 화가 가라앉을 일이야?"

양다곤이 신경질적으로 말했다. 이 인간은 기름을 부으려는 건가.

"이젠 화를 내기보단 실리적으로 생각해야 하지 않겠습니까."

"무슨 실리."

"윤해성이 왜 굳이 건일이의 머리카락을 뽑아 갔는지를 생각해 봐야 합니다."

양다곤은 고개를 돌렸다.

"그건 또 무슨 말이야?"

"머리카락을 뽑을 땐 건일이가 약을 하는 걸 알지 못했던 것 같거든요. 마약 흡입은 다른 목적으로 털을 뽑아서 검사하다가 알게 된 거라고 봐야 할 겁니다."

"다른 목적? 그게 뭐야?"

"머리카락이라면 우선 떠오르는 건 뭐겠습니까?"

"뭐지?"

"DNA 검사죠."

"DNA?"

"네. 유전자 검사."

"건일이 유전자 검사를 왜 해?"

"건일이가 목표가 아닐 수 있습니다."

"그럼?"

"형님의 유전자 검사를 못 하니까 상대적으로 쉬운 건일이를 타깃으로 잡은 건지 모르죠."

"내 유전자 검사? 그걸 왜……."

양다곤은 소파에 묻었던 몸을 바싹 일으켜 세웠다. 눈가에 깊은 의혹이 드리워졌다.

"아무래도 20년 전의 사건과 관련 있지 않나 싶습니다. 증거를 찾으려 말이죠……."

"유전자 증거······."

양다곤의 미간이 깊게 파였다.

"윤해성이 그랬잖습니까? 한울 모터스를 돌려받겠다고. 그럴 수 있으려면 20년 전 사건을 파헤치는 것밖에 없지 않습니까?"

"20년 전······."

"윤해성의 아버지 김민호 교수의 죽음 말이죠."

양다곤이 괜히 먼 회장실 문을 힐끔 쳐다보고는 말했다.

"목소리 낮춰."

양다곤의 눈가에서 어느새 분노가 사라지고 대신 긴장감이 깃들었다.

단명오가 눈을 끔뻑하고는 말을 이었다.

"윤해성의 정체를 알게 된 걸로 됐다고 끝낼 순 없습니다."

"흠."

"형님도 말씀하셨잖아요. 가만두지 않겠다고. 그냥 말로만 끝내선 안 됩니다. 딴짓할 생각을 품지 못하도록 완전히 밟아 놓아야 합니다."

"그렇겠지······."

양다곤은 소파 팔걸이를 톡톡 두드리다가 다시 말했다.

"하지만 직접 공격하면 너무 표 날 거 아냐? 윤해성이도 대비를 할 거고."

"그래서 외곽을 때리는 노련한 기술이 필요한 겁니다."

"외곽을 때린다? 그게 무슨 말이야."

단명오는 히죽 웃고는 말을 이었다.

"윤해성은 지금껏 단독으로 일을 해 오지 않았어요."

"그러면?"

"조력자들이 있었죠. 일종의 팀처럼 움직인다고나 할까요. 물론 추론입니다만, 필시 그랬을 수밖에 없습니다."

"조력자들이 있었다고?"

"형님도 직접 확인하셨잖습니까. 윤해성 사무실의 여직원이 건일이를 두드려 패고 머리카락을 뽑아간 거. 그게 어디 보통의 변호사 사무실 직원이겠습니까? 윤해성의 목적을 다 알고 끼어든 거예요. 아마 꽤 많은 돈을 쥐어 줬겠죠. 형님한테서 수임료도 두둑이 챙겨 갔으니."

"망할 자식! 내가 준 돈으로 내 목에 칼을 들이댔어!"

양다곤은 갑작스레 흥분했다.

"아마 그쪽 직원들이 다 그런 애들일 겁니다. 오로지 형님을 자빠트리기 위한 목적으로 결성된 거겠죠. 일반적인 로펌 직원들이 아니라."

"으음……."

"그래서 우선해야 할 일은, 윤해성의 손발을 자르는 겁니다."

"……직원들을?"

"그렇습니다. 윤해성이가 해 온 것과 같은 방식입니다. 지금껏 윤해성이 야금야금 형님 주변의 손발을 잘라 나갔듯이 말이죠."

"……그게 윤해성한테 큰 타격이 될까?"

"물론입니다. 다시 말씀드리지만 윤해성을 지금 직접 타격하는 건 좋지 못합니다. 손발을 잘라 낸 다음, 버둥거리는 벌레를 밟아 버리듯이 마지막으로 숨통을 끊는 거죠."

양다곤은 단명오를 물끄러미 쳐다보다가 말했다.

"유나 일도 그렇고, 건일이 일도 그렇고…… 난 그놈을 도저히 용서할 수 없어. 20년 전 일을 파헤치려 한다면 내 안전을 위해서도 그냥 둘 수 없고. 가능하면 그 인간이 내 눈앞에서 영원히 사라졌으면 해."

단명오는 많은 의미가 담긴 양다곤의 눈빛을 그대로 맞받으며 말했다.

"바라는 바입니다."

* * *

방배동의 한 포차.

지글지글 타고 있는 삼겹살 불판을 가운데로 두고 윤해성과 박시영, 방수희, 전기호가 둘러앉아 있다. 각자의 앞에는 소주잔이 어지러이 널려져 있다.

아직 다 익지도 않은 삼겹살을 집어삼키고 우물거리던 전기호가 말했다.

"지훈이는 아직 모르죠?"

"뭘?"

"형의 정체요."

"정체랄 것은 없지만, 지훈이한텐 얘기 안 했어."

"어디까지나 알바로 일하는 거니까."

박시영이 거들었다.

"모르는 쪽이 더 편할걸요."

방수희가 말했다. 윤해성이 끙, 소리를 내더니 말했다.

"곧 얘길 해야겠지. 사무실을 떠날 기회는 주어야 하니까."

"진지하게 받지 마세요. 그런 뜻으로 이야기한 거 아니니까."

"이제는 정말 위험할지도 몰라."

"위험하다뇨?"

"양다곤이 말하는 거 못 들었어? 지금 독이 바짝 올랐는데. 무슨 짓을 저지를지 몰라."

방수희가 싱긋 웃으며 윤해성의 등을 툭 쳤다.

"언제부터 이렇게 새가슴이 됐어요?"

"두 사람이 나 때문에 위험을 감수할 필욘 없잖아."

"그래서 뭐, 해고라도 하려는 겁니까?"

전기호가 불쑥 말했다. 그러더니 괜히 소주잔을 탕 소리를 내며 내려놓았다.

"은근슬쩍 우릴 보내려고 하지 마세요. 난 두드려 패도 사무실 안 나갈 테니까."

방수희도 동감이라는 듯 고개를 가볍게 끄덕이고는 윤해성을 보았다.

"아무래도 해성이 넌 이대로 쭉 가야 할 것 같다."

박시영이 말했다.

"아무튼 고마워."

윤해성은 두 사람의 잔을 채워 주었다.

"이수 씨도 오라고 했으면 좋았을 텐데."

박시영이 말했다.

"지금은 만나는 것도 조심스러워. 만에 하나 양다곤 쪽이 이수가 우리하고 어울리는 걸 알면 바로 잘릴 거야."

"하긴. 그래도 이수 씨하고는 조만간 얘길 해 봐야겠지?"

"응, 기횔 봐서. 양다곤이 독 올라 있을 테니 조심하란 말도 해야하고."

"하여튼 막막해졌어. 양다곤이나 단명오 유전자는 안 나왔고, 사건은 원점으로 돌아가 버렸는데. 그나마 양다곤 주변에라도 붙어 있어야 단서를 캐든지 할 거 아냐. 근데 다 들통나 버렸으니."

"아주 원점은 아니야. 지금까지 소득은 꽤 있었잖아."

"무슨 소득?"

"양다곤과 단명오의 유전자가 없다는 사실을 확인한 것도 수확이지. 현장에 제3의 공범이 있었다는 거니까."

"그렇긴 해. 아무래도 아버님을 자살로 몰고 갔을 정도면 한두 명으로는 부족했을 수 있어."

"압도적인 폭력이 있었을 수 있죠."

전기호가 끼어들었다. 세 사람의 시선이 자신에게 쏠리자 으스대듯 다시 말했다.

"수희 누나처럼요."

세 사람의 시선은 일제히 눈총으로 바뀌었다.

"부적절한 농담을 해 놓고도 깨닫질 못하네."

방수희가 목을 그르렁댔다. 전기호는 움찔하더니 모른 척 소주잔을 기울였다.

박시영이 말했다.

"양다곤의 20년 전을 추적해야 하는 거 아닐까? 당시에 어떤 인간들과 어울리고 어떤 인간들을 부렸을지."

"그게 가능할지 모르겠어. 더구나 외부에서."

윤해성의 정체가 드러난 뒤로는 늘 뱅뱅 도는 이야기였다. 모두가 아는 결론에서 제자리걸음일 뿐이다. 당장은 뾰족한 수가 보이지 않았다. 20년 전 경찰이 무혐의로 묻은 사건이다. 유일한 희망이 유언장에서 나온 타인의 DNA였는데, 몇 달간의 노력이 물거품으로 돌아갔다.

빈 소주병이 세 병 더 늘어난 순간, 박시영이 벌떡 일어섰다.

"나 먼저 가 볼게."

"엑! 이제 막 마시기 시작했는데, 왜 벌써 가요?"

전기호가 박시영의 팔을 끌었다.

"쏘리, 일이 있어서."

박시영은 타이핑하는 모습을 보였다.

"일이 있으면 할 수 없지. 내가 바래다줄게."

윤해성이 일어섰다. 박시영이 괜찮다며 손사래 쳤지만 윤해성은 기어이 일어섰다.

"혼자 가다가 만약 사고라도 나 봐. 내 책임이잖아. 귀가까진 보장해야지."

"수희 씨나 귀가 에스코트 해 줘."

박시영이 방수희의 눈치를 보며 말했다.

"엣? 수희 누나도 바래다줘요?"

전기호가 눈치 없이 나섰다. 방수희는 전기호에게 싸늘한 눈길을 보낸 후 박시영에게 말했다.

"그래요, 언니. 변호사님하고 같이 가세요, 전 집이 바로 여긴데요, 뭘."

"두 사람은 더 있다가 가. 수희는 기호가 좀 집까지 바래다주고."

"옛썰!"

전기호가 경례를 붙였고, 윤해성과 박시영은 자리를 떴다.

* * *

전기호는 연거푸 두 병을 더 마셨다.

방수희는 더 이상 술잔에 손을 뻗지 않고 전기호의 잔을 채워 주기만 했다.

"내가 누나 인간적으로 좋아하는 거 알지?"

"그렇담 다행이네."

"여기, 이람 법률사무소. 이젠 끈 떨어지고 위험하다는데…… 나, 사람들 땜에 있는 거다. 알아? 난 독고다이였거든. 근데 여기 와서 달라졌어. 해성이 형, 누나, 시영이 누나도 그렇고…… 이수 누나나, 지훈이도. 여기서 만나고 인연 맺은 사람들이 나한텐 의미가 크다구……."

전기호의 혀가 꼬여 가고 있었다.

"맨정신일 때 이야기했으면 더 좋았을 거야."

"누난 해성이 형 안 좋아해?"

전기호가 취해서 불쑥 던진 말에 방수희는 심장이 덜컹했다.

"뭐 대충."

"대충? 설마 월급 땜에 있는 거야?"

"물론 인간적으로 좋아하니까. 그래서 일하는 거지."

에둘러 대답하고 방수희는 서둘러 일어섰다.

더 있으면 곤란한 이야기들을 나올 것 같다.

"이제 그만 가. 고기도 다 먹었어."

전기호는 한 병만 더, 했지만 방수희는 끌다시피 데리고 나왔다.

전기호는 술에 취한 주제에 굳이 방수희를 집까지 바래다주겠다고 우겼다. 방수희가 말려 보았지만 "누나한테 무슨 일이 생기면 내 책임이 돼!" 하며 기어이 따라가겠다는 전기호의 발걸음을 돌리지 못했다. 윤해성에게 물이라도 든 걸까.

거리를 돌고 돌아 방수희가 사는 집 근처까지 걸었다. 전기호는 흐느적거리는 걸음으로 뒤처져 따라왔다. 저래서야 바래다주는 의미가 없잖아. 방수희는 한숨이 나왔다.

두 사람은 사거리를 지나고 있었다. 지난번 김종신이 방수희를 기다리고 있다가 차로 습격했던 장소 근처였다.

문득 낯설고 이상한 기척을 느꼈다. 방수희는 걸음을 늦추었다. 그 틈에 전기호가 조금 앞서 걷는 모양이 되었다.

뒤를 돌아보았다. 특별한 이유는 없었다. 어쩌면 본능적이고 반사적인 움직임이었다. 처음에는 검은 벽 같은 것이 다가온다고 생각했다. 찰나의 순간, 그것의 정체가 시커먼 승합차라는 것을 깨달았다. 정체불명의 승합차는 방수희와 가까워지면서 급가속을 했다. 미친 듯한 배기음.

방수희는 앞서가던 전기호를 향해 몸을 날렸다. 승합차는 두 사람의 옆을 스쳐 지나갔다.

승합차에 받히지 않았다고 안심한 순간, 귓가에 '딱!' 하는 소리가 크게 울렸다. 방수희는 뒤통수에 격렬한 아픔을 느끼고 바로 정신을 잃었다.

쓰러졌던 전기호가 비칠비칠 일어났다.

"어, 수희 누나?"

전기호는 뒤돌아 쓰러진 방수희에게로 다가갔다. 주의가 방수희에게 쏠린 탓에 승합차가 다시 되돌아오는 것을 눈치채지 못했다.

"누나, 뭐야?"

승합차 뒷좌석 유리창 틈에 각목이 꽉 끼워진 채 툭 삐져나와 있었다. 맞으면 각목으로 맞은 상처가 나겠지만, 그 충격만큼은 차에 치이는 이상의 타격을 받는다.

빡.

조금 전 방수희의 귓가에서 나던 소리였다.

뒤통수에 강력한 각목의 타격을 받은 전기호는 쓰러진 방수희 옆 바닥에 나뒹굴었다.

승합차는 잠깐 멈추었다. 유리창 너머로 방수희와 전기호의 상태를 살피는 듯했다. 결과에 만족한 듯 그들은 먼 어둠 속으로 표표히 사라졌다.

흔들리는 방수희의 좁은 시야에 근심 가득한 표정으로 내려다보고 있는 윤해성의 얼굴이 들어왔다.

머릿속은 탁했고, 몸은 움직일 수 없었다.

방수희는 서서히 현실을 깨달았다. 이곳은 병원 침대 위다.

혹시.

사지는 멀쩡할까.

그 생각부터 들었다.

그 순간 손에 따뜻한 감각이 느껴졌다.

윤해성의 손이었다.

"깨어났어?"

방수희는 눈동자를 굴려 윤해성을 보았다.

자신의 손을 잡은 윤해성의 손에 힘이 꼭 들어갔다. 말은 하지 않았지만 어떤 간절함 같은 것이 느껴졌다.

"다행이야. 치명상은 아니었대……."

방수희가 무슨 생각을 하는지 안다는 듯 윤해성이 나지막하게 말했다.

"……병원이에요?"

입을 열어 보았는데, 생각보다는 목소리가 잘 나왔다. 윤해성이 고개를 끄덕였다. 이어 작게 손을 흔들었다.

"말하지 마. 회복하는 데만 집중해."

근심이 가득한 음성. 왠지 포근한 느낌이었다. 윤해성이 자신에게 이런 목소리로 말하는 건 처음이었다. 늘 뭐랄까, 강한 전사에게 말하는 듯한 태도였는데…….

233

"도망치지 그랬어."

"그럴 기회도 없었어요."

"그래……."

"참, 기호는요?"

윤해성이 자신의 뒤를 가리켰다.

입에 호흡기를 단 남자가 누워 있었다. 전기호였다.

"많이 다쳤어요?"

방수희가 눈을 동그랗게 뜨고서 물었다.

"조금. 아까 깨어 있을 때 사건 얘길 들었어. 지금은 자고 있구."

윤해성의 목소리에 힘이 없었다.

방수희는 몸을 움직이려다 머리가 깨지는 듯한 통증을 느끼고는 아,
하며 이맛살을 찌푸렸다.

"움직이지 마. 상처를 조금 전에 꿰맸어."

"……뒤에서 때렸어요."

"그랬겠지. 비겁한 놈들……."

윤해성은 방수희의 손을 놓고 한동안 말이 없었다. 이상하게 여긴
방수희가 지긋이 쳐다보았다.

윤해성의 눈가에 물기가 어려 있었다. 격해진 감정을 추스르고 있
었다.

"왜 그래요? 이 정도가 뭐 대수라고."

오히려 침대에 누운 방수희가 위로했다.

윤해성은 힘들게 입을 열었다.

"미안해. 정말……."

"뭐가 미안해요."

"나 때문이야. 전부 내 욕심 때문이었어…… 분명히 수희나 기호가

위험해질 걸 알고 있었어. 하지만 설마 하는 생각으로 안이했어. 실은…… 그보다 수희하고 기호가 없으면 안 되니까…… 두 사람이 내 옆을 떠나지 말았으면 하는 내 욕심으로 그냥 있었어…… 그러다 이런 일을 당한 거야. 분명 예상할 수 있었는데…….”

윤해성은 고개를 폭 숙였다.

이번엔 방수희가 손을 뻗어 윤해성의 손을 잡았다.

“떠나지 않은 건 내가 결정한 거예요. 변호사님은 분명 위험하다고 얘길 해 줬고.”

“그래도…….”

“내가 선택했어요.”

방수희의 목소리는 또렷했다. 윤해성은 목에 메는 듯했다.

“나 때문이야…… 나 때문에 기호가, 수희가…… 죽을 뻔했어.”

“아니라니깐.”

윤해성의 뺨에 마침내 두 줄기 눈물이 주르르 흘러내렸다.

“변호사님…… 울어요?”

놀란 방수희가 물었다.

윤해성은 대답 없이 고개만 연신 가로저었다.

방수희는 기운을 내어 팔을 들었다.

손가락으로 윤해성의 뺨을 닦았다. 가늘게 떨리는 피부가 느껴졌다.

윤해성은 그 손을 잡고 얼굴을 묻었다.

* * *

윤해성은 한울 모터스 로비를 지나 안쪽 출입구로 향했다. 예전에 받은 출입증을 갖다 댔지만 출입구 열리지 않았다. 역시, 무효화시킨 모양이다.

윤해성은 두세 번 더 시도를 했고, 그사이 경비가 다가왔다.

"죄송합니다만 이 출입증은 무효입니다."

윤해성이 경비에게 말했다.

"윤해성 변호사입니다. 저 아시지 않습니까?"

윤해성의 음성이 딱딱하게 굳어 있다. 병원에서 그 모양이 된 방수희와 전기호를 보고 오는 길이니 심사가 편할 리 없다.

"압니다만, 출입증이 안 되면 어쩔 수 없습니다. 회사 방침이어서요. 돌아가셔야 할 것 같습니다."

"무언가 잘못된 것 같네요. 회장실에 연락해 주세요. 윤해성 변호사가 드릴 말씀이 있어서 왔다고."

경비는 얼떨떨한 표정으로 윤해성을 쳐다보았다. 평소와 다르다고 느낀 것이다. 입을 꾹 다물었고 눈가에는 분노가 서려 있다. 무언가 찜찜했지만 평소에는 회장 바로 옆에서 출입하던 윤해성이다. 함부로 그 의사를 무시할 수는 없었다.

경비는 일단 자신의 자리로 가서 내선전화를 들었다. 뭐라 뭐라 대화를 하는 것 같더니, 수화기를 놓고 잠시 기다렸다.

잠시 후 경비는 걸려온 전화를 받았고 고개를 몇 번 끄덕이더니 윤해성에게 다가왔다.

"들어오시랍니다. 다만 휴대전화와 전자기기는 저한테 맡겨 주셔야 합니다."

녹음이라도 할까 봐 그러는 모양이다. 윤해성은 휴대전화를 꺼내 경비에게 건넸다. 경비는 자신의 출입카드를 대 출입구를 열어 주었다.

출입구를 통과한 윤해성은 회장실로 향하는 엘리베이터 앞에 섰다.

엘리베이터는 지하 2층에서부터 올라오고 있었다.

1층에 선 엘리베이터의 문이 열렸고, 윤해성은 성큼 안으로 발걸음을 들이밀었다.

"엇."

"앗."

안에 있던 남자와 윤해성은 거의 동시에 소리를 냈다.

이제는 한눈에 알아보았다.

엘리베이터 안의 남자는 김 실장이었다.

엘리베이터 문이 닫혔고, 두 사람은 거의 동시에 양 주먹을 얼굴 높이로 치켜들고 자세를 취했다.

서로의 주먹이 거의 닿을 듯 좁은 공간.

두 번이나 주먹을 교환하며 만난 남자들.

김 실장의 이마에 땀이 번졌다. 이 좁은 공간에서 윤해성을 만나리라고는 상상치도 못했을 것이다.

윤해성도 놀라기는 마찬가지였다. 상대의 이름을 알지는 못하지만, 양다곤이 부리는 남자인 것은 알고 있다. 양다곤의 방으로 가는 길목에서 맞닥뜨리리라고는 전혀 생각지 못했다.

누구도 먼저 선뜻 주먹을 휘두르지는 못했다. 그렇다고 두 손 놓고 방심할 수도 없다. 두 사람은 먹잇감을 두고 다투는 맹수마냥 대치했다.

그 자세로 팽팽하게 대치한 두 사람을 싣고 엘리베이터는 회장실이 있는 12층까지 직행했다.

엘리베이터가 멎고 문이 열렸다.

윤해성은 곁눈질로 바깥을 힐끔했다.

문 바로 앞에 사람이 서 있었다.

마침 엘리베이터에 타려고 했는지, 아니면 두 남자 중 한 명을 맞이하러 나왔을지도 모른다.

그는 한이수였다.

문이 열리고 엘리베이터 안에서 두 남자가 주먹을 들고 대치하고 있는 장면을 본 한이수는 손으로 입을 틀어막았다.

"윤해성!"

한이수는 아차 하면서 뒤에 덧붙였다.

"변호사님."

그러고는 상대편 남자를 보며 말했다.

"김 실장님!"

김 실장?

이자가?

한이수가 부르는 소리를 들은 윤해성은 남자를 노려보았다. 그의 눈가에 깊은 의혹이 서렸다.

그는 '김 실장'이라는 이름을 알고 있다. 한이수가 예전에 몇 번 말했다. '김 실장'이라고 양다곤의 허드렛일을 하는 심부름꾼이 있다고. 이 남자가 바로 그 김 실장?

김 실장은 한이수의 눈치를 보며 주먹을 슬금슬금 내렸다.

순간 윤해성의 뇌리에 어떤 생각이 번뜩하고 스쳤다.

윤해성은 오른쪽 어깨를 조금 뒤로 뺐다가 있는 힘을 다해 주먹을 앞으로 뻗었다. 강력한 스트레이트가 김 실장의 입가에 정확히 명중했다. 빡. 거의 무언가가 부서지는 소리가 들릴 정도였다.

아악!

김 실장은 입을 감싸 쥐고 그 자리에 주저앉았다.

양손 사이로 피가 흘러나왔다.

입술이 찢어진 모양이다.

주저앉는 김 실장에게 윤해성은 다시 왼손 훅을 뻗었다. 빡, 소리가 났다. 윤해성의 주먹은 다시 그의 입에 명중했고, 김 실장은 그 자리에 푹 고꾸라졌다.

"젠장, 주먹에 피가 묻어 버렸네. 곧 양 회장 만나야 하는데."

윤해성은 슈트 상의를 걷고 주먹을 셔츠에 슥슥 닦았다.

"윤해성 변호사님!"

한이수가 놀라서 윤해성의 팔을 붙들었다.

"괜찮아요. 더 안 때릴 거니까. 이 인간 생각보다 유리턱인데. 나머지 승부는 볼일 보고 나서 하자구."

윤해성은 웅크린 김 실장을 뒤로하고 엘리베이터실을 나왔다.

* * *

양다곤은 책상 뒤 의자에 앉아 들어서는 윤해성을 노려보았다.

소파에 앉기를 권하지도 않았다.

윤해성은 저벅저벅 걸어가 방 한가운데에 섰다.

"잠깐 거기 서."

양다곤이 말했다. 의자 등받이에서 몸을 떼고 책상 위에 양 팔을 괴고는 말을 이었다.

"난 자네가 무릎을 꿇고 용서를 빌러 왔을지도 모른다고 생각했어. 그래서 특별히 들어오게 한 거야. 근데 눈빛을 보니 그게 아닌 모양이군. 왜인지 모르지만 화가 잔뜩 나 있어."

윤해성은 방 한가운데에 버티고 서서 말했다.

"제가 화가 난 이유를 모르겠다고요?"

"자네 아버지가 스스로 목숨을 끊을 일을 두고 나를 원망하는 건 알고 있어."

"적어도 오늘 온 용건은 그 일이 아닙니다. 아시잖습니까?"

"무슨 소릴 하는 건가."

"제가 화가 났다는 얘길 하는 겁니다."

"도대체 여기가 어디라고 생각하나? 조금 상대해 줬더니, 여기가 놀이터 같아? 어디서 감히!"

양다곤의 목에 핏대가 섰다. 그나마 어지간히 화를 참으며 말하는 것 같았다.

"테러 행위를 중단하십시오."

윤해성의 꾹 참는 말투에서도 분노한 기운이 새어 나왔다.

"테러? 무슨 소리야!"

"모른 척하는 겁니까? 우리 직원들이 습격을 받아 중태입니다."

"결국 헛소리를 하러 왔구먼."

양다곤은 어이없다는 듯 콧소리를 냈다.

윤해성은 흔들림 없이 양다곤을 노려보았다.

"아마 저 아래쪽 잔챙이들을 시킨 모양이죠? 회장님하고는 어떤 형태로든 직접적인 연결이 없는 인간들. 그래야 꼬리 자르기도 쉽고, 증거도 남지 않을 테니까."

"자네 직원들 다친 걸 왜 여기 와서 난리야! 이 양다곤이 만만해?"

"자신만만하시네요. 단명오 변호사가 꾸몄습니까?"

"너한테 그딴 소리 들을 이유 없어. 나가!"

"어차피 인정할 거라고 기대하고 온 건 아닙니다."

"더 들을 필요도 없어. 지금 당장 꺼지지 않으면 경찰을 부를 거야."

양다곤은 전화기의 버튼을 누르려는 모션을 취했다.

"경찰이 와도 자신 있는가 보죠? 이번 테러 건에 대해."

"아무런 증거도 없이 짐작만으로 난동을 피우고 있잖아! 변호사란

자가 이래도 돼?"

"대포차, 신분을 숨긴 남자들, 증거를 남기지 않는 방식, 익숙한 수법입니다. 20년 전에도 이런 식이었겠죠?"

"말조심해! 네 아버지가 자살한 건 네 아버지의 선택이야. 누구의 탓이 아니야. 그걸 왜 남한테 원망을 돌려!"

"그 거짓말을 내가 안 믿어 줘서 화나신 모양입니다."

"뭐, 뭣!"

"한 가지만 이야기해 두죠."

양다곤이 눈을 부릅떴다. 윤해성이 차갑게 말했다.

"더 이상 우리 사람을 건드리지 마세요. 조금이라도 덜 비참하게 끝내고 싶으면."

"협박하는 건가?"

"그렇게 들으십시오."

"어디서 감히!"

양다곤이 의자에서 벌떡 일어섰지만 윤해성은 등을 돌려 회장실을 나왔다.

＊　＊　＊

"엘리베이터에서 갑자기 그 사람 얼굴을 때렸을 땐 깜짝 놀랐어. 저 불쌍한 사람을 왜 구타하나 싶어서 당신을 또 미워할 뻔했다니까."

한이수가 말했다.

"하하하. 이제 미움은 그만 받고 싶은데."

"물론 아냐."

한이수가 조그맣게 웃었다. 바의 한 구석자리. 귀를 가볍게 간질이는 시티팝이 흐르고, 술잔을 든 윤해성의 얼굴에 깊은 음영이 져 있다.

"이젠 당신이 하는 일엔 다 이유가 있을 거라고 생각하게 됐으니까."

한이수의 말에 윤해성이 그윽하게 그녀를 바라보았다.

"나한텐 그것보다 더 놀란 일이 있었어."

윤해성이 시선을 내리며 앞에 놓인 위스키 잔으로 손을 뻗었다.

"이수가 말하던 '김 실장'이 바로 김충구 선배와 나를 습격했던 그 남자였다는 사실 말이야."

"나도 그 얘기 듣고서 정말 깜짝 놀랐어. 내가 알던 김 실장이 정말 맞나 하고 의심했다니깐. 근데 그 남자가 폭력배였다니……."

"이수는 김 실장을 잡일하는 사람 정도로만 생각했어. 하지만 알고 보니 주먹 담당이었다, 이거지."

"겉만 봐선 정말 모르겠다……."

"겉으로 봐도 인상이 별로 좋진 않잖아?"

"그것보다 늘 회사에선 티를 전혀 안 냈거든."

"그 또한 연출이었던 거지…… 회사 안에선 신분을 숨기려고."

"그랬나 봐. 비서실에서도 김 실장의 존재감을 느끼는 사람은 없었어. 측은해 보여서 난 오히려 잘해 주려고 했는데……."

한이수가 돌연 검지를 들어 윤해성의 코를 가리켰다.

"그건 그렇고, 당신이 그렇게 다혈질인 줄은 몰랐어. 바로 사람을 치다니 말이야. 지난번 맞은 게 그렇게 억울했어?"

윤해성이 빙그레 웃으며 잔을 기울였다.

"감정 때문이 아냐."

"그럼?"

한이수는 검지를 내렸다.

"하나의 가능성이 순간적으로 머리에 떠올랐거든."

"무슨 가능성?"

윤해성이 막 입을 열려는데 한이수의 뒤에서 여자의 낭랑한 목소리가 들렸다.

"어머, 벌써 왔구나. 오랜만!"

익숙한 목소리. 윤해성이 반갑게 손을 번쩍 들었다. 한이수가 뒤돌아보니 장유나였다. 목과 귀, 팔목에 온갖 액세서리를 매달고 샤넬 백을 들었다. 한이수는 마음속으로 말했다. 장유나가 부활했어!

"유나 언니!"

장유나는 한이수 옆 의자를 당겨 앉으며 눈을 찡긋했다.

"이수 씨, 안녕?"

이어 윤해성을 향해 말했다.

"해성 씬 어떻게 지냈어?"

"나야 뻔하고. 유나 씨의 근황이 더 궁금한데? 어떻게 지낸 거야?"

윤해성이 묻자 장유나가 목을 쭉 늘이며 말했다.

"어떻게 지냈냐고? 나 장유나야. 평범하게 지냈을 리 있어?"

"……그 한마디로 다 대답이 되는군."

윤해성이 웃으며 잔을 채워 주었다.

장유나가 말했다.

"어제 이수 씨한테 얘기 전해 듣고 정말 깜짝 놀랐어. 해성 씨가 그런 목적으로 양 회장한테 접근했을 줄이야."

전날 한이수는 장유나에게 전화를 걸었다. 만나자고 했지만 장유나는 처음에 거절했다.

"나 요즘 은둔 생활 중이야. 사람을 만나고 싶지 않아. 게다가 윤 변호사를 만나면 아무래도 보기 싫은 그 양다곤이 생각날 거잖아?"

"윤해성 변호사가 양다곤 회장의 사람이라서요?"

"아무래도 그렇지. 이야기하기 편하지도 않구."

"양 회장은 윤 변호사한테 그저 의뢰인인걸요."

"돈을 주는 의뢰인이지."

"……도리 없네요. 실은……."

한이수는 윤해성의 사정을 전부 털어놓았다. 김민호 교수의 죽음부터 지분 소송, 그리고 윤해성이 이름을 바꾼 후 양다곤에게 접근해 온 일들…….

물론 윤해성과는 양해되어 있다. 어차피 윤해성의 정체는 드러났고, 장유나는 적어도 해로운 인물은 아니다.

긴 이야기 내내 장유나는 몰입했다.

"놀랐어…… 양다곤이 좋지 않은 인간인 건 알았지만 그런 과거가 있었을 줄이야……."

그녀는 놀라는 한편으로 크게 흥미를 보였다.

"……윤해성, 참, 끝까지 재미있는 인간이네."

"그니깐 양 회장 걱정 없이 만나 봐도 돼요."

"그럼 뭐야, 내일 나 만나서 양다곤에 관해서 물어보려는 거야?"

"그건 아니에요."

"양다곤 이야기가 아니라면 좋아. 널 나갈게. 나가서 윤해성 면전에서 좀 따질 것도 있구."

도리어 신이 난 장유나는 한걸음에 뛰쳐나온 것이었다.

바에 도착한 장유나는 두 사람의 얼굴을 한 번씩 훑어보고는 말했다.

"혹시 두 사람 데이트에 나 끼인 거야?"

"데이트는 아니야."

"그래요. 데이트는 무슨."

한이수도 부인했다.

"그럼?"

"회의라고 해 둘게."

장유나가 은근하게 웃었다.

"뭐 그렇담 다행이고."

"다행? 왜요?"

웬일인지 한이수가 발끈해서 물었다.

"글쎄, 왜일까. 그냥 다행이란 생각이 드는데?"

장유나는 한이수를 보며 씩 웃더니 윤해성을 돌아보며 말했다.

"긴 사정은 이수 씨한테 들었어."

"아. 유나 씨한텐 관계없는 이야기일 테니 미안해."

"아냐 재미있는 얘기였어. 근데……"

"응?"

"……얘길 듣다 보니깐 하나 마음에 걸리는 게 있어."

"뭐야?"

장유나는 앞에 놓인 위스키 잔을 쭉 들이켜고는 윤해성을 똑바로 쳐다보았다.

"내 사건을 맡은 것도 양 회장한테 접근하기 위한 거였어?"

윤해성은 장유나의 시선을 맞받으며 빙그레 웃었다.

"솔직히 말할게. 처음의 이유는 그랬어."

"처음에는?"

"처음엔 그랬지만, 진심으로 해결해 주고 싶었어."

"어처구니없어…… 나 참."

윤해성은 장유나의 집까지 간 것도 양다곤의 머리카락 때문이었다는 말은 하지 않았다. 그건 그녀의 자존심에 근원적인 상처를 줄 것이다.

　"난 해성 씨가 나한테 마음이 있는 줄 알았어. 이거 완전히 착각이었네."

　장유나는 장난스럽게 말했지만, 왠지 정말로 실망한 듯 보였다.

　"그걸 확인해 보고 싶었던 거예요?"

　한이수가 물었다.

　"그럼. 해성 씨 이야기 중에 가장 관심 있는 건 그거 아니겠어? 나와 관계된 일."

　"그래. 솔직한 이야기야. 유나 씨가 늘 그렇듯이."

　윤해성은 장유나의 말에 호응해 주고는 잠시 뜸을 들였다가 본론을 꺼냈다.

　"……전화로 들었겠지만, 오늘은 유나 씨한테 물어보고 싶은 일이 있어."

　"뭐야?"

　"누구에 대해 좀 알고 싶어서."

　"양다곤 회장? 그 사람은 별로 떠올리고 싶지 않다고 했는데."

　"아니. 그 사람 아니야."

　"그럼 누구?"

　"김 실장."

　"뭐? 김 실장?"

　잠시 멍해 있던 장유나가 크게 웃음을 터뜨렸다.

　"김 실장이라니. 정말 상상하지도 못한 사람의 안부를 묻네. 대체 무슨 일이야?"

　"정확히는 김 실장과 양다곤 회장과의 관계를 알고 싶은 거야."

"그게 왜 알고 싶은 거야?"

"이수가 그랬어. 양다곤의 허드렛일을 하는 사람이라고. 심부름꾼 정도로 생각했나 봐. 그런데, 알고 봤더니 폭력배 우두머리더라고. 내가 두 번 마주쳤는데, 그 남자가 김 실장이라는 사실을 최근에 알게 된 거야. 도대체 이 남자가 양다곤과 어떤 관계인지를 정확히 알고 싶어."

"그렇구나. 근데 실은 나도 자세히는 몰라."

"그래?"

윤해성은 실망한 듯했다. 장유나가 말을 이었다.

"하지만 적어도 허드렛일을 하는 사람은 아니야. 심부름꾼도 아니고."

"그럼?"

"내가 보기엔 그래. 겉으로 드러나진 않지만 양 회장의 숨은 오른팔 정도 되는 인물이야."

"양다곤의 오른팔? 역시 그랬구나!"

윤해성의 눈이 커졌다.

"회사 밖에선 자기가 비서실장이래나 뭐래나. 2년 전 양다곤을 소개받을 때도 김 실장이 나선 거였어. 가끔은 우리 집까지 데리고 와서 밀담을 나누더라. 난 신경 쓰지 않았으니까 뭔진 몰라. 아무튼 양다곤한테 사적으로 중요한 일이 있을 때면 그랬어."

"둘이 굉장히 가까운 사이였구나."

한이수가 고개를 끄덕이다가 물었다.

"근데, 언니. 그럼 김 실장이 양 회장하고 알게 된 게 2년 전 아니었어요? 전 그런 줄로만 알았는데."

"응, 아냐. 내가 처음 만난 게 2년 전인 거지. 두 사람은 이전부터 끈끈했어."

"그렇군, 역시……."

윤해성이 고개를 끄덕였다. 이어 의미심장하게 말했다.

"어쩌면 더 훨씬 오래전, 이를테면 20년도 전부터 알고 지냈을 수도 있을 테고."

한이수가 눈을 끔벅이며 윤해성을 쳐다보았다.

"잠깐, 그러면 당신, 김 실장에게 엘리베이터에서 주먹을 날린 건?"

윤해성이 고개를 끄덕였다.

"그 순간 어떤 가설이 떠올랐었어. 그래서였어."

"김 실장이 20년 전 현장에 있었을 수도 있다고 생각한 거지?"

"응. '김 실장'은 단지 심부름꾼이 아니라 양다곤의 폭력을 맡아 온 자였어. 그 인연이 만약 20년 이상이었다면, 그렇다면, 김 실장은 아버지의 죽음에도 깊이 관여했을 수밖에 없어."

"그래서 김 실장의 피에서 유전자를 확인하려고."

"응. 마지막 가능성이야."

위로 살짝 들어 올린 윤해성의 시선은 보이지 않는 상대를 노려보고 있는 것 같았다.

* * *

양다곤은 김 실장과 같이 차에 타 있었다. 앞좌석에는 대화가 들리지 않도록 스위치 오프 해 둔 상태다.

"자네 입술은 왜 그래?"

양다곤은 김 실장의 불어 터진 입술을 보며 말했다. 윤해성에게 맞은 자리다.

김 실장은 입가를 손으로 살살 누르며 말했다.

"윤해성한테 맞았습니다……."

"뭐야? 윤해성이한테? 왜 그 자식한테 맞고 다녀!"

양다곤은 버럭 화를 냈다. 윤해성 이야기라면 화부터 난다. 그런데 얻어맞았다니, 기가 찰 노릇이다.

"주먹 하면 김 실장 아닌가? 근데 왜 맞아! 하필이면 윤해성이한테!"

"그, 그게 좁은 데서 갑자기 주먹을 날리는 통에……."

"그래서? 자넨 그냥 맞고만 있은 거야?"

"상황이…… 싸움을 벌이기가 좀 그랬습니다. 다음에 만나면 반드시 값을 치르게 하겠습니다."

"으음."

양다곤은 여전히 마땅찮은 얼굴이었다. 머저리 같은 놈. 어떻든 간에 윤해성을 두드려 팼다면 속이라도 시원할 일이다. 그런데 오히려 입술이 터지게 얻어맞고 낯을 깎았다.

"자기 모친을 미행했다는 그 일로 앙심을 품은 건가?"

"그런 것 같습니다……."

"도대체 어디서 그런 거야?"

"한울 그룹 건물 내 엘리베이터입니다. 회장님 뵈러 가는 길에……."

김 실장은 말을 잠시 곱씹던 양다곤은 버럭 소리를 높였다.

"뭐라고? 한울 그룹 안에서?"

"네에……."

김 실장은 주눅이 들어 대답했다.

"그것도 회장실 전용 엘리베이터에서?"

"네에……."

"아니, 그럼 우리 관계를 눈치챌 거잖아! 하필이면 자네가 자기 모친을 미행한 직후인데!"

"······그, 그럴 수도 있겠습니다."

"제길할!"

양다곤은 입을 실룩거리면서 욕설을 내뱉었다. 그렇다고 김 실장을 크게 나무랄 수도 없는 게, 하필이면 거기서 윤해성을 만난 건 순전히 우연이다.

김 실장은 조금 힘을 내어 말했다.

"그래 봤자 제까짓 게 뭘 할 수 있겠습니까?"

"······."

"어차피 윤해성은 정체도 다 드러났습니다. 속이면서 일을 꾸밀 수도 없게 되었는데요."

"음. 그렇긴 하지."

양다곤은 조금 진정했다.

그렇다.

어차피 관계는 끝났다. 윤해성이 위협적인 건 그가 정체를 숨기고 양다곤의 옆에서 활동하는 한에서다. 이제는 윤해성뿐만 아니라 그의 직원들까지 신상을 훤히 알고 있다.

"윤해성과 관련된 인간들은 전부 알고 있어. 주변에 얼씬도 못 하게 하면 그만이니까."

"그렇습니다."

양다곤이 참, 하더니 불쑥 말했다.

"한이수 비서도 윤해성하고 좀 인연이 있지 않나?"

"한 비서 말씀입니까?"

"응. 예전에 한 비서 부친 사건을 윤해성이가 해결해 준 걸로 알고 있는데. 거 뭐더라, 아. 충간소음 사건."

양다곤은 한이수 부친이 100억 수표 절도로 재판을 받았고, 그 변호인이 윤해성이라는 사실까지는 알지 못했다. 그것까지 알았다면 한 이수를 진작에 내보냈으리라.

"윤해성하고 친한지 아닌지는 몰라도, 일단은 잘라야 하지 않을까. 그게 안전할 것 같아."

"한 비서는 아닙니다."

김 실장이 단정적으로 말했다.

"응? 아니라고?"

"네. 제가 비서실을 들락거리면서 듣고 보는 게 있습니다. 한 비서는 윤해성을 대단히 싫어하고 있습니다. 거의 적대시하는 수준입니다."

"그래? 왜 그렇지?"

양다곤이 반가운 듯 물었다. 자신이 싫어하는 인간을 같이 싫어하는 사람은 좋을 수밖에 없다. 적의 적은 친구.

"아마도 돈만 밝히는 모습에 질린 게 아닌가 싶습니다. 그리고 한 비서는 절대 회장님을 배신할 사람이 아닙니다. 그 점은 제가 보증할 수 있습니다."

김 실장은 한이수를 좋게 보고 있다. 그래서 무작정 옹호해 주고 있었다. 감정이 평가로 둔갑한 거지만 본인도 의식하지 못한다. 이런 일에 객관성 같은 것은 없다.

"흐흠, 그런가. 김 실장이 그렇게까지 얘기한다면 뭐 믿을 만하겠지. 하긴 일도 똑 부러지게 잘하는데, 자르긴 아까워."

양다곤은 무심하게 말하고는 차창 밖으로 눈을 돌렸다.

양다곤이 한이수를 해고하지 않기로 한 데에는 몇 가지 원인이 겹쳤다.

첫째, 한이수 부친의 두 번째 재판을 윤해성이 맡았다는 사실을 몰랐다. 아니, 그 재판은 단명오가 박연숙과 손잡고서 벌인 일이었기에 존재 자체를 알지 못했다.

둘째, 한이수가 윤해성을 오해한 탓에 평소 차갑게 굴었고, 그 사실은 회사 내에 소문이 날 정도였다.

셋째, 한이수의 친절 덕에 김 실장은 무의식적으로 그녀의 편이 되었다.

그래서 결국 한이수는 양다곤의 옆에 남았다.

하지만 양다곤은 알지 못했다.

이 결정이 나중에 어떤 결과를 가져올 것인지를.

* * *

박시영이 노란 서류봉투를 들고 이람 법률사무소를 찾은 건 김 실장의 피를 유전자 분석 연구실에 보낸 지 보름 후였다.

그녀의 얼굴은 상기되어 있었다.

"안녕하세요."

문 앞에 있던 방수희가 들어서는 박시영을 보고 인사했다.

"어, 수희 씨! 벌써 퇴원했어요?"

"네. 이틀 전에."

"중태라고 들었는데?"

"첨엔 그랬는데, 회복이 빠르다고 의사 선생님도 깜짝 놀라데요. 앞으론 통원치료만 하래요."

"와아. 역시 건강 체질이야!"

무심코 감탄을 내뱉은 박시영은 어느새 의심스러운 눈초리를 던졌다.

"……아무리 그래도…… 몸도 덜 회복됐을 텐데 출근부터 하고. 윤

252

해성 이 인간이 출근하래요? 이거 완전 악덕 고용주잖아!"

방수희가 손을 내저었다.

"아녜요, 언니. 변호사님은 나오지 말라는 걸 제가 우겨서 나온 거예요."

"그래요? 그럼 더 쉬지."

"전 출근하는 쪽이 좋아서요."

"기호는?"

"기호는 좀 더 있어야 퇴원할 수 있대요."

"글쿠나……."

그때 안쪽 문이 열리며 윤해성이 나왔다.

"시영이, 왔어?"

그의 목소리가 상기되어 있었다.

박시영은 누런 서류봉투를 치켜들고서 흥분된 목소리로 말했다.

"도착했어. 유전자 검사 결과. 너 있는 데서 뜯어 보려고 밀봉된 채로 가져왔어."

세 사람은 테이블에 둘러앉았다.

"야, 이거 긴장되는데."

윤해성이 그렇게 말하며 문구용 칼로 봉투 머리를 뜯었다.

손에 땀이 배어나는 것 같다.

윤해성이 다른 때보다 더 긴장할 법도 하다. 거의 마지막 단서니까.

이번 유전자 검사에서도 실패한다면 막다른 길목이다.

검사 결과지는 달랑 석 장이었다.

표지를 넘기고 두 번째 장부터 본문이었다.

……극미량의 침이 묻은 것으로 판단됨.

당사자는 재치기 등을 한 것으로 보인다.

이런 글귀가 우선 눈에 들어왔다.

재빨리 시선을 아래로 내렸다. 결과는?

'결과' 항목이 보인다.

아.

아하.

세 사람의 입에서 깊은 탄식이 일제히 터졌다.

일치 확률 99.9999퍼센트.

검사를 맡긴 건 물론 김 실장의 피였다.

그것이 유언장에 묻은 체액과 일치할 확률이었다.

* * *

단명오는 인터콘티넨탈 호텔 스위트룸의 푹신한 소파에 몸을 묻고
리모컨으로 TV 채널을 이리저리 돌리고 있었다.

딩동.

벨이 길게 울렸다.

문을 열어 보자 호텔 직원이 조그만 봉투를 내밀었다.

"어느 분이 선생님 앞으로 이걸 맡기고 가셨습니다."

"누구요?"

"봉투를 보시면 아실 거라고만 하셨습니다."

단명오는 고개를 갸웃하면서 봉투를 받아 들었다.

누군가가 자신이 묵는 호텔 방으로 물건을 맡긴 건 처음이었다.

한울 그룹에서 무언가를 보냈다면 미리 연락을 했을 것이다.

도대체 누가 보낸 것일까.

직원은 곧바로 목례를 하고는 되돌아갔다.

단명오는 방 한가운데로 와 봉투를 살펴보았다.

보낸 사람의 이름을 보고는 흠칫 놀랐다.

'윤해성.'

"대담한데."

혼잣말을 하며 선 채로 봉투를 찢었다.

"무슨 속셈이지?"

비닐 파일 안에 서류 몇 장이 들어 있었다.

　유전자 분석 검사 결과 보고서.

그것이 서류의 제목이었다. 작성자는 서령대학교 유전과학연구실.

이게 뭐지?

찰나의 순간이 지나고 단명오의 두뇌가 재빨리 회전했다. 얼핏 머리를 스치는 기억이 있었다. 윤해성이 양건일의 머리카락을 뽑아 간 사건. 단명오 자신이 추측했다. 그건 양다곤의 유전자를 검사하기 위한 게 아니었을까.

윤해성은 어떤 이유에서인지 DNA 검사를 시도했다. 타깃은 양다곤만이 아니었을지 모른다. 어쩌면 자신도, 김 실장도…… 께름칙했다.

그 일과 관련 있는 걸까.

단명오는 천천히 서류를 넘겼다.

읽어 내려가는 단명오의 얼굴이 흙빛으로 변했다.

"젠장!"

단명오는 종이를 구겼다.

검사 보고서에는 이렇게 적혀 있었다.

유전자 검사 결과 피검사자가 김민호 교수의 유언장에 묻은 체액의 소유자일 확률은 99.9999퍼센트임.

"우리 셋 중 하나의 유전자를 빼내서 검사했어! 이런 개자식이!"

단명오는 부르짖었다.

눈동자는 순식간에 늑대의 그것처럼 시뻘겋게 달아올랐다.

* * *

한이수는 집 근처의 조그만 공원에 들어섰다.

가로등 불빛이 벤치에 앉아 있던 남자 밑으로 긴 그림자를 만들었다. 그림자가 말없이 크게 손을 흔들어 보였다. 그림자는 윤해성이었다.

한이수는 활짝 웃으며 윤해성의 옆에 가 앉았다.

"어디 카페라도 들어가 있지. 왜 밖에서 기다렸어."

한이수는 살갑게 말했다. 윤해성이 다정하게 말했다.

"여기가 더 이야기하기 좋아."

마치 연인이 건네는 듯 솜털 같은 음성. 윤해성에게 이런 면도 있었나?

"하긴 밤이라 애들도 없고."

한이수는 공원을 둘러보았다. 낮에는 시끌벅적한 곳이다. 하지만 밤 8시를 넘은 지금 시각, 아이들은 모두 집에 들어갔고, 공원은 텅 비어 있다.

"중요한 이야기를 하려면 차라리 이렇게 공개된 곳이 낫거든."

로맨틱했던 순간을 깨는 대사. 한이수도 현실로 돌아왔다.

"중요한 이야기?"

"조금 전에 유전자 검사지를 단명오한테 보냈어."

"단명오한테?"

"응, 이수가 지난번에 단명오가 묵는 호텔을 이야기해 주었잖아? 그 프런트에 맡겼어."

"아니, 그런 것보다, 도대체 왜?"

"유전자 검사만 있으면 재수사까지는 가능할 거야. 문제는 재판인데…… 확실한 유죄를 받으려면 증거를 더 확보할 필요가 있어. 경찰이 해 주면 좋은데, 과연 그래 줄지 의문이기도 하고."

"하긴 우리 윤 변호사님은 경찰을 불신하지."

"20년 전에 이미 한 번 살인범을 놓친 사람들이잖아."

"하긴 그래."

"이번에도 놓치면 영원히 기회는 없어."

"……그래도 굳이 다른 증거가 필요할까?"

"유죄 가능성 정도로 만족하고 기다릴 순 없어. 우리가 원하는 건 '반드시 유죄'야. 그러려면, 다른 증거가 '반드시 필요'해."

한이수는 조용히 고개를 끄덕였다. 윤해성이 지긋이 웃으며 말했다.

"게다가, 이렇게 하는 이유가 있어."

"무슨 이유?"

"그 증거를 손에 넣을 수 있으니까."

"어떤 증거를?"

"자백."

"자백? 그 인간들이 자백하겠어? 유전자 검사를 두고도 온갖 거짓말로 발뺌할 텐데."

한이수가 황당한 표정을 지었다.

"그러니까 문제지. 이번 유전자 검사에는 회피할 경로가 있어. 이를테면 어떤 다른 사정으로 체액이 묻었을 수 있지 않느냐, 살인의 직접적인 증거는 아니지 않느냐, 법정에서 이런 항변들이 가능하단 거야. 그럼 유죄를 보장할 수 없어. 그런 변명을 침묵시킬 증거가 필요해."

"그 증거가 범인 본인의 자백이란 거야?"

"응."

"그 자백을 받으러 결과지를 보냈다?"

"응. 김 실장 본인한테 보내면 더 좋았겠지만 김 실장의 소재를 몰라. 그래서 단명오한테 보냈어."

"대체 뭘 노린 거야?"

"'타초경사'란 말 알아?"

"그게 뭔데?"

"풀밭을 때려서 뱀을 놀랜다는 말이야."

"흠…… 그러니까…… 결과지를 보내서 그쪽이 놀라 움직이게 만든다 이거야?"

윤해성은 손가락을 딱 튀겼다.

"역시 이수는 빠르네. 바로 그거야."

"놀라긴 확실히 놀라겠지."

"검사 결과를 본 공모자들은 필시 모일 거야. 대책을 세우느라 말이지. 수사를 대비해 하다못해 말이라도 맞춰 두어야 하니까. 필연이야."

"그때를 노린다는 거야?"

"응. 그 만남은 공범자들에겐 대책회의겠지만 또 다른 의미가 있어. 20년 만에 자신들의 입으로 자신들의 범죄를 이야기하는 시간이 될 거야. 이 상황이 아니라면 그들이 결코 나누지 않을 대화가 흘러나오겠지."

윤해성은 어떤 의지를 담아 한이수를 쳐다보았다.

"그래서 이수의 역할이 중요해."

"어떤 역할?"

"일단 나나 우리 팀은 더 이상 한울 그룹 내부로 접근할 수 없어. 정보도 접근이 차단되어 있고, 건물 안으로도 들어갈 수 없어. 한울 그룹 내부에 남은 유일한 사람은 이수거든."

한이수는 윤해성의 뜻을 알아차렸다. 얼굴에 긴장한 빛이 떠올랐다.

윤해성은 품에서 조그만 물건을 꺼냈다.

"녹음 기능이 있는 USB 메모리야. 여기에 그자들의 대화를 녹음하는 거야."

한이수는 조심스레 USB 메모리를 받아 들었다. 플라스틱으로 된 그것은 어디에 던져 놓으면 눈에 잘 띄지 않을 만큼 평범했다.

"한울 모터스 내에는 도청감지 장치가 있다고 했지? 거기에 일반적인 도청장치는 걸려. 전자 주파수가 감지되니까. 하지만 이 USB 메모리는 도청 감지기에 탐지되지 않아. 그저 외부 소리를 녹음할 뿐이지 주파수를 발산하는 게 아니니까."

"이걸 그자들이 모이는 곳에 두고 온다 이거지? 대화를 녹음하라고?"

윤해성은 깊게 고개를 끄덕였다.

"응. 그자들은 곧 모일 거야. 어디서 언제 모일지는 모르지만 만약 한울 그룹 안에서 모임을 갖는다면 이걸로 대화를 녹음할 수 있어."

"우리의 마지막 운인 거네."

"그렇지."

윤해성의 얼굴에 문득 어두운 그림자가 졌다. 가로등 불빛이 만들어 낸 그림자만은 아니었다.

"한 가지, 이수가 위험해질까 봐 걱정이야. 우리 팀은 이번에 아무런 도움을 줄 수가 없거든."

"걱정 마. 맡겨 둬."

"괜찮겠어?"

"엄마의 한을 푸는 길이기도 한걸."

한이수는 손에 쥔 USB를 내려다보며 눈을 빛냈다.

* * *

다음 날은 유달리 짙게 황사가 깔렸다.

한이수는 누런 모래바람으로 뿌예진 창밖을 내다보면서 문득 불길한 기운을 느꼈다. 그러다간 이내 머리를 흔들어 지웠다.

그녀는 온종일 양다곤의 동정에 온 촉각을 세우고 있다.

그들이 대책을 위해 모인다면 수뇌인 양다곤이 반드시 있어야 한다. 양다곤의 전화 연락, 일정, 동선을 파악해야 한다. 그래야 언제 어디서 모일지 가늠할 수 있다.

어제 오후에 유전자 검사지를 단명오에게 보냈으니까, 공모자들의 만남이 며칠 안에 이뤄질 가능성이 높다.

이날 하루는 아무 일 없이 지나갔다. 양다곤이 수상한 전화를 받는다거나 안색이 변한다거나 하는 일도 없었고, 비서실에서 파악되지 않는 빈 일정 따위도 없었다.

그러던 중, 오후 5가 막 넘었을 무렵, 양다곤이 한이수에게 인터폰을 했다.

"비서실은 6시 정시에 전부 퇴근해. 운전기사는 8시 넘어서 대기하라고 하고."

오늘이야!

한이수는 직감했다.

그들은 오늘 저녁 회장실에 모인다.

양다곤이 비서실 직원들더러 6시에 퇴근하라고 지시한 일은 처음이었다.

운전기사에게 8시 넘어 대기하라고 한 건 양다곤 본인이 두 시간 정도 회장실에 있다가 퇴근할 예정이란 이야기다.

비서실을 비운 뒤 6시 이후 공모자들이 몰래 모여 의논하기로 한 것이 틀림없다.

더 확실한 건, 이런 스케줄이면 양다곤이 저녁 먹을 시간도 없다는 점이다. 그만큼 중요한 일을 의논한다는 것. 그건 아마도 유전자 검사로 드러날 위기에 처한 '20년 전의 살인'이겠지?

한이수는 USB 메모리를 손에 꼭 쥐고 힘을 주었다. 땀이 배어났다.

* * *

한이수는 틈을 노렸다. 양다곤이 회장실을 나가면 바로 방으로 들어가 USB 메모리를 둘 작정이었다. 하지만 양다곤은 좀처럼 밖을 나가지 않았다. 한이수는 초조해졌다. 윤해성에게는 이미 연락을 해 두었다. 그러다 6시가 지났다.

한이수는 퇴근하지 않았다. 동료들과 섞여 퇴근하는 척하면서 비서실을 나간 다음 다시 되돌아왔다. 불 꺼진 비서실에 몸을 숨기고서 양다곤의 동정을 살폈다.

드디어.

문이 열리고 양다곤이 회장실을 나왔다. 무슨 볼일인지. 하지만 그런 것은 중요하지 않다.

한이수는 양다곤의 뒷모습이 복도로 사라지는 것을 확인하고 재빨리 회장실로 들어갔다. 오른손 안에는 USB 메모리를 쥔 채다.

방에 들어간 한이수는 잠깐 멍해졌다. USB 메모리를 어디에 두어야 할까? 눈에 띄지 않으면서 이들의 대화가 제대로 녹음될 만한 곳이어야 했다.

테이블이나 소파에는 둘 수 없다. 바로 눈에 띈다.

책상 위에 둔다 해도 눈에 쉽게 띈다.

그렇다고 연필함 같은 것 안에 두자니 녹음이 잘 안 될 것 같다.

망설이며 우왕좌왕 하던 한이수는 마침내 결정했다. 책상의 연필함과 명패 사이에 명함꽂이가 있었다. 그 틈에 넣어 두기로 했다. 오픈돼 있어서 녹음이 잘될 것 같으면서도 눈에 쉽게 띄지 않는다.

한이수가 막 손을 뻗어 USB 메모리를 명함꽂이 안에 넣으려는 순간.

덜컥, 하는 소리가 들렸다.

회장실 문이 열린 것이다.

이렇게 빨리 돌아올 줄이야!

뒷골에 소름이 쪽 끼쳤다.

한이수는 재빨리 책상 뒤로 몸을 웅크렸다.

"일찍 왔네."

"보통 중요한 일이 아니어서 말이죠."

양다곤에 이은 단명오의 목소리였다.

이런, 단명오까지!

"정말 죄송합니다. 아무래도 유전자는 제 것인 것 같습니다."

김 실장의 목소리도 들렸다. 김 실장이라니…… 첩첩산중이다.

아마 양다곤이 밖으로 나가다가 막 들어오는 이 두 사람을 만나 되돌아온 모양이다.

역시 이 세 사람이 공모자였어!

한이수는 이마에 진땀을 흘리면서도 이를 악물었다.

틀림없다. 이들은 유전자 검사 결과를 받고서 대책을 논의하러 은밀히 모인 것이다. 과연 어떤 대사가 튀어나올까.

한이수는 책상 뒤 발을 넣는 공간에 몸을 웅크려 구겨 넣었다. 이어 휴대전화를 꺼내 음소거를 한 후 녹음 기능을 켰다. 만일의 경우를 대비해 이중으로 녹음하려는 것이다. 휴대전화 버튼을 누르는 손이 자꾸 빗나갔다. 손이 대책 없이 달달달 떨렸다. 이들 중 한 명이라도 책상 뒤로 와 본다면 모든 게 끝장이다.

세 사람이 소파에 걸터앉는 소리가 들렸다.

양다곤이 먼저 말했다.

"먼저 결과지 보여 줘 봐."

종이 서걱거리는 소리가 났다. 양다곤이 서류를 건네받는 모양이다.

잠깐의 침묵.

"으음……."

양다곤이 서류를 탁자에 놓는 소리.

"김 실장의 유전자라고?"

"아마도 그런 것 같습니다."

단명오의 목소리다.

"전 유전자를 채취당한 적이 없으니까요. 하지만 김 실장은 있습니다. 윤해성의 주먹에 맞아 피를 묻힌 적이 있었죠. 바로 얼마 전에 말이죠. 그 직후 이 검사 결과가 나온 겁니다. 그것만 봐도 틀림없습니다."

역시 단명오는 정확한 상황 판단을 내리고 있었다. 자신의 유전자도 모르는 사이 채취당했다는 것은 몰랐지만.

"그리고 유언장에 체액이 묻었다면 당시 김 실장밖에 없습니다. 김민호 교수의 목에 칼을 들이대고 있었으니까요."

한이수의 심장이 밖으로 튀어나올 것 같았다.

범행이 드디어 자신들의 입에서 흘러나오고 있다!

"유언장에 체액이 묻었을 줄은 정말 몰랐습니다."

김 실장의 말이었다. 양다곤이 꾸짖듯 말했다.

"칼 들고 설치다가 혹시 베이기라도 한 거야?"

"아, 아닙니다. 저는 그때 피를 흘린 기억이 없습니다."

"아마도 땀 아니면 침이 튀었을 겁니다. 재채기라도 했든가."

김 실장의 변명에 이은 단명오의 이죽거리는 듯한 말. 김 실장이 발끈했다.

"두 분도 그 자리에 계셔서 잘 알지 않습니까?"

속사포처럼 말이 이어졌다.

"네. 그렇습니다. 제가 다 했죠. 김민호를 칼로 위협해서 지분양도 약정서에 날인하게 한 것도 저고요, 어차피 죽일 거라며, 여기서 목매달지 않으면 가족까지 몰살시키겠다고 자살을 강요하는 것도 제가 했죠. 그러려니 아무래도 칼을 목에 바짝 들이대고 밀착해서 위협할 수밖에 없었습니다. 그 과정에서 어쩔 수 없이 묻었을 겁니다. 회장님이나 변호사님은 가만히 지켜만 보셨으니 침도 땀도 안 튀었을 거고요."

궁지에 몰리자 김 실장도 으르렁거리고 있었다. 아마도 양다곤에게는 처음으로 내보인 반항이었을 것이다.

"변명할 필욘 없어. 앞으로 어떻게 할 건지, 그 대책이 중요한 거지."

양다곤이 차갑게 말했다.

"죄송합니다. 물 한 잔만 마시겠습니다."

갑자기 김 실장이 일어서더니 책상 쪽으로 걸어왔다. 한이수는 머리카락 끝이라도 보일세라 있는 힘을 다해 몸을 책상 안쪽으로 더 구겨넣었다. 책상 옆으로 다가온 김 실장의 다리가 보였다. 한이수는 몸이 벌벌 떨렸다. 웅크린 자세를 지탱하기조차 힘들었다.

다행히 김 실장은 책상 위에서 물을 따라 마시고 다시 소파로 돌아가는 동안 한이수의 존재를 눈치채지 못했다.

김 실장이 자리로 돌아가는 기척을 확인한 후에야 한이수는 겨우 호흡을 할 수 있었다. 그녀는 휴대전화를 조심스레 열고서 윤해성에게 메시지를 전송했다.

'도와줘.'

다시 양다곤의 목소리가 들렸다.

"어떻게 하는 게 좋겠어?"

"일단은 윤해성 측이 이걸로 사건화하려 한다고 봐야 할 겁니다."

단명오가 말했다.

"그렇겠지. 그러려고 유전자 검사를 한 걸 테니까."

"크게 걱정할 단계는 아니라고 봅니다. 물론 귀찮게 되겠지만 유언장에 김 실장의 체액이 묻었다고 해서 세 사람이 살인을 공모했다는 분명한 증거는 되지 못합니다. 심지어 김 실장 본인이 살인을 했다는 직접적인 증거도 되기 힘듭니다."

"으음."

"물론 의심은 살 겁니다. 살인으로 누가 가장 이익을 얻었는가, 하는 관점에서 보면요, 분명 회장님이거든요. 사건 직후 소송으로 김민호 교수의 지분을 다 빼앗아서 한울 모터스의 주인이 되신 거잖습니까?"

"이거 골치 아프군. 자네 말대로야. 분명 의심은 받을 거야."

"하지만 의심뿐입니다. 여기서 중요한 건, 내부에서 무너지지 말아야 한단 겁니다. 무엇보다 우리 세 사람이 말을 다 맞추어야 합니다."

"흐음. 그래야겠지."

"일단 김민호 교수가 죽던 그 자리에 없었다고 철저히 부인해야 합니다. 여기서 경찰은 아마도 각개 격파를 하려고 할 겁니다. 우리 셋을 따로 불러서 신문할 겁니다. 당근과 채찍을 번갈아 주겠죠. 털어놓아라. 그러면 당신만은 봐주겠다. 고집 피우다가 혼자 다 뒤집어쓰고 갈 일이 있느냐. 이렇게요. 심지어는 다른 사람은 자백했다, 그러니 여기서 당신 혼자 부인하면 당신만 엿 된다, 이렇게도 구슬릴 겁니다. 이렇게 개별 신문을 하면서 어떤 말로 유혹하고 겁을 줘도 우리끼리는 절대 허물어지면 안 됩니다. 서로 철저히 입을 맞추고 부인하는 것. 그것만이 살길입니다. 그걸 모두가 명심하고 약속해야 합니다."

"……알겠네."

"알겠습니다."

"그리고 또 한 가지. 만에 하나…… 사건이 다 드러나고, 도저히 부인할 수 없는 지경이 되더라도."

단명오가 주도해서 말하고 있었다. 아마 20년 전에도 그가 모사꾼이었으리라. 그는 결론을 선언하듯이 말했다.

"김 실장이 독박 쓰고 가야 합니다."

"네? 뭐라고요?"

놀란 김 실장의 목소리가 뒤집어졌다.

"당연하잖아. 유전자가 검출된 사람은 김 실장 혼자야. 영 코너에 몰리면 김 실장 혼자만 살인 현장에 있었던 걸로 해야 해. 굳이 형님과 나를 같이 끌어들일 필욘 없잖아?"

"너무합니다!"

김 실장이 강하게 반발하자 단명오가 달래듯 말했다.

"이건 만일의 경우야. 우리가 말만 잘 맞추면 경찰은 살인에 관한 어떤 증거도 찾을 수 없어."

김 실장은 침묵했다. 하지만 불만이 가득하다는 건 기색으로도 알 수 있었다.

그때였다.

부르르.

한이수의 휴대전화가 울렸다.

그 소리는 마침 세 사람이 대화를 쉬고 있던 틈이라 너무나도 크게 들렸다.

한이수는 기겁을 했다.

분명히 휴대전화를 무음으로 했는데 왜!

메시지가 와 있었다.

짙은 황사를 경고하는 재난문자였다.

이런!

오늘 출근부터 황사가 짙더라니! 어쩐지 하루 종일 잿빛 창밖이 불길했어!

다 틀렸어!

세 사람이 벌떡 일어서는 소리가 들렸다.

이왕 들킨 거, 미적거릴 때가 아니었다. 빠른 상황 판단이 필요했다.

한이수는 책상 밑에서 거의 몸을 굴리다시피 빠져나와 벌떡 일어섰다.

양다곤의 책상 뒤에서 급작스레 등장한 한이수의 모습에 세 명의 남자는 잠깐 얼이 빠졌다.

"너, 너, 너, 한 비서! 거기서 뭐 해!"

양다곤이 소리를 쳤다. 그 직후 한이수의 손에 들린 휴대전화를 보았다.

"녹음했어!"

양다곤이 재차 소리를 질렀고, 한이수는 문을 향해 쏜살같이 달렸다.

"잡아!"

양다곤의 고함과 함께 정신을 차린 단명오와 김 실장이 뛰쳐나갔다.

한이수는 회장실 문을 열고 그 사이로 몸을 재빨리 뺐다. 나와서는 밖에서 회장실 문을 밀며 버텼다. 단명오와 김 실장은 한이수가 밖에서 문을 지탱하고 있을 줄은 몰랐기에 문이 쉽사리 열리지 않자 잠깐 주춤했다.

한이수가 버틸 수 있는 시간은 잠시였다. 단명오와 김 실장이 끙, 하면서 힘으로 회장실 문을 열어젖혔다. 그 힘을 느낀 한이수는 바로 몸을 돌려 밖으로 뛰었다. 문이 갑자기 열리자 단명오와 김 실장은 일순 균형을 잃고 휘청했다.

한이수는 그 틈을 타 복도로 뛰쳐나가 있는 힘을 다해 달렸다.

"이런, 발목을 접질렸어! 김 실장이 쫓아!"

문이 갑자기 열린 통에 단명오의 다리가 접질린 모양이었다. 단명오가 소리치지 않아도 이미 김 실장은 한이수를 뒤따라 달리고 있었다.

한이수는 엘리베이터를 향해 뛰었다. 그 바로 뒤를 김 실장이 쫓았다. 절망적이었다. 김 실장이 따라붙는 건 금방이었다. 엘리베이터는 닫혀 있다. 요행히 올라탄다고 해도 아래층 버튼을 누르기도 전에 바싹 뒤쫓아 온 김 실장에게 붙잡힐 판이다.

한이수의 뒤에서 김 실장이 휴대전화를 낚아챘다. 한이수는 손에서 휴대전화가 쏙 빠져나가는 걸 느꼈지만 뒤돌아볼 수조차 없었다. 이곳을 빠져나가는 게 우선이다.

엘리베이터는 요새처럼 미동도 없다. 굳게 닫힌 그 문은 절망이었다. 이제 포기할 수밖에. 이자들은 날 죽여 입막음하겠지? 20년 전처럼. 쥐도 새도 모르게. 짧은 순간 온갖 생각이 스쳤다. 아아. 다리에 힘이 풀렸다. 거의 주저앉으려는 찰나.

엘리베이터의 빨간 불이 켜졌다. 마침 누가 올라온 모양이다.

위잉.

문이 열렸다. 한이수의 눈이 휘둥그레졌다.

윤해성이었다.

산타클로스도 이보다 반갑진 않으리라. 그는 용수철처럼 튀어나왔다. 머리를 앞으로 숙여 한이수의 바로 뒤에서 팔을 뻗던 김 실장의 이마를 그대로 들이받아 버렸다.

"으악!"

김 실장이 비명과 함께 뒤로 나가떨어졌다.

윤해성은 쓰러진 김 실장을 노려보았다. 김 실장도 윤해성을 노려보며 천천히 몸을 일으켰다. 한 손에는 한이수의 휴대전화를 거머쥔 채였다.

양쪽 다 서로 쉽사리 덤벼들지 못했다. 김 실장은 이미 원하던 한이수의 휴대전화를 확보했다. 윤해성도 한이수의 안전을 확보했다. 서로 덤벼들 이유는 당장 없었다.

윤해성은 상대를 노려보며 슬금슬금 뒷걸음을 쳤다. 엘리베이터 안에 들어가 한이수를 감싸 안다시피 하면서도 눈길은 못 박힌 채였다.

그대로 엘리베이터는 닫히고, 내려가기 시작했다.

윤해성의 허리를 꽉 감아쥔 한이수의 팔이 부들부들 떨리고 있었다.

* * *

"괜찮아?"

윤해성은 애스턴 마틴의 핸들을 쥔 채 조수석의 한이수를 걱정스러운 눈빛으로 쳐다보았다. 도로는 정체가 풀려 뻥 뚫려 있다.

부아앙.

잠시 주춤하던 차량이 다시 배기음을 일으켰다.

"멀쩡해. 아깐 엄청 쫄았지만."

"어쩌다 들킨 거야? 메모리만 숨겨 두고 오라니깐."

"메모리를 막 두고 나오려는데 세 사람이 벌컥 들어오는 거야. 별수 없이 책상 아래에 숨었지. 그러다 재난문자가 오는 바람에 들켰고."

"책상 밑에서? 고생했네……."

"나보다 해성 씨 머린 괜찮아? 아깐 무슨 코뿔손 줄 알았어. 어떻게 그렇게 들이받냐?"

한이수는 손을 뻗어 윤해성의 이마를 부드럽게 어루만졌다.

"머리?"

윤해성은 왼손을 빼서 앞머리를 쓰다듬었다. 그 탓에 한이수와 손이 겹쳤다.

"아깐 몰랐는데, 좀 아프네. 김 실장 그 인간 돌머리였어."

"돌머리라면 해성 씨 쪽이 더한데? 김 실장을 완전 녹다운 시켰잖아."

"으음, 그렇게 되나……."

"아까 회장실까진 어떻게 올라왔어? 경비실에서 막지 않았어?"

"건물 밖에서 대기하고 있는데, 이수가 도와 달라는 메시지를 보냈잖아. 일이 생겼구나, 싶었지. 무작정 뛰어 들어왔어. 출입구 바도 뛰어넘고 경비가 달려오기도 전에 엘리베이터를 잡아탔지."

"잘했어."

한이수는 윤해성의 뒷머리를 쓰다듬었다. 윤해성이 물었다.

"그건 그렇고 휴대전화를 뺏겼잖아? 어쩌다가?"

"책상에서 나올 때 휴대폰을 손에 들어 보였어. USB 메모리의 존재를 눈치 못 채게 하려고 일부러 휴대폰으로 녹음했단 걸 알린 거야. 역시 그 인간들 휴대폰 뺏으려고 눈에 불을 켜고 달려들더라. 눈치 못 챘을 거야. USB 메모리도 대화를 녹음하고 있었다는 걸 말이야."

"영리한데!"

윤해성이 오른손 엄지를 들어 보였다.

"대화 내용은 어땠어?"

"완벽해. 세 명 전부가 공모자였어. 해성 씨 아버님 살해 현장에도 같이 있었구. 우리 추측이 완전히 들어맞았어."

핸들을 쥔 윤해성의 손에 힘이 불끈 들어갔다.

"역시!"

"응."

"뜻밖에 한이수라는 든든한 증인까지 생겼네."

"차라리 잘됐어. 좀 아슬아슬하긴 했지만."

"근데……."

한이수가 걱정스럽게 말머리를 꺼냈다. 도망쳤다는 안도감은 잠시, 두고 온 메모리에 생각이 미친 것이다.

"그 메모리를 어떡하지?"

"응?"

"양다곤 방에 있는데."

"……."

"어떻게 꺼내 와? 이젠 나도 한울 모터스에 출입금지일 텐데."

"……."

윤해성은 한동안 말이 없다가 천천히 입을 뗐다.

"지금은 그것보다 이수가 무사히 돌아온 게 더 중요해."

생크림보다 달콤하게 들린다.

부드러운 눈빛에는 감정이 듬뿍 담겨 있다. 그렇게 느꼈다.

한이수는 조금 전의 긴박한 상황도 잊고 문득 설레어 버렸다.

이 인간, 뭐 이래.

솜사탕같이 부풀린 말만 하고.

상황에 어울리지 않는 눈빛이나 보내고.

윤해성은 마치 무언가를 다짐하듯 액셀을 깊게 밟고 있었다.

* * *

다음 날 오전 10시.

한이수는 한울 모터스 건물 근처 스타벅스에서 전화를 걸었다. 상대는 비서실에서 가장 친하게 지내던 동료 변아람이었다.

변아람에게 부탁해서 회장실에 두고 온 메모리를 가져다 달라고 할 참이었다.

"아람 씨. 나야 이수."

"어."

왠지 변아람이 갑자기 목소리를 낮춘다.

272

한이수는 용건을 꺼내려다 변아람의 낯선 태도를 느끼고서 말을 골랐다.

"내가 뭐 하나 부탁하려 하는데…… 될까?"

"회사 일이야?"

"응."

변아람이 휴대전화를 들고 어디론가 걷는 기척이 전해졌다. 다른 사람의 이목이 없는 곳으로 자리를 옮긴 모양이다. 잠시 후 변아람이 말했다.

"도대체 무슨 일이야."

"왜."

"아침부터 이수 씨 책상 다 오픈했고, 이수 씨는 출입금지야, 지금."

출입금지는 예상했지만 책상까지 다 뒤질 줄은 몰랐다.

"이수 씨가 접근하거나 전화라도 하면 전부 실장님한테 보고하라는 엄명도 있었어. 지금 살벌해."

"글쿠나……."

"회사가 난리야. 보안팀이 총출동했구. 회장님은 길길이 뛰면서 어제저녁 빌딩 내 CCTV 기록을 다 지우라고 하고…… 대체 뭐야?"

부탁을 포기하기로 했다. 분위기로 보아 변아람이 들어줄 가능성이 높지 않았고, 만약 변아람이 회사 측에 알리면 메모리는 그들 손에 들어가 버린다. 위험이 너무 높다.

"일이 좀 있었어. 나중에 기회 되면 설명할게. 알려 줘서 고마워, 안녕."

통화를 마친 한이수는 휴대전화를 손에 쥔 채 망연하게 앉아 있었다.

암담했다. USB 메모리에는 분명 그들의 대화가 녹음되었겠지만 가져올 방법이 없다. 하다못해 공모자들의 출입 흔적이 남은 CCTV 기록마저 지웠다니. 이대로라면 완전한 증거인멸이다. 눈앞의 보물이 무너져 내리는 탄광에 묻혀 버렸다.

한이수는 잠시 후 휴대전화를 들었다. 윤해성에게 전화해 사정을 알렸다.

"알았어. 수고했어. 사무실로 와."

부드러운 음성이 위로가 되었다.

하지만 윤해성도 내심 크게 실망하지 않았을까.

한이수는 가늘고 긴 한숨을 내쉬었다.

* * *

한이수가 근처에서 점심을 먹고 이람 법률사무소 사무실에 도착해 보니 류지훈이 와 있었다.

"오랜만이야."

"이수 누나, 안녕."

류지훈이 가볍게 손을 들었다.

"웬일이야?"

"변호사님이 불렀어요."

류지훈은 사무실의 빈 컴퓨터 모니터 앞에 앉아 있었고, 옆에는 윤해성이 있었다.

"지훈이가 활약할 때가 됐어."

윤해성이 눈을 찡긋했다.

"지훈이가 나선다구?"

한이수가 의외라는 반응을 보이자, 전기호가 끼어들어 말했다.

"원래대로라면 제가 활약해야겠지만 양다곤이 지난번에 사무실에

274

왔었으니 제 얼굴을 기억할지도 몰라서요, 지훈이가 하기로 했죠."

전기호는 앉아 있는 류지훈의 어깨를 뒤에서 격려하듯 두드렸다.

"어쩔 셈이야?"

한이수는 윤해성에게 물었다.

"지훈이가 우리 사무실을 마비시켰던 바이러스 폭탄."

"바이러스 폭탄?"

"응. 그걸 이용해서 메모리를 가져올 거야."

"그걸로 어떻게?"

"이수가 양다곤 직통 이메일 알잖아. 그쪽으로 중요한 업무상 메일을 보낼 거야."

"그 첨부파일에 바이러스를?"

"특별판이죠."

류지훈이 으스대듯 툭 던지더니 설명했다.

"갠드크랩은 감염에 시간이 걸리니까 이번엔 그런 거 안 쓰고요. 즉효가 나타나는 바이러스를 보낼 거예요. 물론 제가 특별히 만든 거라 저 말곤 아무도 치료할 수 없구요."

"그걸 보내선 어쩌겠단 거야? 컴퓨터 복구해 주는 대신 메모리를 달라고 해 봤자 씨알도 안 먹힐 텐데."

한이수가 고개를 갸웃거리자, 윤해성이 대답했다.

"그런 순진한 방법을 쓸 수야 없지. 어디까지나 우리가 가져오는 거야."

"어떻게?"

에헴, 하고 류지훈이 헛기침을 하며 다시금 끼어들었다.

"제가 나서야지, 별수 있겠삼?"

"무슨 소리야."

이번엔 방수희가 끼어들었다.

"지훈이가 복구업체 직원인 척하고 들어갈 거래요. 회사 전산실에선 복구 못 할 거고, 외부 전문업체를 불러 보겠죠. 그때쯤 해서 지훈이가 직원인 척 들어가서 메모리를 가져오는……."

방수희가 윤해성을 힐긋 보고는 말했다.

"……게 변호사님의 계획이에요."

그러고도 어딘가 못 미덥다는 듯 덧붙였다.

"지훈이가 잘해 줘야 할 텐데."

잘해 낼지 어떨지. 전기호 정도만 돼도 덜 걱정했으리라. 원래 신출귀몰한 도둑이었으니까. 하지만 류지훈은 컴퓨터 말고는 어설프다. 물가에 내놓은 자식 같다.

"누나, 걱정 붙들어 매삼. 제가 실수한 적 있었나요?"

"상황이 꼬일 수도 있잖아. 시간 끌다가 진짜 업체가 들이닥칠 수도 있고, 메모리를 가져올 틈이 없을 수도 있어."

"그래서 또 특별히 주문해 놓은 물건이 있어."

윤해성이 말했다.

"특별 주문? 그게 뭐야?"

한이수의 질문에 윤해성은 빙그레 웃었다.

* * *

출근한 양다곤은 소파에 몸을 묻고 비서가 가져다준 따뜻한 차를 삼키며 며칠 전의 사건을 차분하게 음미했다.

위험했어.

한이수. 바로 옆에 배신자가 있었을 줄이야. 괘씸한 것. 아마도 윤해성과 눈이 맞았겠지. 그래서 사주를 받아 우리 대화를 녹음하려고 몰래 들어왔어. 그러다 들켰고. 대화를 녹음한 휴대전화를 빼앗은 건 천만다행이었어.

한이수가 오래전 자신의 악업 때문에 자살한 한 여성의 딸이라는 사실까지는 알지 못했다. 그저 윤해성의 작업에 넘어가 배신한 것으로만 여길 뿐.

아무튼 양다곤은 그 일을 생각하면 아찔했다. 모든 것이 무너질 뻔했다. 김 실장의 유전자 검사 결과가 있지만 거기에 대해서는 변명할 여지가 그나마 있다. 양다곤과 김 실장과의 관계, 당시 정황을 생각하면 양다곤에게 혐의가 쏠리겠지만 어쨌든 양다곤 자신의 DNA가 나온 건 아니지 않은가.

하지만 녹음까지 되었다면 변명이든 뭐든 해 볼 도리가 없다. 바로 철창행. 아마도 무기한. 지금껏 이룩한 이 모든 것을 남겨 두고 남은 인생을 한 평도 안 되는 곳에서 보낼 뻔했다.

한이수의 휴대전화는 그날 양다곤이 직접 가져갔다. 단명오나 김 실장한테 맡기는 것도 이젠 믿을 수 없다. 양다곤이 직접 한강변으로 가서 강물에 던져 넣었다. 다시는 떠오르지 않을 것이다. 그날의 대화는 영원히 사라진 것이다.

차를 얼추 다 마신 양다곤은 컴퓨터 모니터로 시선을 향했다.

이메일에 접속했다. 간밤에 몇 개인가의 새 메일이 와 있었다.

그중의 하나에 눈이 갔다.

[긴급] 전산실입니다.

양다곤은 무심코 메일을 눌렀다. 보낸 이의 주소가 한울 그룹 이메일로 쓰는 @haneul.com 이 아니라 @haneul.net이란 건 눈치채지 못했다.

　회장님, 안녕하십니까.
　그룹 네트워크가 해커의 공격을 받고 있음이 확인되었습니다. 이 해커그룹의 정체는 확인되지 않았으며 지금 단계에서 큰 피해가 보고되고 있지는 않습니다만, 일부 컴퓨터가 감염되었을 것으로 추정되고 있습니다. 이들의 해킹 프로그램은 컴퓨터 데이터 중 보호된 개인정보 데이터를 송신받는 종류의 것으로 향후 협박 등의 범죄에 사용될 우려가 있습니다. 피해를 예방하기 위해 첨부한 백신 프로그램을 조속히 다운로드 받아 설치하여 주십시오. 감사합니다.

　그 아래에 첨부파일이 있었다.
　특별히 양다곤의 뇌리를 때린 건 '보호된 개인정보 데이터'와 '협박 등의 범죄에 사용될 우려'라는 문구였다. '개인정보'와 '협박'이라니. 생각만 해도 소름끼칠 일이다. 뒤가 구리게 살아온 양다곤은 특히 그랬다.
　그룹이 해커의 공격대상이 된 일은 종종 있어 왔다. 무엇보다 회장의 컴퓨터가 털려서야 말이 안 될 일이다. 양다곤은 서슴없이 첨부파일을 다운로드 받았다.
　무언가 압축 프로그램이 풀리고 설치되는 화면이 떴다가 사라졌다.
　이제 된 거겠지.
　그걸로 양다곤은 잊었다.

　점심을 먹고 오후 느지막이 방에 돌아온 양다곤은 컴퓨터가 이상해진 것을 깨달았다. 현저히 느려졌고, 파일을 누르면 열리지 않거나 알 수 없는 외계어 같은 것이 뜨고 마우스, 키보드가 잘 먹히지도 않았다.

전산실을 불렀다. 전산실장과 직원이 달려왔다.

하지만 PC를 한참 두드려 보던 직원은 결국 고개를 저었다.

"처음 보는 바이러스에 감염된 것 같습니다. 저희로서도 손을 쓸 수가 없습니다."

그제야 아침에 열어 본 메일이 전산실에서 보낸 게 아니란 걸 깨달았다.

"아무래도 해커 짓인 것 같습니다. 회장님한테만 보낸 거 보면 회장님을 노리고……"

그 이메일이야말로 해커가 보낸 거였다. 하지만 이미 늦었다.

"뭐야? 혹시 내 개인정보를 다 빼내 간 거야?"

"다행히 그런 종류의 바이러스는 아닙니다. 데이터를 망가뜨리는 것뿐입니다. 아마 복구를 조건으로 나중에 거액을 요구할 작정이 아닌가 싶습니다."

그나마 다행이다. 하지만 양다곤은 이루 말할 수 없이 짜증이 솟구쳤다.

"그럼 여기 데이터가 다 날아가는 건가!"

양다곤은 죄 없는 전산실장과 직원에게 화를 냈다. 전산실장이 쩔쩔매며 말했다.

"우선은 복구전문 업체에 한번 맡겨 봐야 할 듯합니다."

"빨리 불러!"

"넵!"

회장의 컴퓨터가 바이러스에 감염되어 손쓸 수 없게 되었으니 전산실은 비상사태다. 정체 모를 첨부파일을 열어 본 회장 잘못이지만, 그

런 말을 했다간 자리가 날아갈 판이다. 전산실장은 머리를 연신 조아
리며 물러났다.

* * *

　모자를 눌러쓰고 작업복을 입은 류지훈은 한울빌딩 입구 데스크에
신분증을 내밀었다.
　"전산실에서 연락받고 왔습니다."
　"되게 빨리 오셨네요."
　직원은 감탄하면서 '㈜매니에르 데이터보안' 명함과 류지훈의 사
진이 박힌 '김길종' 이름의 사원증을 받고서 류지훈에게 출입증을 건
넸다. 사원증은 류지훈과 전기호가 합작해서 컴퓨터로 위조한 것이다.
　"근데, 보안전문가? 많이 어려 보이는데."
　옆에 있던 직원이 슬쩍 고개를 내밀고 말했다. 그러자 류지훈에게
출입증을 주었던 직원이 무슨 소리냐는 듯 말을 받았다.
　"모르는 소리. 컴퓨터 쪽은 어린 친구들이 더 잘해."
　다른 직원이 목을 빼어 주변을 휘휘 둘러보았다.
　"근데 우리 직원이 마중 안 나왔나?"
　류지훈이 냉큼 대답했다.
　"전산실도 지금 복구에 정신없답니다. 저더러 회장실로 직접 올라
오라대요."
　류지훈은 경비들을 지나쳐 엘리베이터를 탔다.
　엘리베이터에 탄 후 휴우 하며 가슴을 쓸어내렸다. 만약 경비들이
의심을 하거나 출입을 막았다면, 지하 주차장과 공조실 환기구를 통
해 잠입하는 B플랜을 따라야 했다. 다행히 경비 라인은 무사통과.

이윽고 엘리베이터는 회장실이 있는 12층에 도착했다. 엘리베이터에서 나와 복도를 걸어 맨 끝에 있는 회장실로 향했다.

범법을 넘나들며 자질구레한 짓들을 해 왔지만 지금만큼 긴장된 적은 없었다. 어딘가에 몰래 숨어 들어간 일도 있었다. 그래 봤자 편의점 아니면 기껏해야 허름한 빌딩 정도였다. 거대 그룹의 심장부인 회장실에까지 들어가 본 일은 없다.

임무는 쉽지 않다. 과연 시나리오대로 풀려 나갈 것인가. 메모리를 둔 장소는 숙지하고 있다. 책상 위 구석의 명함꽂이. 한이수가 그림까지 그려 가며 자세히 알려 주었다. 컴퓨터를 만지는 일은 식은 죽 먹기다. 하지만 회장실 안에도 사람들이 있을 텐데. 컴퓨터를 만지는 척하면서 명함꽂이에 몰래 손을 뻗을 틈이 있을지.

윤해성에게 큰소리쳤지만 사실 자신이 없다. 아니, 자신 없는 정도를 넘어 다리가 후들후들 떨린다. 복도를 걸어가며 그 사실을 숨기는 데에만 온 힘을 기울일 만큼이었다.

"미션 임파서블."

혼잣말로 짐짓 농담도 해 보지만 긴장은 줄어들지 않는다.

비서실에 들어서자 맨 앞에 앉은 여성이 어떻게 오셨나요, 하고 말을 건넨다. 그저 묻는 것이지만 류지훈의 등에서는 식은땀이 났다. 마치 신문을 당하는 기분이다.

"데이타복구 업체입니다. 전산실에서 연락을 받았어요. 회장님 컴퓨터가 바이러스에 감염되었다고."

"아, 네. 잠시만요."

비서는 싹싹하게 말하면서 바로 일어나 회장실로 향했다. 회장의 컴퓨터가 먹통이 된 게 비서실에서는 대단히 큰일이라는 게 느껴졌다.

비서가 곧 돌아와 말했다.

"들어가세요."

류지훈은 가볍게 목례를 한 후, 회장실 문을 열었다. 양다곤은 책상 뒤에 앉아 있었다.

"안녕하십니까. 복구업체에서 나왔습니다."

"어. 근데, 혼자 왔어? 우리 전산실 직원은?"

"아, 네. 아, 급하대서 저 혼자 일단 먼저 왔습니다."

"그래?"

양다곤은 뭔가 불만스러운 듯 이맛살을 찌푸렸다. 순간 류지훈은 뒷골이 쭉 당겼다. 이 까다롭게 생긴 영감이 뭔가 트집을 잡으려나? 자기 직원이 올 때까지 기다리라고 한다면?

다행히 양다곤은 더 따질 생각이 없는 모양이었다. 턱짓을 하며 말했다.

"여기 와서 봐 봐."

양다곤은 책상 위 컴퓨터를 가리켰다.

류지훈은 안도의 한숨을 내쉬며 그쪽으로 다가갔다. 모니터 앞에 작은 작업용 의자가 따로 놓여 있었다. 류지훈은 가져온 가방을 바닥에 놓아두고 그곳에 앉았다.

양다곤이 돌연 인터폰으로 손을 뻗었다.

"김 비서. 업체에서 사람이 왔는데 전산실에선 뭐 하는 거야. 빨리 오라고 해."

짜증이 묻은 목소리.

망했다. 류지훈의 등짝에 다시 한번 식은땀이 쫙 흘렀다.

전산실 직원이 곧 달려올 것이다. 그렇게 되면 전산실에서 부른 업체가 아니며 류지훈은 가짜라는 사실이 들통날 수 있다. 아니, 들통나지 않는다 하더라도 직원이 작업을 바로 옆에서 지켜볼 텐데, 메모리를 가져올 틈이 없다.

도리가 없다. 메모리를 손에 넣으려면 직원이 오기 전, 짧은 시간밖에 기회가 없다. 그 전에 메모리를 꺼내야 한다.

류지훈은 컴퓨터 키보드를 두드리며 책상 모서리에 놓인 명함꽂이를 힐끔힐끔 보았다.

저 안에 메모리를 넣어 두었다고 했지.

고개를 조금 빼자 명함꽂이 안쪽에 USB 메모리가 삐죽이 들어앉아 있는 게 보였다.

저거다! 바로 눈앞이었다.

하지만 지금 당장은 양다곤이 책상 앞 큰 소파에 앉아 작업을 지켜보고 있다. 명함꽂이로 손을 뻗을 수가 없다.

양다곤이 다른 곳으로 주의를 돌리는 틈을 노렸다. 하지만 그런 타이밍은 없었다.

류지훈이 키보드를 다다다 두드리고 있는데 오른편 뒤에서 양다곤의 목소리가 날아들었다. 어느 새 소파에서 일어서서 뒤로 다가와 있었다.

"고칠 수는 있는 거야?"

"걱정 마삼."

"응? 뭐라고?"

"아, 아니요. 문제없다구요."

평소 말투가 튀어나와 버려 류지훈은 스스로 화들짝 놀랐다.

다행히 양다곤은 그다지 의식하지 않는 것 같다.

하지만 말투 하나라도 양다곤의 의심을 사면 곤란해.

최악은 더 남아 있었다.

갑자기 회장실 문이 빠끔히 열리고 사람이 들어왔다.

전산실 직원이 벌써 왔나?

류지훈이 놀라고 있는데, 문을 열고 들어온 사람이 책상 쪽으로 다가왔다. 들어온 사람은 조금 전 인사한 비서실 여직원이었다. 그녀는 류지훈 바로 뒤에 섰다. 작업을 지켜볼 태세다.

이런.

젠장!

양다곤이 비서실에 역정을 내는 바람에 일이 더 어려워졌다.

비서실에서는 양다곤이 외부업체 직원 단둘이만 있는 상황을 불편해한다고 여기고 비서 한 명을 들여보낸 것이다.

제기랄! 회장 심기를 이렇게나 늘 신경 써야 하나. 회사 생활이란 이렇게나 피곤한 건가.

어쨌든 대단히 좋지 않다.

이래서는 도저히 틈을 낼 수가 없다.

곧 전산실 직원도 올라올 것이다.

이대로는 글렀다.

이젠 윤해성 변호사에게 맡길 수밖에 없다.

"본사에 문자 한 통만 넣겠삼…… 아니, 넣겠습니다."

류지훈은 양다곤에게 양해를 구하고는 휴대전화를 꺼내 들었다.

* * *

그 시각, 윤해성은 한울 모터스 빌딩 조금 떨어진 곳의 길가 화단에 걸터앉아 있었다.

한울 모터스 건물이 정면으로 올려다보이는 위치다.

지나가는 사람들의 발걸음은 저마다 바쁘다. 윤해성을 신경 쓰는 사람은 아무도 없었다. 화단에는 등을 돌리고 앉아 남자 한 명이 커피를 마시고 있을 뿐이다.

윤해성은 손목시계를 들여다보았다.

지금쯤 류지훈이 한창 작업 중이겠군.

잘 진행되고 있으려나.

순조롭게 메모리를 손에 넣었다면 연락이 없을 테고, 만약 애로가 있다면 곧 연락이 올 것이다.

왠지 연락이 올 것 같다는 느낌이 강하게 온다. 류지훈은 이런 쪽으론 믿음직스럽지 못하다. 길가에 세워 둔 스쿠터를 훔치려다 강도죄로 체포될 만큼 어설프다. 전기호를 보냈다면 더 안심이었겠지만, 양다곤에게 이미 얼굴이 알려진 상태라 도리가 없다.

부르르.

휴대전화가 울렸다.

윤해성은 안주머니에서 휴대전화를 꺼냈다.

역시.

류지훈이었다.

예상대로군.

윤해성은 옆에 놓아둔 보스턴백을 당겼다.

* * *

윤해성에게 휴대전화로 메시지를 보낸 류지훈은 여전히 진땀을 흘리고 있었다.

비서실 직원이 뒤에 딱 붙어 있다.

회장의 심기를 어지럽힐까 봐 부엉이처럼 눈을 부릅뜨고 작업을 지켜보고 있다.

"되는 거야, 안 되는 거야?"

"빨리 좀 하지."

양다곤은 짜증 섞인 말을 던져 가며 노려보다시피 하고 있다.

전산실 직원이 언제 올라와 곧 정체가 탄로 날지 모른다.

가져와야 할 메모리는 바로 눈앞 명함꽂이 안에 있다. 하지만 손을 뻗을 수 없다.

아무래도 더 의심을 사지 않으려면 작업은 진행시켜 두어야 했다.

류지훈은 가져온 USB 메모리를 컴퓨터 본체에 꽂았다.

복구 프로그램을 심고 돌리기 시작했다.

조그만 박스 화면이 뜨고, 진행 막대가 나타났다.

"조금만 기다리시면 될 것 같습니다."

"이제 되는 거예요?"

비서가 물었다.

되고요, 되고말고, 내가 만든 바이러슨데.

"네. 이제 작업 마무리 단계입니다."

"데이터도 다 복구되나요?"

"네. 손실되는 데이터는 없을 겁니다."

"다행이네요."

비서는 안도의 한숨을 내쉬었다. 제대로 되지 않았다면 회장의 짜증을 어떻게 감당했을까.

류지훈은 작업 진행 표시 바와 명함꽂이를 번갈아 보며 안달했다.

이대로는 아무것도 얻지 못하고 끝날 텐데.

아니, 이러다 전산 직원이 들어와 버리면 메모리를 가져가기는커녕 들키지 않고 빠져나가는 것을 걱정해야 할 판이다.

눈이 불안정하게 돌아가기 시작했다.

이마에 식은땀이 났다.

마우스를 쥔 손도 축축해졌다.

그리고 등과 옆에서 느껴지는 시선들.

자신의 작업을 지켜보는 눈이지만 감시의 족쇄처럼 여겨졌다.

이러다 들켜서 진짜 족쇄 차는 거 아냐?

긴장감으로 털이 쭈뼛쭈뼛 설 것 같았다.

그를 지켜보는 눈, 눈.

그때 조그만 소음이 이 미묘한 긴장의 균형을 깼다.

삐걱.

문이 열리고 젊은 남자가 들어왔다.

"전산실입니다."

남자는 양다곤을 향해 깊이 허리를 숙였다.

아, 벌써.

큰일 났다!

류지훈의 눈동자가 갈 곳을 잃고 팽팽 돌기 시작했다.

윤해성 이 사람은 도대체 뭐 하고 있는 거지?

전산실 직원이 류지훈 곁으로 다가왔다.

"빨리 오셨네요."

그는 류지훈에게 슬쩍 말을 건넸다.

당연하지.

당신들이 연락한 업체보다 먼저 와서 일을 처리해야 하니까.

아직은 전산실 직원도 류지훈을 외부업체 직원으로 알고 있다.

하지만 탄로 나는 건 시간문제다.

더 시간을 끌면 곤란하다.

"T타입 복합형 바이러슨가요?"

응, 그런 거 아니야.

"비슷한 겁니다."

"근데, 복구 툴은 뭐 쓰신 거예요?"

직원이 모니터 화면을 보며 고개를 갸우뚱했다.

자꾸 묻지 말란 말이야!

류지훈은 진땀이 났다.

"첨 보는 프로그램인데…… 이게 뭐지?"

직원이 고개를 갸웃거렸다.

진행 막대기는 거의 끝이 났다.

그때.

쨍그랑!

어마어마한 소음이 모두의 귀를 때렸다.

마치 건물이 무너지는 것 같은 굉음이었다.

"으헉!"

"악!"

"엄마!"

양다곤, 비서, 전산실 직원 세 사람은 제각기 외마디 소리를 질렀다. 그들은 약속이나 한 듯이 일제히 머리를 감싸 쥐고 그 자리에 주저앉았다.

회장실 통유리창 한가운데에 무언가가 박혀 있었다. 그곳을 중심으로 거미줄처럼 금이 퍼져 나가 있었다. 유리에 박힌 건 검은 드론이었다. 바깥에서 날아와 유리창을 박살 낸 것이었다.

'윤해성 아저씨, 조금 늦었지만 드론 조종은 기가 막힌데.'

류지훈은 감탄했다.

양다곤과 직원들이 패닉 상태에 빠져 있는 사이, 류지훈은 명함꽂이에서 유유히 USB 메모리를 꺼내 주머니에 넣었다.

"저게 대체 뭐야, 세상에, 이런 일이……."

아직도 혼이 나가 저마다 중얼거리는 세 사람을 두고 류지훈은 자리에서 일어났다. 유리창이 박살 나는 소리를 듣고 비서실 직원들이 막 뛰어 들어오고 있었다. 류지훈은 그들과 교차해 밖으로 나가면서 중얼거렸다.

"서비스로 바이러스는 말끔히 고쳐 드렸어요."

* * *

USB 메모리의 녹음을 사무실에서 들은 윤해성과 박시영, 방수희는 그들의 대화에 경악했다. 그러면서도 쾌재를 불렀다.

"이거면 확실해."

윤해성이 주먹을 불끈 쥐었다.

박시영이 조심스럽게 입을 열었다.

"근데…… 불법 녹음이잖아. 이런 게 증거능력이 있어?"

"수사기관이 불법 녹음한 건 증거로 쓸 수 없어. 하지만 개인이 녹음한 건 달라. '그 방법 말고는 증거를 확보할 수 없었다'는 사정이 인정되면 증거능력을 인정하고 있어. 보모의 아동학대를 의심해서 불법 녹음한 것도 증거능력이 인정됐지. 우리 사건에서도 녹음은 불가피했어. 그러니 분명히 증거가 돼."

"와! 그럼 문제없네!"

"물론. 게다가 만약 녹음 파일의 증거능력이 부정된다 해도 확실한 증인이 있어."

"증인? 20년 전의 살인인데 증인이 있어?"

"이수가 직접 그들의 대화를 들었잖아. 무엇보다 확실한 증인이지."

"이수 씨의 증언도 효력이 있는 거야?"

"그럼. 이수는 '범인의 진술을 직접 들은 증인'이야. 이건 범인이 말을 했을 당시의 상황에 따라 다른데, 자유의사로 진실을 말한 건 증거 능력이 있어. 범인들이 수사기관의 취조를 받다가 자백한 것도 아니고, 자기들끼리 대책회의를 하다가 털어놓은 이야기야. 100퍼센트 자유의사지. 완벽한 증인이야."

"와우!"

박시영이 손뼉을 탁 쳤다.

"이수 증언에다가 이 녹음까지 들이대면 버티지 못해. DNA에다가 자백. 증인. 더 이상 완벽할 수 없는 증거가 갖추어진 거지."

"그럼 바로 터트릴 거죠?"

방수희가 물었다.

"물론."

윤해성이 단호하게 고개를 끄덕였다. 이어 덧붙였다.

"다른 수작을 부릴 여유를 주어선 안 되니까."

"다른 수작이요?"

방수희가 물었다.

"그자들이라면 증거를 인멸하러 못 할 일이 없잖아."

"이제 와서 무슨 수로 증거인멸을 해요?"

"이를테면 C4로 이 사무실을 통째로 날려 버릴 수도 있겠지. 그럼 증거도 다 날아가니깐."

"설마."

방수희가 품 하며 웃었다. 윤해성, 박시영도 따라 웃었다.

* * *

한울 그룹 양다곤 회장, 살인혐의로 입건

이틀 사이 비슷한 제목의 기사가 수백수천 건 쏟아졌다.

박시영의 특종이었음은 물론이다.

일주일 전, 윤해성은 경찰에 사건을 제보했다. 양다곤이 폭약으로 사무실을 날려 버릴지 모른다는 말은 물론 농담이었지만, 그들의 어떤 일을 꾸미기 전에 최대한 빨리 증거물을 경찰에 넘겨야 했다. 경찰은 발칵 뒤집어졌다. 20년 전 김민호 교수의 자살 사건은 곧장 살인사건으로 전환됐다. 수사는 극비리에 개시되었지만 며칠 만에 그 소식은 언론사에 거미줄처럼 퍼져 나갔다.

후속 보도가 이어졌다.

20년 전 김민호 교수의 죽음. 자살인가, 살인인가.

양다곤 회장 심복의 DNA가 김민호 교수의 유언장에서 검출.

양다곤 회장의 사주에 의한 타살?

경찰, 사실상 범행을 자백하는 공범들의 대화 확보.

양다곤을 진범으로 가리키는 결정적 증거들.

양다곤, 경영인의 얼굴 뒤에 숨은 악마

경천동지할 고발이었다. 존경받는 기업가 양다곤이 20년 전 친구의 원천기술을 빼앗고, 자살로 위장해 살해하고, 지분까지 빼앗았다고?

그 내용 자체로 선뜻 믿기 어려웠다. 하지만, 분명한 증거가 동반돼 있었다.

　수사가 진전되면서 보도는 구체화되어 갔고, 핵심 증거도 차례차례 공개되었다. 여론은 양다곤을 벼랑 끝으로 밀어냈고, 양다곤은 나락으로 떨어졌다.

　경찰에 출두하던 날, 수많은 카메라와 취재진에 둘러싸인 양다곤은 흙빛이 된 얼굴로 "경찰 조사에 성실히 임하겠습니다."라는 말을 남기고는 경찰서 건물 안으로 사라졌다.

　재판이 시작되지도 전에 사람들은 보도된 내용을 기정사실화했다. 수만 개의 댓글이 달렸다. 양다곤을 욕하고, 저주하는 글들이었다. 양다곤은 존경받는 기업인에서 하루아침에 살인자로 낙인찍혔다.

*   *   *

　마을버스 종점에서 내려 막 등산로에 접어들던 한도균 앞에 한 중년 남자가 서 있었다. 남자는 분명 한도균을 막아서 있었다.

　"누, 누구……."

　한도균은 남자를 쳐다보며 의아한 빛을 띠었다.

　자신에게 용건이 있는 듯한 이 남자는 분명 아는 얼굴이 아니었다. 긴 뒷머리는 어깨에 닿을 듯했고, 툭 불거진 광대뼈와 불콰한 낯빛은 상스러운 느낌을 주었다. 산길에 어울리지 않는 앞코가 긴 악어가죽 구두가 유별났다.

　"안녕하십니까. 한 선생님. 저는 변호사입니다."

　"변호사시라고요? 무슨 용건이시죠?"

한도균은 긴장했다. 몇 번이나 사고를 쳐서 법정에 서지 않았던가. 법에 관련된 사람만 봐도 가슴이 철렁한다. 더구나 이 인적 없는 새벽 산길에서? 남자는 즉각 대답하지 않고 말을 돌렸다.

"역시 새벽 운동이 좋죠. 게다가 여기는 호젓하고 사람도 없네요. 아아, 저도 이런 데서 말년을 보내고 싶어집니다."

한도균은 경계심을 담아 물끄러미 남자를 보았다.

남자는 마을버스 종점에 붙어 있는 조그만 슈퍼마켓을 가리켰다.

"저기 앉아서 잠깐 말씀을 나눌 수 있을까요?"

양복과 구두, 변호사, 뻔뻔하리만치 자신만만한 태도, 타이밍을 뺏는 대화법에 주눅이 들어 버린 한도균은 남자의 말에 순순히 따라 슈퍼마켓 쪽으로 갔다. 가게는 아직 열지 않았다. 남자는 가게 앞 간이의자에 앉은 후 말했다.

"전 단명오라고 합니다."

그러면서 입꼬리를 올리며 웃었다.

"단명오……? 아. 그…….."

한도균은 잠깐 머리를 굴리다가 깨달았다. 양다곤의 오른팔 격인 인물. 살인으로 수사를 받는 공범. 단명오의 이름은 언론에 공개되지 않았지만 한도균은 한이수한테 들어서 알고 있다. 그는 이마를 찌푸렸다. 단명오와 직접적인 원한은 없지만, 양다곤의 편이니 좋은 감정일 수 없다.

단명오는 불쑥 일어서더니 자동판매기에서 생수를 두 개 빼 왔다. 자신의 이름을 듣고 한도균이 받은 조그만 파장이 가라앉기를 기다린 것 같았다.

자신의 앞에 생수병이 놓이는 것을 보며 한도균이 딱딱하게 말했다.

"무슨 용건이시죠?"

"저한테도, 선생님한테도 중요한 일입니다."

"중요한…… 일?"

"네. 우리 모두의 일생을 바꿀 일이지요."

남자는 한 번 더 입꼬리를 끌어 올렸다. 한도균은 자리를 박차고 일어나야 한다고 생각했다. 하지만 왜인지 그럴 수 없는 기분에 휩싸였다. 한도균은 의식하지 못했지만 단명오는 은근한 호기심과 기대감을 불어넣고 있었다.

단명오가 다리를 꼬며 말했다.

"선생님은 양다곤 회장 때문에 아내를 잃었다고 생각하셔서 극도로 미워하고 계시죠. 반면에 저는 양다곤 회장을 위해 일하는 사람입니다. 저희 사이에는 건널 수 없는 강이 있다는 것, 잘 알고 있습니다."

"그래서요?"

한도균은 긴장을 풀지 않았다. 단명오가 몸을 앞으로 기울였다.

"단도직입적으로 말씀 드리겠습니다."

한도균은 눈가에 의심을 가득 담고 가만히 단명오를 지켜보았다.

"이번에 양다곤 회장이 살인죄로 입건되었습니다."

"역시 그…… 일이요?"

"아, 경계하지 마십시오. 양다곤 회장은 제가 좋아하는 형님이지만 살인을 옹호하려는 생각은 추호도 없습니다. 오늘 한 선생님을 찾아뵌 건 양 회장 때문이 아니라 저를 위해섭니다."

"어……떤?"

"따님이신 한이수 양이 증인이 될 거라고들 하더군요."

"어떻게 그걸……? 그건 언론에 난 사항도 아닌데?"

한도균은 경계심으로 몸을 도사렸다. 눈에는 일순 분노가 깃들었다. 혹시 내 딸을, 이수를 어떻게 하겠다고 협박하려고? 양다곤의 사주를 받았나?

단명오는 손을 크게 내저었다.

"아, 선생님 경계하실 필요 없습니다. 물론 수사상 비밀인 부분을 제가 다 알고서 이야기를 불쑥 꺼냈으니깐 조심하시는 것도 이해는 갑니다. 하지만 한울 그룹 쪽에서는 당연히 그 정도는 파악하고 있는 거죠. 그래도 대(大)한울 그룹 아니겠습니까?"

"……."

"한이수 양은 범인 세 사람이 과거의 김민호 교수 살인에 대해 털어놓는 걸 현장에서 들었죠. 중요한, 핵심 증인입니다."

"그래서 어떻단 거요!"

한도균이 발끈해서 언성을 높였다. 단명오는 상대의 힘을 빼려는 듯 몸을 뒤로 깊숙이 물렀다.

"여기서 중요한 건 말입니다. 회장실에서 세 사람이 대화할 때 제 이름은 한 번도 나오지 않았단 겁니다. 그리고 이수 양은 그날 그 현장에 있던 사람들의 얼굴을 제대로 본 적이 없었고요."

한도균은 멀뚱멀뚱 상대를 바라보았다.

"그래서 한이수 양이 증언만 제대로 해 주면 좋지 않을까 하는 겁니다."

"이수더러 위증을 하란 말이오!"

"아니죠."

단명오는 차갑게 말했다.

"오히려 사실대로, 들은 대로만 말해 달라는 겁니다. 제 이름을 듣지 못했는데도, 저를 분명히 보지 못했는데도 제가 현장에 있었다고 말한다면 그건 추측이지 사실의 증언은 아니지 않겠습니까?"

"이 무슨 궤변을! 그딴 말장난으로 진실을 왜곡하려고! 당신은 현장에 있었잖아!"

한도균은 고함을 질렀지만 단명오는 조금도 동요하지 않았다. 대신 품 안에서 조그만 물건을 꺼내 테이블 위에 살포시 놓았다.

한도균이 흠칫 놀라 단명오의 손을 보았다. 잠시 후 치워진 손 아래에 드러난 건 매끈한 자동차 키였다. 단명오가 말했다.

"가지십시오."

"뭐라고?"

"저겁니다."

단명오는 턱짓으로 한도균의 뒤를 가리켰다. 한도균이 고개를 돌려보니 바로 뒤에 커다란 SUV가 주차되어 있었다. 새거였다.

"벤츠 G63 AMG 포매틱, 속칭 지바겐이라고 하죠. 이 키로 바로 운전해 가시면 됩니다. 이전등록 서류도 안에 다 있습니다."

"……지금 뭐 하는 겁니까? 날, 매수하려는 거요?"

"아, 당장 갖는 게 부담스러우시겠군요. 그럼, 일단 이 키 맨 아래 부분을 꾹 눌러 봐 주시길 바랍니다."

한도균은 무엇에 홀린 듯 차키를 받아 들었다. 그리고 단명오가 시키는 대로 맨 아래 버튼을 꾹 눌렀다. 덜컥. 지바겐의 트렁크가 올라갔다.

한도균의 입이 떡 벌어졌다.

"흐…… 흐억! 이, 이게 다 뭐…… 뭐지?"

샛노란 빛에 눈이 부셨다. 켜켜이 쌓인 골드바가 지바겐 트렁크 뒤를 가득 채우고 있었다. 커질 대로 커진 한도균의 눈은 골드바에 이어 단명오를 쳐다보고 있었다. 그의 입이 열렸다.

"1킬로그램짜리 골드바 360개, 대략 300억 원어치입니다. 한국조폐공사 인증마크가 찍힌 순도 99.99퍼센트의 엄선된 제품이죠. 가져가십시오. 대신 사실대로만 증언해 주십시오."

"왜 이걸……."

조금 전 치솟았던 한도균의 음성은 한풀 꺾여 있었다.

"솔직히, 한 선생님 가족이 미워한 건 양다곤이지 제가 아니잖습니까? 저는 사모님이 돌아가신 그 일에는 조금도 관여한 바가 없습니다. 물론 윤해성은 저를 조금 미워할 이유가 있겠습니다만, 선생님 가족이 절 나쁘게 보실 이유는 없단 말씀이죠. 제가 거짓을 요구하는 것도 아니지 않습니까? 그저 따님이 증언할 때 못 들은 걸 못 들었다고, 못 본 걸 못 보았다고 사실대로만 말해 달란 거죠. 그 대가가 300억 원과 지바겐이면 나쁘지 않지 않습니까?"

단명오는 한도균을 지긋이 바라보았다. 눈을 내리깔고서 무언가 고민하는 듯한 모습.

단명오는 말을 이었다.

"다시 말씀드리지만 저는 지금 제가 사는 것에만 관심이 있습니다. 양다곤 회장이 살인죄로 평생 감방에 처박히든 말든 알 바 아닙니다. 제 코가 석 자예요. 양다곤이든 음다곤이든 관심 없습니다. 이 골드바도, 차도 양 회장한테 제가 일을 보는 데에 필요하다고 거짓말해서 삥땅 쳐 온 겁니다. 양다곤이 이렇게 하라고 시킨 돈이 아니란 거죠. 양다곤에 대해서는 뭐라고 증언하든 좋습니다.

아무튼, 한이수 양이 증언을 그렇게 해 준다고 해서 양다곤 회장이 풀려나는 게 아니잖습니까? 저에 대해서만 증거 부족으로 판단되겠죠. 자, 어떻습니까? 윤해성은 가족입니까? 오다가다 만난 인연 아니니까? 언제 헤어질지 모르는, 스쳐 가는 남자, 윤해성의 개인적 원한에 동참하는 게 선생님 가족에게 얼마만큼의 의미가 있을까요? 대신 정확하게만 증언해 주시면 윤해성을 제외한 모두가 즐거워집니다. 저는 살고, 양다곤은 죽고, 선생님 가족은 300억 금괴로 여생을 편하게 보내고. 윈윈 아닐까요?"

한도균은 입술을 잘근잘근 씹고 있었다. 극심한 갈등을 겪는 듯했다. 소용돌이치는 마음을 숨기려는 듯 그는 생수병을 들고 벌컥벌컥 마셨다.

단명오는 기다렸다. 한도균은 곧 넘어간다. 그렇게 믿었다.

이윽고, 한도균의 입이 열렸다.

"이 차를……."

단명오가 한도균을 그윽하게 쳐다보았다. 차 키를 든 한도균의 손이 떨리고 있었다.

"가져가십시오."

단명오의 기대와는 다른 대답이었다.

"……거절입니까?"

단명오가 눈을 내리깐 한도균을 차갑게 내려다보았다.

한도균은 대답하지 않음으로써 대답을 대신하고 있었다.

단명오는 더 보채거나 사정하지 않았다. 한 번 거절하면 두 번 다시 기회가 없다, 는 의미. 다가가면 물러나고, 물러나면 당겨 온다. 살기 위해 청탁을 하면서도 냉철한 단명오는 심리전의 원칙만은 어기지 않았다. 그는 한마디 남겼을 뿐이다. 역시 한도균의 마음을 흔드는 말.

"곧 저에 대한 수사도 진행될 거라서요. 이 거래가 가능한 것도 아마 오늘이 마지막 기회일 텐데요. 아쉽군요."

한도균은 순순히 물러나는 단명오가 의외였던지 당황한 빛을 띠었다. 단명오는 천천히 손을 뻗어 지바겐의 키를 거머쥐었다. 쥐고 있던 한도균의 손가락에서 미세하지만 키를 건네기 싫어하는 힘이 느껴졌다.

단명오는 일어서면서 테이블 위에 조용히 명함을 놓았다.

"혹시 생각이 바뀌면 이리로 연락 주십시오. 아니면 제가 묵고 있는 인터콘티넨탈 호텔로 찾아오셔도 되겠습니다."

그러고는 돌아서서 뚜벅뚜벅 걸었다. 증언을 부탁하러 왔다가 목적을 달성하지 못하고 지바겐에 올라타는 그의 뒷모습에는 한 점의 미련도 없어 보였다. 오히려 차마 고개를 돌려 단명오가 올라탄 차를 보지도 못하는 한도균이 한층 미련에 휩싸여 있는 듯 보였다.

* * *

윤해성은 서울중앙지검 현관에서 출입증을 받아 목에 걸었다. 오늘은 고소인 자격으로 검사를 만나러 가는 길이다.

서울중앙지검 형사4부 418호 검사실.

문을 열고 들어간 윤해성은 입구의 여직원에게 신분을 밝히고 담당 검사를 찾았다.

"윤 시보! 아니 윤 변호사!"

밝게 웃으며 다가오는 검사의 얼굴이 익숙했다.

"앗. 조 검사님!"

윤해성도 크게 웃으며 검사가 내미는 손을 굳게 잡았다.

양다곤 사건 수사를 담당한 검사는 하필이면 조영규였다. 윤해성이 사법연수원 검사시보시절의 지도검사. 러시아 마피아 니콜라이 장을 체포했을 때 조영규 검사는 술에 취한 채 윤해성의 손을 부여잡았다. 그러면서 검찰로 와서 같이 나쁜 놈들을 박살 내자고 했다. 그만큼 윤해성에게 큰 애정을 보였다. 윤해성이 김정은을 아청법으로 기소하고 옷을 벗을 때도 응원한다는 문자 메시지를 날려 주었다. 그는 윤해성의 능력을 신뢰하고 인정했다.

"우와, 조 검사님이 이 사건을 맡으셨네요!"

"그러게 말이야. 참 세상 좁아. 인연은 질기고."

조영규는 연신 싱글벙글이었다. 윤해성을 이런 인연으로 다시 만나 무척 반가운 모양이다.

티백을 담은 찻잔을 사이에 두고 두 사람이 마주 앉았다.

"윤 변호사 정말 대단해. 20년 전 부친의 살인범을 기어이 밝혀냈더만."

"현대 과학기술의 개가죠. DNA 기술이 비약적으로 발전했더라구요. 요즘엔 종이에 묻은 분자 단위의 체액까지 검출을 해내니까요."

"그것도 그렇지만, 용의자를 특정해 냈으니까 비교 검사도 해 볼 수 있었던 거잖아. 김평일이란 인물이 살인 현장에 있었다는 걸 용케도 알아냈어. 유전자는 어떻게 확보한 거야?"

김평일은 김 실장의 본명이다.

"좀 더 일찍 알아낼 수 있었는데 아쉬워요. 김평일이 양다곤의 부하라는 사실을 너무 늦게 알았습니다."

"아냐. 어차피 20년 전 사건이잖아. 조금 늦은 건 전혀 문제가 안 돼. 잘했어."

조영규는 무척 기분이 좋았다. 양다곤 사건을 맡게 된 건 큰 행운이었다. 사회의 이목이 집중된 사건이다. 이 사건은 그의 검사 경력에 정점이 될 것이었다. 물론 양다곤에게 유죄가 선고될 경우에 한해서다. 하지만 걱정은 없다. 증거는 충분하다. 양다곤 사건을 밝혀내 그에게 큰 행운을 가져다준 게 바로 윤해성이다. 심지어 결정적인 증거까지 갖다주었다. 떠먹으면 그만인 밥상이다. 윤해성이 고마워 죽을 지경이다.

이 친구, 시보 시절부터 알아보았어! 언젠가 큰 거 한 건 터뜨릴 줄 알았다구!

"정말 나쁜 놈이야. 회사 지분 먹으려고 친구를 살해하고 서류를 날조해서 소송으로 지분을 빼앗았어. 그러고는 재벌 회장 노릇을 지금까지 해 왔지. 존경받는 기업인 행세를 하면서 말이야. 이런 인간을 보면 난 두드러기가 나서 견디지 못해. 알지? 난 검사직을 이 사건에 걸었어. 그럴 일은 없겠지만 만에 하나 양다곤을 감방에 집어넣지 못한다면 검사 때려치워야지!"

"단명오는요?"

"양다곤 먼저 수사하고, 그다음이지."

"김평일도 집어넣어야죠."

"그런 잡어야 뭐, 양다곤이 유죄 받으면 따라가는 거고."

검사가 의지를 불태우고 있으니 반가운 일이다. 하지만, 윤해성은 씁쓸했다. 그의 눈에는 양다곤만이 보이는 것 같다. 하지만 '잡어' 김평일도 살인을 같이했다는 점에서 죄책의 무게는 같다. 물론 단명오도.

"양다곤은 부인하고 있죠?"

조영규 검사는 허심탄회하게 털어놓았다.

"음. 철저하게 오리발이야."

"예상대로네요."

"LNK의 이정환 변호사를 필두로 일곱 명의 변호사가 들러붙었어. 일관되게 부인하라고 코치했겠지."

"그래도 기소는 문제없겠죠?"

조영규는 굳게 고개를 끄덕였다.

"물론. 김민호 교수의 유언장에서 뜬금없이 김평일의 DNA가 나왔어. 양다곤은 김평일의 보스였고, 김 교수의 죽음으로 이루 말할 수 없는 이익을 얻었지. 게다가 범행을 털어놓은 녹음이 있어. 이걸 기소하지 못한다면 세상의 살인자는 한 명도 처벌하지 못하는 것밖에 안 돼."

"유전자 감식은 새로 하셨습니까?"

"국과수에서 정식으로 김평일의 유전자 감식을 했어. 역시 일치한 다고 판명됐고. 틀림없이 보내 버릴 수 있어."

조영규 검사는 호기롭게 선언하듯 말했다.

"곧 구속영장을 칠 거야. 양다곤은 이제 끝이야!"

"다행이네요."

윤해성은 찻잔을 들었다. 입은 미소를 지었지만 실은 마음이 착잡 했다.

조영규 검사의 관심은 온통 양다곤에게만 쏠려 있다. 나머지는 적당 한 호언장담으로 때우고 있다. 당장 듣기는 좋지만. 지나친 자신감으 로 일을 망치지 않은 경우를 지금껏 본 적이 있었던가…….

* * *

"범인들이 살해 사실을 털어놓을 때 현장에 계셨다구요?"

"네."

한이수는 차분하게 대답했다. 그녀는 검찰에 중요 참고인으로 출석 해 있었다. 조영규 검사의 입회하에 검찰수사관이 한이수에게 질문을 했다.

DNA 검사와 범인들의 자백 녹음, 그리고 그들의 자백을 들은 한이 수라는 증인, 이 세 가지가 핵심 증거다. 검찰수사관은 한이수의 입에 서 나오는 말 하나하나에 온 신경을 곤두세우고, 받아쓰는 조서의 문 구에도 주의를 기울이고 있었다. 반면에 조영규 검사는 귀찮다는 듯 한 표정을 띤 채 조사 광경을 물끄러미 쳐다보고만 있다. 마음 한편으

로는 약간의 위화감을 느끼면서. 이 증인은 어딘가 다르다. 분명 살인
자들을 날려 버릴 검찰 측 증인이다. 그러면서도 어딘지 냉랭하다.

"현장에 있던 사람들도 보셨습니까?"

"네. 녹음하다가 들키는 바람에요."

"누가 있었죠?"

"양다곤 회장과 김평일 씨요."

수사관과 조영규 검사는 마주 보며 만족한 웃음을 나누었다. 증언
확보.

수사관이 고개를 되돌리고 재차 물었다.

"또 한 명이 더 있지 않았습니까? 녹음상으로는 세 사람이 있던데요."

"네. 더 있었죠."

"그 사람이 누구죠?"

"그 사람은……."

한이수가 뒷말을 흐렸다. 선뜻 뒷말이 나오지 않자, 조영규 검사는
한이수를 물끄러미 쳐다보았다. 이상하다. 검사실에 와서 조금도 긴장
하지 않았고, 말에 막힘이 없던 그녀였다. 머뭇거리니 더 눈길이 갔다.
냉랭하던 그녀의 이마가 조금 일그러져 있었다. 더 이상하다. 마치 크
나큰 갈등을 인 사람 같다. 고뇌가 새겨진 주름? 하기 어려운 말을 하
는 자의 망설임? 이 태도는 뭐지?

시간이 조금 더 흘렀다. 정적.

마침내 이마가 펴지고, 한이수가 결심한 듯 말했다.

"모르겠어요."

"네? 모른다고요?"

수사관이 놀라 되물었다. 조영규 검사의 눈도 휘둥그레졌다.

"네. 그때 책상 아래 숨어 있다가 들키는 통에 너무 당황해서……."

"……누군지 못 봤단 겁니까?"

"못 봤어요. 그 순간엔 도망쳐야 한다는 생각밖에 없었어요."

"아무리 그래도……."

수사관의 눈가에 짙은 의혹이 떠올랐다. 조영규는 무언가 말하려다가 그만두었다. 검사까지 합세해서 다그치면 모양이 좋지 않다.

한이수가 나지막하게 항의하듯 말했다.

"수사관님."

"네."

"다급한 상황에서 세 사람의 얼굴을 다 보는 게 더 이상한 거 아닐까요?"

"……."

수사관은 일순 할 말을 잃었다. 그제야 조영규 검사도 못 참고 입을 열었다. 수사관 앞으로 불쑥 나서며 물었다.

"녹음에는 김평일이 그자를 '변호사님'이라고 부르고 있어요. 짚이는 사람이 없습니까?"

"없어요."

"단명오 변호사 아닙니까?"

"못 봤어요. 함부로 단정 지어 말하기는 그러네요."

"기억을 잘 떠올려 보세요. 그날 한울 빌딩의 CCTV 기록을 양다곤이 다 지워 놔서 출입자들을 확인할 수가 없어요. 그러니까 한이수 씨의 증언이 결정적이란 말입니다."

"못 본 걸 어떡해요."

조영규 검사는 반걸음 물러서며 곤란하다는 표정을 지었다.

한이수는 피의자가 아니라 증인이다. 원하는 답이 나오지 않는다고 다그칠 수 없다.

수사관이 다시 말했다.

"이것 참…… 아니 근데, 그날 복도에서 도망가다가 윤해성 변호사가 범인을 들이받았다면서요."

"네."

"그럼 윤해성 변호사는 단명오를 봤을 수도 있겠네요."

"그때 복도에서 절 뒤쫓은 사람은 김 실장님뿐이에요."

"아…… 하필이면……."

수사관은 쩝, 하고 입맛을 다시면서 조영규 검사의 얼굴을 쳐다보았다. 조영규는 수사관에게 눈을 끔벅했다. 그만하라는 신호이기도 했다. 여러 번 묻는다고 여자가 발언을 달리할 것 같지는 않았다. 조영규는 고개를 설레설레 저었다.

현장에 있었으면서도 단명오인지는 알 수 없다? 확신이 없으면 진술을 못 한다는 건가. 너무 똑 부러지는 성격도 문제야. 얼굴을 보지 못했다 하더라도 대충 단명오였다고 진술하면 되잖아. 그렇게 분위기 파악이 안 될까?

분명 양다곤에게 원한이 있고, 그래서 윤해성을 도운 여자라고 알고 있는데. 예상과 다르다. 이 여자는 양다곤한테만 관심 있어. 양다곤만 감옥에 가면 다른 사람은 어떻게 되든 상관없단 거야. 굳이 불확실한 걸 증언하는 위험은 조금이라도 감수하고 싶지 않다는 거겠지. 신중한 것도 이쯤 되면 병이야…….

조영규는 답답했다. 하지만 이내 머리를 털어 버렸다.

어쩌면 이 여자가 옳아. 중요한 건 양다곤이지. 세상의 관심은 양다곤을 향해 있어. 그자만 유죄 받아 내면 돼. 단명오니 김평일 같은 공범이야 무죄를 받든 말든 여론은 관심 없어. 이름도 모를걸.

이제 됐어. 이 여자의 증언 같은 건. 이걸로 된 거야. 어쨌든 불러서 진술은 들어 봤잖아. 안 한 건 아니니까. 단명오는 몰라도, 양다곤 기소의 증거는 차고 넘쳐. 그러면 충분해. 양다곤만 잡으면 돼.

조영규는 친절한 웃음을 지으며 말했다.

"한이수 씨, 수고하셨습니다. 협조해 주셔서 감사합니다."

한이수는 자리에서 일어섰다.

* * *

양다곤 구속.

결국 거함이 침몰했다.

분명한 증거물 앞에 이 결과는 필연이기도 했다.

첫 보도가 나온 지 열흘 만에 포승줄에 묶여 구치소로 실려 가는 양다곤의 모습을 모든 사람들이 TV 화면으로 지켜보았다. 같이 수갑을 차고 법무부 호송버스에 오르는 김평일은 화면 가장자리에 언뜻 비쳤을 뿐이다. 양다곤은 억울하다며 고개를 빳빳이 들었지만 그가 무고하다고 믿는 사람은 거의 없었다.

이어 TV 화면이 바뀌고 수사를 담당한 조영규 검사의 브리핑이 있었다. 굳은 턱, 의지가 깃든 눈매. 영락없는 '열혈 검사'다.

"저거 다 연기 아냐? 나도 저 검사 좀 아는데…… 영 이미지가 딴판이네……."

박시영이 화면을 쳐다보며 고개를 갸웃했다. 한이수를 제외하고 모두 이람 법률사무소 사무실에 모여 있다.

"양다곤 건을 맡았으니, 검사로서는 일생일대의 기회인 거지."

윤해성이 말했다. 그의 말투에 조영규 검사에 대한 기대감은 옅어 보였다.

기자들의 질문 세례가 이어졌다. 대부분이 양다곤의 죄상에 관한 것이었는데, 한 명의 기자가 좀 다른 질문을 했다.

"범행을 공모한 녹음이 있다고 들었습니다. 세 사람이 현장에 있었다고 하는데, 왜 두 사람만 수사하는 겁니까?"

조영규 검사는 양다곤과 김평일만을 수사 대상으로 놓았던 것이다. 조영규는 의외의 질문에 허를 찔린 듯 멈칫했다가 말했다.

"그, 그건 아직 수사 중입니다. 한 명이 더 있는 건 확인되는데 녹음상으로는 누구인지 명백히 특정되지 않았습니다."

"변호사라는 이야기가 있던데요?"

질문한 기자는 상당한 정보를 갖고 있는 듯했다.

"공범들끼리 '변호사'라고만 지칭했지, 특정될 만한 이름이나 성을 말하지 않았습니다."

"그럼 양다곤 회장과 김평일은요?"

"양다곤과 김평일은 '회장'이나 '김 실장'이라고 서로 불렀어요. 그 상황에서 명백히 누군지 드러나고 증인도 있습니다. 하지만 변호사는 한국에 3만 명이잖습니까? 그 사람들 다 조사할 건가요?"

조영규는 기자에게 거의 면박을 주었다. 짜증 난 어투였다. 양다곤 구속 자체가 어마어마한 성과다. 근데 이름도 없는 자잘한 공범 문제 따위로 지적질을 해?

전기호가 흥분했다.

"저 검사 허당 아냐? 그 변호사가 단명오잖아! 조금만 성의 있게 수사하면 알 텐데!"

그러면서 전기호는 방수희를 쳐다보았다. 그녀는 무슨 생각을 하는지 알 수 없는 표정으로 묵묵히 보고만 있다가 고개를 갸웃했다.

"이수 언니 말만 들어 봐도 되지 않아? 단명오가 녹음 현장에 있었다는 거."

"맞아, 이수 누나가 검찰에 갔잖아. 그대로 말했을 테고. 그걸로 증거가 부족하단 거야, 뭐야?"

전기호가 맞장구 쳤다.

"글쎄……."

윤해성도 애매하게 고개를 기울였다.

"저 검사 꼰대 아냐? 꽉 막혔는데! 양다곤한테만 꽂혀 있어. 다른 수사는 완전 부실이야."

전기호는 투덜거렸다. 하지만 한이수는 검찰에 출석해서 그날 그 자리에 있는 사람이 단명오인지 분명치 않다고 못 박았다. 그 사실을 모르니 대놓고 애먼 조영규 검사를 나무라고 있다. 실은 조영규도 억울할 일이다.

"우리가 괜히 걱정하는 걸 수도 있어. 양다곤을 검찰에서 구속해둘 수 있는 기한이 다 되어 가잖아. 그니깐 우선 기소할 수밖에 없어. 단명오는 증거 보완해서 나중에 추가 기소하려는 거겠지."

박시영이 차분하게 말했다. 하지만 본인도 정말 그렇게 믿고 있는지는 의문이다.

윤해성은 무거운 낯빛으로 침묵할 뿐이었다.

이렇게 사건 아래로는 불안한 기류도 조그맣게 흐르고 있었지만, 다들 더 이상 그런 문제들을 입 밖으로 꺼내지는 않았다. 이제 장애는 없겠지. 단명오도 조만간 구속되겠지, 그렇게 낙관했는지 모른다. 아무튼, 눈앞에 있는 건 바라던 결말이었으니까. 양다곤은 테헤란로를 굽어보는 회장실 통유리창 대신 한 평도 못 되는 구치소 독방 벽을 마주하게 됐으니까.

　　　　　　　＊　＊　＊

　양다곤이 밧줄에 묶여 호송버스를 타는 장면. 뒤이어 성과를 뽐내는 조영규 검사의 브리핑. 같은 장면을 인터콘티넨탈 호텔 스위트룸에서 TV로 지켜보며 단명오는 윤해성 일행과는 다른 감회를 안고 있었다. 그가 갖는 감정은 나락으로 떨어진 양다곤에 대한 안타까움과는 거리가 멀었다. 그 나락에서 자신만 빠져나왔다는 성취감에 가까웠다.

　잘되었어.

　계획대로야.

　"현장에 한 명이 더 있는 건 확인되는데 녹음상으로는 누구인지 명백히 특정되지 않았습니다.", "공범들끼리 변호사라고만 지칭했지, 특정될 만한 이름이나 성을 말하지 않았습니다."라고 말하는 조영규의 멘트를 들으며, 단명오는 와인 잔을 들고서 흐뭇한 웃음을 입가에 흘리고 있었다.

　날 붙잡아 둘 인간, 법은 한국에 없어. 절차? 엄격한 증거? 인권? 그런 퇴물 사상을 좇으니까 한국은 안 되는 거야. 너무 쉬운 상대. 후훗. 어떤 그물이 덮쳐도 난 빠져나간다.

　단명오는 와인을 쭉 들이켰다. 혼자만의 축배였다.

　그는 잠시 회상에 접어들었다. 불과 얼마 전의 일이었다.

　금괴를 실은 지바겐을 가지고 한도균을 찾아간 바로 다음 날이었다. 단명오가 인터콘티넨탈 호텔의 방 소파에 반쯤 드러누워 TV 뉴스를 보고 있으려니, 룸전화 벨이 울렸다. 호텔 카운터였다.

　"어떤 남성분이 뵙고 싶다고 찾아왔는데요."

　"누구?"

"이름은 굳이 안 밝히세요. 이틀 전 만난 사람이라고만 전해 달라시는데요."

단명오는 직감했다. 한도균이다.

"올려 보내요."

5분쯤 후 방문 벨이 울렸다. 단명오는 문을 열었다. 예상대로, 한이수의 부친, 한도균이었다. 엉거주춤하게 문간에 선 그는 칡빛 얼굴을 하고서 말했다.

"들어가도 됩니까?"

단명오는 비웃음을 흘렸다. 들어가도 됩니까, 라니. 다른 사람의 운명을 좌우할 카드를 쥐고서도 이 덜떨어진 인간은 저자세로군. 그러니까 당신은 평생 그 모양으로 사는 거야. 단명오는 입술을 찢듯이 활짝 웃으며 말했다.

"얼마든지요."

한도균은 방 안으로 들어왔다.

단명오가 앉기를 권했지만 그는 그냥 서 있었다. 한동안 쭈뼛거리다가 말했다.

"선생님의 제안을 받고 한동안 생각할 시간이 필요했습니다."

구질구질하게 서설이 길군. 어쨌든 말이 긴 건 걸려들었단 신호야. 단명오는 가만히 듣고 있었다.

"힘들었습니다만, 고민 끝에 가족을 생각한 결정을 했습니다. 결론만 말씀드리겠습니다."

"고민 끝에 내린 결정. 이해합니다. 말씀하세요."

"딸이 사실대로만 증언하도록 하겠습니다."

"……그렇군요."

포커페이스에 능한 단명오지만 입가에 비칠비칠 흘러나오는 만족의 웃음을 완전히 거두기는 힘들었다. 됐다! 이걸로 난 살았어! 내가 모의 현장에 있었다는 건 불분명해졌어. 양다곤이야 어떻게 되든 알 바 아니야.

"잘 생각하셨습니다. 가족이 제일 중요하죠."

가족 하나 없는 단명오가 말했다.

그는 테이블 위에 아무렇게나 놓인 차 키를 집어 들어 한도균의 손에 쥐여 주었다.

"지하 3층 에프31에 있습니다. 선생님 겁니다."

한도균은 차 키를 받아 들고는 뒤돌아 방을 나갔다.

* * *

구속된 지 열흘 만에 결론이 나왔다. 모두가 예상한 바였다.

양다곤 기소.

한국을 대표하는 자동차 회사 중 하나인 한울 모터스 CEO의 살인 혐의. 한국을 넘어 세계경제계의 일대 사건이었다. 회계부정이나 경제 범죄 같은 게 아니라 살인!

국내 여론이 들끓었고, 외신도 앞다투어 보도했다. 한울 모터스의 주가가 출렁였고, 경쟁사인 테슬라 주가는 치솟았다.

양다곤과 김평일은 재판으로 직행했다.

한국 최고의 재벌과 너무도 어울리지 않는 살인 의혹.

세기의 재판이 시작된 것이다.

* * *

"축하해!"

이람 법률사무소를 찾아온 박시영이 환하게 웃었다.

"고마워. 기소는 당연한 거지만."

윤해성은 모니터에서 눈을 떼고 테이블 앞 의자로 옮겨 앉았다.

박시영은 커피 잔을 테이블 위에 놓으며 말했다.

"유죄도 당연한 거구."

"물론."

"판결이 남았지만 그래도 복수를 거의 이루었다고 해야겠지? 기분이 어때?"

"기자로서 묻는 거군. 아님 작가로서."

"응."

박시영은 당연하다는 듯 턱을 끄덕였다.

"흠…… 비틀즈의 「롱 앤 와인딩 로드」라도 듣고 싶은 심정이야. 참으로 먼 길이었어…… 정도로 해 주면 되냐?"

"그런 작위적인 거…… 아주 좋아."

두 사람은 웃었다.

박시영이 남은 웃음을 머금고서 말했다.

"이렇게 같이 웃어 본 것도 오랜만인 것 같아."

"그래. 정말 오랜만."

윤해성은 다시 빙그레 웃었다.

"농담처럼 말했지만, 정말 길고 구불구불한 길이었어."

"응."

"진짜 쓸 거야?"

박시영은 검지를 들어 윤해성의 얼굴을 가리켰다.

"넌 애당초 목적을 갖구서 법대에 들어갔고 사법시험을 쳤어. 검사가 된 것도, 김정은 기소한다면서 법석을 떨고는 사표를 던진 것도 다 의도한 거였지. 세상의 주목을 끈 다음 자동차 회사를 고발한다면서 자연스럽게 한울 모터스를 접근하게 만들었어. 양다곤과의 접점을 만든 다음 마침 구속영장 건을 맡아서 성공시켜서 단숨에 양다곤의 최측근으로 뛰어올랐지. 테러를 당해 죽을 뻔했지만 살아남았고. 기회를 엿보며 차츰차츰 은밀하게 양다곤의 주변을 조여 갔어. 양다곤의 아내였던 장유나 사건에서 양다곤의 실체를 까발려서 떠나게 만들었고, 아들 양건일은 교통사고를 빌미로 골로 보내 버렸어. 그러고는 드디어 20년 전 살인 사건의 증거를 잡아내 양다곤의 숨통을 끊었어. 이런 스토리가 책으로 나오지 않으면 어떤 게 나와야 할까?"

"쓴다면 너뿐이야. 시영이 넌 이 이야기에 권리가 있지."

윤해성이 빙그레 웃었다.

"근데."

박시영이 조심스레 말머리를 뗐다.

"왜."

"좀 찝찝한 건 있어."

"뭐."

"단명오가 결국 기소에서 빠졌어. 수사한다는 이야기도 없더라."

"응. 그렇더라."

윤해성이 맥없이 대꾸했다. 박시영은 그 모습을 물끄러미 바라보다가 말했다.

"너도 꽤 실망했구나."

"……."

"양다곤하고 김평일만 법정에 서게 됐잖아. 단명오는 쏙 빠졌어."

"단명오는 검찰 조사도 제대로 받지 않은 것 같았어."

"그니깐 이상해. 왜 빠져? 공범이잖아."

"조영규 검사님한테 물어봤는데, 그냥 얼버무려. 양다곤과 김평일도 그 변호사가 누구인지에 대해선 입을 꾹 닫고 있다나봐."

윤해성은 팔을 머리 뒤로 돌려 팔짱을 끼고 의자 등받이에 몸을 기댔다.

"더 캐물을 수도 없고."

"너도 내막은 잘 모르나 보네."

"내가 아무리 유족이고 피해자이긴 해도 수사 내용을 낱낱이 알려주진 않으니까."

"네 생각은 어때?"

"아마…… 무죄가 겁났을 수 있지."

"무죄? 단명오가?"

"김평일은 유언장에서 DNA가 나왔으니 명백. 양다곤은 김평일의 보스이자 최대 이익을 얻은 자니까 역시 명백. 하지만 단명오는 어중간하다고 본 거 아닐까."

"말도 안 돼. 그자들이 스스로 털어놓은 걸 이수 씨가 들었잖아?"

"……음. 글쎄…… 그 증언만으론 좀 약하다고 본 걸까? 아무래도 간접증거니까."

"나 참. 검찰은 대체 뭐 하는 거지?"

"그들의 관심은 양다곤한테만 집중해 있어. 나머지는 안중에 없고."

"똑같은 범인인데……."

"언론에는 양다곤만 나오니깐."

"하여튼 참……."

박시영이 위로하듯 말했다.

"그래도 양다곤이 먼저 유죄 받으면 돼. 시간문제지, 단명오는 그 뒤에 꼭 처벌 받을 거야."

윤해성은 의자를 빙글 돌렸다. 무언가를 향해 조소하는 듯한 표정이 떠 있다.

"왜 웃어."

"시영이 넌 법을 너무 믿는 것 같아."

"나 참. 그게 변호사가 할 소리야?"

"변호사니까 하는 말이야."

박시영은 어처구니없다는 듯 쳐다보았다.

* * *

조영규 검사는 차장검사실에 불려가 있었다.

강일호 차장검사는 소파로 자리를 옮겨 앉으며 말했다.

"거기《동화일보》봐."

"신문요?"

"그, 양다곤 기사 그거."

차장검사가 가리키는 곳에 양다곤 재판에 관한 기사가 실렸다. 요즘 가장 뜨거운 뉴스이니만큼 당연한 기사겠지만, 다른 신문과 방향이 조금 달랐다.

검찰 눈에는 양다곤만 보이는 걸까

"이거 뭔 소리야?"

검찰이 양다곤 기소에만 온 신경을 쏟는 통에 다른 공범들에 대한 수사가 상대적으로 부실한 것 아니냐, 하는 기사였다. 내용은 짧았지만 수사한 검사의 심기를 건드렸다. 조영규 검사는 불쾌한 낯빛으로 신문을 테이블 위에 내려놓았다.

"뭐 이런. 양다곤 집어넣었으면 됐지. 트집만 잡고 있어!"

"그래도 그런 기사가 안 나오는 게 나아."

검찰이란 조직도 생각보다 여론에 신경을 쓴다. 비록 하나의 신문에서지만 이런저런 지적을 받기는 싫다.

"제3의 공범이 있잖아. 대책회의 현장에서 녹음된 인물."

"있죠."

"그거 단명오 아니야?"

"가능성은 높죠. 양다곤 주변에 있었고, 20년 전 김민호 교수 유족 상대로 지분이전소송도 했던 인물이니까요."

"근데 왜?"

"딱 거기까지니까요."

"딱 거기까지다?"

"그 두 가지 정황 말고 다른 증거가 전혀 없습니다. 직접증거는 말할 것 없고, 간접증거조차 없습니다."

"그런가."

"양다곤은 직접 당사자니까 명백합니다. 김평일은 김민호 교수의 유서에서 DNA가 나왔으니까 빼도 박도 못 하고요. 하지만 단명오는 아닙니다. 살인 현장에 있었다는 증거가 없습니다. 물론 범죄 대책회의 현장에 있었다면 공범인 게 분명하겠지만, 목격자인 한이수는 단명오인지 잘 모르겠다고 진술했습니다. 양다곤과 김평일도 그 변호사가 누구인지에 대해선 철저히 묵비권 행사 중이고요. 도리가 없죠. 이

상태로 단명오를 기소했다간 100퍼센트 무죄 떨어집니다."

"성문분석 같은 걸 해 보면 어때?"

"해 봤는데 판독 불가로 나왔습니다."

"녹음 상태가 안 좋았나?"

"예. 녹음기를 어디 문구통 같은 데 넣어 놓은 모양이더라고요. 안 그래도 성문분석이 변수가 많고 판독이 어렵잖습니까. 잘 안 됐죠."

"흠."

"무죄가 뻔한데 기소해서 괜히 흠집 남기는 것보단 양다곤 한 명이라도 확실하게 잡아야죠."

"하긴. 공범 수사 운운하는 건 이 신문 기사 정도고, 나머지는 전부 양다곤한테만 관심이 쏠려 있어."

"신경 쓰지 마십시오. 양다곤만 유죄 받으면 이런 건 다 덮입니다."

"흠……."

강일호 차장검사는 고개를 끄덕끄덕하다가 말했다.

"벌써 내일이 공판이야."

"네."

"준비는 잘했겠지? 범행을 부인하고 있다던데."

"증거는 완벽합니다. 하늘이 무너져도 빠져나갈 수 없죠. 로티플 잡고 치는 포커입니다."

"좋았어."

차장검사는 만족스럽게 웃었다.

조영규 검사는 인사를 꾸벅하고 차장검사실을 물러났다.

                              * * *

　서울중앙지방법원 504호 형사법정.

　아직 판사는 들어오지 않았다. 빽빽이 들어찬 방청석 앞쪽의 기자들
은 저마다 노트북에 손을 올리고 있고, 그 뒤로 표를 받아 들어온 방청
객들이 가득 자리를 메우고 있다. 박시영은 기자석에 있었고, 앞에서
세 번째 줄 방청석에 윤해성과 한이수, 방수희가 나란히 앉았다. 변호
인석에 앉은 이는 예상대로 법무법인 LNK의 이정환 변호사.

　잠시 후 판사 세 사람이 들어와 자리에 앉았다. 전형적인 샌님 얼굴
을 한 재판장이 개정을 선언하면서부터 법정 안은 숨소리마저 크게
들릴 만큼 조용해졌다.

　"피고인들, 들어오세요."

　판사가 말했고, 법정 옆 피고인 대기실 문이 열리며 양다곤이 모습
을 드러냈다. 그가 입장할 때 방청객들은 목을 빼 얼굴을 보려 했다.

　양다곤은 꼿꼿하게 고개를 들고 있었다. 나는 무죄다, 억울하다는
무언의 몸짓일까.

　얼마 전까지 한국 최고의 파워맨 중 일인이었던 그가 하늘색 수의
를 입은 모습은 그 자체로 진기한 구경거리였다.

　뒤를 따르는 김평일에게 관심을 두는 사람은 아무도 없었다. 체격이
당당한 그였지만 고개를 푹 숙이고 어깨를 움츠리고 있어서 존재감이
없었다.

　키보드 소리가 조금 들렸다. 기자 중 몇 명이 양다곤이 법정에 들어
서는 모습을 간략히 메모하는 모양이다.

　판사가 막 입을 떼려는데, 법정 뒤편 문이 벌컥 열렸다.

　"아이구, 이거 늦어서 죄송합니다. 변호인입니다!"

남자는 이정환과 같이 양다곤의 변호를 맡은 변호사인 모양이다. 방청객들 몇몇은 눈살을 찌푸렸다. 재판 시간에 늦은 것하며, 법정 문을 거칠게 열어젖히는 태도하며, 여느 변호사들의 정중한 태도와는 달랐다. 벌써 밀려오는 오만한 기운.

그는 방청석을 가로질러 뚜벅뚜벅 걸어 들어왔다. 모두가 숨죽인 법정에 유독 크게 울리는 구둣발 소리. 이정환이 그를 보더니 알은체를 했다. 윤해성 일행은 고개를 돌려 그를 보았다.

헉. 흡.

한이수인지 방수회인지 모르지만 누군가가 숨을 거칠게 들이켰다. 윤해성은 소리를 내지는 않았지만 동공이 커질 대로 커졌다. 그 눈은 지금 막 들어온 변호인에게 못 박혀 떠나지 못했다.

단명오였다. 표정은 담담하면서도 뜻 모를 자신감에 차 있었다. 변호인석에 앉을 때는 느긋함을 넘어 아예 거들먹거리는 듯 보였다.

"세상에, 단명오 아니에요?"

방수회가 놀라 소곤거렸다.

"음. 맞아. 단명오네."

윤해성은 신음처럼 내뱉었다. 단명오라니. 예상하지 못한 변호인이었다. 아무리 수사 대상에서 빠졌다고 해도 단명오는 살인 현장에 있었다고 의심받는 자다. 설마 공범자인 단명오를 자신들의 변호인으로 내세울 줄이야. 양다곤이 대담한 것일까, 단명오에 대한 신뢰일까. 아니면, 어떤 전략에서일까.

조영규 검사도 단명오를 보고는 흠칫하는 듯했지만 이내 평소의 표정을 되찾았다. 단명오를 공범자로 인정하지 않는 그로서는 윤해성 일행만큼 놀랍지는 않을 것이다.

판사는 자리에 앉는 단명오를 한 번 힐긋 보고는 고개를 정면으로

했다.

"인정신문 하겠습니다. 피고인들 일어서세요."

판사의 말에 양다곤과 김평일이 일어섰다.

판사는 각자의 이름과 주민등록번호, 주소를 확인해 나갔다.

"직업은요?"

판사가 직업을 묻자 양다곤이 잠시 움찔하고는 대답했다.

"한울 그룹의 CEO입니다."

한울 그룹의 회장.

그가 법정에 섰다는 사실이 실감 나는 순간이었다.

양다곤과 김평일이 자리에 앉고, 판사가 검사에게 말했다.

"검찰은 기소 요지를 진술하십시오."

조영규 검사가 일어섰다. 그는 결연한 태도로 입을 열었다.

"피고인 양다곤은 초창기 한울 모터스의 동업자이던 김민호 교수를 살해하고 그의 지분을 독차지하려는 계획을 세웠습니다. 그는 당시 소위 '김 실장'으로 불리던 주먹계의 대부 김평일을 부하로 두고 있었는데, 두 사람이 공모해 김민호 교수를 자살을 위장해 살해하기로 공모한 것입니다. 사건 당일 양다곤은 김민호 교수를 관악산으로 유인해 냈습니다. 그 현장에 김평일이 칼을 들고 나타나 김민호 교수를 위협해 지분양도계약서에 서명하게 했습니다. 이어 역시 칼을 들이대고 위협했습니다. '이 자리에서 널 죽일 것이다, 어차피 죽을 거, 스스로 목을 매달아 편하게 죽어라, 만약 그렇게 하지 않으면 가족까지 해칠 것이다' 하며 협박했습니다. 결국 김민호 교수는 그들이 시키는 대로 유언장을 써 놓고 나무에 목을 매달아 자살하였던 것입니다. 이로써 두 사람은 공모하여 김민호 교수를 살해했습니다. 덧붙여, 양다곤은 이후 허위의 지분양도각서로 김민호 교수의 유족을 상대로 소송을 해 지분 전부를 빼앗아 가 목적을 달성하게 됩니다."

방청석에서는 어우, 휴우 하는 탄식이 연이어 들려왔다. 보도된 내용이지만 법정에서 검사의 입을 통해 들으니 정말이구나, 하는 현장감이 압도했던 것이다.

검사의 말이 이어지는 동안 양다곤은 눈을 감고 있었다. 사정을 모르는 이가 보면 신념을 위해 목이 잘리기 직전인 순교자라고 생각할지도 모른다.

윤해성의 얼굴이 상기되었다. 20년 전의 아픈 기억이 법정에서 소환되고 있었다. 살인, 목을 매달아, 위협, 이런 단어들이 공소장에는 삭막하게 나열될 뿐이다. 검사의 어투는 마치 전자제품 매뉴얼을 읽는 듯 무미건조하다. 하지만 김민호의 아들, 윤해성에게는 현장에 있었던 것처럼 당시 상황이 눈앞에 그려졌다.

양다곤은 김민호를 적당한 말로 속여서 관악산으로 불러냈을 것이다. 비밀 용건이니 가족들에게도 알리지 말라고 했을지도 모른다. 그렇지 않아도 바깥일에는 늘 과묵하기만 했던 김민호다. 그는 조용히 혼자서 집을 나섰다. 터덜터덜, 앞으로 어떤 일이 닥칠지 모르는 채 관악산으로 향하는 김민호 교수. 그 모습은 당시 등산로 입구를 비추는 CCTV 카메라에도 찍혔다. 범의 아가리로 들어가는 발걸음. 그때 알았다면 등을 부여잡았을 텐데. 안타까운 순간이 지금, 이곳에서 되살아났다.

김민호가 도착한 곳에는 양다곤만 기다리고 있지 않았다. 폭력의 프로페셔널 김평일은 돌연 칼 같은 걸 꺼내 들이댄다. 아마 목에다 바짝 대고 위협했을 것이다. 혼비백산한 김민호는 정신이 없었으리라. 그들은 김민호를 더 으슥한 곳으로 끌고 가 본격적으로 위협한다. 목에 칼을 들이댄 채. 시키는 대로 해라. 미리 준비해 온 한울 모터스 지분

321

양도약정서에 사인을 시키는 일 정도는 쉬웠으리라. 서류를 작성시킨 다음, 거듭 위협한다. 여기서 죽일 것이다. 김민호의 얼굴은 절망감으로 일그러진다.

그들의 말은 이어진다. 어차피 죽을 목숨, 스스로 나무에 목을 매라. 만약 그렇게 하지 않으면 집에서 기다리고 있을 가족까지 몰살시키겠다. 욕심으로 미쳐 버린 양다곤의 눈, 그리고 곧 있을 살육의 냄새로 뒤집어진 김평일의 눈. 미치광이! 살인마! 자신의 죽음은 피할 수 없음을 직감했다. 어차피 죽을 목숨, 가족들이나마 살려야지…… 김민호는 그들이 시키는 대로 스스로 나무에 줄을 걸고, 목을 매달았다. 그것으로 모든 것을 잃겠지만 그나마 가족들의 목숨만은 살릴 수 있다고 믿으면서. 그 순간 김민호 교수, 아버지의 심정은 어떤 것이었을까. 그 장면을 지켜보는 이자들의 마음은 또 어떤 것이었을까.

윤해성은 가슴의 격동을 숨기고, 20년의 세월을 건너 뛰어 눈앞의 심판대에 선 두 악마를 짐짓 담담한 시선으로 지켜보았다.

"피고인 측 입장은 어떻습니까?"

판사가 변호인들을 향해 물었다. 단명오가 대답했다.

"피고인들은 공소사실을 부인합니다."

예상한 답변이다. 수사 단계에서부터 범행을 강하게 부인해 온 터였다.

하지만 조영규 검사의 표정은 자신만만했다.

증거는 명백하다. 범행을 부인해 봤자 형량만 가중된다.

그런 생각이다.

"검찰은 증거 신청하십시오."

판사가 말했고, 조영규 검사가 벌떡 일어섰다.

"주요 증거로는 국과수의 유전자 분석 결과 보고서, 녹음파일, 녹취록, 피고인들에 대한 신문조서, 증인 한이수의 진술을 기록한 조서 등이 있습니다."

조영규 검사는 이어 증거목록을 제출했다.

판사가 변호인들을 향해 물었다.

"증거인부는 어떻습니까?"

"전부 성립 인정하고 동의합니다."

단명오가 대수롭지 않다는 듯 말했다.

기자들과 방청객 중 법을 조금 아는 몇몇은 고개를 갸웃했다.

증거에 전부 동의한다고? 지금껏 범행을 강력하게 부인해 왔으면서? 모순된 행동 아닌가.

증거는 범행을 입증하는 결정적인 것들이다. 그런데도 변호사는 증거에 동의했다. 자신들의 숨통을 죄는 증거들이 아무런 제약 없이 법정의 테이블에 오르게 되었다.

하지만 방청객 중 몇몇은 이유를 납득했다는 듯 고개를 끄덕끄덕했다.

증거가 너무 명백한 것이다. 증거가 무효라고 다투어 봐야 힘을 뺄 뿐이다. 결국은 유효한 증거로 채택될 게 뻔하다. 시간 낭비에다 괘씸죄 가중이다.

방수희는 윤해성의 옆얼굴을 힐끔 보았다. 왜일까. 불안한 기색이 어려 있다.

방수희는 고개를 갸웃했다. 불안해할 필요가 있을까. 이만큼이나 객관적인 증거가 있는데. 손을 뻗어 윤해성의 손을 어루만지듯 잡았다. 마음을 가라앉히는 담백한 손길. 그 손을 윤해성도 마주 쥐었다.

새삼스레 깨달은 사실이지만, 변호인석에서 발언하는 사람은 단명오뿐이었다. 이정환 변호사는 그저 있을 뿐, 꿀 먹은 벙어리였다. 단명오가 나서서 모든 변론을 하기로 이야기된 모양이었다.

변호인 단명오는 방청객들이 예상한 것보다 훨씬 더 나아갔다.

그는 일어서서 말했다.

"검찰이 제출한 증거들 모두 인정합니다. 그리고 이 증거들이 명백히 가리키는 사실도 인정합니다."

그의 발언에 방청석이 웅성거렸다. 증거에 동의하는 정도를 넘어, 증거가 가리키는 사실까지 인정한다고? 하지만 조금 전에 범행을 부인한다고 했는데? 저 변호사는 대체 뭐 하자는 것인지?

방청객들은 놀란 눈으로 일제히 단명오를 쳐다보았다.

그 의문을 대변하듯 판사가 물었다.

"피고인들은 범행을 부인하는 입장 아니었습니까? 그런데 지금 발언은 어떤 의미죠?"

단명오가 희미하게 웃었다.

"피고인들이 공모해서 김민호 교수를 살해한 사실을 인정한다는 겁니다."

"네?"

판사가 놀라 되물었다.

엑?

억.

방청석 여기저기서 작은 소리들이 솟구쳤다.

판사는 의외의 발언에 놀란 듯 잠깐 단명오를 쳐다보았지만 곧 정신을 차리고서 말했다.

"알겠습니다. 그럼 피고인 측이 증거에 모두 동의하였으므로 증거조사를 실시하겠습니다."

피고인들이 살인을 인정한다는데 굳이 되묻는 것도 바보스럽다. 판사는 천연덕스럽게 다음 절차를 진행한다고 했지만 당황한 빛을 전부 숨기지는 못했다.

변호인의 잇따른 돌발 행동에 놀란 건 조영규 검사도 마찬가지였다.

경찰에서 그렇게나 철두철미하게 부인해 놓고, 갑자기 살인을 인정? 무슨 속셈으로? 뒤늦게 반성해서? 설마.

피고인들이 자백했으니 검사는 반가워야 하겠지만, 양다곤이 죽을 듯이 범행을 부정하는 꼴을 눈앞에서 싫도록 보았기에 순순히 살인했다고 고개를 숙이는 태도는 낯설기 그지없었다.

조영규 검사는 멍하니 앉아 있다가 판사가 증거를 제출해 달라고 하자 그제야 퍼뜩 정신을 차렸다. 증거서류를 참여관에게 건넸다. 참여관은 그것을 다시 법대에 올려놓았다.

판사는 서류를 확인하기 시작했다.

"국과수의 유전자 분석 결과 보고서에는 피해자의 유언장에서 피고인 김평일의 체액과 DNA가 검출된 것으로 나와 있습니다. 하지만 조서를 보니…… 피고인들은 경찰과 검찰조사 당시에 범행을 부인한 것으로 되어 있군요. 에…… 그리고 참고인 한이수 씨에 대한 조서에 따르면 피고인들이 모여 20년 전의 살인에 관한 대화를 나누었다고 되어 있습니다."

판사가 고개를 갸웃하더니 읊듯이 말했다.

"조서에 다 동의했으니까 한이수 씨를 증인으로 부를 필요는 없겠네요."

마치 한이수를 증인으로 부르지 못해 안타깝다는 투였다. 단명오는 어디까지나 여유만만이었다.

방수희가 윤해성에게 속삭이듯 물었다.

"무슨 소리죠? 이수 언니가 증인으로 나가지 않는 거예요?"

"응."

윤해성은 고개를 끄덕였다.

"왜?"

"목격자 상대로 경찰에서 진술 조서를 꾸미잖아. 거기에 피고인이 동의하면 그 조서를 바로 증거로 쓰면 되니까 굳이 증인으로 부르지 않아. 피고인 측이 조서에 부동의 할 때만 증인으로 출석하는 거지. 조금 전에 단명오가 조서 포함 모든 증거에 동의한다고 해 버렸잖아. 이수는 증언할 일이 없게 된 거야."

"글쿠나⋯⋯."

"단명오가 노린 거야."

"노리고?"

"서류보단 증언이 더 생생하거든. 그만큼 저자들한텐 불리하니까. 이수가 법정에 나와서 증언하면 자신들의 악성이 부각될망정 결코 좋을 거 없단 거지. 그래서 그냥 동의해 버린 거야. 변호사들이 자주 쓰는 전략이긴 해. 불리한 증인은 아예 조서를 동의해서 증언할 기회를 없애 버리는 거지."

윤해성이 말하는 동안 한이수는 무표정하게 고개를 끄덕끄덕했다.

방수희가 한이수를 향해 조그맣게 말했다.

"언니, 아쉽겠어요. 증인으로 나서서 맘껏 할 말 해야 하는데."

"아냐, 괜찮아요."

한이수는 담담하게 말을 이었다.

"어쨌든 범행을 순순히 인정했으니까. 증언이야 어떻든 그게 최종 목표잖아요."

"증거가 너무 명백하니까 그랬겠죠? 범행을 인정하고 형을 줄이는 쪽으로 변론하려고."

방수희의 말에 한이수와 윤해성은 고개를 묵묵히 끄덕였다.

판사는 다시 증거기록으로 시선을 옮겼다.

"그리고…… 녹음 파일이 있네요. 여기에 피고인들이 김민호 교수를 죽였다고 털어놓는 내용이 있다는 겁니까?"

"그렇습니다."

조영규 검사가 힘주어 대답했다.

"그럼 녹음에 대한 증거조사를 하겠습니다. 참여관, 파일을 틀어 주세요."

이 녹음을 듣는다면 한이수의 증언도 굳이 불필요하다. 이 파일이 공개되면 누구도 이들이 범인이 아니라는 주장은 할 수 없으리라.

법대 아래 참여관이 판사로부터 USB 파일을 받아 컴퓨터에 꽂았다. 이어 앰프를 켜고, 모니터를 보며 마우스 클릭을 몇 번 했다.

법정 안에는 어느 때보다도 깊은 정적이 흘렀다. 침 삼키는 소리가 몇 번 들릴 뿐이었다.

이윽고 녹음 파일이 재생되기 시작했다.

"일찍 왔네."

"보통 중요한 일이 아니어서 말이죠."

양다곤에 이은 단명오의 목소리. 생생했다. 한이수가 녹음한 대화의 첫 부분이었다.

"정말 죄송합니다. 아무래도 유전자는 제 것인 것 같습니다."

이번에는 김평일의 목소리다.

"그리고 유언장에 체액이 묻었다면 당시 김 실장밖에 없습니다. 김민호 교수 목에 칼을 들이대고 있었으니까요."

단명오의 입에서 흘러나온 이 대사는 범행을 구체적으로 고백한 첫 마디였다.

"유언장에 체액이 묻었을 줄은 정말 몰랐습니다."

김평일의 말에 이어 양다곤의 음성이 들렸다.

"칼 들고 설치다가 혹시 자기 칼에 베이기라도 한 거야?"
"아, 아닙니다. 저는 그때 피를 흘린 기억이 없습니다."
"아마도 땀 아니면 침이 튀었을 겁니다."
"두 분도 그 자리에 계셔서 잘 알지 않습니까?"

김 실장의 발끈한 말이 이어졌다.

"네. 그렇습니다. 제가 다 했죠. 김민호를 칼로 위협해서 지분양도약정서에 날인하게 한 것도 저고요. 어차피 죽일 거라며, 여기서 목매달지 않으면 가족까지 몰살시키겠다고 자살을 강요하는 것도 제가 했죠. 그러려니 아무래도 칼을 목에 바짝 들이대고 밀착해서 위협할 수밖에 없었습니다. 그 과정에서 어쩔 수 없이 묻었을 겁니다. 회장님이나 변호사님은 가만히 지켜만 보셨으니 침도 땀도 안 튀었을 거고요."

분명하고 확정적이며 더 이상 구체적일 수 없는 범행의 고백이었다.

뒤이은 대화는 대책을 이야기하는 단명오가 주도하고 있었다.

"어떻게 하는 게 좋겠어?"

"일단은 윤해성 측이 이걸로 사건화하려 한다고 봐야 할 겁니다."

"그렇겠지. 그러려고 유전자 검사를 한 걸 테니까."

"크게 걱정할 단계는 아니라고 봅니다. 물론 귀찮은 구설수엔 오르겠지만 유언장에 김 실장의 체액이 묻었다고 해서 우리 세 사람이 살인을 공모했다는 분명한 증거는 되지 못합니다. 심지어 김 실장 본인이 살인을 했다는 직접적인 증거도 되기 힘듭니다."

"으음."

"하지만 분명 의심은 살 겁니다. 살인으로 누가 가장 이익을 얻었는가, 하는 관점에서 보면요, 분명 회장님이거든요. 사건 직후 소송으로 김민호 교수의 지분을 다 빼앗아서 한울 모터스의 주인이 되신 거잖습니까?"

"이거 골치 아프군. 분명 의심은 할 거야."

"하지만 의심뿐입니다. 여기서 중요한 건, 내부에서 무너지지 말아야 한단 겁니다. 무엇보다 우리 세 사람이 말을 다 맞추어야 합니다."

"흐음. 그래야겠지."

"일단 김민호 교수가 죽던 그 자리에 없었다고 철저히 부인해야 합니다. 여기서 경찰은 아마도 각개 격파를 하려고 할 겁니다. 우리 세 사람을 각자 따로 불러서 신문할 겁니다. 당근과 채찍을 번갈아 주겠죠. 털어놓아라. 그러면 당신만은 크게 선처해 주겠다. 당신 혼자 범행을 부인하다가 혼자 다 뒤집어쓰고 갈 일이 있느냐. 이렇게요. 심지어는 다른 사람들이 자백했다, 그러니 여기서 당신 혼자 부인하면 당신만 엿 된다, 이렇게도 구슬릴 겁니다. 이렇게 개별 신문을 하면서 어떤 말로 유혹하고 겁을 줘도 우리끼리는 절대 허물어지면 안 된단 겁니다. 서로 철저히 입을 맞추고 같이 부인하는 것. 그것만이 살길입니다. 그걸 우리 전부 명심하고 약속해야 합니다."

"……알겠네."

"알겠습니다."

범행을 부인하기로 입을 맞춘 약속까지 드러났다. 어떤 악마의 변론으로도 부정할 수 없는, 살인의 명백한 고백이자 증거였다.

그중 한 명은 이 법정의 변호인인 단명오였다. 하지만 노이즈가 낀 탓에 그의 음성과 같다는 것을 알아차린 사람은 없었다. 아무리 그렇다고 해도, 법정에 자신의 말이 울리는데도 눈썹 하나 깜짝하지 않는 단명오의 포커페이스는 놀라웠다. 배짱만은 인정할 수밖에 없다.

녹음이 법정에 안긴 충격은 컸다.

방청객의 탄식이 들렸고, 조그맣게 욕을 하는 사람도 있었다.

판사도 녹음을 듣는 내내 이맛살을 찌푸렸다. 녹음이 끝나자 한동안 말이 없었다. 판사는 이윽고 의자를 바로 하고서 말했다.

"……이제 모든 증거조사가 끝났습니다. 지금까지의 증거조사 결과에 이의 없으시죠?"

검사도, 변호사들도 네, 하며 일제히 고개를 끄덕였다.

판사는 단명오를 보며 말했다.

"피고인 측에서 제출할 증거가 있습니까?"

"없습니다."

"그럼 증거조사를 마치고, 검찰의 의견을……."

"재판장님."

단명오가 벌떡 일어섰다.

판사는 의아한 듯 단명오를 보았다.

"뭡니까?"

단명오가 말했다.

"피고인은 범행을 인정합니다. 하지만 검찰의 기소를 다 인정하지는 않습니다."

방청객들이 불안감을 감지한 것은 분명 이때부터였다.

판사가 물었다.

"그게 무슨 말입니까?"

단명오가 힘주어 말했다.

"피고인들이 김민호 교수를 살해한 사실은 인정합니다. 살해 방법도 검찰이 밝힌 그대룹니다. 녹음에서 본인들도 인정한 바 있으니까요. 그 점을 부인하지는 않습니다. 다만."

이자는 도대체 무슨 장난을 치려는 걸까.

방청석의 불안감이 커졌다.

단명오는 잠깐 말을 쉬었다.

답답해진 판사가 물었다.

"다만, 뭐죠?"

단명오가 말했다.

"다만, 살인을 한 날짜가 다릅니다."

"날짜요?"

판사가 고개를 갸웃했다.

"그렇습니다. 검찰의 공소장에는 2000년 8월 1일 새벽에 김민호 교수를 살해한 것으로 되어 있습니다."

"그런데요?"

"그날이 아닙니다. 피고인들은 김민호 교수를 7월 31일 밤에 살해했습니다."

법정 안에 정적이 감돌았다.

제각기 단명오 변호사의 그 발언이 무엇을 뜻하는지 계산하느라 여념이 없어 보였다.

판사는 잠시 멍해 있다가 퍼뜩 무언가를 깨달은 듯 낯빛이 새파래져서는 서둘러 법전을 뒤적였다.

그 머리 위로 마치 심판을 하는 듯 단명오의 차가운 말이 쏟아졌다.

"힘들여 찾으실 필요 없이 제가 정확히 말씀드리지요. 2015년 7월 31일, 소위 '태완이법'의 시행으로 살인죄의 공소시효는 폐지됐습니다. 그런데 태완이법 시행 전에 발생한 살인사건 중에 그 당시 기준으로 이미 공소시효가 만료된 사건에는 적용되지 않습니다. 예전에는 살인의 공소시효가 15년이었으니 역산하면 2000년 8월 1일이 기준이 됩니다. 즉, 그날 이전에 발생한 범죄는 태완이법이 적용되지 않고 여전히 15년의 공소시효 적용을 받습니다.

2000년 8월 1일 0시를 기준으로, 그 이후에 발생한 살인사건에는 공소시효가 없지만, 그 이전에 발생한 살인사건에는 15년의 공소시효가 있는 것입니다. 그런데 이 사건 살인은 2000년 7월 31일 밤에 일어났습니다. 따라서 15년의 공소시효가 적용됩니다. 그런데 지금은……어디 보자, 20년도 더 지났죠. 공소시효가 지났으므로 피고인들에 대해서는 살인으로 기소할 수 없습니다."

법정 안은 찬물을 끼얹은 듯했다. 침묵의 무게는 최고조에 달했다.

잠시 후, 법정이 깨어났다. 가장 먼저 들린 소음은 다다다다 하며 노트북 자판을 두드리는 소리였다. 기자들이 타이핑하기 시작한 것이다.

방청객 일부는 탄식을 했고, 일부는 이게 무슨 소리인가, 어리둥절해 있었다.

한이수와 방수희는 동시에 윤해성을 보았다.

그는 입술을 일그러뜨린 채 굳게 다물고 있었다.

방수희는 깨달았다.

윤해성은 예상하고 있었다! 그리고 걱정하고 있었다. 그 일이 법정에서 벌어진 것이다.

조영규 검사가 벌떡 일어났다.

"그, 그렇다 해도, 김민호 교수의 사망 일시는 8월 1일이 분명합니다! 그건 당시 김민호 교수를 부검한 의사가 추정한 사망 시각에 기초한 것입니다!"

위기를 감지한 듯한 절박한 음성.

단명오의 말소리는 대조적으로 얼음장처럼 차가웠다.

"김민호 교수의 시체는 8월 3일에 발견되었습니다. 추정 자체가 불확실하겠죠. 게다가 그때 부검의의 기재에 따르면 정확히는 2000년 7월 31일 밤 11시에서 8월 1일 새벽 4시 사이에 사망한 것으로 추정된다는 것이었습니다."

"그렇다면 어쨌든 8월 1일 새벽에 사망했을 확률이 훨씬 높습니다!"

조영규 검사는 또 소리쳤다. 단명오가 또박또박한 말투로 받아쳤다.

"모든 범죄 사실의 입증책임은 검사에게 있습니다. 검찰은 사망 시각을 입증했습니까?"

조영규 검사는 말문이 막힌 듯 입술을 달싹거렸다. 단명오의 단호한 음성이 이어졌다.

"사망일이 7월 31일이 아니라 8월 1일이라는 분명한 '사실'을 검찰은 입증해야 합니다. 하지만 검찰은 지금 8월 1일에 사망했을 '확률'이 더 높다고 주장하고 있습니다. 이건 합법적인 기소가 아닙니다."

단명오는 이어 옆에 앉은 양다곤과 김평일에게 고개를 돌렸다.

"피고인. 김민호 교수를 공모해 살해한 것은 인정하죠?"

"네……."

"네."

양다곤과 김평일이 대답했다.

"그 날짜는 언제였습니까?"

김평일이 입을 열었다.

"김민호 교수를 불러낸 그날 밤 바로 살해했습니다. 그러니까 대략 7월 31일 밤 11시경이었습니다."

"양다곤 피고인도 마찬가지입니까?"

"네."

양다곤은 가볍게 대답했다. '뭘 자꾸 반복해서 묻나?' 하는 듯한 태도였다.

"으음."

조영규 검사가 그만 신음을 내고 말았다. 방청객들에게는 패배의 신호로 받아들여졌다.

범행 시각을 가장 잘 아는 사람은 범인이다. 그리고 이 사건에서는 시각을 아는 유일한 사람이기도 하다. 그들이 저렇게 주장해 버리면, 살인이 8월 1일 이후에 벌어졌다고 입증하는 것은 사실상 불가능하다.

윤해성은 눈을 질끈 감았다가 떴다. 예상한 시나리오 중 최악의 것이었다.

단명오의 목소리가 더 이어졌다.

"피고인들의 주장은 당시 부검의 소견과도 일치합니다. 2000년 7월 31일 밤 11시에서 8월 1일 새벽 4시 사이에 사망한 것으로 추정된다고 했죠. 피고인들이 김민호 교수를 살해한 것이 7월 31일 밤 11시라고 하니까 부검의 소견에서 벗어나지 않네요."

얄미운 어조였다. 거의 이죽거리는 것처럼 들렸다.

수 초간의 공백이 있은 후, 판사가 검사를 향해 겨우 입을 뗐다.

"……살해 시각이 8월 1일 이후라는 증거가 있습니까?"

"……."

조영규 검사는 선뜻 대답하지 못했다. 그러다 뒤늦게 입을 열었다.

"김민호 교수는 7월 31일 밤 11시에서 8월 1일 새벽 4시 사이에 사망한 것으로 추정되고 있습니다…… 그래서 8월 1일 새벽에 사망한 것으로 보는 것이 합리적인데……."

"추정이나 합리, 그런 것 말고, 8월 1일에 사망했다는 객관적 증거가 있는지를 묻고 있습니다."

"그, 그건……."

"범행일이 8월 1일 이후라는 점은 검찰이 입증해야 합니다. 그게 이 재판의 출발점입니다. 입증이 안 된 시각을 기초로는 공소시효를 계산할 수조차 없습니다."

그나마 더듬거리던 조영규 검사의 입이 닫혔다. 판사가 이어 말했다.

"피고인이 살인을 자백했다고 해도 마찬가지입니다. 공소시효가 지난 사건을 기소할 수는 없습니다. 위법하게 기소된 사건을 더 심리할 이유도 없고요."

판사는 조금 화가 난 듯 말했다. 보기보다 성질머리가 꽤 있는 인물 같다.

조영규 검사는 말이 없었다.

"재판은 이걸로 마치겠습니다."

"재, 재판장님!"

조영규가 벌떡 일어섰다.

"피고인들이 살인을 자백했습니다. 범행 시각의 문제는…… 시각은……."

판사는 턱을 쳐들었다.

"네. 그 시각에 대해서 증거가 있냐는 겁니다."

"그 증거는……."

조영규 검사는 다급히 머리를 굴리는 모양새였지만, 어떤 증거가 있는지는 끝내 말하지 못했다. 판사가 한 번 더 다그쳤다.

"피고인들의 주장을 뒤엎고 8월 1일 이후에 살해했다는 입증을 하실 수 있습니까?"

"당장은…… 없습니다."

조영규 검사는 고개를 푹 숙이고 말이 없었다. 궁지에 몰린 표정.

입술을 깨물던 조영규는 불쑥 입을 열었다.

"그, 그렇다고 겨우 한 시간 때문에 저 살인자들을 풀어 줘야 하겠습니까! 이건 정의가 아닙니다!"

법률가로서는 최악의 말이 튀어나오고 말았다. 판사는 조영규를 노려보았다.

"재판은 정의감으로 하는 것이 아닙니다! 법으로 하는 겁니다! 지금 그 법에 맞는 기소인지를 묻고 있습니다!"

판사는 언성을 높였고, 그 말에는 노기가 묻어 있었다. 그의 말은 조영규 검사를 완전히 침묵시켰다.

판사는 냉랭하게 말했다.

"그럼 오늘 재판을 종결하겠습니다. 만약 검찰에 살해 시각에 관해 결정적인 증거를 제시할 수 있다면 추후 증거를 첨부해 공판재개신청을 하시면 검토하겠습니다."

결국 모든 절차는 종결되었다.

이어 검찰의 최후 논고가 있었지만 형식적이었다.

조영규 검사는 두 사람 모두에 대해 사형을 구형했지만, 그 어마어마한 단어의 무게에도 완전히 힘이 빠져 있었다.

"변호인, 최후변론 하십시오."

단명오가 일어섰다.

"앞서 변론한 바와 같이, 피고인들은 공모해서 김민호 교수를 살해했습니다. 2000년 7월 31일 저녁 김민호 교수를 인근 관악산으로 불러내 서류에 사인을 받고, 자살을 강요하는 방식으로 살해하였습니다. 그 시각이 밤 11시였습니다. 따라서 이 사건은 15년의 공소시효에 걸리며, 현재 시효가 지났습니다. 공소시효가 지난 사건을 기소할 수는 없습니다. 이 재판은 애당초 무효입니다."

변론은 자신만만하고, 짧았다.

공판은 종결되었고, 2주일 후로 선고기일이 잡혔다.

세상을 뒤흔들어 놓고 어이없게도 단 1회 만에 끝나 버린 재판이었다.

검찰이 넘어설 수 없는 산을 남긴 채였다.

* * *

그날 오후 이람 법률사무소에 모인 이들은 하나같이 침울한 표정을 짓고 있었다.

박시영이 먼저 입을 열었다.

"어떻게 공범인 단명오가 변호인으로 나섰을까?"

"수임료에 눈이 먼 거겠죠."

전기호가 말했다.

"수임료도 그렇지만, 자신의 안전을 먼저 생각했을 거야."

윤해성이 말했다.

"자신의 안전이요?"

"응. 다른 변호사한테 맡겼다가 불필요한 변론을 하지 않을까 걱정했을 거야."

"그게 무슨 뜻이에요?"

방수희가 물었다.

"양다곤은 살인을 하지 않았다고 주장하고 있어. 하지만 무죄 주장이 안 통하면 어떻게 될까, 하는 거지. 사실 증거가 명백하니 어느 순간엔 무죄 주장이 벽에 부딪힐 게 뻔해. 그렇다면 필연적으로 공범들한테 책임을 떠넘기는 변론으로 가게 되어 있어. 죽일 생각은 없었는데, 그들이 오버했다, 이런 식으로 말이지."

"그렇겠네요."

"양다곤의 변호인이라면 그렇게 할 수밖에 없어. 양다곤만 살리면 되니까. 그런데 바로 그 공범인 단명오는 불안한 거야. 수사 대상에선 벗어났다고 해도 법정에서 양다곤이 자꾸 공범한테 죄를 미루면 위험해져. 자신이 통제할 수 없는 재판이라는 요소에 운명을 맡기는 게 싫었겠지. 단명오는 그 위험을 피하려고 차라리 직접 사건을 맡기로 한 거야. 양다곤을 적당히 구워삶았겠지. 물론 공소시효로 물고 늘어져 양다곤을 풀려나게 할 자신도 있었을 테고."

"만에 하나, 자신이 법정에서 공격당하는 걸 피하려는 계산?"

"조금의 위험도 제거하려는 것."

"단명오답네요. 그러면 이제 방법이 없는 거야?"

한이수가 말했다.

"이번 건으로 한울 모터스 회장에서는 물러나겠죠."

전기호가 말했다.

"그 정도로는 안 돼. 살인자인데. 처벌받아야지."

한이수는 분개했다. 양다곤에게는 윤해성만큼 원한을 가지고 있다.

"죄의 대가를 치러야 해. 그걸 위해 지금까지 달려온 거고."

윤해성이 말했다.

"길이 있긴 있는 거야? 공소시효를 깰 수 있어? 선고가 일주일 남았는데?"

박시영이 잇달아 물었다.

"……"

윤해성은 대답이 없었다.

* * *

양다곤 회장, 살인은 인정, 공소시효 경과 주장.

양다곤 회장 측, 공소시효 문제를 들고 나와, 재판은 시계 제로.

공소시효가 지난 살인, 과연 처벌할 수 없나?

명백한 증거, 모호한 살해 시각, 기소는 유지될 수 있나?

검찰의 헛발질. 살해시각 맹점 노출

재판을 둘러싼 온갖 기사가 쏟아졌다.

단정적이지 않은 제목에도 불구하고 양다곤의 석방을 거의 기정사실화하는 분위기였다.

검찰 스스로가 인정했다. 살해 시각이 8월 1일 이후라는 것을 입증할 증거가 없다고.

어떠한 변론보다 더 확실한 방패, '공소시효'가 양다곤을 지켜 주고 있다.

과연 이 방패를 뚫을 수 있을 것인가.

아마 거기에 가장 관심이 있는 사람은 조영규 검사와 윤해성일 것이었다.

"대놓고 살인했다고, 배 째라 나올 줄은 몰랐어. 경찰에서는 죽어라 발뺌해 놓고."

조영규 검사가 한탄 조로 말했다.

검사실. 책상을 사이에 두고 조영규와 윤해성 두 사람은 마주 앉았다.

"전부 큰 그림하의 전략이었던 거죠."

"처음부터 법정에 가서 공소시효를 주장할 계획이었어."

"경찰에서는 그자들이 한 번도 살해 날짜가 7월 31일이라는 주장을 안 했죠?"

"응. 살인 자체를 인정하지 않았으니까. 범행 날짜가 다르다는 이야기는 더구나 나올 일이 없었지. 철저히 발톱을 숨긴 거야."

"공소시효 문제가 떠오르지 않도록요. 그랬다가 법정에서 불쑥 시효를 들고 나와 뒤통수를 친 겁니다."

"윤 변호사한텐 면목이 없네. 유족으로서 제일 마음이 아플 거 아닌가."

조영규 검사는 양손을 비볐다. 미안한 기색이 역력하다.

"아닙니다. 어쩔 수 없었어요. 양다곤은 살인을 안 했다고 줄곧 뻗댔잖아요. 그러니까 검찰로서는 살인 자체를 입증하는 데에 온 힘을 기울일 수밖에 없으셨을 겁니다. 그러다 법정에서 갑자기 '응, 살인했어, 그래서 어쩔 거야?'라고 할 줄 어떻게 알았겠습니까. 또 무엇보다, 살인 자체를 부인하는 판에, 살인이 7월 31일이었는지, 8월 1일이었는지는 수사할 수도 없었고요."

"그래도. 그래도…… 이자들이 말을 뒤집고 공소시효를 들고 나올 것을 예상했어야 하는데.”

“그렇지 않습니다. 예상했더라도 대책이 없습니다. 대비한다고 입
증할 수 있겠습니까? 살인이 8월 1일 이후에 있었다는 걸?”

“하긴. 입증할 수 없었겠지…….”

조영규는 입술을 깨물었다. 검사가 유족한테 위로를 받고 있다. 하
지만 윤해성의 말대로 공소시효를 들고 나오리라고 예상했다 하더라
도 검찰에 방법은 없었다. 불가능한 입증이었으니까. 그래도 마음은
무겁다.

“너무 안이했어. 양다곤이 살인 자체를 부인했으니까. 명백한 증거
를 들이대 범죄가 증명되기만 하면 문제없을 거라고 믿었어…… 아
니, 그렇게 믿고 싶었는지 몰라. 공소시효 문제는 도저히 헤어날 수 없
는 블랙홀이었으니까, 그저 외면하고 싶었는지도…….”

“아닙니다. 검사님이 특별히 신경 써 주신 거 잘 알고 있습니다.”

윤해성은 고개를 조금 숙였다.

침묵이 흘렀다.

두 사람 사이에 한없이 무거운 기류가 흐르고 있었다.

* * *

2주일 후 선고기일.

양다곤과 김평일은 수의를 입고 나란히 법대 앞에 섰다. 긴장감은
없다. 법정에는 기자들만 수북이 들어찼을 뿐, 뻔한 결과에 흥미를 잃
어버린 일반 방청객은 거의 찾아볼 수 없었다. 이정환 변호사는 법정
에 나와 있지만 검사는 자리에 없다.

판사의 입이 열렸다.

모두가 예상한 그 말이었다.

"피고인들은 면소."

판사는 짤막한 말을 남기고는 일어서서 법정을 나갔다.

면소.

공소시효가 지난 사건을 기소하면 '면소' 판결을 한다.

달리 말해 재판을 안 하겠다는 선언이다.

재판할 가치조차 없는 사건이라는 뜻. 무죄나 다름없다.

교도관들이 양다곤에게 다가왔지만 조금 전과는 달랐다. 감시하려는 게 아니다. 교도관들은 막 자유가 선언된 양다곤을 양옆에서 호위하며 대기실로 안내했다. 양다곤의 입꼬리는 늑대처럼 쭉 찢어져 올라가 있었다.

법정을 나가려던 양다곤은 문득 발걸음을 멈추었다. 그는 양팔로 교도관들을 물러서게 한 후 방청석에 들어선 기자들을 향해 몸을 돌리고 말했다.

"이유야 어쨌든 물의를 일으켜서 죄송합니다. 앞으로 한울 그룹 회장직에서 물러나고 자숙하면서 조용히 대한민국 경제에 이바지할 수 있는 길을 찾아보겠습니다."

그 말을 남기고는 교도관을 양옆에 두고 대기실로 향했다. 기자들은 열심히 타이핑하면서 서로 말을 나누었다.

"뭐야, 말이 애매한데? 경제에 이바지? 껍데기 회장직에선 물러나도 그룹 배후에서 여전히 힘을 쓰겠단 얘기 아냐?"

"그러려고 미리 밑밥 깔아 두는 거지."

웅성웅성.

잠시 후 서울중앙지방법원 계단을 내려오는 단명오 주변을 기자들이 에워쌌다.

'소감이 어떠십니까', '양다곤 회장은 어디 있나요', 기자들이 질문을 퍼부었지만 단명오는 일체 응하지 않았다.

계단을 다 내려와 차에 타기 직전 한 기자가 외쳤다.

"변호인으로서 이런 재판이 옳다고 보십니까!"

벤츠 마이바흐에 막 머리를 들이밀던 단명오가 멈칫했다. 그는 고개를 돌리고서 말했다.

"당신."

"네."

단명오가 돌연 기자를 부르자 기자는 흠칫했지만 이내 도전적으로 응답했다. 단명오가 입매를 딱딱하게 굳히고서 말했다.

"뭘 어떻게 하라는 거지?"

"제대로 된 재판이냐고 물은 겁니다."

"옳고 그른 게 뭐지?"

"옳은…… 게 정의죠!"

"법정에서?"

"네?"

"정의대로 하는 게 법정이야?"

"……."

기자는 일순 말문이 막혔다.

"법대로 하는 게 법정이야. 법대로 했어. 무얼 바라는 거야?"

기자는 움찔했고 대꾸하지 못했다. 단명오는 차 안으로 사라졌다.

그날 인터넷은 양다곤의 석방 뉴스로 뒤덮였다.

* * *

딩동.

양다곤의 집 벨이 울렸다.

집안일을 전담하는 노파는 모니터를 보더니 버튼을 눌러 대문을 열어 주었다.

거실 소파에 멍하니 몸을 누이고 있던 양다곤이 그걸 보더니 짜증을 담아 말했다.

"오늘은 그냥 쉴 거라니까! 누군데 열어 줘요?"

두어 달이지만 끔찍한 구치소 맛을 보았다. 그 생활을 막 벗어나 겨우 집에 돌아왔다. 하루쯤은 아무것도 안 하고 그저 생각 없이 푹 쉬려했다. 그런데 저 노인이 눈치 없이 대문을 벌컥벌컥 열어 주고 있으니 짜증이 난 것이다. 노파가 말했다.

"단명오 변호산데?"

"단명오?"

양다곤은 미간을 잠깐 찌푸렸지만 무언가 더 말하려던 입을 닫았다. 단명오가 이 시점에 집을 찾아올 정도라면 무언가 중요한 용건인 것이다.

잠시 후, 단명오가 들어왔다.

"형님!"

"단 변호사, 어서 와."

양다곤은 소파에 앉은 채로 고개만 돌려 단명오를 보며 심드렁하게 말했다.

단명오는 성큼성큼 걸어 그 옆 1인용 소파에 앉았다. 노파가 다가와 살갑게 말했다.

"마실 것 좀 드릴까?"

"아뇨. 이모님. 전 됐습니다."

단명오는 빙긋 웃으며 한마디를 덧붙였다.

"형님하고 단둘이서만 이야기하고 싶습니다만."

노파는 알았다는 듯 온화하게 웃어 보이고는 복도 안쪽으로 모습을 감추었다. 단명오는 노파가 방문을 닫는 소리가 들리는 것을 확인하고는 양다곤에게 말했다.

"몸은 좀 괜찮으십니까?"

"뭐 좋진 않지. 거긴 사람 있을 곳이 못 되더구먼."

"그래도 독방에 계셔서 잡놈들한테는 안 시달리셨죠?"

"변기 하나 달랑 있는 그게 방인가? 돼지우리도 그보단 낫겠어."

그러면서 양다곤은 허허, 하고 웃었다.

"그래도 역시 단 변호사야. 덕분에 이렇게 나왔잖은가."

"다 형님이 믿어 주신 덕분이죠."

"자네가 변호를 맡겠다고 했을 때 사실 깜짝 놀랐어. 자네는 요행히 기소가 안 되긴 했지만 김민호 건에 개입했다는 게 녹음에 다 나오잖은가. 무슨 깡으로 그러나, 싶었어. 그래도 믿고 맡겼지. 단명오니까. 분명히 이유가 있을 거라고 말이야."

단명오는 대꾸 없이 빙그레 웃었다. 자신이 변호인을 자처하고 나선 것은 오로지 양다곤을 위한 것만은 아니었다. 하지만 여기서 굳이 밝힐 필요는 없다. 양다곤이 믿고 싶은 대로, 오직 양다곤을 위한 자신의 변론전략이 먹힌 것으로 해 둘 필요가 있다.

"이번 재판에 윤해성이 깊이 개입한 건 아시죠?"

"알지. 원래 그놈이 우리를 고발한 거잖아."

"단순히 고발에 그치지 않았으니까 문젭니다. 검사하고 짝짜꿍해서 재판에 깊숙이 관여했어요."

"하긴 법정에도 나와 있더구먼. 괘씸한 놈."

"표면적으로는 그 정도였지만, 그 이상인 걸로 전 보고 있어요."

"그 이상?"

"조영규 검사하고 그저 고발인으로 만난 사이는 아니더라고요. 좀 조사해 봤는데, 예전에 사법연수생 시절에 검사시보를 조영규 검사실에서 한 인연이 있었습니다. 원래 친분이 있는 사이인 거죠. 아무래도 조 검사가 윤해성을 많이 믿는 것 같습니다."

"그 정도였나?"

"네. 원래 범인을 특정하고 증거를 수집한 것 전부 윤해성이 했잖습니까. 검사는 거기에 숟가락만 얹는 격이었고요. 재판도 아마 윤해성이 주도했을 겁니다."

"아무리 그래도 검사를 두고 윤해성이 재판을 주도했다고?"

"제가 기소에서 빠진 걸 보면 그렇습니다."

"자네가 기소 안 된 게 그 증거다?"

"네. 윤해성은 첨부터 형님이 타깃이었지, 저는 신경을 안 썼던 겁니다."

"응? 그런가?"

"실제로 검찰도 저는 깊게 수사하지 않았죠. 고소인인 윤해성이 제 처벌을 강력하게 요구했다면 그렇게 대충 넘어가진 않았을 겁니다."

"그런가……."

양다곤은 턱을 손으로 괴고 생각하는 듯하더니 말했다.

"왜? ……자네도 김민호 죽음에 가담했는데. 왜 자네만 쏙 뺀 거지?"

"저를 다른 방법으로 공격하려는 걸지도 모르죠."

"다른 방법으로?"

"전 형님이나 김 실장하곤 다르니까요. 동기도, 정황도 없잖습니까. 증거도 부족하고."

"증거가 부족하다고? 자네나 나나 뭐가 달라?"

"그런 사정이 좀 있습니다. 법리적으로 복잡한 거라 일일이 설명드리긴 그렇고."

"음."

법률 전문가인 단명오가 그렇다고 하니 그렇게 알 뿐이다. 단명오가 말을 이었다.

"그래서 저한테는 애당초 이따위 재판이 안 통할 거라고 본 거죠. 그러다 형님도 이번 재판에서 결국 빠져나왔고…… 저한테 테러를 할 수도 있단 생각이 들어요."

"테러를? 설마……."

양다곤은 흠칫 놀랐다.

"에이, 아무렴. 윤해성이 그런 수법을 쓸 인간일까."

"이판사판인 거죠. 궁지에 몰린 인간이 어떻게 되는지는 형님도 잘 아시지 않습니까. 20년을 준비한 복수가 무산돼 버렸어요. 테러보다 더한 짓도 할 놈입니다. 윤해성이 여느 변호사하곤 다르단 거, 잘 아시잖아요? 어디 법으로만 해결하던가요?"

"하긴…… 그놈도 천성이 싸움꾼이야. 격투기 하는 여자도 밑에 두고 있었지. 건일이가 머리를 뜯기기도 했고. 수틀리면 막장으로 나올 수도 있을 거야. 예측이 안 되는 놈이니까."

단명오는 잠깐 유리창 너머 거실 바깥을 바라보다가 결심한 듯 입을 열었다.

"형님. 그래서 말인데요, 부탁이 있습니다."

"부탁? 뭐지?"

"이번 사건 약정된 수임료 있잖습니까?"

"있지, 물론."

엄청난 거액이 걸려 있었다. 양다곤이 살인죄로 감방에 간다면 아무 소용 없을 돈이다. 단명오가 요구하는 대로 수임계약서에 사인을 했다.

"좀 큰 금액이라서 힘드실 수 있겠지만…… 지금 바로 좀 지급해 주셨으면 해서요."

"왜. 그건 재판이 완전히 끝나야 주기로 했잖아. 이제 겨우 1심이 끝났는데."

"올라가 봤자 어차피 결론은 바뀌지 않습니다. 아시잖아요."

"요즘 돈이 궁해? 생활은 그룹 차원에서 불편함이 없도록 해 줬을 텐데."

"물론 덕분에 잘 먹고 잘 지내 왔습니다. 다만 이번 수임료는 급히 좀 쓸 데가 있어서요. 달러로 제 해외계좌에 쏘아 주셨으면 해서요."

"달러화로? 자네 해외계좌에?"

양다곤은 등을 곧추세우고 단명오를 쳐다보았다.

"네. 해외계좌가 몇 개 있는데, 적당히 나눠서 보내 주시면 좋겠습니다. 가능하면 내일 중으로요."

"달러가 왜 필요하지?"

"그게…… 아무래도 제 생활 터전은 남미에 있지 않습니까? 아까도 말했듯이 윤해성이가 무슨 막장 짓을 할지도 모르고…… 한국은 좀 위험합니다. 조만간 그쪽에서 자리 잡고 사업을 재개하려구요."

"그래……."

양다곤은 단명오가 너무 예민하다고 느꼈다. 윤해성에게 심하게 당해서 트라우마가 생긴 걸까. 이렇게 급히 서두를 필욘 없을 텐데.

아무튼 지급하기로 약속한 돈이다. 맡긴 사건은 성공했다. 양다곤은 단명오 덕분에 지금 자유의 몸이니까. 어차피 주어야 할 돈, 원화든 달러든 양다곤 입장에서 다를 건 없다. 예민하든 말든 단명오가 원하는 대로 주지 않을 이유는 없다.

"……알았어. 근데 큰돈이라, 전액 일시불 송금은 어려울 수도 있어. 외환 당국이 들여다볼 수도 있고."

"알겠습니다. 그럼 분할로 주시는 걸로 하고, 우선 일부라도 좀 보내 주십쇼."

굳었던 단명오의 얼굴 근육이 그제야 풀어졌다. 혹시라도 거절당할까 봐 우려했던 모양이다. 돈 이야기를 하기 위해, 구질구질 윤해성의 테러니 뭐니 빌드업을 했던 모양이다. 양다곤이 물었다.

"근데 무슨 사업을 할 거야?"

"돈만 있으면 못 할 사업이 뭐가 있겠습니까? 하하하!"

단명오는 소파 뒤로 양팔을 걸치고는 크게 웃었다.

'뱀 같은 놈!'

양다곤은 혀를 찼다.

오늘 이자의 용건은 결국 돈이었어. 원하는 걸 얻은 모양이지.

그렇지만 재판이 다 끝나면 남미로 떠날 거라는 단명오의 말에 양다곤은 차라리 안심했다.

교활한 이 인간 덕분에 재판은 해결되었지만 용도는 거기까지다. 사건만 다 마무리되면 끊는다. 가까이 오래 두어서 좋은 인간이 결코 아니다.

양다곤의 본능은 그렇게 말하고 있었다.

* * *

단명오가 가게에 들어서자 마담이 한걸음에 달려왔다.

"어머, 단 변호사님! 왜 미리 전화 안 주시구, 호호호."

여자는 간드러진 웃음소리를 내며 허리를 90도로 굽혔다. 몇 달 전 불쑥 등장한 단명오는 이곳 룸살롱의 화수분이었다. 거의 매일 밤 단명오가 한울 모터스 법인카드로 그어 대는 무한대의 돈은 유령처럼 강남의 밤을 휩쓸고 다녔다.

"지나다가 갑자기 술 한 잔 생각이 나서 말이야. 문제없지?"

"아유, 그럼요. 애들 바로 준비시킬게요."

마담은 단명오를 늘 앉던 VIP룸으로 안내했다. 이어 대기실로 가서 '잔디', '미나', '다연' 세 명을 불렀다. 단명오를 자주 서빙했던 여자들이다.

"에휴, 그 개싸가지! 지난번엔 밴드 맘에 안 든다고 술을 내 머리에 들이부었잖아."

'잔디'가 입을 삐죽했다. 마담이 소리를 버럭 질렀다.

"그래서, 안 들어갈 거야?"

"아니, 가야지. 돈다발인데."

세 여자는 잠자코 마담을 따라갔다.

잠시 후 밸런타인 30년 두 병이 안주와 같이 들어왔고, 세 명의 여자가 뒤이어 들어왔다.

"오늘은 잔디 한 명만 앉아."

'잔디'라고 불린 여자가 단명오 옆에 앉았다. 다른 두 명의 여자는 밖으로 나갔는데, 큰 수입을 놓쳤다는 아쉬움으로 입꼬리가 살짝 비틀려 있었다.

"통영산 애플 망고예요. 신라호텔에 납품하는 거랑 같대."

여자가 망고 한 조각을 포크로 찍어 단명오의 입으로 집어넣었다. 단명오는 양팔을 소파 뒤로 걸친 채 입만 쩍 벌려 받아먹었다.

여자의 푹 파인 드레스는 채도 높은 조명을 받아 은갈치처럼 빛났다. 단명오는 여자 쪽으로는 눈길도 보내지 않고서 양주를 단숨에 들이켰다.

"어머. 언더록도 하지 않구."

여자가 짐짓 눈을 휘둥그레 떴다.

단명오는 말없이 연거푸 몇 잔을 더 들이켰다. 여자는 술을 따라 주고 안주를 건네주며 생각했다. 오늘 분위기는 좀 달라. 단명오를 평소처럼 스스럼없이 대해선 안 되겠어.

단명오가 묵묵히 밸런타인 30년 한 병을 다 비웠을 때, 여자가 다시 말을 걸었다.

"오빠, 오늘 기분이 안 좋은가 봐?"

단명오는 입꼬리를 끌어 올려 웃었다.

"너 아직 날 모르는구나."

"뭘?"

"내가 그깟 기분 따위에 좌우될 거 같냐?"

"하긴 오빤 바늘로 찔러도 피 한 방울 안 나올 사람이지. 쳇."

여자가 입을 삐죽 내밀었다. 단명오가 말했다.

"오늘이 한국의 마지막 밤이야. 그래서 술 한잔하는 것뿐이야."

"어마? 마지막 밤? 외국으로 떠나?"

"음. 영원히."

"에?"

"이번에 가면 다시는 돌아오지 않아."

"우와, 웬일!"

단명오는 말없이 술잔을 입에 털어 넣었다. 여자가 말했다.

"오빠, 너무 갑작스럽다. 왜 뜬다는 거야?"

"도피라고나 할까."

"치이. 뻥 치지 마. 양 회장님 재판도 잘 끝냈다며. 무죄 받았구."

"무죄? 하하하. 그래 면소는 무죄하고 똑같은 거지. 핫핫핫핫."

단명오가 연신 웃음을 터뜨리자 여자가 낯을 붉혔다. 법률용어를 좀 모를 수도 있지, 꼭 이렇게 무안을 준단 말이야. 정말 일만 아니면 1분도 같이 있기 싫은 인간이야.

"근데, 떠나더라도 왜 지금이야? 양 회장님 재판이 다 안 끝났잖아."

"사람은 말이야……."

단명오는 말꼬리를 끌었다.

"욕심을 부리면 안 돼. 주식에서도 무릎에 사서 어깨에 팔라는 격언이 있잖아? 인생도 마찬가지야. 다 먹으려 하면 안 되거든. 적당히 먹었을 때 잘라 내고 물러나는 거야. 그게 안전하고, 길게 가."

"이해가 안 돼. 한국에 있다고 그게 무슨 과욕인 건데?"

"죽을 수도 있으니까."

여자가 화들짝 놀랐다.

"오빠가 왜 죽어?"

"날 죽일 이유가 있는 사람이 있어."

"누구?"

여자는 묻다가 아하, 하고는 가볍게 웃었다.

"경찰이구나! 오빠 나쁜 짓 많이 하니깐."

단명오는 파하하, 크게 웃었다.

"나쁜 짓? 좀 했지. 하지만 경찰 따위가 날 어떻게 하진 못해."

"그럼 누가 오빠 죽이려 든단 거야?"

"지금 당장은 아니야. 하지만 시간의 문제지."

"무슨 수수께끼 같다. 그러고, 뭐 오빠 좀 미워하는 사람이 있다고 쳐. 그래도 함부로 사람을 죽이는 게 어디 있어? 오빠 남미에 살았지? 거긴 마약, 살인 뭐 그런 거 많잖아. 그런 데서 살다 보니까 괜한 걱정을 하는 거 같아. 여긴 한국이야, 한국. 살인이 그렇게 붕어빵 찍듯이 덥석덥석 일어나는 곳이 아니라구."

"너 꽤 순진한데."

"아무리 그래도, 살인이 보통 일이야?"

"이를테면, 날 증오하는데, 법으로 처벌할 수 없어. 그럴 땐 직접 죽이려 들 수 있겠지."

"그럴까……."

"아님, 그저 돈일 수도 있어. 2000만 원 들고 길거리 나가 봐. 살인 청부하는 데에 반나절 이상 안 걸린다는 데 이 술을 건다."

"하긴, 요새 뉴스 보면 아니라곤 못 하겠다……."

여자는 수박을 한 조각 집어 입에 넣더니 말했다.

"그래서 외국으로 뜨는 거야? 혹시 누가 오빠 목숨을 노릴까 봐서?"

단명오는 천장 어딘가에 망연한 눈길을 보내며 말했다.

"여기선 먹을 만큼 먹었어. 양 회장 재판 더 계속하면 수임료야 더 받겠지만, 시간 가치는 감소해. 갈수록 내 신상의 위험은 높아지고. 상황이란 건 뱀처럼 변하는 거야. 여기서 욕심을 끊고 물러나야 해. 그것도 아주 재빨리. 아무도 내가 사라질 거란 생각을 못 하고 있을 때, 사라지는 거지. 타이밍 뺏기라고 할까. 결국 최종 승자는 나인 거야. 하하하하!"

단명오는 마치 혼잣말을 하는 것 같았다. 자신의 생각을 던지고 스스로 수긍하는 독백이었다. 어쩌면 자신의 이야기를 들어줄 사람이 이곳밖에 없어서 오늘 밤 이곳에 들른지도 몰랐다. 여기서는 어떤 이야기든 쏟아진다. 그리고 다음 날 아침이면 연기처럼 사라진다.

"근데, 오빠를 죽이려 든다는 대체 그 사람은 누구야?"

"왜, 알고 싶어?"

"궁금하잖아."

"글쎄."

"오빠는 알고 있잖아. 그 사람이 누군지, 왜 자기를 죽이게 드는지. 그니깐, 이렇게 빨리 한국을 뜨는 거구."

단명오는 흐흐흐 웃으며 손을 뻗어 여자의 엉덩이를 툭 쳤다.

"나가서 술이나 더 가져와."

여자는 흥 하고 콧김을 내뿜고는 밖으로 나갔다.

방에 혼자 남은 단명오는 잔에 다시 위스키를 따랐다.

마치 상대가 그 자리에 있기라도 한 듯이 말했다.

"날 죽일 남자는 딱 한 명 있었지."

단명오는 잔을 쭉 들이켰다. 그러고는 늑대처럼 길게 입을 찢으며 웃었다.

"하지만 이젠 없어."

* * *

그날 밤, 서울중앙지검 당직실에 보기 드문 손님이 찾아왔다.

미모의 젊은 여성은 마치 영화제라도 참석한 듯 화려한 드레스를 입었다. 두꺼운 화장을 했고, 풍성한 머리칼이 목덜미를 덮었다. 검찰청과는 부조화의 극치라 할 만했다. 그녀가 당직실을 노크하자 당직 수사관이 놀라 한걸음에 달려왔다.

여자는 약간 술에 취한 듯 보였지만, 술주정으로 검찰청을 방문할 사람은 없다. 분명 예사로운 일은 아니다.

수사관은 의아한 눈빛을 띠고 물었다.

"무슨…… 용건이시죠?"

여자가 말했다.

"검사님을 만나고 싶어서요."

"검사님요? 당직 검사님하고 약속을 하셨나요?"

"아뇨. 당직 검사 말구요."

"그럼, 어느 분?"

"양다곤 회장 수사하신 분이요."

수사관은 작게 한숨을 쉬었다. 결국 술주정이었군. 양다곤 사건이 요즘 뜨겁긴 뜨거운가 봐. 아마 검찰이 수사 제대로 해 달라, 뭐 그런 말이겠지. 그렇다고 해도, 드레스를 입고 이 한밤중에? 진상 민원인 노릇을 하기엔 너무 어울리지 않는데.

수사관은 불쾌감을 누르고서 말했다.

"퇴근하셨고요. 지금 만나 뵐 수 없어요. 굳이 만나시려거든 약속하시고 밝은 날 오세요."

"중요한 제보가 있는데요."

"제보? 해 보세요."

"단명오에 관한 거예요."

단명오? 양다곤 사건의 공모자 아닌가? 수사 물망에 올랐지만 결국 기소하지 못한 인물. 수사관은 자기 사건은 아니었지만 마침 검사실

수사관과 친구여서 그로부터 들어서 알고 있다. 하지만 외부인은 그 이름을 알지 못한다. 그런데 이 여자는 단명오라는 이름을 꺼냈다. 이건 술주정이나 장난이 아니다.

수사관의 안색이 싹 바뀌었다.

"잠깐만 이리로 오셔서 기다리세요. 당장 연락하겠습니다."

40분 후, 조영규 검사실 안.

수사관의 연락을 받은 조영규 검사는 곧장 검찰청으로 달려왔다. 제보한다는 여자의 모습을 보고 놀랐지만 일단 검사실로 안내했다. 편안하게 말할 수 있도록 두 사람만이 검사실에 자리했다.

"제보라니, 어떤 내용이죠?"

"말씀드렸듯이 단명오에 관한 거예요."

조영규는 의심스러운 빛을 지우지 못했다.

"단명오에 관한 거라…… 제보할 거리가 있다면 낮에, 업무 시간에 하시면 될 텐데. 굳이 이 밤중에 저를 찾으실 이유가 있습니까?"

조영규는 막 잠자리에 들다가 전화를 받고 뛰쳐나와야 했다. 굳이 밤중에 하겠다고 들이닥친 이 제보는 헛될 가능성이 높다. 실컷 여자의 말을 들어 보았는데 단순한 주정이라고 판명 난다면 화날 일이다. 평온한 밤을 방해받은 만큼.

"전 단명오 변호사가 무슨 나쁜 일을 했는지는 몰라요. 그저 나쁜 인간이라는 것만 알아요. 확실하게요."

"실례지만 단명오 변호사와는 어떤 관계이시죠?"

"제 손님이에요. 전 선릉의 룸살롱에서 일하고 있어요. '잔디'가 제 예명이죠."

"아, 그렇군요."

'잔디'라는 예명을 쓰는 여자는 자신의 직업을 밝히면서 당당했다. 그 태도에 조영규가 조금 당황했다. 여자가 말을 이었다.

"이번에 양다곤 회장님 재판을 맡아서 승소했잖아요. 무죄…… 아니 무죄 비슷하게 받아 냈구."

"네. 그렇죠."

"전 그것도 나쁜 짓이라고 생각해요. 양다곤 회장은 사람을 죽인 살인자 맞잖아요? 다들 그렇게 알고 있는데. 분명 단명오 변호사가 법을 악용해서 빼낸 거예요. 그렇게 믿고 있어요."

조영규는 대꾸하지 않았다. 사건을 담당한 검사가 뭐라고 답할 만한 이야기가 아니었다.

"밤중에 검사님을 불러서 죄송해요. 근데 지금이 아니면 기회가 없을 것 같아서요."

"어떤 용건이길래?"

"단명오 변호사가 내일 한국을 떠난대요."

"한국을 떠난다고요?"

"네. 그것도 영원히요."

"네에……."

"그래서 밤중에 달려왔어요. 검사님한테 빨리 말씀드려야 할 것 같아서요."

여자는 검사를 똑바로 쳐다보며 눈을 빛냈다. 마치 자신의 공익적 신고를 칭찬해 달라는 듯이. 하지만 조영규의 반응은 여자의 기대와 달랐다. 느리고, 뜨뜻미지근한 말투로 말했다.

"와 주신 건 고맙습니다만…… 뭘 원하시는 거죠?"

오히려 귀찮음이 섞인 듯한 목소리. 여자는 당황했다.

"그렇게 나쁜 사람이 한국을 떠나도록 내버려 두면 안 되지 않나요?"

"그러니까, 그렇게 하면 검사가 잘못한 게 된다, 뭐 그런 얘긴가요?"

"아뇨, 검사님이 잘못한다는 게 아니……."

조영규가 여자의 말을 잘랐다.

"단명오가 살인했습니까?"

"네?"

"단명오가 살인으로 법정에 섰나고요."

"그건…… 아, 아니죠."

"법정에 선 사람은 양다곤이죠. 단명오는 변호인에 불과하고요. 그 단명오가 한국을 떠난다고 해서, 뭘 어떡하라는 겁니까. 검찰이 뭘 할 수 있습니까? 출국금지, 아니 구금이라도 해야 하나요. 혐의도 없는데?"

"아, 아뇨……."

여자는 풀이 죽었다.

"나쁜 사람이니까 대충 붙잡아라, 그럴 순 없어요. 법에 따라야죠. 검사는 법 위에서 힘을 휘두르는 사람이 아니에요. 출국하려는 사람을 근거 없이 못 가게 할 순 없습니다. 출국금지 신청해 봤자 법무부에서 승인해 줄 리도 없고요."

여자는 고개를 숙였다. 완전히 기가 죽을 걸까. 그 모습을 내려다보던 조영규가 안된 생각이 들어 무마하듯 말했다.

"제보하겠다고 와 주신 성의는 고맙습니다만……."

돌연 여자가 고개를 빳빳이 들었다.

"나쁜 놈 처벌하는데, 구질구질 웬 사설이 그렇게 길어요?"

조영규가 놀라 움찔했다. 여자가 벌떡 일어서며 말했다.

"십팔! 검사를 믿은 내가 잘못이지!"

조영규는 앉은 자리에서 여자를 차갑게 올려다보았다.

"당신…… 잔디라고 했나요."

"그래요, 잔디, 금잔디. 왜요, 우습게 보이나요? 그래도 내가 일하는 덴 당신 같은 월급쟁이 공무원은 구경도 못 해 볼걸요."

"잔디 씨는…… 아, 그렇겠군."

"뭐가요?"

여자는 빳빳이 서서 조영규를 노려보았다. 조영규가 말했다.

"단골이랍시고 단명오가 자주 왔는데, 싫었던 겁니다. 그 사람한테서 돈은 받지만 미워한 상대. 아주 많이 미워했던 것 같아요. 그런데 단명오가 와서 돌연 내일 한국을 떠난다고 했어요. 당신은 생각했겠죠. 어차피 이제 매상도 못 올려 줄 인간, 그동안 당한 거 분풀이라도 하자. 검찰에 꼰질러서 엿이나 먹이자. 이렇게 말이죠. 얼마나 단명오가 진상이었을지는 짐작이 갑니다. 오죽 미웠으면 당신이 이 밤중에 그 옷차림으로, 검찰청까지 달려와서 신고랍시고 했겠습니까?"

여자는 가만히 서서 조영규를 노려보았다.

"말씀 다 하셨나요."

"가셔도 좋습니다."

"그런 생각이 드네요."

"뭐가요."

"법을 한다는 인간들이란 다 비슷하다구요. 단명오나 검사님이나."

여자는 그 말을 남기고 검사실을 떠났다.

＊　＊　＊

"야, 이 집 맥주는 제대론데!"

윤해성이 감탄하면서 잔을 기울였다.

윤해성과 박시영이 마주한 곳은 을지로 뒷길의 한 수제 맥줏집이었다.

박시영이 위로차 한잔 사겠다고 불러낸 자리였다.

윤해성의 목젖이 꿀렁꿀렁 하는 모습을 보며 박시영이 말했다.

"괜찮아?"

윤해성은 잔을 테이블 위에 내려놓았다.

"괜찮은 정도가 아니라 맛있다니까. 역시 넌 기자야. 좋은 술집은 다 알잖아."

"맥주 말고, 그 일."

박시영이 조심스럽게 말했다. 윤해성의 눈치를 보고 있다.

이 친구는 일생을 건 복수가 좌절되었는데 짐짓 아무렇지 않은 척하고 있어. 무리해서 상심을 덮고 있어. 좀 속을 보여 줘도 괜찮을 텐데. 털어놓고 울상을 지어도 좋을 텐데. 애쓰고 있어. 그렇게 생각하니 윤해성이 더 안돼 보였다.

"재판 말하는 거야?"

"응."

"어쩔 수 없지. 애당초 이런 위험이 있었어. 그걸 상대가 악용한 것뿐. 단명오 같은 자가 그러지 않을 리는 없잖아?"

"하필이면 공소시효가 걸리냐 말이야. 대체 공소시효 같은 걸 애시당초 왜 만들어 뒀대?"

박시영이 말했다.

"괜히 나 위로하느라 그런 소리 안 해도 돼."

"젠장. 보여?"

박시영이 맥주잔을 완전히 비우고는 다시 말했다.

"그럼 단도직입적으로 물어볼게."

"뭘."

"우리 현실을 보자구. 공소시효는 어쩔 수 없다고 쳐. 항소심에서도 기대는 하지 않아. 20년 전 범행 시각을 어떻게 입증하겠어?"

"막막하지."

"그게 현실이니까. 그럼 이제 그거 생각해 봐야 하지 않아?"

"뭐 말이야."

"좀 더 현실적으로, 한울 모터스의 지분."

"지분이라……."

윤해성이 말을 줄였다.

"양다곤이 면소든 무죄든 받는다고 해도, 그건 시효 문제고, 네 아버님을 살해한 건 맞잖아. 그렇담 그때 협박해서 작성시켰던 한울 모터스 지분양도약정서인가 하는 것도 무효가 되구. 그럼 상속인인 네가 그걸 다시 찾아올 수 있는 거 아냐?"

"맞아. 정확히는 어머니와 내가 같이 되찾는 거지만."

"그게 원래 절반이 넘는다며. 양다곤 본인 것은 그렇다 쳐도, 네 아버님 것만 찾아와도 한울 모터스 최대 주주가 될 수 있을걸."

"증자를 많이 해서 좀 다르겠지만 거기서도 권리를 인정받으면 너 말이 맞아. 양다곤은 지분이 많이 희석돼서 비중이 작아졌으니까, 내 쪽이 압도적인 대주주가 되겠지."

"와아. 한울 모터스의 주인!"

박시영이 작게 감탄하고는 이어 말했다.

"근데, 양다곤이 가만있진 않을 거 같아. 무기징역쯤 간다면 또 몰라도, 자유의 몸이니까. 주식 안 뺏기려고 별짓을 다 하지 않을까 싶어."

"그렇겠지. 그래도 그건 시간문제야."

"그럴까."

"네 말대로 살인 자체는 본인도 인정하고 있으니까. 살인을 했다면 바로 그 약정서 위조 때문이란 건 누가 봐도 명백하니까. 되찾아 오는데 어려움은 없어."

"이런 말은 좀 그렇지만…… 그나마 그건 좀 다행이다……."

윤해성이 빙그레 웃었다.

"시영이 너 평소답지 않게 오늘 말을 조심하는 거 같다."

"그렇게 되네. 너 기분이 어떨지 잘 아니깐……."

박시영이 말했다. 그 말이 어떤 신호였을까. 두 사람은 한동안 대화 없이 맥주잔을 조용히, 연거푸 들이켰다. 술은 순식간에 비워졌다.

"늦었어. 이제 그만 갈까?"

박시영이 말을 꺼낸 것과 거의 동시에 윤해성의 휴대전화 벨이 울렸다.

화면에 찍힌 발신인을 본 윤해성의 눈가에 짙은 의혹이 드리웠다.

"이 사람이 이 시간에 왜?"

윤해성은 통화 버튼을 눌렀다.

* * *

인천국제공항은 인파로 북적댔다. 그중에는 커다란 트렁크 두 개를 밀며 항공사 카운터로 향하는 중년의 남자가 있었다. 비쩍 마른 체형에 검은 낯빛을 한 그의 발걸음은 가벼웠다.

"어디까지 가세요?"

"표 봐요. 거기 쓰여 있잖아."

항공사 직원의 친절한 말에 면박으로 응대하는 남자. 늘 달고 다니는 불쾌한 말투. 단명오였다.

말투와 달리 그는 기분이 좋아 보였다.

짐을 부친 후, 두 손이 홀가분해진 그는 스타벅스에서 아이스 아메리카노를 한 잔 주문했다. 그는 잠시 공항 대기실 의자에 앉아 커피 잔을 들고 바깥을 내다보았다.

  "……바늘 끝만큼의 오차도 없어야겠지?"

  혼자 중얼거리던 단명오는 어디론가 전화를 걸었다.

  "김 팀장? 법무부에 내 출국정지 여부 알아봤어?"

  김 팀장이라고 불린 상대가 말했다.

  "역시 출국정지는 안 되어 있습니다. 애당초 변호사님을 어떻게 출국정지 하겠습니까? 재판을 받고 계신 것도 아닌데."

  단명오는 만족한 웃음을 띠며 전화를 끊었다.

  당연하지. 출국정지는 있을 수가 없지. 난 공식적으로 살인자가 아니니까. 범죄자는 양다곤이니까. 난 양다곤의 변호사일 뿐이야. 함부로 출국금지 시켰다간 검사가 옷 벗어야 할걸. 아니, 법무부 장관 목이 날아갈 거야. 한국 법의 구멍은 훤히 보여.

  휴대전화를 품 안에 넣은 단명오는 다시 유유히 커피를 들이켰다. 불쑥 중얼거렸다.

  "마지막 보는 한국이구먼."

  '마지막'이라고 하지만 그의 얼굴에 어떤 감회 같은 감정은 새겨져 있지 않다. 그저 그렇다는 것뿐. 그의 회상은 한국보다는 자신의 인생길로 향했다.

  이제 두 번째 인생 시작인가.

  단명오는 생각했다.

  남미에서 농장주로 떵떵거렸었는데. 재수 없게 떨거지 한 놈을 채찍으로 때려 반신불수 만든 통에 모든 걸 잃고 쫓기는 신세가 됐었지. 그러다가 양다곤의 전화를 받았어. 이건 기회다. 내 본능적인 감각이 말해 주었어. 한국으로 와서 양다곤의 옆에서 적당히 거들면서 휴식을 취했고. 기회를 엿보았는데, 오히려 위기를 맞았지. 20년 전 살인이라니. 김민호? 이름도 가물가물해. 그딴 걸 이제 와 밝히겠다고? 등신 같은 놈들. 아무튼 DNA가 나오고, 세 사람의 모의가 녹음까지 되는 통에 조금 진땀을 뺐어. 하지만 내가 누구야? 단명오잖아. 벌레 같은, 꾸물거리는 인생을 발아래 내려다보며 살 운명의 남자. 내가 그들 수준으로, 아니 그들보다 못한 수준으로 떨어진다? 그런 일은 일어나지 않아. 한 평도 안 되는 독방에서 남은 인생을 보내는 일 따위가 내게 일어날 리가 없잖아.

내가 모의 현장에 있었다는 사실을 확인할 유일한 증인 한이수의 입을 막았어. 그 아비란 작자는 첨엔 고민하는 척 돈을 거절했지만 난 바로 알아봤지. 곧 다시 연락이 올 거란 걸. 그 인간은 이전 밀라니아 어패럴 100억 수표 사건에서 이미 파악했잖아? 결국 욕심 앞에 흔들리는 저질, 아니 보통의 인간. 눈앞에 300억 원어치의 황금을 보여 줬어. 그저 숫자가 아니야. 노란 금괴라고. 비주얼로 충격을 준 거야. 눈이 돌아가지 않으면 인간이 아니지.

호텔로 찾아와선, '딸에게 사실대로만 증언하도록 하겠습니다'라고 했지. 사실대로? 그렇지. 한이수가 내 목소리는 들었지만 날 제대로 본 건 아니니까. 나인지 분명하지 않잖아? 사실대로의 증언이지, 핫핫핫, 그래도 좀 웃기긴 했어. 한 치의 오차도 없이 내 예측대로 움직였으니까.

증거가 부족하니깐 결국 난 수사를 피했고, 기소도 안 됐어. 양다곤의 변호인이 되어 공소시효 공격으로 면소를 받아 내는 건 어쩌면 가장 쉬운 부분이었어. 양다곤한테 막대한 수임료를 받아 냈지만, 양다곤한테도 뭐 절대 손해 보는 장사는 아니지. 내가 만들어 준 공소시효의 장벽. 이건 절대로 깰 수 없으니까. 항소심, 대법원까지 더 맡으면 돈이야 좀 더 벌겠지만 여기서 사라져야 해. '그자'가 내 목숨을 노릴 가능성은 아주 조금이지만 분명 생겨났어. 시간이 갈수록 앞으론 더 커질 거고. 막연한 위험만이 존재하고 현실화하지도 않았을 때, 아무도 그러리라고 생각하지 않을 때, 재빨리 손 털고 나가는 거야. 그게 길게 가는 인생길 노하우니까. 더, 조금만 더 하며 욕심 부리다가 하한가 맞는 보통 인간들하고 내가 다른 점이지. 어떻게 보면 난 정말 욕심 없는 인간이야. 핫핫핫.

이제 곧 비행기만 타면 100퍼센트의 자유가 기다린다. 그 자유를 온전히 누릴 돈과 함께.

슬슬 일어나 볼까.

단명오는 커피 잔을 옆 휴지통에 던져 넣고 자리에서 일어났다.

출국장의 긴 줄에 선 그는 콧노래를 흥얼거렸다. 한국을 떠나는 아쉬움보다 한 건 해치우고 떠난다는 홀가분함이 컸다 남미에서 기다리고 있을, 양다곤이 송금한 거액의 달러 생각에 설렜다.

단명오는 출국장에 들어섰다.

여권을 보여 주는데, 문득 이상한 낌새가 들어 눈을 들어 보니, 어느새 옆에 남자 두 사람이 다가와 섰다. 남자들은 그의 팔을 잡았다.

"잠깐 같이 가셔야겠습니다."

단명오는 화들짝 놀랐다.

"뭐야!"

팔을 뿌리치려 했다. 하지만 남자들은 더 힘을 주었고 팔을 놓아주지 않았다. 둘 다 제복을 입었고, 어깨에는 공항경찰 마크가 붙어 있었다.

"뭐야?"

"경찰입니다."

"뭔 짓이야!"

"선생님은 출국하실 수 없습니다."

"거짓말하지 마! 출국정지 따윈 안 돼 있어!"

격분한 단명오는 눈알을 뒤룩뒤룩 굴렸다.

"맞습니다. 출국정지는 안 되어 있습니다."

"그럼 이거 불법 구금이야! 당신들 옷 벗고 싶어?"

"그렇다고 불법은 아닙니다."

"개소리! 당장 풀어 줘!"

"불법이 아니라니까요."

"법무부가 출국금지를 안 했는데, 경찰 찌리들이 무슨 권리로!"

경찰 한 명이 그의 얼굴 바로 앞에 종이 한 장을 내밀었다.

"우린 권리가 있는데요."

"……이게 뭐지?"

단명오는 겨우 정신을 차리고 그 종이를 보았다.

"……체포영장?"

단명오의 눈알이 거의 뒤집혔다.

법무부의 출국금지 정도가 아니고, 법원의 체포영장?

"보시는 대롭니다. 살인 혐의입니다."

경찰은 '살인'이란 말을 아무렇지 않게 주워섬기고는 말했다.

"당신은 변호인을 선임할 권리가 있고……."

미란다 원칙을 읊기 시작했다.

하지만 파랗게 질린 단명오의 귀에는 들리지 않는 듯했다.

* * *

"신 실장, 알아봤어?"

양다곤은 탁자 건너편의 신동우 비서실장에게 다그치듯 말했다.

신동우는 휴대전화를 귀에 대고 땀을 삐질삐질 흘리고 있다.

"전원이 꺼져 있다고 나옵니다. 어제부터 그랬습니다."

"허어."

양다곤은 탄식하듯 내뱉고는 젓가락을 놓았다.

청담동의 고급 일식집. 탐스러운 회가 솟아오르는 잉어 모양의 그릇에 소담스럽게 담겨 있지만 그의 입맛을 돋우지는 못했다.

살인죄로 수사를 받으면서부터 한울 그룹의 회장직을 내려놓았고, 공식적으로 회장실도 비운 상태다. 물론 지금이라도 그가 그룹에 출입한다고 해서 말릴 수 있는 사람은 없다. 하지만 당장은 몸을 사려야 한다. 만에 하나 언론에 그 모습이 포착되기라도 한다면 곤란하다. 그래서 일식집으로 사람들을 불렀다.

단명오는 며칠 전부터 연락이 닿지 않았다. 양다곤은 신동우 비서실장을 채근하고 있는 참이다. 물론 단명오가 인간적으로 그리워서가 아니다. 남은 재판이 걱정되어서다. 검사가 1심 판결에 항소했기 때문이다.

"도대체 단명오는 어떻게 된 거야? 왜 연락이 안 돼?"

"호텔 방에도 없습니다. 짐을 싼 흔적도 있고요."

"말도 없이 어딜 간 거야?"

"재판이 끝나니까 머리도 식힐 겸 어디 여행이라도 간 것 아닐까요?"

"말이라도 하고 갈 것이지……."

불편한 심사가 묻어났다.

"항소심 준비도 해야 하는데."

이것이 단명오를 찾는 용건이다.

신동우 옆에 앉아 있던 이정환 변호사가 냉큼 말했다.

"회장님. 재판이라면 걱정 마십쇼. 제가 책임지고 항소기각 받아 내겠습니다."

"이 변호사…… 믿어도 될까?"

양다곤이 미심쩍다는 투로 말했다.

"물론입니다. 2심 재판은 형식적입니다. 검찰이 창피하고 화나서 항소한 겁니다. 말하자면 대외적인 쇼입니다."

"다들 그렇게 말은 하더구먼."

"당연합니다. 검찰은 절대로 입증할 수 없습니다. 2000년 7월 31일 자정 이후에 살해됐단 증거를 어떻게 댈 수 있겠습니까. 20년 전 일인데요. 검찰이 입증할 수 있는 성질의 것이 아닙니다. 이 재판은 무조건 살인자들이 이기는 게임입니다."

이정환은 아차, 하고 입을 닫았다. 그 살인자가 눈앞에 있는 양다곤이다.

"어흠, 엇흠."

양다곤이 헛기침으로 이정환의 말실수를 나무랐다.

이정환은 금세 풀이 죽었다. 살인자든 뭐든, 자신의 최대 고객이다. 심기를 거스르면 곤란하다. 무엇보다 단명오라는 최대의 경쟁자가 있다.

"아무튼 절대 1심 판결이 뒤집힐 일은 없다는 것만은 분명합니다."

"그렇겠지?"

양다곤은 눈을 치켜뜨며 희번덕거렸다. 이어 돌연 크게 웃었다.

"아무렴 어떻게 뒤집히겠어, 하하하하하!"

"물론입니다."

"그럼 말이야."

양다곤이 몸을 앞으로 숙이며 말했다.

"싼 변호사를 써도 관계없는 거 아냐? 어차피 항소 기각될 건데."

"네?"

"이정환 변호사가 좀 비싸야 말이지."

양다곤은 씩 웃었다.

여우 같은 노인네!

이 판국에 사람을 쥐었다 폈다 장난질 하고 있어!

이정환은 속으로 욕설을 했지만 숨기고서 비굴하게 웃었다.

"아이구, 회장님, 그래도 안전하게 가는 게 최고 아니겠습니까? 혹여 덜떨어진 변호사 세웠다가 말실수라도 하면 큰일 나게요. 역시 저희 LNK라야 믿고 맡기실 수 있죠."

"그럴까……."

양다곤은 슬쩍 몸을 뒤로 물렸다. 이정환의 몸이 자기도 모르게 앞으로 딸려 갔다.

"맡겨 주십시오! 꼭 항소기각 받아 내겠습니다!"

"그럼 단 변호사가 돌아오면 같이 법정에 서는 걸로 하고, 일단은 이 변호사가 혼자 항소심 맡는 걸로 하지."

"네. 알겠습니다!"

이정환의 얼굴에 화색이 돌았다.

"뭐 난 그 정도로 생각하고 있으니까, 이 변호사가 알아서 열심히 해 줘."

"네."

이정환은 깊게 고개를 숙였다.

* * *

마테오가 구치소 접견실에 들어서자 교도관이 흠칫 놀랐다. 당당한 근육질의 몸과 한국인과는 다른 이목구비가 그의 시선을 끌었다.

교도관은 마테오를 13번 접견실로 들어가게 한 다음 대기하고 있던 재감인들을 향해 소리쳤다.

"단명오 씨! 13번 방으로 가세요!"

마테오가 13번 방에 앉아 있으려니 곧 하늘색 수의를 입은 단명오가 들어왔다. 두 사람은 아크릴 판을 사이에 두고 마주 앉았다. 부스스한 머리에 초췌한 안색의 단명오는 마테오를 보자 돌연 눈을 빛냈다. 마테오는 단명오의 모습을 훑어보더니 황당하다는 표정을 지었다.

"어떻게 된 겁니까? 보스."

"살인 혐의로 공항에서 체포됐어."

"살인이라……."

마테오는 말을 흐렸다. '어떤 살인 건입니까?'라고 물으려다 그만두었다. 단명오의 지시로 했던 살인이 머릿속에서 주르르 스쳐 지나갔다. 그중 어느 살인 건인지는 중요하지 않다. 단명오가 이곳에 있다는 사실만이 중요하다.

단명오가 말했다.

"양다곤 재판 건이야."

"보스는 그 재판의 변호인이었잖아요. 그 사건은 무죄 비슷하게 끝났고. 근데 보스가 왜 여기 있는 겁니까?"

단명오는 한동안 침묵했다. 복잡한 심경이 미간에 깊게 배어났다.

"검찰이 악에 받친 것 같아."

"재판은 잘 해결됐잖습니까?"

"물론. 약간의 변수가 생긴 것뿐이야."

"뭡니까?"

"바로 내가 여기 있다는 거지."

"통 무슨 소린지…… 뭔가 복잡한데요."

"복잡할 건 없어."

"이해가 안 가네요. 양다곤이 풀려났으면 보스도 풀려나는 거 아닌가요?"

단명오는 고개를 숙이고 휴, 하며 길게 한숨을 토해 냈다.

"접견 시간이 7, 8분밖에 안 되니까 짧게 얘기하지."

"말씀하십쇼."

단명오는 음성을 낮추었다.

"날 이렇게 만든 배후에는 윤해성이 있어."

"그 윤해성이요? 변호사?"

"그 새끼가 모든 걸 꾸몄어."

"윤해성이라……."

단명오는 입술을 잘근잘근 깨물었다.

"솔직히 말해서, 이젠 이판사판이야. 난 끝나도 좋아. 다만 날 이렇게 만든 윤해성만은 가만둘 수 없어."

자신의 운명을 예감한 것일까. 늘 이성적이던 그의 입에서 놀라운 말이 튀어나왔다. 모든 걸 잃은 자가 뿜어내는 독, 깊이를 알 수 없는 증오가 접견실을 가득 채웠다.

마테오는 그의 말뜻을 알고 있다. 알면서도 단명오를 물끄러미 쳐다보았다.

그래서?

단명오가 입을 열었다.

"내 파라과이 산탄데르 은행 계좌에 80만 불이 있어. 앞으로 20만 불이 더 들어올 거고. 수임료 중 일부야. 너한테 패스워드를 알려 주지."

마테오는 씩 웃었다.

"차우."

그는 포르투갈어로 굿바이 인사를 건네고는 자리에서 일어섰다.

* * *

"누나, 퇴근 안 해요?"

전기호가 주섬주섬 책상을 정리하며 방수희에게 말했다.

방수희는 멍하니 있다가 전기호가 말을 걸자 깨어났다.

"해야지……."

"왜 멍 때리고 있어요?"

"그냥."

"그냥, 뭐요?"

방수희는 전기호 쪽으로 의자를 슬쩍 틀었다.

"이 사무실도 이제 마지막인가 싶어서……."

"마지막이요?"

전기호는 방수희의 말을 되받았다.

"변호사님이 이 사무실을 만든 목적이 양다곤이었잖아. 20년 전 사건을 재조사하고 양다곤을 재판에 넘기는 것. 어쨌든 그렇게 됐구…… 이제 이 사무실이 있을 이유를 잃은 게 아닌가 싶어서."

"양다곤이 공소시효 땜에 풀려나 버렸는데, 여기서 끝낼까요?"

"그러니까 더 그렇지. 법으로 할 수 있는 건 여기까지인 것 같아."

"하긴. 재판으로는 더 어떻게 할 수 없단 거니까. ……그럼 남은 건

372

실력행사뿐인가?"

전기호는 주먹을 쥐어 흔들어 보였다. 방수희는 외면했다. 실력행사라니, 터무니없다. 윤해성이 폭력으로 복수하려 했다면 이 사무실을 만들 필요도 없지 않았을까.

"어떻든 간에 이 사무실은 이제 없어질 것 같아."

"전 생각 못 해 봤는데, 누나 말 들으니까 맞는 거 같아요. 우리가 뭐 일반 사건들을 하는 것도 아니고, 생각해 보면 거의 양다곤 관련 사건만 해 왔잖아요. 그거 없으면 유지 안 될 텐데."

전기호의 낯빛이 어두워졌다.

"그럼 우리 다 헤어지는 건가? 해성이 형, 누나도 나도, 지훈이도."

"공식적으로 실업자 되는 거지……."

"실업자라니. 아아."

"아, 아냐. 이런저런 얘기 하니까 괜히 기분만 다운된다."

"어떻게든 되겠죠."

"그래…… 먼저 퇴근해."

"그래요, 누나. 내일 봐요."

전기호는 백팩을 메고 가벼운 발걸음으로 사무실을 나갔다. 언제 심각했냐는 듯 돌변해 무심하게 나가는 전기호의 뒷모습을 보며 방수희는 혀를 쯧 하고 찼다.

전기호가 퇴근하고도 방수희는 한동안 하는 일 없이 책상에 앉아 있었다.

한 시간쯤 지났을까, 문이 열리며 윤해성이 모습을 드러냈다.

"퇴근 안 했어?"

"아, 네. 지금 하려구요."

"분명히 말해 두는데 내가 야근시킨 거 아니야."

"야근 수당 달라고 안 할 테니까 걱정 마세요."

윤해성과 방수희는 자연스럽게 같이 사무실을 나섰다.

복도를 걸으며 방수희가 말했다.

"요즘 마음이 심란하시겠어요."

"왜."

"양다곤이 풀려나 버렸잖아요."

하지만 윤해성은 서슴없이 말했다.

"아직 다 끝난 건 아니니까."

방수희는 윤해성이 바위 같다고 느꼈다. 이 사람은 오랫동안 기다려 온 복수가 문턱에서 좌절되었지만 전혀 흔들리지 않는다. 윤해성을 흔들 수 있는 건 어떤 걸까. 폭탄이 옆에 떨어지면 조금 움찔할까? 한없이 믿고 기댈 수 있을 것 같은 느낌이 들었다. 단지 그가 키가 크다는 이유만은 아닐 것이다.

방수희는 경이로운 마음이 들어 그를 쳐다보았다. 윤해성이 말했다.

"너무 쳐다보지 마. 착각하게 된다구."

턱을 스윽 문지르는 윤해성을 보며 방수희는 "하!" 하고 코웃음을 쳤다.

엘리베이터 앞에서 윤해성이 말했다.

"같이 퇴근하는 김에 내가 집까지 데려다줄까."

"좋아요."

"오호, 웬일이야. 다른 때는 사양하더니만."

윤해성이 장난스레 눈을 깜박였다. 그의 말대로, 다른 때 같으면 으레 윤해성이 인사치레로 하는 말이라 여겨 사양해 온 방수희였다. 하지만 오늘따라 윤해성과 조금 더 같이 있고 싶었다.

두 사람은 지하 주차장으로 가 윤해성의 차에 올랐다.

애스턴 마틴은 방수희의 집이 있는 방배동을 향해 달렸다.

윤해성과 함께인 퇴근길.

평온하고 따뜻한 밤이었다.

* * *

찌그덕.

파열음이 들린 건 사당역 사거리에서 정차해 신호를 기다리고 있을 때였다.

철판이 심하게 우그러지고 긁히는 불쾌한 소음.

그건 분명 윤해성이 끔찍이 아끼는 애스턴 마틴이 낸 소리였다.

방수희가 소리가 난 쪽을 보니, 운전석 앞쪽으로 승합차가 휘익 하고 빠져나가고 있었다. 옆을 무리하게 지나려다가 차를 긁은 것이다. 그러고는 도주.

콜록, 콜록!

"욱! 이거 뭐야!"

윤해성이 손을 내저으며 소리쳤다. 방수희도 본능적으로 코를 틀어막았다. 애스턴 마틴 안으로 검은 연기가 흘러들어 와 있었다. 뺑소니치는 승합차 뒤꽁무니에서는 마치 불이 붙은 마냥 엄청난 매연까지 내뿜고 있었다. 마치 놀리는 것 같다.

"저 개자식이!"

윤해성의 눈알이 거의 튀어나오고 있었다. 방수희는 그렇게 느꼈다.

윤해성이 액셀을 깊게 밟았다.

부아앙!

애스턴 마틴이 자랑하는 배기음이 울렸고, 차는 튀어 나갔다.

소리에 놀랐을까, 승합차는 돌연 속력을 내기 시작했다.

승합차의 운전은 교묘했다. 정차해 있거나 서행하는 차를 소위 '칼치기'를 하며 지그재그로 피해 달렸다. 미하엘 슈마허가 승합차를 몰면 저럴까. 대단한 솜씨였다. 게다가 성능 차이가 크다고 하나 혼잡한 시내 도로에서는 애스턴 마틴이나 승합차나 별반 다르지 않다. 그리고 앞차를 쫓는 쪽의 운전이 더 어렵다. 승합차는 좀처럼 잡히지 않았다.

방수희는 윤해성을 말리려 왼팔을 들다가 그의 부릅뜬 눈을 보고는 팔을 내렸다. 예전 포르쉐 박스터의 작은 스크래치에 광분해서 컴파운드를 박박 문지르던 윤해성의 모습이 떠올랐다. 아버지의 일 말고 윤해성의 이성을 잃게 만드는 유일한 게 있다면 자동차다. 지금 그 차가 박살이 났다. 게다가 상대가 너무 약을 올렸어. 그래, 하고 싶은 대로 해. 이럴 땐.

윤해성은 하이빔을 연신 깜빡깜빡하고 클랙슨을 울렸다. 하지만 승합차는 아랑곳하지 않고 달렸다. 이윽고 큰 도로를 벗어나 언덕길로 들어섰다. 승합차는 낮은 담장을 끼고 달리며 속도를 늦추었다. 이제 멈추려나 싶었는데, 승합차는 담장 사이로 난 큰 문 안으로 쏙 들어가 버렸다.

윤해성도 뒤따라 안으로 들어갔다. 승합차는 안쪽 마당에 서 있었다. 윤해성은 차를 세우고 내렸다. 방수희도 따라 내렸다. 조수석에서 내려 차를 돌아 운전석 쪽으로 가 보니 성미 급한 윤해성은 벌써 승합차 쪽으로 다가가 있었다.

문득 방수희는 알 수 없는 위화감을 느꼈다. 뺑소니는 할 수도 있다. 근데, 도망치다가 왜 이곳에 멈추었을까? 의문과 동시에, 이곳이 대단히 어둡고 후미진 장소라는 사실을 깨달았다.

마당 한쪽에 고철이 가득 쌓여 있었다. 차량이 주차된 곳은 넓은 작업장의 한쪽 구석이었다. 고철처리업을 하는 곳인 모양이다. 사당역 근처에 이런 데가 있었나.

승합차 운전자가 내렸다. 슈트를 말쑥하게 입은 젊은 남자였다.

"죄송합니다."

남자는 고개를 깊이 숙였다. 차를 박살 내고 과감하게 도망가던 때와는 사뭇 다른 모습이다. 의외의 태도에 윤해성은 멈칫했다. 그는 톤을 낮추어 말했다.

"아니, 차를 부수고 그렇게 도망가시면……."

남자는 한 손을 뒤로 하고 있었다.

"위험해!"

방수희가 소리친 건 거의 본능이었다.

하지만 조금 늦었다.

쩍, 하는 둔탁한 소리.

이어 억, 하고 비명이 솟았다.

윤해성은 말을 채 끝맺지도 못하고 그 자리에 고꾸라졌다. 머리를 감싸 쥔 윤해성을 내려다보며 남자는 입꼬리를 올리고서 웃고 있었다.

남자의 손에는 은빛 멍키스패너가 들려 있었다. 뒤에 감추고 내렸던 모양이다. 사과하는 척하면서 방심하게 하고는 대화 중에 전력으로 머리를 후려갈긴 것이다.

남자는 스패너를 쳐들어 있는 힘껏 윤해성을 다시 내리쳤다. 딱! 이번에는 어딘가 부서지는 소리가 났다. 아악! 윤해성의 비명이 채 가시기도 전에 남자는 또다시 스패너를 쳐들었다.

살의!

방수희는 분명한 살기를 감지했다. 이건 단지 차량 사고로 인한 실랑이가 아니다. 윤해성을 죽이려는 것이다.

방수희는 달렸다.

그때 승합차 옆문이 열리고 검은 그림자가 튀어나왔다. 사람 그림자 같았지만 거기에 신경 쓸 상황이 아니었다. 방수희는 그들을 피해 앞으로 달렸다.

스패너를 막 쳐든 남자의 허리를 잡고 나뒹굴었다. 같이 넘어지면서 거의 동시에 남자의 팔을 잡고 몸을 회전시켜 양다리 사이에 꼈다. 팔을 비틀어 올리며 양팔에 최대한의 힘을 주었다.

우지직.

남자의 관절이 뽑히는 느낌이 양팔에 전해졌다. 땅에 단단히 박힌 나무를 뿌리째 뽑아내는 감각이랄까. 암바를 하면서 실제로 끝까지 힘을 주어 팔을 부러뜨린 건 처음이었다. 박재훈 검사 테러 사건 때도 습격자의 팔을 차마 부러뜨리지는 못했다. 하지만 지금은 조금의 주저함도 없다. 이 남자는 윤해성을 죽이려 한다. 윤해성을 구하는 일. 그것밖에는 생각하지 않았다.

으아악. 남자는 비명을 지르며 바닥을 데굴데굴 굴렀다.

방수희는 재빨리 일어섰다.

승합차 옆구리에서 남자들이 마당으로 쏟아져 나오고 있었다.

여덟 명이었다. 마테오도 그 안에 있었다. 물론 방수희는 그를 알지 못했다. 남자들 중 몇 명은 손에 각목과 쇠파이프를 쥐고 있었다.

윤해성은 바닥에 널브러진 채 신음을 내고 있었다. 머리에서 피가 홍건하게 흘러 땅을 적셨다. 워낙 순간적이라 무슨 일이 일어난 것인지조차 인식이 안 되는 모양이었다.

남자들이 방수희와 윤해성을 에워싸듯 다가오고 있었다.

"당신들 뭐야!"

방수희가 소리쳤지만 아무도 대답하는 이는 없다. 대답을 들을 필요도 없다. 이들은 처음부터 윤해성을 노리고 온 것이다.

"알 거 없고, 남자만 넘겨. 넌 봐줄게."

선글라스를 쓴 남자 한 명이 쇠파이프를 손바닥에 탁탁 치면서 말했다.

"기회 줄 때 도망가. 괜히 엮이지 말고."

다른 남자가 비키라는 듯 턱짓을 했다.

하지만 방수희는 쓰러진 윤해성을 등 뒤로 하고 그들을 막아섰다.

남자 두 명은 같잖다는 듯이 서로 마주 보고 피식 웃었다.

"이년이 돌았나."

"죽고 싶어 환장했구먼."

방수희는 양발을 조금 벌리고 양팔을 머리 옆으로 올렸다.

"비켜."

뒤에 서 있던 남자가 말하자 앞의 남자 두 사람이 갈라지듯 옆으로 주춤주춤 비켰다. 뒤의 남자만은 방수희를 알아본 것이다. 마테오였다.

"좋은 자세야."

마테오가 말했다. 그는 이어 흰 이를 드러내고 웃음을 지었다.

"주짓수. 일대일이라면 최강이지. 하지만 여덟 명이라면 어떨까?"

곤란하다. 그는 방수희가 주짓수 고수인 걸 알고 왔다. 그렇다면 압도할 자신도 있단 얘기다. 그 와중에도 남자의 말투가 묘하게 어색하다는 걸 느꼈다. 마치 교포 같은 억양.

방수희는 맨 앞의 남자에게 로킥을 날렸다. 방수희더러 '돌았냐'고 했던 남자였다.

허벅지에 강한 킥을 맞은 남자는 억, 소리를 내며 허리가 휘청 굽었다. 거의 동시에 그 옆에 있던 다른 남자가 덤벼들었다. 그는 방수희의 허리를 잡으며 테이크다운을 하려 했다.

방수희는 하체를 뒤로 쭉 빼며 테이크다운 방어를 하고, 이어 무릎
으로 남자의 허리를 가격했다. 흡, 소리를 내며 남자가 고꾸라졌다.

이어 남자 두 명이 달려들었다. 방수희는 앞에서 덤비는 남자에게
펀치를 날렸다. 남자는 얼굴을 감싸 쥐고 뒤로 물러났다. 그 뒤로 다가
오는 남자에게 킥을 날렸다. 허리에 돌려차기를 맞은 남자는 그 자리
에 쓰러졌다.

쓰러진 남자 뒤로 또 남자들이 다가왔다. 남자 뒤에 또 남자. 그들
중 두 명이 같이 덤벼들었다. 두 명을 동시에 상대할 수는 없다. 방수
희는 뒤로 스텝을 밟으며 벽을 등지려 했다.

픽, 하는 소리와 함께 허리에 강렬한 통증이 느껴졌다. 뒤로 다가온
남자가 몽둥이를 휘두른 것이다. 방수희의 허리가 반으로 접히며 휘
청하고 넘어졌다. 그 틈을 놓치지 않고 남자들이 몰려들어 발길질을
했다.

발에 밟히고 차이던 방수희는 양팔을 올려 막으면서 땅바닥을 쓸듯
이 한 남자의 발목을 걸어찼다. 발목을 강하게 맞은 남자는 그 자리에
엎어졌다. 남자의 공격이 빈 틈을 타 방수희는 일어섰다. 다시 가드를
올리며 자세를 잡았다.

"이거 질긴 년이네!"

남자가 주먹을 날렸다. 방수희는 허리를 숙여 피하고는 아래에서 위
로 어퍼를 날렸다. 주먹이 남자의 턱에 꽂혔고, 남자는 그 자리에 무너
지듯 쓰러졌다. 그때 옆에 있던 남자가 휘두른 각목이 방수희의 오른
쪽 뒷무릎을 강타했다. 동시에 다른 남자의 돌려차기가 방수희의 허
리에 꽂혔다. 방수희는 그 자리에 쓰러졌다.

방수희는 재빨리 몸을 데구르르 굴려 다시 일어났다.

벽을 등에 지고서, 덤벼드는 남자 두 명에게 주먹을 날려 잇달아 쓰러트렸다.

그 뒤편에 있던 남자가 또 나섰다.

"나까지 순번이 왔어? 귀찮은데."

방수희는 다시 주먹을 올렸다.

"반항해 봤자 더 크게 다쳐."

남자는 말과 동시에 주먹을 슬쩍 올리더니 곧바로 스트레이트를 연타했다.

방수희는 몸을 숙여 피하면서 주먹을 날렸다. 이미 다수의 남자들과 거친 격투를 한 뒤라 주먹의 스피드와 위력은 현저히 떨어져 있었다. 남자는 양팔을 얼굴 위로 들어 방수희의 주먹을 모두 막았다. 뒤이어 달려드는 남자. 하지만 복부에 방수희의 니킥이 꽂혔다.

흐억.

남자는 숨을 크게 들이켜며 허리를 앞으로 접었다. 다시 작렬하는 방수희의 니킥. 이번에는 남자의 코에 정통으로 맞았다. 남자는 으악 하고 비명을 지르더니 코를 움켜쥐고 뒤로 주춤주춤 물러났다.

그 틈을 놓치지 않고 방수희는 남자에게 달려들어 양다리를 잡고 바닥에 자빠트렸다. 남자는 공중에 거의 절반쯤 들리더니 바닥에 내리꽂혔다. 이런 상황을 상상하지 못했던 듯, 남자의 놀란 눈은 순간적으로 겁에 질렸다. 방수희가 쓰러진 남자 위로 파운딩 주먹을 날리려는 찰나, 허리에 날카로운 통증이 느껴졌다.

방수희는 허리를 움켜쥐고 뒷걸음질 쳤다. 돌아보니 눈이 움푹 들어가고 콧날이 높은 남자가 칼을 쥐고 서 있었다. 맨 처음 말을 했던 남자. 마테오였다.

"손맛이 좋은데."

마테오는 피 묻은 칼을 들고서 흰 이를 드러내며 웃었다.

"여기서 총소릴 낼 순 없고…… 칼이 낫겠지? 어때?"

다행히 칼이 깊게 들어온 것 같지는 않았다. 그저 눈앞이 아찔하다고 느꼈다.

마테오는 칼을 바지 뒷주머니에 꽂아 두고는 방수희에게 뛰어들며 양 주먹으로 방수희의 안면을 강타했다.

방수희가 상체를 숙이고 뒤로 비틀대자 마테오는 무릎으로 올려치기를 했다. 방수희는 양팔을 들어 겨우 무릎 킥을 막았다. 마테오는 틈을 주지 않고 방수희의 양팔 위로 주먹을 난타했다. 방수희는 양팔로 가드하며 마테오의 주먹을 막았다.

마테오의 펀치는 대부분 방수희의 팔에 가로막혔다. 마테오는 주춤하더니 방수희의 머리를 향해 오른발 하이킥을 날렸다. 방수희의 동물적 본능은 그 틈을 놓치지 않았다. 방수희는 킥을 지탱하는 마테오의 왼 다리에 강렬한 로킥을 날렸다. 외다리 상태에서 불의의 킥을 맞은 마테오는 그 자리에 꼴사납게 자빠졌다.

그레이시 가문의 수제자라며 정통 주짓수를 제대로 배웠다고 했지만 실제로는 칼과 총으로 똘마니들을 굴복시켜 온 마테오의 거짓말이 들통나 버린 순간이었다. 그 창피함이 그의 악에 불을 지폈던 모양이다.

마테오는 일어서면서 뒷주머니에서 다시 아미 나이프를 꺼내 방수희의 허벅지에 박았다.

악.

방수희는 비명을 지르며 바닥에 쓰러졌다.

"전투 불능."

마테오가 씩 웃었다.

그들의 말이 틀리지 않았다. 주짓수는 다수를 상대로 하는 격투기가 아니다. 일대일이라면 방수희의 상대가 되지 못했겠지만 이들은 집단이었다.

"주짓수 하는 년이 다리를 절렸으니, 어때?"

마테오는 쓰러진 방수희 위로 뛰어들어 아미 나이프를 높이 쳐들었다. 절체절명의 순간에 보인 빈틈. 방수희는 칼에 찔리지 않은 쪽 다리를 굽혀 무릎으로 마테오의 턱을 아래에서 위로 쳐올렸다.

우지끈.

어마어마한 타격이었다. 마테오의 턱뼈가 부서지는 소리가 생생하게 들렸다.

으악!

마테오는 칼을 놓치고 뒤로 나자빠졌다. 턱뼈가 부러져 나가며 격통이 찾아왔다. 하지만 그보다 당장 부하들 앞에서 꼴사나운 모습을 보인 것에 더 격분했다.

"질긴 년!"

마테오는 한 손으로 턱을 거머쥐고는 다른 손을 바지 뒷주머니에 집어넣어 권총을 꺼냈다. 김정면을 죽였던 그 토카레프.

"안 돼!"

다른 남자가 소리를 질렀지만 이미 늦었다. 다혈질의 마테오의 눈에는 이미 아무도 말릴 수 없을 핏발이 서 있었다.

탕!

토카레프가 불을 뿜었다.

흡.

방수희의 입에서 짧은 호흡과도 같은 비명이 새어 나왔다. 배에 불에 덴 듯한 통증을 느꼈다. 방수희는 양손으로 배를 감싸 쥐었다. 그리고 느꼈다. 이제 정말 끝이다······.

방수희의 몸은 모든 긴장감을 잃고 축 늘어졌다. 잠깐 몸을 꿈틀했을 뿐, 더 이상의 반격은 없었다.

마테오는 그제야 만족했는지 총을 바지 뒷주머니에 넣고는 칼을 주워 묻은 피를 바지에 슥슥 닦았다.

지푸라기 인형처럼 널브러진 방수희를 느긋하게 내려다보는 마테오의 입술 사이로 흰 이가 어디선가 비쳐 드는 불빛을 받아 빛났다.

땅에 누운 방수희는 통증을 느끼지 못했다. 그저 움직일 수 없다는 사실만을 깨달았을 뿐. 생의 마지막에 고통 따위는 의미가 없는지도 모른다.

쓰러져 있는 윤해성이 시야에 들어왔다.

하필…….

하필이면 이런 모습이 마지막이라니.

자신의 끝을 감지하는 방수희였지만, 이 순간에는 윤해성을 영원히 볼 수 없다는 사실이 더 안타까웠다.

방수희는 마지막 힘을 짜내 손을 뻗었지만 조금의 차이로 윤해성에게는 닿지 못했다.

방수희와 윤해성에게 남자들이 달려들었다.

* * *

"모두 일어서 주십시오."

법정 경위의 말과 함께 세 명의 판사가 들어왔다.

희한하게도 판사의 얼굴, 인상은 다 닮아 있다. 샌님과 로봇의 중간 정도.

재판장은 1심 재판장과 인상이나 얼굴이 거의 비슷했다. 차이가 있다면 항소심 재판장이 조금 더 늙어 보인다는 정도다.

양다곤은 차분한 톤의 회색 슈트, 김평일은 감색 슈트를 입었다. 마치 고급 레스토랑에서 식사를 하다가 온 듯한 모습이다. 낯빛은 구치소에서 재판을 받던 1심 때와는 비교도 안 되게 여유 있고 푸근하다. 세상의 여론은 그들을 비난할지라도 사법 절차에서 그들을 단죄할 수는 없다. 최악의 순간에도 감옥에 들어갈 일은 없다는 자신감이 그들을 지지하고 있다.

양다곤은 거의 미소까지 머금고 있었다. 김평일의 표정은 상대적으로 조금 딱딱했다. 양다곤보다는 법정이 덜 편한 모양이다.

그들의 옆에는 이정환이 변호인으로 앉아 있다. 며칠 전부터 단명오가 연락이 되지 않았다. 할 수 없이 LNK의 수석변호사 이정환을 단독 변호인으로 세웠다. 단명오가 없더라도 결론이 뻔하니 걱정은 없다. 차라리 잘되었다고 생각했다. 의혹을 받는 단명오가 변호인으로 서면 오히려 공격의 빌미가 될 수 있다.

양다곤과 김평일의 주민등록번호, 주소 등을 확인하는 절차가 있었고, 이어 판사가 말했다.

"1심에서는 피고인들에게 면소가 선고되었습니다. 여기에 검찰이 항소했습니다. 여기까진 이의 없으시죠?"

"네."

"네."

검사와 변호인이 거의 동시에 대답했다.

"살인사건에서 실체 재판에 들어가기도 전에 기소의 적법성이 문제되는 사건인 만큼 앞으로 철저히 절차에 따라 진행하도록 하겠습니다. 또한 쌍방의 절차 참여 요청은 최대한 받아들이도록 할 테니까 재판부에 바라는 것이 있으면 명시적으로 의견을 표명하여 주십시오."

당사자에게 어떠한 기회든 다 부여하겠다는 뜻이다. 판사는 사건의 비중을 의식해서 '할 말을 다 못 했느니 어쩌니' 하는 뒷말이 나오지 않게 하고 싶은 것이다.

　"검찰이 먼저 의견을 밝혀 주십시오."

　조영규 검사가 일어섰다.

　"아시다시피, 2000년 8월 1일 이후부터 살인의 공소시효가 없어졌습니다. 따라서, 이 사건 살인이 2000년 8월 1일에 일어난 것이어야 피고인들을 처벌할 수 있습니다. 그런데 1심 재판부는 2000년 7월 31일에 김민호 교수를 살해했다는 피고인들의 주장을 믿었습니다. 그래서 공소시효가 만료되었다고 판단한 것입니다."

　조영규 검사는 차분하게 상황을 설명했다. 아무도 이의할 수 없는, 이 재판에 관여하는 모두가 알고 있는 사실이었다. 이정환이 일어섰다.

　"1심 재판부가 피고인의 주장만을 받아들였다는 식의 표현은 어폐가 있습니다. 정확히 말하면, '2000년 8월 1일에 김민호 교수를 살해했다'는 검찰의 공소사실을 입증할 증거가 없다는 이유였습니다. 엄정한 법에 따른 것이었습니다. 검찰의 명백한 입증부족이었습니다."

　조영규 검사는 불쾌한 듯 말했다.

　"본 검찰은 이번 항소심에서 피고인들의 살인이 2000년 8월 1일에 있었다는 사실을 입증하겠습니다."

　이정환이 일어섰다.

　"검찰은 1심 법정에서도 같은 말을 했습니다. 하지만 증거를 제출하지 못하였습니다. 명백히 시효가 지난 사건을 기소해 놓고 면소 받으니까 발끈해서 항소하고, 막연하게 재판을 끌려 하고 있습니다."

　거의 시비조였다.

　조영규 검사가 이정환을 노려보다가 판사를 향해 말했다.

"이 사건은 피해자인 김민호 교수의 유족인 윤해성 변호사가 고소인이자 피해자 자격으로 이 법정에 와 있습니다. 피해자의 재판절차 참여권 보장 차원에서 이 법정에서 발언할 기회를 주시기를 요청합니다."

이정환은 검사의 말에 당혹스러운 표정을 지었다. 판사가 방청석을 향해 말했다.

"피해자 측 윤해성 씨. 나왔습니까?"

방청석에서는 대답이 없다.

"윤해성 씨 나왔습니까?"

판사가 조금 목청을 높였다. 하지만 여전히 대답하고 나오는 사람은 없었다.

조영규 검사는 당황한 표정을 지었다. 윤해성이 당연히 나왔을 거라고 생각했는데, 방청석에 없는 것이다. 이러면 얘기가 달라지는데…….

"피해자 측이 나오지 않았으면 다음 절차를 진행하겠……."

판사의 말이 채 끝나기 전에 법정 문이 벌컥 열렸다.

"윤해성, 출석했습니다."

그렇게 말하며 남자 한 명이 들어서고 있었다. 그의 옆에서 여자가 부축하고 있었다. 그를 본 판사는 흠칫 놀랐다. 윤해성은 머리에 붕대를 칭칭 감고 얼굴에는 멍이 군데군데 들어 있었다. 왼팔에는 깁스를 했다. 걸음걸이도 성치 않은 듯 절룩거렸다. 여자의 도움을 받고서야 겨우 움직이는 것 같았다. 한눈에도 중환자 같은 외양. 윤해성은 외출을 금지한 의사와 싸우다시피 해서 법정에 나온 것이었다.

판사는 냉정을 회복하고 말했다.

"발언하기를 원하십니까?"

"네."

"몸이 많이 안 좋아 보이는데, 정말 괜찮겠습니까?"

윤해성이 그렇다고 대답했다.

판사는 "말해 보십시오." 하고는 의자에 몸을 뒤로 기댔다.

윤해성은 법대 앞쪽까지 걸어 나갔다.

양다곤이 매서운 눈으로 윤해성을 쳐다보았다. 법정이라 눈빛이 순화되었을 뿐 그 시선에는 거의 베어 버릴 듯 깊은 증오가 묻어났다. 자신이 그 남자의 아버지를 살해했음에도, 자신을 법정에 세웠다는 이유로 거꾸로 원한을 갖고 있다.

"검찰이 증인을 신청한 것으로 알고 있습니다. 증인신문을 하기 직전에 의견을 밝힐 기회를 주시기 바랍니다."

"증인신문 하기 직전에요?"

"네."

"지금 당장이 아니라 굳이 증인신문 전에 의견을 밝히겠다는 겁니까?"

"예. 그렇습니다."

"……알겠습니다. 증인신문을 하게 되면 그 전에 발언 기회를 드리겠습니다."

판사는 조금 주춤했지만 온화하게 말했다. 모든 기회를 주고 싶어 하는 것 같았다. 더구나 상대는 피해자 유족이다. 중환자 같은 윤해성의 모습에 더 마음이 기울었는지 모른다.

윤해성은 어기적어기적 걸어 방청석의 빈자리에 앉았다. 같이 온 한이수가 따라 앉으며 걱정스럽게 말했다.

"괜찮아? 버틸 수 있겠어?"

"응. 진통제를 잔뜩 맞았어."

윤해성의 낯빛이 침울했다.

한이수는 잡은 손에 힘을 꾹 주며 작게 속삭였다.

"……수희 씨를 생각해서라도 힘을 내야지."

"그래……."

윤해성은 고개를 끄덕였다.

적어도 이 재판 동안에는 힘을 내야 한다.

그래서 진통제까지 맞으면서 법정에 나왔다.

윤해성과 한이수는 방청석에 앉아 양다곤을 노려보았다. 공동의 원수. 하지만 어쩌면 오늘 그들은 법 절차를 통해 완전한 면책을 선언받게 될지도 모른다.

판사가 말했다.

"검찰이 신청할 증인이 있습니까?"

조영규 검사가 일어났다.

"네. 있습니다."

"어떤 증인입니까?"

"저희가 신청할 증인은……."

검사는 잠깐 말을 멈추고 방청석을 죽 둘러보았다.

"저기 방청석에 앉은……."

방청석에 앉은? 방청객들은 누구인가 싶어 제각기 미어캣처럼 목을 죽 빼 들었다.

조영규 검사가 말했다.

"한이수 씨입니다."

한이수? 방청객들은 어리둥절했지만, 맨 앞줄에 앉은 기자들은 웅성거렸다. 그 증인이 엉뚱하단 것을 재빨리 깨달았던 것이다. 판사가 말했다.

"한이수 씨라면, 공범들의 대책 모의 현장에서 들었다는 그 사람 아닙니까."

"그렇습니다."

이정환 변호사가 말했다.

"이의합니다. 한이수의 경찰 진술에 피고인들은 다 동의했습니다. 아니, 피고인들은 김민호 교수를 살해했다는 사실을 다 인정한 바 있습니다. 다만 시각만을 다투고 있습니다. 한이수는 범행 시각에 대해 말할 수 있는 증인이 아닙니다. 굳이 한이수를 증인으로 불러 신문할 하등의 이유가 없는 것입니다. 검찰의 증인신청을 기각해 주십시오."

한이수를 불러 무엇을 하려는지는 몰라도 검찰이 신청한 증인이다. 변호인으로서는 일단은 반대하고 나와야 한다. 조영규 검사가 말했다.

"한이수 씨는 피고인들의 범행 일시를 확인할 수 있는 증인입니다."

이정환 변호사가 분연히 일어섰다.

"억지입니다! 한이수가 20년 전의 살해 시각과 무슨 상관이 있습니까? 그땐 열 살도 되지 않은 나이입니다. 현장에 있었던 사람도 아니고요. 대체 무엇을 증언할 수 있겠습니다?"

"그건 증언을 들어 보시면 될 일입니다."

이정환이 계속 불필요하다고 어필했지만 조영규 검사는 물러서지 않았다.

판사가 말했다.

"채택하겠습니다. 비록 피고인들이 살인을 인정하기는 했지만, 피고인들의 모의 현장에 있었던 사람입니다. 진술을 한 번은 들어 봐야 할 증인입니다."

이어 판사는 방청석의 윤해성을 향해 말했다.

"피해자 측에서는 아까 증인신문 전에 의견을 말씀하시겠다고 했는데, 어떻습니까?"

"하지 않겠습니다."

윤해성이 대답했다.

하겠다고 했다가 안 하겠다고? 판사는 고개를 조금 갸웃하고는 곧장 이정환 변호사를 향해 말했다.

"변호인이 특별히 이의가 없으시면 지금 신문을 실시하겠습니다."

판사의 딱딱한 표정을 본 이정환은 이의할 엄두를 내지 못했다.

판사가 한이수를 불렀고, 한이수는 차분한 태도로 법대 앞까지 걸어 나왔다.

한이수가 선서를 마친 후 증언대에 앉자, 검사가 다가가 말했다.

"증인은 피고인들이 모여 범행 대책을 논의할 때 현장에 있었지요?"

"네."

"그 대화를 녹음한 사람도 증인이죠?"

"맞아요."

"1심 법정에서 녹음 파일을 틀었을 때, 증인도 들었습니까?"

"네. 다 들었어요."

한이수는 고개를 한 번 끄덕였다.

양다곤은 한이수를 노려보고 있었다. 저게 또 무슨 입을 어떻게 놀리려고 하지?

양다곤의 살기 어린 눈빛을 아는지 모르는지 한이수는 태연했다.

검사가 다시 물었다.

"녹음상으론 피고인석에 앉은 저 두 사람, 양다곤, 김평일 말고도 한 명이 더 있더군요."

"네."

"그 인물이 누군지 아십니까?"

한이수는 잠깐 침묵했다.

판사를 포함해서 법정 안의 모든 눈과 귀가 한이수에게 쏠렸다. 마치 미스터리 연극에서 탐정이 마지막 범인을 밝히는 순간처럼.

양다곤은 왠지 모를 불안감에 사로잡혔다. 한울 그룹이 입수한 정보에 따르면 한이수는 제3의 인물이 누군지 알 수 없다고 검찰에서 진술했다. 그래서 단명오는 기소에서 제외되었고, 1심에서 자신들의 변호인이 되기까지 했다. 한이수는 이 게임에서 완전히 나간 것이다. 그런데 이번에 왜 증인석에 섰을까. 이제 와 무슨 말을 하려고?

한이수가 판사를 힐긋 보더니 입을 열었다.

"압니다."

안다고? 양다곤이 가진 정체 모를 불안감은 한층 짙어졌다.

한이수는 뒤이어 말했다.

"단명오 변호사입니다."

한이수는 또박또박 말했다. 낮은 음성이었지만 그 대답은 법정 전체에 구석구석 전달되었다. 한이수의 말이 끝나자마자 이정환이 벌떡 일어나서 말했다.

"증인. 증인은 검찰수사 때는 단명오를 녹음 현장에서 보지 못했다고 분명히 진술했습니다. 그런데 왜 이제 와 말을 바꾸는 거죠?"

한이수가 턱을 쳐들고 차분하게 대답했다.

"그땐 충격이 남아서 잘 기억이 안 났나 봐요. 그래서 신중하게 말했죠. 억울한 사람을 만들면 안 되니까요. 근데 지금은 확실히 기억이 났어요. 녹음 현장에 있었던 나머지 한 사람은 단명오 변호사, 바로 그 사람이에요."

이정환은 더 반박하지 않고 자리에 스르르 앉았다.

한이수의 태도를 보고는 증언을 바꾸게 할 수는 없다는 걸 깨달은 듯하다. 무엇보다, 단명오는 자신이 변호할 사람이 아니다. 단명오가 가담한 사실이 밝혀진다 하더라도 양다곤에게는 아무런 영향이 없다. 양다곤은 공소시효로 완벽하게 지켜지고 있다. 여기서 강하게 이의해서 어색한 상황을 만들 필요는 없어. 께름칙하지만 어차피 양다곤 재판에 영향이 없는 일, 무리할 필요 없어.

조영규 검사는 재판장을 똑바로 쳐다보았다.

"자, 이제 한이수 씨의 증언으로 분명히 밝혀졌습니다. 공범들의 대책 모의 당시 현장에 같이 있었던 사람, 살인의 공모자는 바로 단명오 변호사였습니다."

이정환은 더는 참을 수 없었다. 불쾌감을 담은 얼굴로 일어섰다.

"좋습니다. 단명오가 현장에 있었다고 치죠. 그게 이번 재판에서 무슨 의미가 있죠? 검찰은 진술이 오락가락하는 증인을 불러내 사건의 본질과 관계없는 쟁점 흐리기를 시도하고 있을 뿐입니다."

"단명오가 기소되지 않은 게 잘못이란 겁니다."

조영규가 말했다. 이정환이 그 말을 또 받아 반박했다.

"어차피 공소시효가 지나 기소할 수 없는 사건이었습니다. 단명오가 기소가 안 된 게 이상한 게 아니라, 양다곤, 김평일이 기소된 게 잘못된 겁니다. 검찰의 발언들은 아무런 의미가 없습니다. 살인, 공범을 강조하면서 관계자들을 망신 주고, 그저 감성에 호소하려는 것에 불과합니다."

방청객들은 이맛살을 찌푸렸다. 하지만 전대미문, 상식초월의 이 재판이 법적으로 타당하다는 것부터가 아이러니였다. 법리적으로는 이정환의 발언을 반박할 방법이 없다. 이 재판은 단명오에 대한 것이 아니다. 양다곤에 대한 재판이다. 나아가, 양다곤은 스스로 살인을 인정하고 있다. 단명오가 공범이라는 사실이 밝혀졌다 해서 이 재판이 달라지지 않는다. 시효 제도의 비호 아래 이정환은 마음껏 법정을 휘젓고 있었다.

한이수가 방청석으로 돌아간 뒤, 판사가 검사를 향해 말했다.

"증인의 진술은 잘 들었습니다. 그런데 변호인의 말씀처럼, 이게 이 재판에 무슨 의미가 있습니까? 이 재판은 단명오가 아니라 양다곤과 김평일에 대한 것입니다. 단명오가 관여한 사실이 밝혀졌다고 해서 공소시효가 달리 판단되는 것도 아닌데요."

조영규 검사가 말했다.

"그래서입니다."

"그래서라뇨?"

"한이수 씨는 이 증인이 증언할 자격이 있다는 것을 확인시켜 드리기 위한 증인이었습니다."

"증인이 증언할 자격이 있다는 확인을 위한 증인? 그게 대체 무슨 말이죠?"

"증인을 한 명 더 신청하겠다는 말씀입니다."

"누구를요?"

"조금 전 한이수 씨가 말했던 그 사람, 단명오입니다."

단명오.

조영규 검사의 입에서 나온 그 이름이 법정에 안긴 파장은 한이수 때보다 훨씬 컸다. 방청객들은 속닥였고, 기자들의 타이핑 소리가 높아졌다.

"단명오라니……."

양다곤은 자기도 모르게 말이 불쑥 튀어나왔다. 김평일의 표정도 확 굳어졌다.

놀라웠다.

며칠째 연락이 안 된다 싶더니 검찰 측 증인으로 나온다고?

이게 어찌 된 일이지?

양다곤은 옆에 앉은 이정환 변호사를 보았다. 하지만 그 역시 금시초문이라는 듯 멍한 표정으로 마주 보고 있었다.

이런 머저리 변호사를 봤나! 아무것도 모르고 있었어! 대비도 없었어!

양다곤은 눈으로 격노하고 있었다. 이정환은 다급히 속삭이듯 말했다.

"걱정 마십시오. 단명오는 어떻든 우리 편입니다. 우리 측에 불리하게 증언하면 자기도 같이 들어가는 건데, 그럴 리가 없지 않습니까?"

"음……."

그의 말에 양다곤은 조용히 고개를 끄덕였다.

맞는 말이다. 단명오같이 계산이 빠르고 교활한 인물이 자신이 망하는 증언을 할 리가 없고 검찰의 회유에 넘어갔을 리도 만무하다. 단명오를 증인으로 내세운 건 검찰의 마지막 발버둥에 불과해.

판사의 말이 들려왔다.

"단명오. 알겠습니다. 증인을 채택하겠습니다. 그럼 공판기일을 속행해서……."

조영규 검사가 판사의 말을 끊었다.

"재판장님."

"뭡니까?"

"증인이 오늘 법정에 출석하였습니다. 재정증인으로 지금 신문하기를 원합니다."

"법정에 왔다고요?"

판사는 잠깐 생각하더니 말했다.

"……일단 나오라고 하시죠."

조영규 검사가 법정 안의 교도관에게 신호했다.

대기실 문이 열리고 양팔을 교도관들에게 잡힌 단명오가 들어왔다.

양다곤의 눈이 휘둥그레졌다. 단명오는 수의를 입고 있었다. 덤불같이 헝클어진 머리에, 얼굴은 납빛이었다. 고무신을 신은 걸음걸이는 방향을 잃은 듯 보였다.

돌연한 사태 앞에 이정환 변호사는 입도 벙긋하지 못했다.

양다곤과 김평일은 그저 멍해 있었다.

단명오가 구속돼 있었을 줄이야.

그리고 그 모습으로 법정에 증인으로 나올 줄이야.

눈앞에 펼쳐진 상황을 도무지 납득할 수 없었다. 하지만, 그들이 납득을 하든 못 하든 눈앞에 현실로 있는 광경이었기에 받아들일 수밖에 없었다.

양다곤은 이내 평정을 회복했다. 단명오가 구속돼 있다는 것은 놀랍지만, 그래도 마음 한구석에 철석같은 믿음이 있다. 어차피 단명오는 뿌리부터 이쪽 편이다. 양다곤과 공동운명체다. 검사가 단명오를 구속하고, 몰아붙인다고 해서 어떤 불리한 발언이 튀어나올 일은 없다.

단명오가 증인석 앞에 섰다.

판사가 이정환 변호사에게 말했다.

"단명오 씨를 증인으로 신문하는 데에 피고인 측은 이의가 있습니까?"

이정환 변호사는 잠깐 생각하더니 말했다.

"저희들은 반대합니다."

아무리 단명오가 이쪽 편이라 해도 검찰이 돌연 데리고 나온 것에는 불안감이 없을 수 없다. 적어도 준비할 시간을 갖도록 다음 기일로 미루는 게 낫다.

조영규 검사가 일어섰다.

"재판장님. 오늘 증인에게 물을 사항은 딱 한 가지입니다. 그 질문은 명확하고 단순합니다. 그 내용은 피고인들의 방어권 행사에 전혀 지장이 없는 내용입니다. 오늘 증인이 출석한 김에 신문을 진행하시고, 만약 문제가 있다고 판단되시면 그때 다음 기일로 연기해도 좋습니다."

"딱 하나만 묻는다고요?"

재판장은 그렇게 말하고는 양옆의 배석판사들과 잠깐 상의했다. 딱하나만 묻겠다는데 굳이 미루고 공판을 속행할 이유는 없다. 이윽고 시선을 정면으로 하고 고개를 끄덕였다.

"좋습니다. 일단 오늘 증인신문을 하죠. 만약 신문사항이 복잡하거나 피고인 측의 반대신문이 어려울 내용이라면 그때는 중단하고 다음기일로 연기하겠습니다."

단명오에 대한 증인신문이 채택되었다. 판사의 단호한 말에 이정환은 더 이의를 하지 못했다.

단명오는 판사의 지시에 따라 증인선서를 하고 자리에 앉았다. 앙상한 몸에 기운은 없어 보였고, 표정은 무심했다. 무슨 생각을 하는지, 어떤 심정인지 알기 어려웠다.

판사가 방청석을 멀리 내다보며 말했다.

"아까 피해자 측에서 증인신문을 진행하기 전에 의견을 밝히겠다고 하셨죠. 지금 하시겠습니까?"

네, 하는 대답과 함께 윤해성이 일어섰다.

윤해성은 비틀비틀 걸어 나와 단명오가 앉은 증인석 옆에 섰다. 법대를 정면으로 보며 입을 열었다.

"증인은 아시다시피 1심 재판의 변호인이었습니다. 그런데 지금 이렇게 구금되어 있다는 사실에 대해 재판장님을 비롯해 모두가 의아해하고 있으실 것입니다. 하지만 이것은 당연한 귀결입니다. 증인 단명오는 1심 변호인이 될 자격조차 없었습니다. 조금 전 한이수 씨의 증언에서 밝혀졌듯이, 그는 살인의 공범이기 때문입니다. 원래 피고인석에 서 있어야 했을 사람입니다. 그럼에도 뻔뻔하게 그동안 변호인석에 서 있었던 겁니다."

이정환 변호사가 앉은 채로 말했다.

"어불성설입니다. 단명오 변호사가 만약 공범이라고 해도 검찰이 기소하지 않았습니다. 피고인들을 변호하는 데에 아무런 법적인 문제가 없었습니다."

윤해성은 이정환을 보며 말했다.

"맞습니다. 단명오가 변호인이었다는 사실을 법적으로 문제 삼는 건 아닙니다. 다만, 그가 피고인석에 더 어울리는 사람이라는 얘기를 하는 거죠."

윤해성은 다시 몸을 돌려 법대를 보았다.

"1심 판결 이후 단명오는 인천공항을 통해 도주하려 했습니다. 미국 댈러스를 경유해 페루로 가는 1등석 항공권에 탑승하려다가 출국장에서 검거된 것입니다. 바로 이 사건 살인 혐의로 말이죠."

이정환이 벌떡 일어났다.

"불법체포입니다! 단명오를 구금하는 건 말이 안 됩니다!"

윤해성이 차갑게 말했다.

"왜 말이 안 된다는 겁니까? 살인인데. 공범의 살인 자백 녹음에 있던 세 사람 중의 1인이 단명오입니다."

"그건 오늘 법정에서 한이수가 증언한 겁니다. 그 이전에 단명오 변호사는 수사 대상에 오르지도 않았습니다. 증거가 부족했기 때문입니다. 오늘 이후라면 몰라도 그 이전의 체포는 불법입니다!"

윤해성이 비웃음을 띠고 고개를 저었다.

"변호인께서는 지금 법원의 체포영장을 무시하시는 겁니까?"

"뭐, 뭐요?"

"변호사님 말씀대로라면, 말이 안 되는 체포영장을 법원이 발부했 단 것밖에 안 되니까요."

"……."

"당연히 그럴 리가 없겠죠. 체포영장은 당연하고, 합법이었습니다. 왜냐하면, 한이수 씨는 오늘 증언한 것과 똑같은 내용을 얼마 전 검찰 에 진술했기 때문입니다."

"뭐, 뭐라고?"

"그래서 단명오의 체포영장이 발부되었던 겁니다. 단명오가 출국하 기 바로 전날 밤이었습니다. 그리고 단명오는 공항 출국 직전 체포되었 죠. 어디까지나 합법입니다. 그리고 오랜만이지만, 이것이 정의입니다."

"뭐…… 뭐야?"

당황한 이정환의 입에서 그만 반말이 튀어나왔다.

조영규 검사는 윤해성과 이정환의 공방을 지켜보며 싸늘한 웃음을 흘리고 있었다. 그는 급박했던 며칠 전 밤을 떠올렸다.

밤에 불려간 검사실에서 만난 '잔디'라는 여성. 그녀가 독한 말을 남 기고 돌아간 직후, 조영규는 한동안 검사실에 홀로 앉아 생각에 잠겼 다. 여자의 말에 불쾌감을 느낀 때문은 아니었다. 다만, 그 여자가 주 고 간 정보, 즉 단명오가 한국을 영원히 떠난다는 그 사실이 그에게 시 간이 갈수록 장마철 젖은 빨래처럼 찝찝한 기운을 드리웠던 것이다.

그래. 할 수 있는 데까진 다 해 봐야 해.

적어도 그의 출국에 가장 분노할 사람에게 이 사실을 미리 알려는 주어야 해.

그렇지 못했을 때의 후회가 얼마나 질기게 남는지 잘 아는 그였다.

조영규 검사는 윤해성에게 전화를 걸었다.

"윤 변호사. 자?"

"아뇨. 친구와 맥주 한잔하고 있었어요. 이 시간에 웬일이세요?"

윤해성은 박시영과 수제 맥줏집에서 시간을 보내다가 막 일어서려는 참이었다.

"실은……."

조영규는 '잔디'가 던지고 간 말을 전했다.

"뭐, 사실 우리가 출국을 막을 수야 없지만, 그래도 윤 변호사는 피해자 유족이고, 미리 알고는 있어야 할 것 같아서 말이야."

나름대로 심각하게 이야기를 전했는데, 윤해성은 돌연 킥킥킥 웃었다.

"왜 웃어?"

조영규는 기분이 나빴다. 유흥업소 여성의 말을 듣고 밤중에 전화한 자신이 우스웠을까. 하지만 윤해성의 말은 예상 밖이었다.

"단명오의 악운이 기가 막힌 곳에서 다했단 생각이 들어서요."

"악운이 다했다? 무슨 말이야?"

"단명오는 살 수도 있었는데. 하필이면 한국의 마지막 밤을 그 룸살롱에서 보낸 게 운명을 갈랐네요. 아니, 룸살롱에서 술을 마신 것도 좋지만 평소 행실이 문제였겠군요. 얼마나 못되게 굴었으면. 그 여성이 원한을 품었고, 검찰에 와서 일러바쳤을까요. 그럴 줄이야 생각지도 못했겠죠. 하하하."

"그게…… 웃을 일인가? 그리고 그게 악운? 무슨 소린지, 통."

"검사님이 지금 당장 만나셔야 할 사람이 있습니다."

"지금? 이 밤중에? 무슨 소리야?"

"그 사람은……."

윤해성이 말한 만나야 할 사람은 바로 한이수였다. 그날 밤 한이수는 조영규를 만나 이전의 진술을 뒤집고, 단명오가 공범의 대책회의 현장에 있었다고 분명하게 진술했다. 단명오가 살인에 가담했다는 증거가 확보된 순간이었다.

한이수의 진술은 조서로 남았고, 그걸 첨부해 영장을 청구했다. 당직 판사를 깨워 체포영장을 받아 낸 건 한밤중이었다.

결국, 다음 날 오전 출국 직전, 공항에서 간발의 차이로 체포할 수 있었다. 단명오는 미국 댈러스에서 달러를 세는 대신 차가운 돌바닥과 마주하게 된 것이다.

이정환의 매끈한 슈트 옷깃에서 무언의 떨림이 전해지고 있었다. 딱히 어떤 반박을 하기 어려운 상황. 확인해 보지 않아도, 윤해성의 말이 전부 맞을 수밖에 없다. 저 거칠던 단명오가 포획된 산짐승처럼 얌전히 법정 안에 앉아 있다는 사실이 분명히 가르쳐 주고 있지 않은가.

윤해성의 말이 이어졌다.

"단명오는 양다곤, 김평일과 공모해서 김민호 교수를 살해했습니다. 그는 살인자입니다. 그리고 재판 직후 해외로 도피하려 했습니다."

이정환이 퍼뜩 정신을 차리고서 소리를 높였다.

"양다곤, 김평일은 1심 재판에서 김민호 교수를 살해한 사실을 인정했습니다. 하지만 동시에 공소시효가 지났다는 것도 인정됐습니다. 단명오도 마찬가지입니다. 공범이라고 해도, 아니 공범이니까 역시 공소시효가 지난 것입니다. 단명오를 체포한 건 불법입니다. 터무니없는 검찰의 만행입니다!"

단명오에 대한 재판이 아님에도 마치 단명오를 두고 공방을 벌이는 검찰과 변호인처럼 논쟁하는 해괴한 상황이 벌어졌다. 하지만 판사는 그저 이들이 어떤 말을 하려 하나 두고 보겠다는 듯 눈알만 굴리고 있을 뿐 어떠한 제지도 하지 않았다.

기운을 회복한 이정환이 말을 이었다.

"여기서 검찰의 속내가 분명히 드러나는군요. 단명오를 불법 구금해서 압박하면서 진술을 얻어 내려는 것입니다. 이건 협박이나 마찬가지입니다. 단명오를 어르고 강요해서 검찰에 유리한 증언을 시키려는 검은 속셈입니다!"

윤해성이 말했다.

"불법체포라고요? 단명오를 살인죄로 체포한 것은 법률상 너무나 당연한 결론입니다."

"한이수의 진술이 있다고 해도, 단명오가 살인에 가담했다고 해도, 공소시효가 지났습니다! 그것은 불변의 사실입니다!"

이정환이 윤해성을 노려보았다. 윤해성이 말했다.

"공소시효가 지나지 않았습니다."

"뭐, 뭐라고?"

"공소시효는 남아 있습니다. 그것도 아주 충분히."

"헛소리하지 마!"

이정환은 흥분한 나머지 반말로 소리를 치고는 아차, 하면서 고쳐 말했다.

"피고인들에 대해 공소시효가 지났다는 사실은 명백합니다. 그건 1심 재판부에서도 인정한 사실입니다!"

윤해성은 싸늘하게 웃었다.

"맞습니다. 공소시효가 지났습니다. 하지만 제가 말하는 건 그게 아납니다."

"그게 아니라니?"

"단명오에 대한 공소시효를 말하는 겁니다."

"뭐? 뭐……."

순간 이정환의 말문이 막혔다.

"1심 재판부가 판단한 것은 양다곤과 김평일에 대한 공소시효입니다. 단명오에 대한 판단은 없었습니다."

"……."

이정환도 더 이상 반박하지 않았다. 고개가 푹 꺾였다. 윤해성의 말이 이어졌다.

"단명오는 양다곤, 김평일과 근본적으로 다른 점이 있습니다. 그는 범행 후 약 5년 뒤, 한국을 떠나 남미로 이주했습니다. 범인이 해외에 체류하는 동안에는 형사소송법 제253조 제3항에 따라 공소시효가 정지됩니다. 단명오는 거의 15년을 해외에 거주하다가 최근에야 한국에 들어왔으니까 공소시효는 너무나도, 충분히 남아 있습니다."

이정환 변호사가 말했다.

"하지만…… 도피 목적으로 해외 체류한 때에만 공소시효가 정지됩니다. 단명오는 그저 해외로 이민 간 것뿐입니다……."

하지만 힘이 다 빠져 버린 말투는 그조차도 자신의 말을 믿지 못한다는 것을 드러내 주었다. 윤해성이 단호하게 말했다.

"범인이 해외 출국한 경우는 일단 도피로 추정합니다. 비즈니스를 위한 해외출장 같은 사정이 있다면 몰라도요. 하지만 단명오는 비즈니스로 남미에 출장 간 게 아니었죠. 이민? 좋습니다. 인정해 드리죠. 그런데, 범행 후의 그 이민이야말로 전형적인 도주에 해당합니다."

이정환의 무기력한 변론은 더 이상 나오지 않았다.

"어쩐 일인지 살인 공범자 세 명 중에 양다곤, 김평일만 기소되고, 단명오는 기소되지 않았습니다."

윤해성은 시치미를 떼고 말했지만, 방청석의 한이수는 알고 있다. 윤해성은 애당초 양다곤과 김평일만을 고소했을 뿐, 단명오를 제외했다는 것을.

* * *

양다곤에 대한 수사가 시작되고 고소인 자격으로 조영규 검사실에 들렀을 때, 윤해성은 이렇게 말했다.

"조 검사님. 단명오에 대한 수사는 잠시 보류해 주세요."

"뭐? 윤 변호사, 그게 무슨 말이야?"

조영규는 놀라 물었다.

"양다곤하고 김평일만 기소해 주세요. 단명오는 빼고요."

조영규는 의혹이 서린 눈으로 윤해성을 보며 고개를 갸웃했다.

"안 그래도 윤 변호사가 양다곤하고 김평일만 고소해서 이상하다곤 생각했어. 단명오는 대체 왜 뺀 거야?"

"빼는 게 아닙니다."

"그럼?"

"조금 늦게 기소하는 것뿐이죠."

"왜 그래야 하지?"

윤해성은 조영규 검사를 설득했다. 진정한 이유는 밝히지 않았다. 그저 현장에 있었던 자가 단명오라고 확정할 증거가 당장은 부족하다, 단명오까지 잡으려다 양다곤 기소까지 흔들린다는 등 적당한 이유를 둘러댔다.

그 이후 한이수가 검찰에 출석해서 진술했다.

공범자들의 자백이 있던 날, 양다곤, 김평일은 확실히 보았는데, 제3의 인물인 '변호사'가 누군지는 제대로 보지 못했다고.

물론 윤해성과 미리 이야기된 진술이었다.

단명오에 대한 수사를 저울질하던 조영규 검사도 결국 한이수의 그 진술을 듣고는 고개를 설레설레 저었다. 단명오에 대한 수사는 멈출 수밖에 없다. 당장 양다곤의 기소가 코앞인데 증거가 애매한 단명오 때문에 재판을 늦출 수는 없다…….

그리고 양다곤과 김평일만 기소되고, 단명오는 빠졌다.

그랬는데.

* * *

"단명오는 자신이 수사 대상에서 빠지자 이유야 어쨌든 안심했던 것입니다. 그래서 양다곤의 변호인으로 법정에 서기까지 했습니다. 그리고 공소시효의 맹점을 파고들어 공소를 기각시켰죠. 그런데."

여기서 윤해성은 잠시 말을 끊고 법정을 한 번 휘익 둘러본 다음 다시 말을 이었다.

"어떤 이유에선지 마음을 바꾸어 서둘러 해외로 도피하려 했습니다. 이유는 짐작 갑니다만, 그건 다른 이야기니 넘어가도록 하죠. 어쨌든 공소시효가 지나지 않은 살인자를 공항에서 체포한 것 이상으로 적법한 게 무엇인지 변호인이 말씀해 주셨으면 좋겠습니다."

윤해성이 잔뜩 비꼬아 말하는 동안 이정환의 얼굴빛은 점점 흙빛으로 변해 갔다.

판사가 윤해성을 보며 위로하듯 말했다.

"범인 세 사람 중 공소시효가 지나지 않은 단명오라도 처벌받기를 원하는 심정은 알겠습니다. 하지만 이 법정은 양다곤, 김평일에 대한 재판입니다. 단명오의 죄를 논하는 재판이 아닙니다. 양다곤, 김평일에 대해서는 여전히 공소시효가 지난 것으로 볼 수밖에 없습니다. 적어도 그들의 공소시효가 지나지 않았다는 증거가 없습니다."

"그 증거는 지금 제시하겠습니다."

"지금요?"

"네. 양다곤, 김평일에 대한 공소시효가 아직 지나지 않았다는, 아니 이들의 공소시효는 없다는 사실을 입증하겠습니다."

"어떤 증거가 있습니까?"

판사가 물었다. 그의 말에 회의가 담겨 있었다. 유족으로서 분하고 억울하겠지. 그런데 어떻게 증거를 댄다는 말인가. 20년 전의 살인에 대해.

방청객 몇몇도 윤해성에게 안타까운 눈길을 보냈다.

윤해성이 입을 열었다.

"단명오의 증언입니다."

"증언?"

법정이 웅성거리기 시작했다. 이정환의 미간이 깊게 파였다.

윤해성이 말했다.

"네. 재판장님을 대신해서 제가 증인에게 단 하나의 질문만 하도록 해 주십시오."

"어떤 질문이요?"

"공소시효를 판가름하는 질문입니다."

판사는 윤해성을 물끄러미 쳐다보다가 말했다.

"좋습니다. 증인에게 직접 물어보세요."

판사는 회의적인 낯빛이었다. 말투에는 기대감이 없어 보였다. 하지만 조금 전에 질문 단 하나를 던지는 조건으로 이미 증인 신문을 허락했다. 게다가 유족의 요청은 될 수 있는 한 들어주어야 한다. 유죄 처벌을 못 하는 판에 여한이라도 없도록.

윤해성은 몸을 돌렸다. 방청객들의 눈도 같이 돌아갔다. 법정 안 모두는 어느새 그의 일거수일투족을 온몸으로 좇고 있었다.

윤해성은 다친 데가 아픈지 머리에 감은 붕대에 손을 대다가 휘청했다. 워, 우. 저런. 방청석에서 걱정하는 음성이 솟았다.

그는 몸을 추스른 후, 단명오를 향해 말했다.

"조금 전 한이수 씨의 법정 증언으로, 증인 단명오 씨는 살인 공범이라는 사실이 명백히 밝혀졌습니다. 물론 그래서 증인이 구금돼 있기도 하고요."

단명오는 윤해성을 노려볼 뿐 말이 없었다.

"당연히, 공범인 증인은 20년 전 김민호 교수의 살해 현장에 있었습니다."

단명오의 눈꺼풀이 살짝 떨리는 듯했다. 윤해성이 말했다.

"말하자면 한이수 씨는 단명오가 이 증언을 할 자격이 있다는 것을 입증하기 위한 증인이었습니다."

이 증언?

"이제 증인에게 이 하나의 질문을 던져야 할 때가 왔군요."

윤해성은 단명오를 똑바로 쳐다보며 또박또박 물었다.

"김민호 교수를 살해한 시각은 언제입니까?"

단 하나의 질문. 그것이 윤해성의 입에서 떨어졌다.

정면으로 던진 직구. 곧장 이 물음으로 돌입할 거라고는 아무도 예상하지 못했다.

　기자와 방청객 들은 손에 땀을 쥐었다.

　살인의 공소시효를 폐지한 '태완이법'은 2000년 8월 1일 이후의 범죄부터 적용된다.

　그날을 기점으로 모든 것이 갈린다. 그 이전의 살인은 공소시효가 지나 처벌할 수 없고, 이후의 살인은 공소시효가 없어 언제든 처벌할 수 있다.

　2000년 7월 31일에 살해했다는 것이 양다곤의 주장이다. 그래서 공소시효가 지났다는 것이다.

　반면에 2000년 8월 1일에 살해했다는 것이 검찰의 주장이다. 하지만 그 증거는 제시하지 못했다.

　단명오는 과연 어떻게 답변할 것인가. 너구리 중의 너구리 단명오가 자신들 쪽을 불리하게 만들 답변을 할 리가 없지 않을까. 구속되었다고 정신이 무너질 인간도 아니다. 검찰이 압박했을지 모르지만 그런 것에 휘둘릴 사람도 아니다. 가능성이 있을까. 마지막 남은 수를 윤해성은 그저 던져 본 것일까. 그런데 왜 저렇게 자신만만한 태도일까.

　단명오의 입이 천천히 열렸다.

　"김민호 교수를 살해한 때는……."

　한이수는 침을 꼴깍 삼켰다.

　"2000년 8월 1일 새벽 4시경입니다."

　뭐?

　뭣!

　의외의 진술에 법정이 술렁였고, 몇몇은 숫제 비명에 가까운 소리를 냈다. 단명오가 왜? 어째서 저런 진술을 하는 거지?

"……8월 1일 새벽입니까?"

판사도 믿기지 않는 듯 조심스럽게 다시 한번 확인했다.

"분명합니다. 7월 31일 밤 교수를 불러내서 몇 시간 동안 구슬리고 협박하고 유서를 쓰게 했습니다. 다음 날 새벽이 되서야 마지막으로 김민호 교수가 목을 매달았습니다."

"거짓말입니다!"

양다곤이 소리쳤다. 얼굴이 벌게졌고, 눈이 퉁방울처럼 튀어나왔다. 한 번 더 소리쳤다.

"7월 31일 밤입니다! 7월 31일!"

"조용히 하세요!"

판사가 눈을 부릅뜨고서 제지했다.

"왜 물귀신처럼 날 끌고 들어가! 이 배은망덕한 놈!"

판사가 제지했지만 양다곤은 다시 소리를 높였다. 단명오를 노려보는 눈에는 잡아먹을 듯한 분노가 이글거렸다. 그 눈빛이 단명오를 자극했을까. 단명오가 버럭 소리를 질렀다.

"뭐야? 그럼, 나 혼자 가라고? 내가 약 먹었냐? 혼자만? 살인을 나혼자 했어? 양다곤, 김평일 모두 다 같이 갈 거야! 사이좋게 교수대에 오르자구! 어서! 이 개자식들아! 분명히 얘기하지. 김민호를 살해한 일시는 8월 1일 새벽 4시! 거짓말탐지기 들이대도 좋아! 나만 진창에 처박아 놓고 빠져나가려구? 니들만 공소시효 지났어? 어디서 개 같은 소리 하고 있어!"

단명오가 속사포처럼 쏘아 댔다. 구속된 이후 품고 있던 억울한 심정이 터져 나오는 모양이었다.

양다곤과 김평일은 새파랗게 질려 있었다.

이정환 변호사가 일어섰다.

"증인이 지금 폭주하고 있습니다. 제멋대로의 발언을 막아 주십시오!"

하지만 의외로 판사는 싸늘했다.

"증언을 왜 함부로 막습니까? 지금의 발언은 100퍼센트 증거능력 있는 증언입니다."

이정환은 맥이 풀린 듯 주저앉았다.

양다곤은 몸을 부들부들 떨고 있었다. 단명오에 대한 증오와 모든 것을 망쳤다는 절망감이 뒤섞였으리라.

윤해성이 판사를 보며 말했다.

"지금 양다곤 측의 격렬한 반응을 보셨을 겁니다. 바로 이런 이유였습니다. 단명오가 1심 재판이 끝난 후 아무에게도 알리지 않고서 몰래 한국을 영원히 떠나려 한 이유 말이죠. 지금은 아니지만, 언젠가 양다곤은 깨달을지 모른다고 생각했던 겁니다. 단명오만 사라진다면, 자신의 살인 시각을 증언해 공소시효를 무너뜨릴 건 이 세상에 존재하지 않게 된다는 걸요. 그렇게 되면 저 무소불위의 힘을 가진 양다곤은 조금의 불안이라도 제거하기 위해, 일말의 주저함도 없이, 단명오를 쥐도 새도 모르게 해치워 버릴 수 있다는 데에 생각이 미친 거죠. 그래서 아직 재판이 남았음에도, 양다곤에 붙어서 떨어질 떡고물이 더 있는데도, 몰래 한국을 떠나려 했던 겁니다. 정말 단명오답습니다. 보통 사람이라면 설마 하는 생각에, 또 욕심 때문에 그렇게 결행하진 못했을 텐데요. 거기까진 저도 예상하지 못했습니다. 하지만 단명오의 불운이었죠. 그가 뿌렸던 조그만 악연 때문에 출국 사실이 검찰에 알려졌고, 한이수 씨의 새로운 증언 덕분에 체포영장이 발부되었던 겁니다."

윤해성은 고개를 돌려 단명오를 보았다.

"어떻습니까? 단명오 변호사님. 제 추리가 그리 틀리진 않았죠?"

단명오는 완고한 늙은이처럼 외면한 채 말이 없었다. 침묵함으로써 윤혜성의 말을 긍정하고 있었다.

폭풍 같은 폭로가 휩쓸고 지나간 법정은 오히려 잠깐의 정적 안에 갇혀 있었다.

판사가 천천히 고개를 들고 정면을 바라보며 말했다.

"증인의 증언에 따라……."

짐짓 사무적이고 무감정한 어조로 말을 이었다.

"이 사건 살인 일자는 2000년 8월 1일임이 확인되었습니다. 그렇다면 태완이법에 따라 이 사건에는 공소시효가 없습니다. 피고인들을 살인죄로 법정구속 하겠습니다."

법정구속.

판사의 입에서 떨어진 그 말에 따라 교도관들이 일사불란하게 양다곤과 김평일에게 다가왔다.

"뭐, 뭐야! 구속이라니!"

양다곤이 소리를 치며 벌떡 일어났지만 판사의 싸늘한 시선이 날아와 꽂힐 뿐이었다.

"말도 안 돼! 공소시효가 지났다고. 공소시효가……."

양다곤의 음성이 점점 작아졌다. 이제 끝났다는 듯한 이정환 변호사의 눈빛이 모든 저항을 단념하게 만들었는지도 모른다.

공식적인 재판절차는 아직 남아 있다.

하지만 양다곤의 운명은 이미 판가름 났음을 누구나 느끼고 있었다.

양다곤은 이제 먼 길을 걷게 될 것이다.

불운한 살인자들이 걸어간 그 길을.

                              * * *

　한이수는 법원 건물을 빠져나가며 윤해성에게 말했다.

　"단명오가 저렇게 나올 거라고 첨부터 예상했지?"

　윤해성은 고개를 끄덕이다가 아픈 듯, 아, 하고 작게 비명을 질렀다.
이어 목을 가다듬고는 말했다.

　"단명오는 절대 혼자 교수대로 가지 않아. 공소시효 탓에 자신만 처
벌받을 판에, 혼자 안고 가겠다고 의리를 지킬 인물이 아니지. 거기에
승부를 건 거야."

　"조금은 도박 아니었어?"

　"아니. 내가 믿은 건 어떠한 이론보다 확실한 거야."

　"그게 뭔데?"

　"인간의 심리."

　"심리?"

　"공범은 소위 '물귀신 심리'란 게 있어. '혼자만 갈 순 없다', 이거지.
공범자의 의리 같은 건 영화 속에서나 있다고 보면 돼. 그게 보통 사람
들의 보통 모습이야. 하물며 단명오같이 교활한 인간은 그럴 수밖에
없어."

　"애당초 고소장에 단명오를 넣지 않은 것도 이유가 있었지?"

　"양다곤을 무너뜨릴 유일한 방법이었어. 살인은 입증한다 해도, 공
소시효 장벽을 치고 나오면 유죄가 불가능해. 완전범죄가 아니라 완
전방어랄까. 그걸 깨는 유일한 길은 살해 시각에 관해 그들이 자백해
주는 건데, 그럴 리는 없지. 하지만 단 하나의 구멍이 있었어."

　"그게 바로 단명오?"

　윤해성은 고개를 끄덕였다.

"단명오는 이민을 간 탓에 공소시효가 없어. 살인죄로 처벌받는다면 단명오뿐이지. 그래서 오히려 처음에는 빼 버렸던 거야."

"역발상이네."

"세 명을 같이 수사하고 재판에 넘기면 어느 시점에선 양다곤도 예상하겠지. 단명오만 공소시효가 없고, 단명오만 유죄로 된다. 단명오는 그런 상황에서 가만히 있을 인간이 아니다. 고고하게 입 다물고 감방 갈 리가 없다. 그렇다면 단명오한테 어떤 대가를 제시해서라도 입을 막으려 들겠지. 아니, 그보단 단명오를 죽여 없애는 쪽을 택할걸."

"하긴, 양다곤이라면 그러고도 남지. 완전한 증거인멸."

"그래서 단명오는 첨부터 고소에서 뺐고 수사도 제대로 안 한 거야. 단명오는 '증거 부족'으로 빠져나갔다고 믿었겠지. 실제로 그 당시는 증거 부족이기도 했구. 이수가 검찰에 가서 단명오는 못 봤다고 진술했잖아? 아무튼 단명오는 자신은 안전하다고 믿고 아주 활보를 했지. 양다곤도 단명오라는 폭탄의 위험성을 아예 생각할 필요가 없었고. 아무리 그래도 단명오가 양다곤의 변호인으로 등장했을 땐 나도 놀랐어. 하여간 대담의 극치를 달린 인간이었어.

만에 하나 계획이 실수로 새어 나가면 안 되니까 이수 말고는 누구한테도 말하지 않았어. 조영규 검사님한테도 적당히 이유를 대면서 단명오는 나중에 기소하자고 했어. 수긍하더라. 게다가 이수가 검찰에 가서 단명오를 모의 현장에서 보지 못했다고 진술했으니, 기소할 도리가 없기도 했어."

"조 검사님까지 속인 건 너무한 거 아냐?"

"그 양반은 직설적이어서 연기가 서투르거든. 예상대로였어. 법정에서 돈키호테 그 자체더라. 한참 핏대 올리다가 공소시효 쉴드가 나오니깐 얼굴이 벌게져서는 횡설수설했지. 연기로 할 수 있는 수준이 아니었어. 아무튼 검사의 그런 모습에 단명오는 1심 재판이 뜻대로 되어 간다고 안심했을 거야. 하지만 1심 재판은 내 예상대로기도 했어. 공소시효로 사건은 끝났고, 양다곤은 법으로 건드리지 못하는 귀한 몸이 되었지. 이제는 정말 단명오를 잡을 때가 된 거야. 그 뒤에 이수가 진술을 번복했고, 단명오는 결국 체포됐지. 시나리오 완성.

하지만 마침 그때 단명오가 출국하려 한단 걸 알고는 정말 놀랐어. 벌써 튀려고 할 줄은 몰랐거든. 역시 단명오야. 나쁜 놈이지만 여러모로 놀라운 인간이긴 해. 아무튼 우리에게 행운이 있었어. 누군가가 제보했고, 그날 밤 서둘러 이수가 진술을 하고, 체포영장을 받아 낼 수 있었지.

아무튼, 이렇게 되니 단명오는 눈이 완전히 뒤집히는 거야. 공범자들은 공소시효로 1심 재판에서 면죄부를 받았어. 근데, 자기만 뒤늦게 무기징역 받을 판이야. 참을 수 있을까? 단명오가?"

"동료들은 쏙 빠져나가고 혼자만 인생 끝나는 상황. 그걸 단명오의 눈앞에 만들어 준 거였구나. 그러려고 조건을 착착 쌓아 갔던 거구."

윤해성은 고개를 끄덕이며 씩 웃었다.

"오늘 단명오의 증언은 한 치의 오차도 없이 예상대로였어. 니들만 빠져나가는 꼴은 도저히 못 보겠다, 이거지. 역시 단명오는 홀로 그 외롭고 험한 길을 갈 생각이 전혀 없었어."

한이수가 말했다.

"나만 힘들었어."

"왜?"

"당신 시키는 대로 첨엔 검찰에 가서 그날 단명오를 보지 못했다고 진술했잖아."

"그게 왜?"

"배알이 틀려서 말이야."

"윽."

"아무튼 지독한 남자야."

그렇게 말하면서도 한이수는 활짝 웃었다.

윤해성이 물었다.

"근데."

"뭐."

"단명오가 준 금괴는 어쩔 거야?"

"금괴? 보냈어."

"어디로?"

"유니세프. 내가 아이들을 좀 좋아하잖아."

한이수는 다시 한번 활짝 웃었다.

* * *

2주일 후 선고일.

법정은 기자들과 방청객들로 발 디딜 틈이 없었다.

세상의 주목과 존경을 받아 온 기업인. 전 세계가 주목하는 전기자동차계의 패자.

그런 인물이 한낱 범죄자로 전락하는 날.

그 순간을 지켜보기 위해 모인 인파였다.

법정 옆 대기실 문이 열리고, 교도관들에 둘러싸인 양다곤과 김평일이 법정 안으로 들어왔다.

한때 먹이사슬의 정점에 섰던 재계의 사자 양다곤. 하지만 갈색 수의를 입은 지금 그의 모습은 초라한 노인일 뿐이었다.

구치소 안에서도 돈 몇 푼이면 품질 좋은 하늘색 수의를 사 입을 수 있건만, 양다곤은 기본으로 지급되는 갈색 수의를 걸치고 있었다. 그런 것에 신경 쓸 정신조차도 없을 만큼 혼이 빠져 있다는 증거이리라.

"피고인 양다곤, 김평일 나오세요."

재판장이 사무적으로 말했다.

양다곤, 김평일은 일어서서 법대 앞에 엉거주춤 섰다.

축 늘어진 어깨에는 아무런 기대감도 없다.

판사는 그들을 잠시 내려다보다가 입을 뗐다.

"피고인들을……."

법정에 들어찬 수십 개의 눈동자가 판사의 입을 향했다. 그의 입이 조금 더 움직였다.

"……무기징역에 처한다."

아아.

끝.

양다곤의 목덜미가 움찔한 것 같았다.

방청석에는 조그만 웅성거림이 일었다.

세 명의 판사는 미련 없이 일어서서 법정을 나갔다.

교도관들이 옆에 다가왔지만 양다곤은 한동안 자리를 뜨지 못했다.

예상은 했을 것이다. 무기징역 외에 다른 처분은 생각할 수 없다. 하지만 각오와 실제는 또 다르다. 판사의 입에서 정작 '무기징역'이란 단어가 떨어지자 큰 충격을 받은 듯했다.

깡통 인형처럼 서 있던 그가 중얼거렸다.

"악마를 들였어…… 내 손으로……."

뒤늦은 후회. 하지만 그의 후회는 '살인'이 아니었다. '악마'를 들였다니. 단명오를 한국으로 불러들였다는 것일까, 아니면 윤해성일까.

교도관이 이끄는 대로 발걸음을 옮기던 양다곤은 방청석 맨 앞줄에 앉아 있던 윤해성과 눈이 마주쳤다. 양다곤은 그 자리에 섰다.

"악마 새끼."

양다곤이 윤해성을 보며 중얼거렸다.

윤해성이 말했다.

"악은 내가 만들어 낸 게 아닙니다. 악은 처음부터 당신에게 있었죠. 나는 세상이 볼 수 있도록 장막을 걷어 냈을 뿐입니다. 파멸은 당신이 초래한 겁니다."

양다곤은 윤해성을 물끄러미 보다가 다시 걸음을 옮겼다.

* * *

서리풀 공원 언덕의 오붓한 벤치에 박시영과 윤해성이 나란히 앉아 있다.

재판이 끝나자 기자들이 윤해성에게 몰려들었지만 윤해성은 지하 주차장을 통해 빠져나왔다. 지금은 그저 조용히, 믿는 친구와 같이 있고 싶었다.

하지만 박시영의 얼굴 기색은 윤해성과 조금 달랐다. 무언가 마땅찮은 듯한 표정.

"너 몸은 좀 나아졌어?"

"낫고 있어. 다닐 만해."

윤해성은 붕대를 갓 푼 머리와 깁스를 한 팔을 차례로 만져 보았다.

"괜찮아 보이네."

"응."

박시영이 팔을 번쩍 쳐들며 말했다.

"그럼 너 좀 맞아야겠다."

윤해성이 몸을 뒤로 물렸다.

"헉, 왜?"

"어떻게 나까지 속이냐!"

박시영은 팔을 슬그머니 내렸지만 골이 난 표정이다.

"아."

"일부러 단명오를 재판에서 뺀 것도 모르고, 걱정했잖아! 양다곤이 면소 받았을 땐 너무 놀라고 너 눈치 보느라 말도 제대로 못 했는데! 다 알고 첨부터 네가 꾸민 거였어! 이 인간이 정말!"

"미안."

윤해성은 담담하게 웃고는 말을 이었다.

"……혹시라도 계획이 새어 나가면 다 끝장이니까 조심하느라 그랬어. 한울 그룹의 정보망이 어디 보통이야? 눈치를 조금이라도 채면 안 되니까. 너도 알잖아? 비밀이란 건 원래 내가 갖고 있는 한 비밀인 거. 입 밖에 나가는 순간 비밀은 없단 거. 아무튼 걱정시켜서 미안."

"아무리 그래도 처음부터 모든 걸 같이한 친구인 나한테……."

박시영은 김이 샜는지 음성을 푹 누그러뜨렸다.

"……너, 혹시."

"뭐."

"내가 친구 이전에 기자라서, 말이 샐까 봐 조심한 거 아냐?"

"글쎄."

"이런 사정들을 기사로 슬쩍 쓰게 될까 봐?"

"시영이 네가 일부러 쓰지야 않겠지. 하지만 말이야, 조심한다고 해도 자기도 모르게 어떤 암시를 주는 기사를 쓸 수도 있잖아. 자칫 주변 기자한테 말이 흘러 나갈 수도 있구. 술이라도 한잔하면."

"이거 바늘 하나도 안 들어갈 인간이구먼."

윤해성은 휘이, 작게 휘파람을 불었다. 박시영이 혼잣말처럼 말했다.

"역시 이래서야."

"뭐가."

"네가 멋진 놈인데도, 이래서 내가 너하고 못 사귄 거라구."

윤해성은 크게 웃었다.

박시영은 따라 웃으며 윤해성의 어깨를 툭툭 두드렸다. 이걸로 작은 용서가 성립된 듯하다.

"시영이 너한테는 정말 고마워."

"뭘 자꾸 빈말이야."

"아니, 정말이야. 바늘도 안 들어가는 인간이 이런 말 할 정도면 얼마나 고마워하는지 알지?"

박시영은 빙그레 웃음을 띠었다가 불쑥 고개를 돌려 물었다.

"심경이 어때?"

먼 하늘을 응시하던 윤해성이 고개를 돌렸다.

"심경?"

"응. 네 기분 말이야."

"이번엔 정말 기자로서 묻는 거구나?"

"맞아."

박시영은 웃으며 태블릿 PC를 들어 보였다.

"막상 복수를 하고 나니까 허탈……하거나 그렇진 않아."

"오호, 솔직한 대답."

박시영은 물끄러미 바라보았다.

"하지만 그렇다고 막 뛸 듯이 기뻐하지도 않는 것 같은데?"

"되돌릴 수 없으니까. 아버지의 목숨도, 우리 가족의 잃어버린 행복도, 내 유년 시절도."

"그렇겠구나……."

"하지만 한 가지 정말 좋은 건."

"좋은 건?"

"한울 모터스의 기술이 아버지 거였단 걸 인정받은 거야. 지금껏 도둑들이, 자격이 없는 자들이 그 모든 걸 차지하고 있었어. 그게 아버지에게 돌아왔어. 난 알아. 학자로서 아버지에겐 그게 전부였거든. 난 유령을 믿지 않지만, 아버지는 목숨을 뺏긴 것보다 그게 한이 맺혀 이곳을 떠돌았을지도 몰라. 하지만 지금은 믿어. 흐뭇하게 웃음을 흘리시면서 비로소 하늘로 올라가실 거란 걸."

윤해성은 마치 승천하는 아버지의 혼령이 그곳에 있기라도 한 듯 멀고 푸른 하늘로 시선을 던졌다.

박시영도 같이 그곳으로 먼 눈길을 보냈다.

에필로그

양다곤 재판이 있은 지 1년이 지난 어느 날.

통유리창에서 쏟아지는 햇볕을 온몸으로 받으며 윤해성은 모니터에 거의 코를 박고 있었다.

이람 법률사무소와는 비교도 되지 않게 넓고 호화로운 사무실 공간.

문이 벌컥 열리고 한이수가 들어왔다.

윤해성은 모니터에서 눈을 떼고 환하게 웃었다.

"어, 이수, 어서 와."

한이수는 예약 따위 하지 않고 불시에 찾아온다. 비서도 한이수가 왔다고 굳이 알리지 않는다.

한이수는 뚜벅뚜벅 걸어와 소파에 걸터앉았다.

"여전히 바쁘네."

"아아. 회사가 커진다고 좋은 것만은 아니었어."

윤해성은 허리를 쭉 펴며 말했다.

"그 엄살 딴 데 가선 하지 마. 한국 최고의 로펌 대표가 배부른 소리 한다고 돌 맞아."

"알았어. 우선 차 한잔할까."

차를 놓고 나가는 비서가 문 뒤로 사라진 것을 확인한 뒤 한이수가 입을 열었다.

"오늘은 공적인 방문이야."

"실망이야. 조금 전까지 설렜는데."

"더 설레게 될 거야. 일 이야기거든."

"무슨 일로 회사 대표께서 직접 오셨을까."

"골치 아픈 일이 좀 있어. 한울 모터스 나와서 회사를 차렸을 때만 해도 탄탄대로였는데."

"너무 잘나가서 탈이었지. 언론도 많이 탔잖아. 나보다도 더."

"뭐야. 질투하고 있었어?"

"응, 기사 개수 다 세고 있었어."

"나보다 더 잘나가는 사람들을 질투 대상으로 삼는 건 어때?"

"누구?"

"누구긴 누구야. 시영 씨를 봐. 양다곤 사건을 책으로 써서 베스트셀러 작가가 되었잖아. 얼마 전엔 TV 시사프로 MC도 맡았더라. 곧바로 「그것이 알고 싶다」시청률을 깼어."

"아, 물론 시영이도 그냥 둘 수 없지. 한우 한 마리 정도는 얻어먹을 거야."

"장유나 언니도 있어. 요즘 섭외 1순위야. 무슨 일을 겪었는지 모르지만 연기에 깊이가 있어졌다고 호평 일색이야."

"그분 연기력은 인정하지. 나만큼 가까이에서 연기를 본 사람 드물결."

윤해성의 말에 한바탕 웃고 난 다음 한이수가 말했다.

"이번에 상장회사를 하나 인수합병해서 코스피에 우회상장하려 해. 근데 법률업무가 좀 복잡해야 말이지. 당신 로펌에서 좀 맡아 줘."

"그거야 문제없지. M&A 팀에 당장 말해 놓을게. 우리의 왕고객이 신 한이수 님이 맡긴 건이니 특별히 신경 쓰라고 말이야."

"좋아. 그건 그렇고."

한이수는 빙그레 웃고는 느긋하게 찻잔을 들며 말했다.

"당신은 후회 안 해? 한울 모터스를 집어삼킬 수도 있었잖아. 양다 곤이 빼앗아 간 아버님 지분을 돌려받고, 한울 모터스 대주주가 되었 는데."

"자동차 회사는 흥미 없어."

"하여튼 별나. 한울 모터스는 전문경영인에게 맡기고 본인은 로펌 을 인수해서 키웠잖아."

"내가 좋아하고 잘할 수 있는 걸 하는 것뿐이야."

"윤해성이 법을 좋아한다?"

"응. 좋아해."

"하긴. 법을 주물탕 놓는 것도 좋아서 그러는 거라면 틀린 말은 아 니지."

"변호사를 못 믿는 분이 의뢰는 왜 하러 오셨을까."

마침 사무실 벽면 120인치 TV에서 뉴스가 흘러나오고 있었다.

윤해성은 리모컨을 들어 볼륨을 키웠다.

한이수도 화면으로 얼굴을 돌렸다.

"어, 저 뉴스 나오네."

TV에서는 뉴스 캐스터의 음성이 흘러나왔다.

"해외 뉴스 속보입니다. 격투기단체 UFC의 2인자 프로도 라울이 성추행과 탈세로 오늘 재판에 넘겨졌습니다. 프로도 라울은 FBI의 수사를 받는 내내 혐의를 부인했지만 결국 기소가 결정되었고, UFC 측은 자신들도 피해자라며 프로도 라울에 대해 강한 처벌을 요구할 예정이라는 입장을 표명하였습니다……."

윤해성은 TV를 껐다.

"미국도 인과응보는 있네."

"뭔 인과응보야. 당신이 한 거면서."

한이수가 웃으며 말했다. 윤해성도 슬그머니 따라 웃었다.

"어차피 자본주의야. UFC에 막대한 자금을 지원했지. 한울 모터스라는 이름이 이땐 큰 도움이 되더라. 쉬쉬하던 라울의 여러 성추행 건이 밝혀지는 건 시간문제였어. 거기다 보너스로 탈세 건까지."

"수희 씨가 좋아하겠어."

"……응."

"오늘 시영 씨하고 같이 가기로 했지? 난 일이 있어서, 미안해."

"무슨 소리야. 한국에서 가장 바쁜 열 명 중에는 꼭 들어갈 사람인데."

한이수가 안타까운 듯한 눈빛을 보냈다.

"1년 전 그날, 총소리를 듣고 경찰이 달려오지 않았더라면 어떻게 됐을까, 생각만 해도 끔찍해. 당신은 거기서 죽었을 거야."

"마테오는 도망갔지만 결국은 다 잡혔지. 차라리 잘된 거야."

"당신이 내게 얼마나 소중한지도 알게 됐구."

"이거 뭐야. 키스라도 할 태세인데."

문이 벌컥 열리고 두 명의 남자가 들어왔다.

"이수 누나 왔다면서요?"

전기호와 류지훈이었다.

"안녕, 기호 씨, 지훈 씨."

한이수가 방긋 웃었다.

"기호 씬 역시 슈트가 멋져요!"

"윽, 전 이거 도무지 적응 안 되는데."

전기호는 슈트의 매끄러운 옷깃을 툭툭 털었다.

한이수가 류지훈에게 물었다.

"지훈 씬 요즘 어떻게 지내요?"

"저도 인제 정착하려구요. 어제 아파트 계약했어요. 한남더힐 중간
평수로."

"와아, 잘되었네요. 마음잡고."

"다 여친이 시킨 거죠. 앤 아직 정신 못 차렸어요."

전기호가 류지훈의 머리를 헝클며 말했다.

"글쿠나. 그 송아린이라는 여자분?"

"맞아요. 역시 누나 기억력은 짱이에요. 근데……."

전기호가 윤해성에게 눈길을 보내며 말을 이었다.

"……누나하고 해성이 형하곤 왜 이렇죠?"

"이렇다뇨, 뭐가?"

한이수가 웃었다.

"야야, 불안하다. 더 말하지 마."

윤해성이 손을 내저었다. 하지만 전기호는 기어이 말했다.

"서로 좋아하는데, 뭔가 진전이 안 되는 듯한 느낌적인 느낌?"

"그게 뭐야, 하하하."

한이수는 크게 웃었다.

"기호야. 넌 여기 안 들어오는 게 나을 뻔했다."

윤해성이 입맛을 다시며 괜히 찻잔을 들었다.

              * * *

　윤해성은 박시영과 함께 얕은 언덕길을 천천히 오르고 있었다.

　조금 걷다가는 멈춰 서서 풍광을 감상하고 숨도 돌리곤 하는 유유
자적한 발걸음이었다.

　나들이라도 나온 것 같은 옷차림이다.

　"날씨 참 좋다."

　박시영이 손을 이마 위에 대고 차양을 만들며 말했다.

　얼굴에 짙은 그림자가 질 만큼 볕이 좋은 날이었다.

　"하필이면."

　윤해성은 이 날씨의 어딘가가 마음에 들지 않는 모양이다. 박시영은
그런 윤해성을 힐끔 보고는 혼잣말처럼 뱉었다.

　"……그러게."

　그러고는 두 사람은 말이 없었다.

　이윽고 박시영이 입을 열었다.

　"이수 씨는 여전히 너한테 마음이 있는 거 같던데."

　"그런가."

　또다시 툭 던지는 듯한 윤해성의 말투.

　"해성이 넌 원래 이수 씨 좋아했잖아."

　"그랬을걸."

　"이수 씨가 좋은 여자라곤 아직도 생각하고 있지?"

　"물론 알아."

　"마음이 안 열리나 봐?"

　"뭐야? 넌 작가로서 후일담을 쓰고 싶은 거냐?"

　박시영은 피식 웃었다.

426

"좋아하는 마음도 있고, 좋은 사람인 것도 알면서. 왜 나아가지 못할까."

"알잖아."

"수희 씨 때문이란 건 알지만."

윤해성이 발에 걸리는 돌멩이를 툭 걷어찼다.

"난 이용했던 건지도 몰라. 내 목적에만 눈이 멀었어."

"……그렇게 생각할 필요 있어?"

"알아 버렸지."

"……"

"그런 사랑도 있다는 걸."

"……"

"그땐 너무 늦더라……."

느긋한 발걸음이었지만 어느새 거의 도착했다.

윤해성의 손에 들린 화사한 꽃다발이 쨍한 햇볕을 받아 더욱 생생해 보였다.

두 사람의 시야 안으로 초록 잔디로 덮인 봉긋한 무덤이 들어왔다.

〈끝〉

작가의 말

어린 시절, 해거드의 『솔로몬의 동굴』이 너무 재밌어서 몇 번이나 읽었습니다(2003년 영화 「젠틀맨 리그」에서 숀 코네리가 연기한 앨런 쿼터메인이 이 소설 속 주인공입니다.). 그런 인생을 살지는 못했지만, 그런 어드벤처 픽션을 늘 써 보고는 싶었습니다. 이번 작품을 굳이 설명하자면 '법률모험소설'쯤 될 것 같습니다.

웹소설이란 걸 처음 알게 된 건 2020년 여름. 나혁진 작가가 "웹소설 안 쓰고 뭐 하시냐"며 강력하게 권했습니다. 그래서 급 관심을 갖게 되었는데…… 아니, 이건? 메타버스나 NFT처럼 새로운 물결임이 분명하다! 혹시 이걸 타고 쳇바퀴에서 탈출할 수 있지 않을까?

그해 가을, 4개월에 걸쳐 책 세 권 분량의 원고를 완성했습니다. 초반에는 빙의된 듯 써 내려갔습니다. 허옇게 눈을 까뒤집고 태엽 인형처럼 타이프를 치는 모습…… 쓰고 보니 회빙환(회귀, 빙의, 환생)이라는 웹소설 공식에는 맞지 않는 글이었습니다. 다행히 네이버에서 정식 연재를 받아 주었습니다. 결과는…… 9.9의 높은 평점을 받았고 웹툰화도 결정되었지만 조회수는 미미. 그래도 좋은 경험이었습니다. 작가 입장에서 웹소설의 최대 매력은 독자분들의 실시간 댓글을 보며 글을 써 나가는 것 아닌가 싶습니다. 제 경우는 원고를 다 쓴 상태에서 연재만 나누어서 했기에 그렇지는 못했습니다만, 이전에 없던 새 환경인 건 분명한 듯합니다.

이 작품 초고를 쓴 뒤로 법이 많이 바뀌었습니다. 스토킹처벌법이 생겼고, 검찰의 수사권이 없어졌습니다. 현형 제도에 맞게 수정했지만 검사가 수사하는 장면은 어쩔 수 없이 남았습니다(현행법으로도 경제범죄는 검찰이 수사할 수 있으니 모순은 아니네요).

이 소설은 본격 미스터리가 아니고, 처절한 사회파 소설도 아닙니다. 제가 쓴 소설 중에는 가장 물처럼 술술 읽힐 것 같습니다. 그렇다고 해서 다른 작품보다 공을 덜 들인 것은 아닙니다. 그간 제가 쓴 소설들의 주제를 굳이 한 마디로 정의하자면 '도시의 모험'쯤 되지 않을까 싶은데요, 이 작품은 그것에 가장 충실하게 썼습니다. 책 읽는 동안 며칠의 재미있는 시간을 독자들께 선사하는 것이 제 바람입니다. 문화는 무엇을 위한 '도구'가 아니라 '누리는 것'이라고 믿으니까요.

2022년 11월 도진기

복수 법률사무소 3

1판 1쇄 펴냄 2022년 12월 2일
1판 2쇄 펴냄 2023년 9월 14일

지은이 | 도진기
발행인 | 박근섭
편집인 | 김준혁
펴낸곳 | 황금가지

출판등록 | 2009. 10. 8 (제2009-000273호)
주소 | 135-887 서울 강남구 도산대로 1길 62 강남출판문화센터 5층
전화 | 영업부 515-2000 **편집부** 3446-8774 **팩시밀리** 515-2007
홈페이지 | www.goldenbough.co.kr

도서 파본 등의 이유로 반송이 필요할 경우에는 구매처에서 교환하시고
출판사 교환이 필요할 경우에는 아래 주소로 반송 사유를 적어 도서와 함께 보내주세요.
06027 서울 강남구 도산대로 1길 62 강남출판문화센터 6층 민음인 마케팅부

© 도진기, 2022. Printed in Seoul, Korea
ISBN 979-11-7052-200-3 04810(3권)
ISBN 979-11-7052-197-6 04810(set)

㈜민음인은 민음사 출판 그룹의 자회사입니다.
황금가지는 ㈜민음인의 픽션 전문 출간 브랜드입니다.

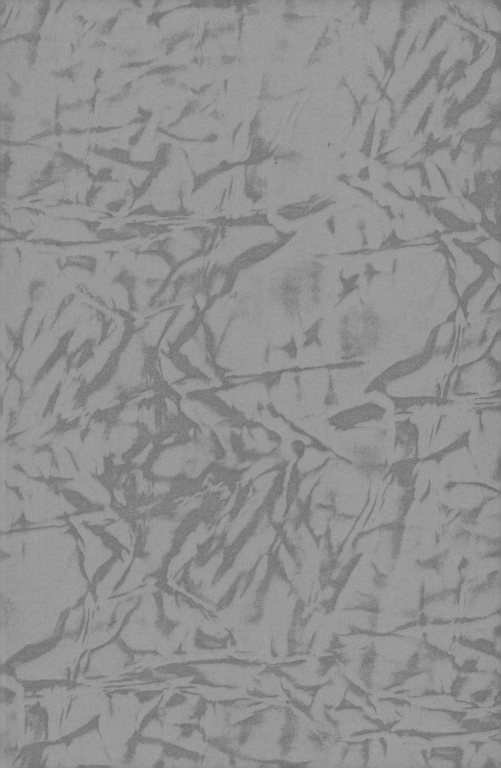